D1279298

La quête
de la fille disparue

PAULINE MICHEL
MARIO PELLETIER

La quête de la fille disparue

FIDES

Conception de la couverture : Bruno Lamoureux
Mise en pages intérieur : Marie-Josée Robidoux
Photo de la couverture : Camila Cordeiro / StockSnap

Catalogage avant publication de Bibliothèque et Archives nationales du Québec
et Bibliothèque et Archives Canada

Pelletier, Mario, 1945-

La quête de la fille disparue

ISBN 978-2-7621-4066-8 [Édition imprimée]
ISBN 978-2-7621-4067-5 [Édition numérique PDF]
ISBN 978-2-7621-4068-2 [Édition numérique epub]

I. Michel, Pauline, 1944- . II. Titre.

PS8581.E398Q47 2017   C843'.54   C2017-940479-2

PS9581.E398Q47 2017

Dépôt légal : 2ᵉ trimestre 2017
Bibliothèque et Archives nationales du Québec
© Groupe Fides inc., 2017

La maison d'édition reconnaît l'aide financière du gouvernement du Canada par
l'entremise du Fonds du livre du Canada pour ses activités d'édition. La maison
d'édition remercie de leur soutien financier le Conseil des arts du Canada et la
Société de développement des entreprises culturelles du Québec (SODEC). La
maison d'édition bénéficie du Programme de crédit d'impôt pour l'édition de livres
du gouvernement du Québec, géré par la SODEC.

IMPRIMÉ AU CANADA EN MAI 2017

PREMIÈRE PARTIE

– 2007 –

Alice et Viviane

CHAPITRE 1

Le cauchemar d'Alice

Ils courent tous deux à perdre haleine. Ils doivent monter dans le train à tout prix. Leur vie est en jeu. On siffle déjà le départ.

— Vite, vite, crie Werner.

Alice sent la pression forte, à faire mal, de la main de son fiancé qui l'entraîne. Quand ils débouchent sur les quais, ils voient qu'on referme déjà les portes des wagons sur une foule de voyageurs effrayés, paniqués : hommes, femmes, enfants, qui se bousculent pour trouver une place. D'autres personnes sur les quais tentent désespérément de monter dans le train.

— Par ici, par ici, lance Werner.

Il a repéré une porte encore entrebâillée dans un wagon. Ils se précipitent. Alors Werner prend fermement Alice par la taille, la soulève et la hisse dans le train, avec son baluchon. Il s'apprête à grimper à son tour quand des coups de feu retentissent. Werner sursaute brusquement. Son visage se crispe, comme s'il avait reçu un coup de fouet.

— Werner! Werner! crie Alice, terrifiée.

D'autres détonations retentissent. Werner grimace, trébuche, tourne un moment sur lui-même et s'écroule à plat ventre sur le sol. Alice hurle. On a refermé la porte du wagon. Elle tape dans la vitre. Elle voit dans le dos de Werner, étendu par terre, s'élargir une tache de sang. Elle s'efforce de rouvrir la porte pour descendre. On la retient. Elle crie, se débat furieusement. Le train s'ébranle, prend de la vitesse. Elle crie de plus en plus fort en voyant s'éloigner le corps de son fiancé. Mort, sans doute. Oui, oui, on l'a tué. Ce sont eux. Ces deux silhouettes en uniforme qu'elle a eu le temps de voir. Ils ont tiré sur Werner. Oui, ce sont eux qui l'ont tué. Mais elle? Elle? Que va-t-elle devenir sans Werner? Où va-t-elle se retrouver dans ce train parti à destination d'on ne sait où?

Non, non, elle ne peut pas. Il faut qu'elle sorte rejoindre Werner, il le faut! Elle crie à s'époumoner. Tape sur la vitre, tape comme une forcenée. Quelqu'un braque une arme sur elle et va tirer. Elle hurle, hurle et... se retrouva en sueur. Le cœur battant. Dans son lit.

Où était-elle, au juste? Il lui fallut plusieurs secondes pour réintégrer son corps de vieille femme. Mon Dieu, mon Dieu, elle avait rêvé d'une scène qui s'était déroulée soixante ans auparavant! Quand elle avait fui l'Allemagne nazie bombardée par les Alliés... Et Werner, Werner, était-ce bien vrai? Lui qu'elle croyait mort depuis si longtemps, elle venait de le retrouver. Oui, oui, Werner, son fiancé de 1945. Elle n'osait encore y croire. C'était peut-être un rêve aussi.

Bon, bon, il fallait qu'elle secoue les images du cauchemar. C'était fini tout ça, depuis longtemps! Et aujourd'hui, elle allait revoir Werner.

Ce serait la troisième fois qu'elle le voyait depuis l'apparition surprise de samedi, aux funérailles de Carl. Werner était venu de sa lointaine Argentine pour rendre un dernier hommage à son ancien compagnon de guerre. Elle avait eu le temps de s'entretenir longtemps avec lui, la veille. En ce beau dimanche de fin avril, ils étaient allés revoir la grotte où Carl avait habité de nombreuses années au flanc du mont Royal.

Ils avaient évoqué tous les souvenirs de leur jeunesse. Ils avaient parlé aussi de cette enfant disparue, leur enfant; pourquoi Alice n'avait jamais cherché à la retrouver — à cause de sa carrière au théâtre et à la télévision, de son statut de célibataire qu'elle avait toujours maintenu, puis de sa retraite dans de pauvres conditions, etc. Et Werner, qui était le père de trois garçons, lui avait dit qu'il avait toujours rêvé d'avoir une fille.

Leur passion brisée par la brusque rupture de la guerre avait été une blessure très longue à guérir. Mais Alice y était finalement parvenue, sans jamais accepter, toutefois, de partager sa vie avec quelqu'un d'autre. Elle avait vécu seule malgré la gloire. Elle n'avait partagé son quotidien avec personne. Personnage public, elle était restée très discrète et même secrète sur sa vie privée. Elle était devenue sauvage malgré son apparente ouverture aux autres. Peu de personnes étaient entrées dans l'intimité de sa vie. C'était sa façon de se protéger: se mettre l'âme à nu sur la scène ou à l'écran, mais enfouir sa vie personnelle dans le plus grand secret. Y compris cette enfant illégitime qu'elle avait dû laisser à l'adoption. Aucun journaliste ne l'avait jamais su. Savaient-ils seulement qu'elle était allemande et qu'elle avait fui sa patrie après la guerre ? Dans ce pays d'Amérique aussi jeune, on posait peu de questions, à l'époque, sur les origines des nouveaux arrivants.

Ils avaient encore tant à se dire, Werner et elle. Il allait venir la chercher, et peut-être l'emmener ailleurs. On ne savait pas encore. Même si elle avait eu un peu de temps pour décanter l'émotion, elle était encore tout énervée, bouleversée. Cette surexcitation faisait qu'elle dormait mal. Et ses moments de sommeil étaient remplis de rêves, mais elle était heureuse, heureuse, comme si la vie recommençait.

Vite ! Vite ! Il était déjà huit heures. Il fallait qu'elle se prépare avant l'arrivée de Werner.

Elle entra dans le cabinet de toilette où trônait son grand miroir encadré de multiples ampoules.

— Mon Dieu, de quoi ai-je l'air ?

Elle prit tout à coup conscience des marques du temps sur sa figure. Malgré tout, elle avait gardé une bonne partie de son abondante chevelure. Et elle était demeurée svelte. Heureusement aussi, ses yeux n'avaient rien perdu de leur éclat de saphir. Son teint était resté clair malgré ses abus dans les périodes de déprime qu'elle avait traversées depuis que sa carrière d'artiste était terminée.

Rapidement, elle se coiffa et elle maquilla son visage avec soin, comme elle ne le faisait plus depuis des années.

Moins d'une heure plus tard, Werner frappait à sa porte. Alice avait eu le temps de mettre sur le tourne-disque le blues *Sometimes I feel like a motherless child*, qui avait tant marqué leur jeunesse. Et de placer bien en évidence la photo de Werner jeune ainsi que d'elle-même à Munich en 1943.

— Alicia !

Oui, Alicia... c'était son vrai nom. Alicia Horwald. À Montréal, elle avait pris le nom d'Alice Dorval pour faire carrière au théâtre.

Alice retrouvait avec émotion cet homme qui avait été son fiancé soixante ans auparavant. Sa haute taille — il avait toujours belle allure à quatre-vingts ans passés — et les traces que la guerre avait laissées sur son corps : son visage cicatrisé, ses doigts coupés.

Il avait sorti en souriant une montre de poche :

— Maintenant que j'ai la montre de Carl, je dois être aussi ponctuel que lui.

— Tu l'as remise en marche? Dire qu'il l'avait arrêtée à l'heure qu'il avait choisie pour mourir. Et dire que j'ai, moi-même, tenté de me suicider, ajouta-t-elle. Si Viviane et Arnaud n'étaient pas arrivés à temps, je serais morte. C'est grâce à eux aussi si je suis ici, dans cette belle maison de retraite des artistes.

— Quel couple extraordinaire, dit Werner. J'ai hâte de les revoir.

— Malheureusement personne n'est arrivé à temps pour Carl. Le père Célestin se le reproche amèrement.

— J'ai beaucoup pensé à ce suicide. Ne m'as-tu pas dit que Carl l'avait fait à cause de son changement d'identité?

— Oui, c'est ce qu'il a indiqué dans sa lettre d'adieu adressée au père Célestin. Jusqu'à ce que Viviane et Arnaud le découvrent, j'étais seule à connaître ce lourd secret qui pesait sur sa conscience. Je savais que Carl s'en voulait à mort d'avoir été indirectement la cause de la mort de son amour de jeunesse, ma cousine, qui militait, comme tu sais, dans la Rose blanche contre Hitler[1].

— Ah oui, ta cousine... mais je ne savais pas qu'elle était l'amoureuse de Carl. Tu as dû partager beaucoup de choses avec lui durant toutes ces années. Il a été sans doute un grand ami pour toi.

— Oh oui! Nous n'avons jamais eu de liens amoureux, mais c'est lui qui m'a fait entrer dans la troupe de théâtre du père Nantel, les Troubadours, en 1946. C'est à partir de là que ma carrière a pris son envol. Nous avons toujours gardé une grande complicité: moi sur les planches, et lui dans les coulisses comme décorateur.

— Dommage qu'il se soit enlevé la vie!

— Moi, Werner, ma vie s'est arrêtée quand je t'ai perdu. C'était affreux. Affreux. Puis, j'ai vite constaté que j'étais enceinte de toi en arrivant au Québec. Je le voulais, cet enfant. J'aurais voulu le garder avec moi, mais c'était impossible, ici, à l'époque d'être fille mère. J'ai dû me séparer de notre fille. Je suis morte une deuxième fois, ce jour-là. Puis j'ai compensé, pendant des années, en faisant du théâtre pour enfants, en m'entourant d'une collection de poupées que j'ai détruites un soir de crise. Quand je n'en peux plus, je bois, Werner. Je bois. Mais jamais, même dans un état de

---

1. Voir *Quand l'amour efface le temps*, Éditions Québec-Livres, 2014.

crise et d'ivresse, jamais, je n'aurais pu détruire Sophie, ma poupée qui représentait plus que toutes autres mon enfant perdu.

Alice s'était tournée vers la poupée qui trônait bien en vue sur une étagère :

— Tu sais, j'ai tant pleuré. Je voulais que cette poupée, qui était ma fille Sophie, garde en elle la date de notre séparation. J'ai donc inscrit cette date sur un bout de papier que j'ai caché dans la bourre. Tiens, viens voir !

Alice alla prendre la poupée, la retourna, puis elle s'exclama :

— Mon Dieu, on dirait que la couture a été refaite. Je me demande...

Elle s'empressa de découdre le tissu, et, à son grand soulagement, elle découvrit le bout de papier qu'elle avait enfoui dans la poupée.

— Oh, là, là, j'ai eu peur que quelqu'un l'ait ouverte. Mais la note y est restée. Tiens, regarde.

Elle lui tendit le bout de papier.

— C'est bizarre quand même, murmura-t-elle, j'ai vraiment l'impression que la couture a été refaite. Il faut que j'en parle à Viviane, ce soir. Ça tombe bien, son invitation !

— À propos de l'enfant, dit Werner, il y a du nouveau. Le père Célestin m'a téléphoné tout à l'heure.

CHAPITRE 2

Chez le père Célestin

Viviane et Arnaud étaient impatients de savoir ce que le père Célestin voulait leur dire. Il les avait convoqués à son observatoire du Mont-Royal. Il leur avait laissé entendre que c'était au sujet de l'enfant d'Alice. Les deux amoureux avaient joué un tel rôle dans la résurrection du passé de l'actrice et dans l'apparition inopinée de son amoureux du temps de la Deuxième Guerre mondiale qu'ils se mouraient d'envie d'en savoir davantage. Ils traversaient le grand parc boisé de la montagne d'un pas allègre, en échangeant des propos joyeux en ce beau jour de fin avril.

Arnaud ne cessait de contempler la démarche souple de Viviane et sa chevelure rousse qui jetait des lueurs fauves sous le soleil. De la musique montait en lui quand il la voyait ainsi. Ce qu'il vivait avec elle depuis quelques mois était si merveilleux! Lui qui, l'automne précédent, se morfondait seul au bord d'un lac en forêt, voilà que l'amour l'avait ressuscité.

Viviane était heureuse d'être avec Arnaud, mais elle ne pouvait s'empêcher de ressentir, au fond d'elle, un trouble diffus, une sorte d'appréhension sourde, qui faisait en sorte qu'elle n'était pas tout à fait au diapason de l'homme qu'elle aimait. Elle n'en tirait pas moins de plaisir à contempler la crinière poivre et sel de ce lion sexagénaire, qui avait encore la démarche alerte et la sveltesse d'un jeune homme.

Une grande histoire d'amour à soixante ans, c'était donc possible? Cette rencontre avait transformé leur vie. Et pas seulement la leur, mais aussi, maintenant, celle d'Alice et de Werner.

— C'est si bouleversant de voir les retrouvailles de ces vieux amants après plus de soixante ans. Tu imagines, Arnaud? Ils ont été séparés l'année où nous sommes nés.

— Et Werner découvre à cet âge qu'il est le père de l'enfant qu'Alice a dû abandonner.

— Je les comprends de vouloir la retrouver.

— Dire que cette enfant est une sexagénaire, maintenant.

Après avoir gravi un étroit raidillon, ils se retrouvèrent bientôt au pied de l'observatoire.

Le père Célestin les reçut avec son affabilité habituelle et son gros rire de géant barbu. Il faisait grande impression au milieu de ses paperasses, de ses ordinateurs et de ses instruments d'astronomie, au pied de l'immense télescope pointé jour et nuit sur le ciel.

— C'est à vous deux que je devais l'apprendre en premier, dit-il. Après tout, c'est votre faute si tout cela arrive, n'est-ce pas ?... Et ce n'était pas écrit dans le ciel, ajouta-t-il avec un grand rire, en montrant son télescope.

— Ne nous laissez pas languir davantage, père Célestin, implora Viviane.

— Bon, bon. J'ai parlé ce matin à une vieille religieuse qui était à l'hôpital où a accouché Alice en 1946. C'est une vieille femme de quatre-vingt-onze ans, dont la mémoire est un peu défaillante. Mais elle se souvient d'une jeune Allemande qui venait d'émigrer et qui a accouché d'une fille. Je l'ai interrogée sur l'adoption. Elle ne savait plus trop bien. Elle a fini par se rappeler que les parents adoptifs venaient d'une petite ville pas très loin de Québec. Elle n'en a pas retenu le nom.

— Est-ce que votre source est sûre ? demanda Arnaud.

— Oui, tout à fait. J'ai dit trop vite, samedi, que la communauté n'existait plus. Je m'étais trompé. J'ai vite découvert hier que les sœurs de Miséricorde continuent leur mission. Alors, il m'a suffi d'un coup de fil pour prendre rendez-vous avec sœur Adèle, qui est maintenant en maison de retraite... Ah, j'oubliais : elle croit se souvenir qu'il s'agissait d'une ville minière.

— Une ville minière ? répéta Viviane, en pâlissant.

Arnaud et le père Célestin se tournèrent vers elle. Arnaud avait compris tout de suite.

— Qu'avez-vous ? dit le dominicain.

— C'est que... balbutia Viviane. Je viens d'une petite ville minière, pas très loin de Québec... et j'ai été adoptée... Je ne connais pas mes vrais parents.

— C'est vrai, dit Arnaud, et tu es née au début de 1946.

— Oui, le 27 janvier 1946.

— Et le petit papier qu'on a trouvé dans la poupée d'Alice, tu t'en souviens ? C'était marqué : enfant disparu, 4 février 1946.

— Oui, dit Viviane, je ne te l'ai pas dit sur le coup, mais ça m'a troublée. Puis j'ai écarté ça, je me suis dit : ce n'est pas possible... Mais oui, c'est quelques jours après ma naissance.

Le père Célestin l'écoutait, abasourdi. Arnaud semblait aussi à court de mots. Personne n'osait dire tout haut : mais alors, tu pourrais être la fille perdue d'Alice ?

— C'était bien marqué : enfant disparu, reprit Arnaud. Ça ne veut pas dire que l'enfant était né ce jour-là. Ça indique le jour où Alice a été séparée de son enfant.

— Mes parents adoptifs m'ont laissé entendre qu'ils m'avaient adoptée à quelques jours de ma naissance, donc... donc, je pourrais être la fille d'Alice.

— Et de Werner, ajouta Arnaud... Quelle histoire !

Viviane restait bouche bée. Elle semblait des plus troublée. Les pensées et les émotions se bousculaient en elle. Arnaud la regardait intensément, devinant tout ce qu'elle ressentait.

— J'ai téléphoné à Werner aussi, reprit le père Célestin. Pour lui dire que j'avais trouvé du nouveau sur l'adoption de leur enfant, mais que j'allais d'abord vous donner les détails à vous deux, afin que vous vous concertiez avec lui pour informer Alice graduellement, avec les précautions qui s'imposent. C'est beaucoup pour sa santé nerveuse en peu de temps.

Viviane restait hantée par la singulière probabilité qu'on avait évoquée :

— Si, au moins, j'avais encore mes parents adoptifs, ils pourraient me le dire. Mais vous savez qu'ils sont morts tous les deux, il y a cinq ans.

— Ah oui, dit le dominicain, quelle tragédie ! Morts ensemble dans un accident de la route. Je sais à quel point ç'a été pénible pour vous, Viviane.

Viviane hocha la tête. Arnaud la prit doucement par les épaules. Un moment de silence où passèrent des anges de miséricorde.

— J'imagine qu'on peut accéder aux archives de la maternité, dit Arnaud. On pourrait le savoir plus précisément.

— Il ne faut pas oublier que les filles, à l'époque, étaient inscrites sous un pseudonyme, fit remarquer le père Célestin.

— Les dates, elles, doivent être indiquées de façon précise. Donc, on peut savoir qui a été donnée en adoption à qui à telle date.

— Oui, vous avez raison, si on vous donne accès, bien entendu.

— Tout cela n'est-il pas public, maintenant ? Toutes les archives médicales des communautés religieuses n'ont-elles pas été transférées à l'État ?

— En majeure partie. Mais pour les naissances illégitimes et les adoptions, je n'en suis pas sûr.

— Ça serait peut-être moins compliqué pour vous, en tant que religieux.

— Je vais faire ce que je peux, dit le père Célestin.

CHAPITRE 3

La fille d'Alice

En attendant de connaître le résultat des recherches du père Célestin, Viviane tentait de se faire à l'idée qu'elle pourrait être la fille d'Alice. La coïncidence des dates et de la région des parents d'adoption était troublante, pour ne pas dire irrécusable.

Arnaud et elle avaient décidé de remettre au lendemain la soirée prévue avec Alice et Werner.

Viviane passa une nuit difficile. Le lendemain, elle était avec Arnaud quand le téléphone sonna. C'était le père Célestin. Elle mit le haut-parleur, pour qu'Arnaud puisse entendre.

— J'ai trouvé, dit le dominicain au bout du fil.

— Quoi?

— Les parents venaient de Thetford Mines. Ils s'appelaient Saint-Amant.

Il y eut un long silence. Viviane était pétrifiée.

— Il n'y a plus de doute, finit-elle par marmonner… C'est moi.

Oui, elle était bien la fille d'Alice. Plus de doute!

— Alice est ta mère, dit Arnaud. Vraiment, c'est ici que la réalité dépasse la fiction.

— Comment est-ce possible? souffla Viviane, la voix étranglée par l'émotion… Ça explique tout!

— Oui, sans doute, ta grande affinité avec elle.

— Et la fascination qu'elle exerce sur moi depuis ma tendre enfance.

— C'était elle qui jouait le rôle de Mamalou dans l'émission quotidienne qui t'a tant marquée, n'est-ce pas?

— Oui, c'était bien elle. C'est un peu pour cette raison que je m'occupais d'elle depuis qu'elle avait déménagé, au sous-sol de l'immeuble ici, après avoir tout perdu: la gloire, l'argent, la reconnaissance. Plusieurs la traitent maintenant avec mépris.

— C'est désolant, dit Arnaud. Les gens oublient vite et jugent les personnes à leur succès.

— Malheureusement. C'est pourquoi elle est restée si près de Carl, j'imagine. Ils étaient tous deux des *has been*, des ratés de la société. Des grands blessés de la guerre. Des grands blessés de la vie.

— Mais le vent tourne pour elle, reprit Arnaud.

— Oui, le retour de Werner est une bénédiction.

— Et n'oublie pas le bonheur qu'elle a de t'avoir pour fille.

Après un silence lourd d'émotions, Viviane ajouta :

— Et moi, de l'avoir pour mère.

Viviane pensait déjà à tout ce qu'elle allait faire pour agrémenter la vie de cette mère retrouvée. L'inviter régulièrement au théâtre et peut-être, qui sait, même lui trouver un rôle dans une série télévisée pour que sa vie se termine en beauté. Avec le visage si particulier que lui avait donné la souffrance, avec l'intensité de ce regard qui avait tout vu du monde, autant ses laideurs que ses beautés, avec cette taille encore svelte qu'elle avait conservée. D'ailleurs, c'était à peu près la sienne, puisque Viviane lui avait souvent donné des vêtements, mais, curieusement, Alice évitait de les porter : qui sait pourquoi ? Elle le lui demanderait. Mais comment faire pour lui annoncer une telle nouvelle ? Alice était déjà tellement secouée par ses retrouvailles avec Werner ; ébranlée par le déménagement, l'adaptation à une nouvelle vie. Comment réagirait-elle à ce nouveau rebondissement ?

Pour le moment, Viviane pensait plus à la réaction d'Alice qu'à la sienne. Elle ne mesurait pas encore l'ampleur des émotions qui l'envahiraient quand la surprise serait passée. Avec son tempérament secondaire, elle réagissait à retardement dans les moments de trop grande intensité.

— Et Werner ? s'écria-t-elle, tout à coup. C'est donc mon père ? C'est incroyable !

— Comment annoncer cette nouvelle maintenant ? dit Arnaud.

— C'est ce à quoi je pensais, répondit Viviane. Alice est déjà sous le coup d'une forte émotion.

— Oui, ajouta Arnaud. Nous avons tellement craint, samedi, qu'elle ne supporte pas le choc de l'apparition presque surnaturelle de Werner. Un autre choc aussi fort, coup sur coup.

— C'est moi qui dois le lui apprendre, conclut Viviane. En tête à tête.

Elle sembla perdue dans ses pensées tout à coup. Il y avait une tristesse au fond de son regard. Une ombre. Arnaud devina instinctivement que quelque chose la tracassait : une autre chose qu'elle ne lui disait pas. Il fit mine de ne pas s'en rendre compte. Il dit :

— On pourrait peut-être attendre un peu pour révéler la chose ? La laisser apprivoiser encore la grande nouvelle de la « résurrection » de Werner. Attendre à demain pour les voir.

— Oui, ça serait sans doute plus sage, indiqua Viviane. Mais nous avons déjà remis le rendez-vous hier. Le remettre encore apparaîtrait suspect. Cela pourrait même les alarmer.

— Oui, tu as raison, ma milady.

Viviane avait convié Alice et Werner à son appartement en fin d'après-midi. Comme ils ne pouvaient éviter de leur apprendre la grande nouvelle, Viviane et Arnaud convinrent de le faire ainsi : Viviane s'entretiendrait en tête à tête avec Alice, tandis qu'Arnaud irait prendre un verre avec Werner pour l'informer de son côté. Et ensuite, les quatre se retrouveraient.

CHAPITRE 4

Retrouvailles chez Viviane

À dix-neuf heures pile, Alice et Werner arrivèrent à l'appartement. *La ponctualité allemande,* songea Arnaud. Pour une rare fois, Alice portait une des robes que lui avait données Viviane. Elle avait l'air d'avoir rajeuni de vingt ans. Sa coiffure était impeccable, elle rayonnait.

Presque tout de suite, Arnaud proposa :

— Werner, pourquoi n'irions-nous pas prendre un verre ensemble ? Je crois que ces dames ont des choses à se dire.

Werner jeta un regard à Alice, qui lui sourit.

— Ah, oui. Pourquoi pas ? C'est une excellente idée.

— Quel galant homme, cet Arnaud ! dit Alice en les regardant partir. Il a raison, c'est une bonne idée de se parler entre femmes d'abord.

— Vous êtes magnifique, ce soir, Alice ! s'exclama Viviane.

Alice, tout sourire, pivota, tourna sur elle-même comme une jeune première :

— Malgré tous mes excès — et tu les connais —, avoir encore une belle taille ce n'est pas rien, à mon âge !

— La même taille que moi, indiqua Viviane, avec un air de sous-entendus.

— Ah, c'est si bon de se retrouver ici !

Emportée par sa joie, Alice entonna un couplet de chansonnette :

« Depuis qu'on n'a plus la tête folle
petit à petit on dégringole... »

— Il faut fêter, ça, Viviane ! Quand on est mort, c'est pour longtemps ! tu le sais, c'est ma devise.

Elles pouffèrent de rire toutes les deux.

— Justement, j'allais vous offrir du champagne! Une Veuve Clicquot, pour bien marquer le coup, *comtesse*, comme aurait dit Carl!

— Ah, dis donc, Viviane, tu sais y faire. Une Veuve Clicquot, rien de moins! Il y a bien des années que je n'ai goûté à cette veuve joyeuse, dit-elle avec une pointe de nostalgie.

Et peut-être aussi à cause de l'évocation de Carl, elle ajouta:

— Quand je pense que sans toi et Arnaud, je ne serais plus de ce monde... Tu vois ça, dans le journal: «La comédienne Mamalou, celle qui transmettait la joie de vivre aux enfants, vient de se suicider...»?

Viviane venait d'ouvrir la bouteille et de lui verser un verre.

— Allons, il faut oublier ça, Alice. Ce qui compte, c'est que vous êtes, ici, aujourd'hui. Et, en plus, avec Werner, votre premier amour!

— Oui, oui, tu as raison. Trinquons!

Elle s'empressa de porter le verre à ses lèvres et avala la boisson pétillante presque d'une traite.

— Oui, Werner, reprit-elle. Un grand coup de théâtre. Le plus grand que je n'ai jamais vécu, sans contredit! Sur scène ou dans la vie.

Viviane lui versa un autre verre, se retenant elle-même de boire trop rapidement, pour garder tous ses esprits, à cause de ce qu'elle avait à lui révéler.

— La vie est remplie de surprises, en effet, jeta-t-elle gravement, en guise d'introduction.

Mais Alice, en humeur de fête, ne prêtait guère attention. Elle ne saisit pas le changement d'intonation de Viviane.

— Cul sec, Veuve Clicquot! lança-t-elle en vidant un deuxième verre. Quand la tête tourne, tout tourne pour le mieux... ou pour le pire! Il ne faudrait pas que je reprenne mon rôle de vieille soûlonne. Tu te souviens de quoi j'avais l'air quand je me promenais toute dépenaillée dans les rues pour jouer le grand rôle de ma dérision.

Voyant qu'Alice allait encore sombrer dans des idées noires, Viviane répondit:

— Alice, oubliez le passé. Un grand bonheur vous attend. Du moins, je le crois... J'ai une autre grande nouvelle pour vous.

À ce moment, un cri venu de l'appartement du dessous, celui qu'habitait Alice avant de déménager au foyer des artistes, les replongea soudain dans l'événement tragique de février.

Alice pâlit :

— Que se passe-t-il dans cet appartement de malheur ? Tu te souviens, Viviane, du massacre de mes poupées ?

— Calmez-vous, Alice. Ce cauchemar est fini.

— Je les ai toutes éventrées. Sauf Sophie, ma chère Sophie, dit-elle avec un regard troublé qui semblait la ramener à l'Alice déboussolée d'antan.

— Sophie... oui... Sophie, murmura Viviane, justement, je voulais vous en parler. Vous ne l'avez pas apportée ?

— Non, je n'ai plus besoin de cette poupée. Avec Werner, nous allons retrouver MA fille, celle que j'ai baptisée du même nom quand j'ai dû l'abandonner.

— Sophie ? C'était donc mon... euh...

— Oui, tu le sais : le nom de ma poupée chérie. C'est même toi qui me l'as rapportée.

— Oui. Il fallait vite que nous vidions l'appartement, Arnaud et moi. Organiser le déménagement. Sophie était intacte parmi les autres poupées. La seule qui l'était restée. J'ai eu un choc quand je l'ai aperçue. Avec ses yeux de verre, on aurait dit qu'elle me fixait. M'attirait. M'hypnotisait.

Viviane s'arrêta un moment, émue, puis elle poursuivit :

— Je m'en suis approchée. J'ai constaté qu'une couture avait été défaite sur le côté. Je l'ai montrée à Arnaud. Nous avons pensé qu'un important secret y était caché. Alors, j'ai osé...

Alice la fixait, l'œil aussi brillant que les yeux de verre de Sophie. Viviane crut y percevoir une accusation.

— Ce n'est pas par indiscrétion que je l'ai ouverte, mais bien pour mieux vous comprendre, Alice. Et ce que j'y ai trouvé devrait vous réjouir.

Un lourd silence s'installa entre les deux.

— Quoi donc ? demanda Alice, interloquée, après avoir entamé un troisième verre qu'elle s'était elle-même versé.

— Une note et une date. Et, savez-vous, cette date coïncide presque avec celle de ma naissance, et le père Célestin m'a dit que...

Nerveuse, Alice l'interrompit :

— Quoi? Quoi? Le père Célestin a dit quoi?

— Il a trouvé le nom de mes parents adoptifs.

— Et alors? fit Alice sidérée.

Elle était suspendue aux lèvres de Viviane, qui ajouta dans un souffle, presque un murmure:

— Il semble bien que je sois votre fille.

Les deux femmes se regardèrent, éberluées, ébranlées par la nouvelle. Figées sur place, elles se mirent à pleurer avant de se jeter dans les bras l'une de l'autre.

Alice plongea son regard dans celui de Viviane, cherchant à voir loin, loin en elle:

— Comment est-ce possible? Nous étions si près sans savoir... Comment le destin a-t-il pu nous rapprocher autant sans que la vérité sorte avant?

— Je comprends, maintenant, pourquoi vous me fasciniez tant. Depuis ma plus tendre enfance. Chaque jour, quand j'ouvrais la télé, j'étais folle de joie de vous retrouver! Vous étiez mon bonheur quotidien, ma fenêtre ouverte sur l'imaginaire, le rêve.

— Et moi, avant l'enregistrement de chacune des émissions, je me disais que peut-être, par une chance inouïe, mon enfant me regardait quelque part... Ah, je ne peux pas croire ce qui arrive. On dirait que c'est trop.

Alice éclata en sanglots.

Viviane, les yeux remplis de larmes, ajouta:

— Je ne pouvais pas espérer meilleure mère que vous.

— Et moi, une fille plus attachante!

— J'ai dû te décevoir beaucoup, Viviane, quand j'ai sombré dans l'oubli, dans la pauvreté, passant de grands appartements à une minable pièce au sous-sol de cet immeuble. J'ai dégringolé, c'est le cas de le dire.

— Non, vous ne m'avez pas déçue. Je vous trouvais bien seule, mais toujours admirable. Quand on perd tout, c'est normal qu'on perde aussi l'équilibre. Maintenant, tout recommence, Alice, là où tout s'est arrêté.

— Comme la montre que Carl avait arrêtée à l'heure de son suicide.

— Oui, mais cette fois, c'est la vie qui reprend, à l'heure d'une renaissance.

— Parlant de naissance, dit Alice, il faudrait bien que je te raconte la tienne, et la séparation qui m'a déchiré le cœur par la suite. La date que j'ai enfouie dans la poupée est celle du jour où on nous a séparées, toutes les deux, tu le sais maintenant.

Viviane hocha la tête.

— Tu sais, poursuivit Alice, on n'avait pas le choix, à cette époque. C'était un scandale d'être mère célibataire. Plusieurs allaient jeter leur bébé dans le fleuve. C'était affreux. Tu aurais dû voir à la Miséricorde l'édifice où on accueillait celles qu'on traitait comme des putains. Il y avait une porte dissimulée à l'arrière de la rue. En entrant, on nous donnait un pseudonyme, on nous plongeait dans le secret de la honte. Entre des murs sombres de lattes brunes, nous croupissions jusqu'au moment de ce qu'on appelait la « délivrance ». Mais jamais on ne nous libérait du poids de la faute. La terrible faute d'avoir aimé avant le mariage. C'était insupportable. Heureusement que mon ami Carl m'a soutenue et que le père Nantel m'a ensuite engagée dans sa troupe de théâtre. J'avais déjà pris du métier quand la télé a commencé à recruter des jeunes. C'est ainsi que j'ai fait carrière et bien gagné ma vie.

— Vous étiez sur tous les écrans. Ma mère adoptive allait souvent vous voir au théâtre et me parlait de vous. Vous étiez l'une de nos grandes vedettes.

— La chute a été d'autant plus pénible, je t'assure. Et tomber dans la misère matérielle a été atroce. Toute mon enfance, j'avais vécu en Allemagne dans un milieu privilégié. Rien ne m'a été refusé jusqu'à ce que la guerre bouscule toutes nos vies. Jamais je n'oublierai ce moment où nous avons tenté de fuir, Werner et moi.

— Quand je pense que Werner est mon père et que je vous retrouve en même temps, j'ai envie de pleurer et de chanter à la fois.

Alice s'approcha pour l'embrasser.

— Et toi, ma Viviane. Je te connais depuis quelques années, mais au fond je ne sais pas grand-chose de toi.

Viviane, soudain, baissa les yeux, se détourna un peu comme pour cacher une peine contenue.

— Alice... euh... maman, je vais vous dire ce que je n'ai jamais confié à personne. Seuls mes parents adoptifs savaient.

CHAPITRE 5

Le secret de Viviane

Après l'avoir confié à Alice, Viviane devait maintenant révéler son douloureux secret à Arnaud.

Se retrouvant seule avec lui après le départ d'Alice et de Werner, elle ne savait trop comment aborder la chose. Les émotions de la journée l'avaient épuisée. Elle n'avait plus de ressort. Arnaud sentit que quelque chose n'allait pas.

— Ma milady, ma chérie, qu'est-ce qu'il y a?

Viviane regarda gravement Arnaud, et son visage prit soudain une expression douloureuse.

— Il y a une chose que je ne t'ai pas dite.

— Comment? Quoi?

— Je... je ne peux pas te le dire... Pas tout de suite.

Avec de grands sanglots, Viviane s'était effondrée sur son lit.

Arnaud avait regagné son appartement, ce soir-là, sans pouvoir en apprendre davantage. Inquiet, alarmé même, tâchant de refouler l'assaut des pensées paranoïaques, il ne put fermer l'œil de la nuit. Parmi toutes les hypothèses qui lui traversaient la tête sur ce que Viviane n'avait pu lui dire, il y en avait une qui revenait particulièrement : remettait-elle en question leur amour? Si cet amour s'effondrait... se disait-il. Il se leva pour écrire un poème déchirant. Et il l'envoya par courriel à Viviane :

Si jamais cet amour s'éteignait
tout espoir s'éteindrait
il n'y aurait plus que nuit après nuit
le monde et tout ce qu'il contient
seraient d'un désespoir
et d'une absurdité totale
les saisons tourneraient en vain

dans un cirque dérisoire
rien n'aurait plus de sens
la vie ne serait plus qu'une pente tragique
vers un trou noir insondable
ou un enfer de colère innommable.

Si jamais cet amour s'éteignait
par maladresse
par repli maladif sur soi
si cet amour s'éteignait
il n'y aurait plus que la mort devant
et nous y descendrions les deux pieds en avant
bêtes comme eux!

Le matin, dès la première heure, il s'empressa de téléphoner à Viviane. Elle le pria de venir sans plus tarder. Elle n'avait pas dormi, non plus. Elle avait un lourd secret à lui apprendre.

CHAPITRE 6

Le secret dévoilé

À travers ses rideaux de dentelle, Viviane avait vu disparaître la lune et se lever le matin. Elle n'avait pas fermé l'œil de la nuit. Envahie de sentiments ambivalents, elle n'avait cessé de tourner en rond dans son appartement.

Pourquoi faire sortir tous ces cadavres du placard où elle les avait enfermés quarante ans auparavant ? Et juste au moment où elle vivait un recommencement, une nouvelle jeunesse avec Arnaud, grâce à cet amour inespéré ? Eckhart Tolle avait beau dire qu'il fallait vivre au présent, le passé était là quand même, et souvent plus présent que le présent.

La soirée avec Alice, leurs échanges sans réserve l'avaient remuée en profondeur. En lui annonçant la nouvelle, Viviane l'avait vue redevenir son « Alice au pays des merveilles » après avoir été trop longtemps une « Alice au pays des mères vieilles ». Il y avait tant de joie dans son regard qu'on aurait dit celui de la jeune maman télévisuelle qui la subjuguait quand elle était enfant. Les années s'étaient effacées d'un coup. Elles s'étaient regardées l'une l'autre, directement, sans écran, sans distance.

Le champagne aidant, Viviane lui avait tout avoué. Et, ce matin-là, elle se demandait si elle n'avait pas trop parlé. Mais comment ne pas révéler à une mère retrouvée ce secret qu'elle n'avait partagé qu'avec ses parents adoptifs ? Pouvait-elle faire autrement ? Non, toute cette histoire était restée trop longtemps enfouie en elle. Il fallait qu'elle s'en libère.

Après Alice, elle devait le dire à Arnaud, le plus vite possible. Avoir ce courage.

Je lui envoie tout de suite un courriel, songea-t-elle. Mais déjà un message l'attendait sur son ordinateur : le poème d'amour de son chevalier inquiet. « Si jamais cet amour s'éteignait », lui disait-il. Elle en fut très touchée. Non, elle ne le voudrait pas. Pour rien au monde. Mais s'éteindrait-il, cet amour, quand il saurait ?

Elle s'empressa de l'inviter chez elle. À peine une heure s'écoula. Juste le temps pour Viviane de se préparer. Elle était encore en proie à l'inquiétude quand Arnaud sonna à la porte.

— Arnaud ! s'écria-t-elle, feignant la joie.

— Viviane, j'avais vraiment besoin de te retrouver !

Arnaud fut frappé tout de suite par la pâleur du visage de Viviane, qui détonnait comme une fausse note dans la musique de couleurs et de formes qu'elle avait su créer dans son appartement.

— Voilà un visage bien triste pour un si beau décor, ma milady, dit-il en l'embrassant.

— Oui, soupira-t-elle.

Oui, pensa-t-elle, *je sais inventer des décors pour créer des illusions. Des illusions d'optique. Des effets de trompe-l'œil. Des jeux de miroirs pour refléter la lumière.*

— J'étais très inquiet cette nuit, dit-il. Je le suis encore ce matin. Je me demande pourquoi tu es si triste. Il n'y a pas de raison, pas de raison que je sache, du moins ! Tu viens de trouver tes parents. Ils sont merveilleux. Tu aimes déjà Alice, et Werner est un être fascinant.

— Oui, je sais...

Arnaud avait du mal à reconnaître celle qui d'habitude rayonnait d'enthousiasme et d'optimisme.

— Que se passe-t-il, ma chérie ? Qu'est-ce qui t'arrive ? Je ne comprends rien. Tu as tout pour te réjouir, il me semble ? Sans parler de moi qui t'adore.

— Tu as raison. Je devrais être heureuse de ces retrouvailles inespérées. Mais tu sais, cela remue tant de choses en moi. Des choses qu'on n'ose dire à personne.

— Même pas à moi ? dit-il, avec un regard suppliant, en lui prenant les mains. Je t'aime, ma milady, mon grand amour, tu peux tout me dire.

— Je ne sais par quoi commencer et comment t'annoncer cela, dit-elle, embarrassée. Tu ne vas pas me croire.

— Je te jure que je crois en toi et en tout ce que tu dis.

— Alors, viens t'asseoir. Et si possible, ne m'interromps pas parce que je ne pourrai continuer.

Après un long soupir et un moment de silence, elle commença sans le regarder :

— J'avais dix-neuf ans. Je finissais mes études collégiales à Québec. C'était l'anniversaire d'une amie. Elle avait insisté pour que nous la fêtions dans un bar de la Haute-Ville. Quatre jeunes filles qui voulaient s'amuser. Dieu sait que je n'y allais jamais, mais pourquoi pas pour une fois ? J'adorais et j'adore toujours danser, comme tu le sais. J'ai donc accepté toutes les invitations de plusieurs garçons. Et quelques consommations.

Des sanglots l'interrompirent un moment.

— Tout s'arrête là dans ma mémoire. J'ai beau chercher, rien ne me revient. Je me suis réveillée le matin suivant. J'étais étendue dans le boisé, derrière le bar. On m'avait droguée.

— Mais les autres filles ? demanda Arnaud, courroucé. Où étaient-elles allées ?

— Elles dansaient. Elles ont cru que j'étais partie avec mon dernier partenaire de danse, c'est tout. Elles n'ont jamais voulu m'en reparler. Sûrement parce qu'elles devinaient, à mon insistance, qu'il s'était passé quelque chose de grave. Elles devaient se sentir coupables.

Voyant à quel point la suite des confidences devenait pénible, Arnaud s'approcha, l'entoura de ses bras et pour l'aider, ajouta :

— Je crois que je devine la suite…

— La triste suite. Deux mois après, j'ai constaté que j'étais enceinte. Je ne savais pas de qui ni comment cela s'était passé. Rien. Je ne savais rien.

— Personne n'a recherché ce vaurien ?

— Je me demande même s'ils n'étaient pas plusieurs.

— Personne n'a entrepris de recherches, n'a enquêté ? demanda Arnaud, révolté.

— Non. Parce qu'une fille était toujours coupable d'être violée. On disait toujours qu'elle avait provoqué ce qui lui était arrivé.

— C'est impensable.

— Mais tu sais bien que c'est vrai. Rappelle-toi comment c'était à l'époque. Il ne fallait surtout pas faire de vagues, pas causer de scandales. Mes parents m'ont fait jurer de ne jamais rien dire à personne, de garder le secret absolu. C'était souvent comme ça dans les bonnes familles, dit-elle avec un rictus cynique.

— C'était en 1965, quand même, puisque tu avais dix-neuf ans. C'est inconcevable !

— Mais, tu sais, c'est encore comme ça en 2007. Les filles n'osent pas. Les enquêtes sont déchirantes, humiliantes. Et de toute façon, pour moi, il était trop tard.

Arnaud dit à voix basse :

— As-tu pensé à l'avortement, à ce moment-là ?

— Oui, bien sûr, parce que je ne voulais pas porter l'enfant d'un père violeur et violent. Mais c'était très difficile à l'époque. Et comme j'avais moi-même été adoptée, je me suis dit que, moi aussi, j'avais été livrée au hasard de la vie.

— Tu as donc un enfant perdu, toi aussi ?

— Oui, et je sais que c'est une fille.

— As-tu tenté de la retrouver ?

— Jamais. J'avais trop mal pour moi. Et pour elle. Tu t'imagines dans quelle souffrance je l'aurais jetée en lui racontant les circonstances de sa naissance ? Non, c'était impensable... Tout ce que j'ai souhaité, c'est qu'elle tombe à son tour dans une bonne famille d'adoption comme la mienne. Car j'ai été choyée, adorée, plus que bien des enfants légitimes. Je n'aurais pas échangé mes parents pour tout l'or du monde. J'espérais que ma fille aurait la même chance. Chaque jour, j'ai pensé à elle. Chaque jour de ma vie, je te le jure. Depuis quarante et un ans !

— Aimerais-tu la retrouver ?

— Avant, j'aurais répondu catégoriquement non. Mais, maintenant que je découvre la joie de connaître ma mère biologique, j'en suis moins sûre.

— Une femme de quarante et un ans, réfléchit Arnaud à haute voix, qui sait ce qu'elle est devenue ?

Songeuse, Viviane ajouta :

— J'aimerais au moins savoir si elle est heureuse.

— Si tu veux, je peux t'aider à la retrouver.

Arnaud prit Viviane dans ses bras et, avec son habituelle bonne humeur, s'exclama avec enthousiasme :

— Mon amour, c'est super, tout ça ! Nous sommes en pleine saga de reconstitution familiale. Nous cherchions, encore hier, la fille d'Alice et Werner ! C'est tout trouvé. Elle est là entre mes bras ! Et maintenant, nous sommes sur la piste d'une autre fille, ta fille, la petite-fille d'Alice et de Werner ! N'est-ce pas extraordinaire !

Ah, ça excite mon instinct d'enquêteur. Je me mets tout de suite en filature. Juste après avoir dégusté ce que tu nous réserves, sans aucun doute. Justement, j'ai apporté du champagne... que voici !

CHAPITRE 7

Piste pour la fille disparue

— Mon bel amour, s'écria Arnaud. Ensemble nous allons reconquérir tout ce qui nous a été enlevé, et bien davantage! Parce que je t'aime, et que l'amour peut tout.

Puis, avec toute la délicatesse possible, Arnaud entreprit de questionner Viviane :

— L'affaire a-t-elle été signalée à la police, à l'époque?

— Non, fit Viviane de la tête.

Il s'agissait, expliqua-t-elle, d'une affaire trop honteuse pour la réputation d'une famille bien connue à Thetford Mines. Et ses études à Québec lui permettaient de rester à distance de sa ville d'adoption, durant le temps de sa grossesse, sans éveiller de soupçons.

Cependant, elle finit par dire que son père adoptif avait engagé un détective privé pour enquêter discrètement. Viviane se souvenait de l'entretien pénible qu'elle avait eu avec ce détective. Dans une chambre d'hôtel de Québec, en présence de ses parents. Puis rien ne semblait s'être ensuivi. Viviane avait cherché à savoir, à un moment donné. Son père s'était borné à lui répondre que le détective n'avait rien trouvé.

— Ah bon, dit Arnaud. C'est un peu court comme explication. Pas possible qu'il n'ait pas abouti à quelque chose. Des pistes, des traces, des indices, des témoins, je ne sais pas... Il y avait eu quand même tes copines. Et toutes les autres personnes qui étaient dans ce bar. Tes copines devaient se rappeler quelques-unes de ces personnes, ne serait-ce que les garçons avec qui elles avaient dansé?

— Je t'ai dit qu'elles n'avaient rien vu. Elles dansaient, et quand elles sont revenues à la table, je n'étais plus là. Elles ont supposé que j'étais parti avec un garçon. Quant aux garçons qui étaient là avec elles, je ne sais pas, il semble qu'ils n'aient rien vu, non plus. Pas même quand et comment j'étais sortie de l'endroit.

— Le détective, comment était-il ? Son visage, son apparence ? Quel âge avait-il ? Pourrais-tu te rappeler son nom ?

— Ça remonte à loin, quand même. Le nom, je ne m'en souviens pas. C'était un homme pas très grand, mais trapu. Athlétique. Cheveux foncés, plutôt ras, coupés en brosse. Il devait avoir dans la trentaine, j'imagine.

— Hum, réfléchissait Arnaud : trente ans en 1965, ça fait dans les soixante-dix ans aujourd'hui. Il pourrait être encore de ce monde et avoir gardé toute sa tête.

— Pourquoi ?

— On pourrait l'approcher. Ça serait la façon la plus rapide de savoir.

— Ah non, tu n'y songes pas.

— Pourquoi pas ? Veux-tu savoir ou non ?

Viviane était tourmentée, le visage crispé, au bord des larmes :

— Je ne sais pas... je ne sais plus.

— Repose-toi, mon amour. On en reparlera demain.

Au début de la nuit, Viviane réveilla brusquement Arnaud :

— J'ai trouvé. Il s'appelle Asselin.

— Que... quoi ? balbutia Arnaud, mal réveillé.

— Le détective. Il s'appelait Asselin.

— Ma chérie, c'est formidable ! Je vais aller consulter les archives du ministère de la Justice, à la première heure demain. J'ai toujours l'accès privilégié que m'a fourni mon ami, l'ex-ministre. J'espère que ce détective est toujours en vie. On va trouver, je le sens.

CHAPITRE 8

Rencontre avec le détective

C'est dans un bar sombre du Vieux-Québec — bien à l'écart au fond de la salle — qu'Arnaud et Viviane rencontrèrent le détective Roger Asselin. Un homme de soixante-quinze ans environ, chauve, visage marqué de rides profondes. Mais corps musclé et alerte. De toute évidence, il continuait de s'entraîner.

— Vous avez l'air en forme, dit Arnaud en guise d'introduction.

— Ah oui, le vélo, la marche rapide, le ski, les haltères. J'essaie de garder le p'tit vieux en bon état.

— C'est réussi, dit Viviane en souriant.

Ils rirent tous les trois, et cela détendit un peu l'atmosphère.

Quand Arnaud avait fini par retrouver les coordonnées du détective et l'avait appelé, Roger Asselin avait été fort réticent, de prime abord. Il avait commencé par dire que c'était une erreur, que ce n'était pas lui, qu'il n'avait pas été mêlé à une affaire de ce genre. Mais Arnaud avait insisté. Il était journaliste de carrière, avait-il dit, et il en savait beaucoup. Il avait évoqué son amitié avec l'ex-ministre de la Justice, qui avait été son condisciple au collège et à l'université. Il avait cité des faits précis, les parents de Viviane qui habitaient Thetford Mines et surtout Viviane elle-même, qui se rappelait son entretien avec le détective. C'était elle d'ailleurs qui s'était souvenue de son nom. Alors, le détective avait fini par accepter de les rencontrer, tout en disant qu'il n'aurait pas grand-chose à leur révéler.

Roger Asselin leur déclara tout de go qu'il avait dû arrêter son enquête très vite. Ordre venu d'en haut. Les autorités policières étaient au courant.

— Je ne pouvais plus continuer sous peine de perdre mon permis, dit-il. Ma carrière aurait été fichue. Je risquais même d'avoir de grands ennuis avec la justice.

— Pourquoi cet interdit tout à coup ? demanda Arnaud.

— On m'a laissé entendre, à mots couverts, que des personnages importants ne voulaient pas que l'affaire soit ébruitée. Et, plus tard, j'en ai eu d'autres confirmations ou indices, si vous voulez.

— Qui pouvaient être ces gens ? dit Arnaud.

— De la haute gomme, c'est sûr. Des personnages influents, la grande bourgeoisie de Québec, qui sait... En tout cas, moi, je n'en sais pas plus.

— Vous devez avoir une idée, quand même, après toutes vos recherches.

— Non.

— Vous avez su qui étaient dans ce bar, le soir où s'est produit le viol ?

— À peu près.

— Et alors ? Vous avez des noms ? Vous connaissez assez bien Québec pour savoir de qui il s'agissait exactement.

— Sans doute, mais je n'ai jamais pu savoir qui avait entraîné Viviane dehors.

— Il devait y avoir des jeunes qui fréquentaient régulièrement ce bar ? Et vous devez savoir d'où ils venaient ?

— Tout ce que je peux vous dire, monsieur D'Anjou, reprit-il d'un ton agacé, c'est que plusieurs appartenaient effectivement à des familles de la haute bourgeoisie : politique, magistrature, milieu des affaires.

— Il devait y avoir de la drogue qui circulait dans ce lieu.

— Effectivement. C'est une chose qu'on savait dans la police. Et aussi qu'il ne fallait pas trop y mettre le nez, à cause des grandes familles justement. Même de hauts personnages venaient s'approvisionner là : c'est-à-dire y envoyaient chercher leurs commandes.

— Qui ?

— Ah, ça... faites vos propres déductions. Vous êtes journaliste, non ! Et historien aussi. Alors, regardez qui étaient en place à ce moment-là. J'écarterais les hommes politiques : ils sont trop sous les projecteurs. Leurs moindres écarts sont vite connus. Mais il y a les hauts fonctionnaires, les juges, les grands avocats, les chefs d'entreprises, les banquiers, les professionnels renommés : ça fait bien du monde.

— Bon, bon, je vois… Mais ne m'avez-vous pas dit avoir eu vent de certaines personnes qui s'étaient intéressées de près à l'affaire?

Roger Asselin fit la grimace. Il commençait à en avoir marre de l'interrogatoire. Arnaud sentit son impatience. Détournant son regard de la touffe de poils noirs qui sortait de l'oreille du détective (*c'est ainsi*, se disait-il, *que ce qui entre dans cette oreille ne peut en sortir*), il prit une autre tangente:

— Monsieur Asselin, je suis désolé d'insister comme ça. Mais Viviane ici, la femme que j'aime, elle veut savoir et elle doit savoir. C'est son droit le plus absolu, non?

Asselin regarda Viviane, puis hocha la tête.

— Et vous, ajouta Arnaud, qu'avez-vous à perdre? Qu'avez-vous à perdre en nous disant tout ce que vous savez?

— Je vous comprends. Mais comprenez-moi aussi. Même si je suis à la retraite maintenant, j'ai pris des engagements dans ma carrière, j'ai prêté serment. C'est comme un prêtre avec le secret de la confession, ou un médecin, un avocat: chacun est astreint à des secrets professionnels qu'il ne peut révéler, sous peine de poursuites au criminel.

— Il y a des choses quand même que vous pouvez…

— Écoutez, coupa le détective, j'ai su — entre les branches, disons — qu'on avait suivi de loin la grossesse de Viviane. Au moins pour savoir si l'enfant naîtrait, j'imagine… puisque ça s'était poursuivi un peu après l'adoption à Québec.

— À Québec? s'écrièrent Arnaud et Viviane, du même souffle.

Asselin sentit qu'il s'était trop avancé.

— Pour l'adoption, dit-il, je vous en ai déjà trop dit. Je n'ai pas le droit d'aller plus loin. Il y a des lois là-dessus — au sujet de la confidentialité de l'adoption — et des organismes accrédités pour s'en occuper. Il faut faire des demandes officielles à ce sujet.

— Oui, nous savons, dit Arnaud.

Le couple ne put en tirer davantage du détective. Rien à faire pour le nom des parents adoptifs qu'il n'avait pas le droit de révéler et qu'il n'était même pas censé connaître. Arnaud sortit tout de même triomphant de l'entretien. Il avait obtenu l'essentiel: le lieu d'adoption de l'enfant illégitime de Viviane. Avec cet indice, il savait qu'il pourrait trouver dans les archives. Alors, il entreprit sans délai de compulser les statistiques d'adoption et les registres des baptistaires. Pour savoir qui avait adopté des enfants à Québec, en 1966. Puis il les tria par sexe et par date possible. Une fille adoptée au printemps 1966, à Québec : il ne devait pas y en avoir des masses.

En effet, il ne trouva que cinq cas d'adoption à Québec au printemps 1966 : trois garçons et deux filles. L'une des deux filles avait été adoptée à la fin de mars : ce qui l'excluait d'emblée. Et l'autre, en avril.

— Bingo ! s'écria Arnaud. Les parents adoptifs de cette fille s'appellent Berger.

Puis, après vérification dans les registres baptistaires, il vit inscrit en toutes lettres le nom de Marie Gabrielle Luce Berger. Baptême à l'église Saint-Jude-Garnier de Sillery, le 21 avril. Naissance, le 15 avril. Les parents s'appelaient Paul Berger et Solange Potvin.

— J'ai trouvé le nom de ta fille ! s'empressa-t-il d'annoncer en grande pompe à Viviane.

— Ah, oui ? s'écria Viviane.

— Elle s'appelle Luce. Luce Berger.

— Luce, Luce, répéta Viviane à mi-voix… C'est un beau nom. Ça veut dire lumière.

— C'est drôle, ajouta-t-elle après un moment. Moi, je voulais l'appeler Claire. Ça se ressemble.

— Oui, c'est étrange et formidable, dit Arnaud. Il nous reste maintenant à savoir où elle se trouve. Et d'abord, savoir si les parents habitent encore à Sillery, s'ils vivent encore, s'ils consentent à nous parler.

— Oui, c'est beaucoup, dit Viviane.

— Mais non, répliqua Arnaud, nous sommes tout près du but !

DEUXIÈME PARTIE

– 1991 –

Luce à Paris

CHAPITRE 9

À la conquête de Paris

Paris, avril 1991

Par le hublot de l'avion, Luce contemplait la surface des nuages qui lui paraissait aussi blanche que la page de son avenir. Éblouie, elle partait vers la réalisation d'un de ses plus grands rêves : chanter, vivre à Paris.

Tout s'était enchaîné si rapidement ! Elle était encore étonnée d'avoir gagné le premier prix au Festival international de la chanson de Granby. Oui, elle l'avait remporté sur tous les autres qui avaient autant de talent qu'elle, sinon plus, pensait-elle. Par chance, son stress était tombé d'un coup en entrant sur la scène. Une respiration profonde avait calmé ses nerfs tendus. Et elle avait senti qu'elle maîtrisait d'instinct cet espace où le public et l'artiste peuvent se fondre dans le même rêve.

Les vibrations de l'assistance l'avaient rejointe au plus profond de son être, surtout quand elle avait chanté :

Au fin fond de moi, je suis au début de vous.
Au fin fond de vous, vous êtes au début de moi.
Une force nous unit bien au-delà de nous.

Oui, elle y croyait, en cette force. Elle ne serait pas un dé jeté au hasard des rencontres, des circonstances. C'est à Paris qu'elle trouverait sa voie. Elle le sentait depuis cette rencontre à Granby. En sortant de la scène, encore étourdie par les applaudissements, elle avait entrevu une silhouette dans les coulisses et entendu la voix grave d'un homme d'âge mûr :

— Vous avez un talent impressionnant. Je pourrais peut-être vous aider.

Elle tentait d'entrevoir le visage de l'inconnu dans la pénombre.

— Je me présente, lui dit-il en lui tendant la main. Je m'appelle Serge Longpré, et je connais quelqu'un d'important dans le milieu du showbiz à Paris.

C'est ainsi que tout s'était enclenché. Et maintenant, elle allait atterrir dans cette ville mythique.

Paris, pour ses vingt-cinq ans qu'elle venait de fêter quelques jours auparavant.

Attachez vos ceintures. Nous atterrissons dans cinq minutes.

Son cœur battait très fort. Un doute l'envahit soudain. Était-ce téméraire de quitter si vite son pays, avant même d'y avoir fait ses preuves? Gagner un seul concours au Québec, était-ce suffisant pour se lancer à Paris? Aurait-elle la force d'affronter seule ce milieu inconnu?

Et cet agent français, qui était-il, au juste? Elle avait le trac, mais il fallait qu'elle fasse bonne impression à son arrivée. Elle vérifia son apparence: sa longue chevelure noire, le mascara qui soulignait ses yeux brun foncé. Haletante, elle attendit l'atterrissage, puis l'arrivée des bagages et surtout celle de l'agent de qui dépendait l'amorce de sa carrière à l'étranger.

Jude Chambort était là. Grand, plutôt mince, vêtu avec élégance. Dans la jeune trentaine. Yeux bleus, visage sanguin. En tout point conforme à la photo qu'elle avait de lui. Il s'avança tout sourire en lui tendant cérémonieusement une gerbe de roses.

— Bienvenue en France, mademoiselle Berger! Voici des fleurs en attendant les applaudissements. Vous verrez, la France est faite pour vous. Je l'ai senti dans vos textes.

— Ah, merci, monsieur Chambort! Ces fleurs magnifiques sont de bon augure, dit-elle en contemplant le bouquet dans sa main.

Il s'était empressé de prendre ses lourds bagages.

— Si le décalage ne vous a pas trop fatiguée, je pourrais vous faire faire un petit tour de Paris. Qu'en dites-vous?

— Oui, avec plaisir.

À la sortie de l'aéroport, après avoir emprunté le périphérique, ils se retrouvèrent vite au centre de la ville. La tour Eiffel, l'arc de triomphe de l'Étoile avec sa circulation vertigineuse, puis les grands boulevards étourdissants de bruit et de vie.

Luce absorbait toutes ces images, pêle-mêle, avec le plus grand bonheur. Elle contemplait enfin, dans la réalité, ce qu'elle n'avait vu jusque-là qu'au cinéma, à la télévision et dans les magazines. D'immenses avenues entrecoupées, ici et là, d'îlots de verdure.

En cette dernière quinzaine d'avril, l'air était doux, les arbres reverdissaient, les parcs étaient en fleurs. Les grands édifices, les monuments, les voitures, tout brillait d'un vif éclat sous le soleil de cette précoce journée de printemps.

Luce s'émerveillait de cette vie végétale jaillissant au milieu du macadam ainsi que des édifices centenaires et de tous les monuments impressionnants qui soulignaient un passé grandiose. Comme elle ne cessait de s'extasier, ses exclamations enchantaient Jude, qui, comme tout bon Parisien, était devenu un peu insensible à tant de splendeurs. Il trouvait cette jeune Québécoise rafraîchissante, mais il sentit le besoin de tempérer son enthousiasme :

— Paris n'est pas que beauté, hélas. Et le métier est difficile, je vous préviens. Mais je suis là pour vous guider, vous protéger. Vous avez beaucoup de talent, et si nous travaillons bien ensemble, vous irez loin, comptez sur moi.

Luce était heureuse de l'entendre. Ne lui avait-on pas souvent répété que la clé du succès était de trouver la bonne personne au bon moment ?

— J'ai tous les contacts qu'il faut, poursuivit Jude. D'abord le fils du célèbre Gérard Norbert ; il a accepté de composer la musique pour vos textes. Cela pourra vous ouvrir bien des portes. Croyez-moi, ce jeune compositeur a un talent fou. Il piaffe d'impatience d'être aussi reconnu que son père.

— J'ai bien hâte de le connaître.

— J'ai déjà organisé une rencontre demain.

— Vous savez, les paroles de ma comédie musicale sont déjà toutes écrites.

— Bravo, c'est un bon départ. Si tout tourne rondement, le spectacle sera prêt pour la rentrée de l'automne prochain.

— Formidable, j'ai de la chance ! s'écria-t-elle dans un éclat de rire souligné par la blancheur de ses dents.

Jude la contempla. Ignorait-elle qu'elle avait aussi la chance d'être très jolie, d'avoir un magnétisme irrésistible ? Il succomberait facilement à ses charmes s'il était attiré par les femmes. Heureusement, ce n'était pas le cas. Cela compliquerait la situation. Il ne fallait pas mêler les amours et les affaires.

Il dérogeait pourtant à ce principe avec son nouvel amant Geoffroy, un jeune peintre ambitieux, prêt à tout pour réussir, à qui il prêtait sans cesse de l'argent pour ses expositions et sa publicité.

Jude ne pouvait s'empêcher de remarquer le contraste immense qu'il y avait entre Geoffroy et Luce. Il devinait que sa mère aimerait la candeur et la spontanéité de sa protégée. Ils arrivaient justement rue Fortuny, dans le 17e arrondissement, devant le riche immeuble où habitait madame Chambort.

— Le parc Monceau est tout près, annonça-t-il à Luce. Une pure merveille, vous verrez. Pour le moment, je vais vous présenter à ma mère qui se réjouit de vous connaître et de vous accueillir chez elle. En attendant que le succès vous permette de louer votre propre appartement.

Ils prirent l'ascenseur jusqu'au premier étage et arrivèrent devant une porte d'ébène finement sculptée. Jude sonna et, comme sa mère tardait à arriver, il prit sa clé. Quand ils entrèrent, Luce fut impressionnée par la magnificence de l'appartement.

Elle jeta un regard circulaire sur l'immense hall chargé d'antiquités. Elle pensa aux vers de Baudelaire: «des meubles luisants, polis par les ans... des riches plafonds, des miroirs profonds».

Elle était enchantée et intimidée à la fois par cet appartement spacieux, garni de meubles de style, de tentures et de tapis somptueux. Jude lui fit signe d'avancer au salon où sa mère était assise. La vieille dame se leva de son fauteuil avec une grimace de douleur.

— Veuillez m'excuser de m'approcher si péniblement, malgré ma hâte de vous serrer la main. Mes vieux pieds ont sûrement trop marché, dit-elle avec un sourire narquois.

Elle parlait d'une voix flûtée, haut perchée comme son rang social.

— Maman, je vous présente Luce, dit Jude.

— Ravie de vous accueillir chez moi, Luce. Vous me tiendrez compagnie. Je suis un peu baratineuse, Jude vous le dira, mais je pense qu'on pourra s'entendre.

— J'en suis certaine, madame.

— Vous dites? siffla la vieille dame en mettant la main en cornet sur son oreille.

Luce craignit tout à coup que son accent ne soit en cause.

— Maman est un peu dure d'oreille, expliqua Jude. Il faut parler d'une voix assez haute pour qu'elle entende bien. L'avantage, c'est que vous pourrez répéter vos chansons sans crainte de la gêner.

Déjà avide d'enclencher la conversation, madame Chambort enchaîna :

— Jude vous a peut-être dit que j'ai beaucoup voyagé ? J'ai même fait des expéditions assez dangereuses. J'ai été aventurière, mademoiselle Berger, je vous raconterai.

— Maman a besoin de parler, lui glissa-t-il à l'oreille, comme toutes les personnes qui vivent seules.

Luce avait aimé cette femme au premier coup d'œil. Colette Chambort avait conservé un visage d'enfant, aux contours bien dessinés malgré l'âge. Des cheveux blonds et frisés soulignaient la délicatesse de ses traits. Un petit nez, des yeux très bleus — comme ceux de Jude — lui donnaient un air de vieille poupée, à peine ridée, toute menue sous ces plafonds élevés. Qu'elle devait se sentir seule dans ce vaste appartement ! Comme s'il avait deviné sa pensée et connaissant sa mère, Jude avait ajouté :

— Il faudra apprendre à garder vos distances, Luce, si vous ne voulez pas être envahie.

Jude avait pris Luce par le bras d'un geste princier pour lui montrer les autres pièces de l'appartement, avant d'arriver à la chambre qui était réservée à la jeune femme.

— Voici vos quartiers, mademoiselle. Vous serez sous les meilleurs auspices ici, car il paraît qu'Albert Camus a dormi dans cette chambre quand l'appartement appartenait à Gaston Gallimard.

Luce se demanda s'il n'en mettait pas trop.

— Reposez-vous bien. Vous avez besoin de vous remettre du décalage avant la rencontre de demain avec Thomas !

Comblée par tant d'attentions, Luce défit lentement quelques bagages, s'étendit pour revivre mentalement les derniers événements, comme elle venait de le faire dans l'avion qui l'avait emportée dans ce nouvel univers. Tout lui semblait tellement irréel qu'elle se demandait si elle ne rêvait pas les yeux ouverts.

CHAPITRE 10

La parolière et le compositeur

À cause du décalage horaire, Luce se réveilla dès le petit matin. Il était un peu moins de six heures à Paris. Comptant sur la surdité de son hôtesse, elle se prépara un petit déjeuner à la cuisine, comme madame Chambort l'avait invitée à le faire la veille :

— Vous êtes chez vous, ici, Luce. Je n'entendrai rien, ne vous en faites pas. C'est souvent un cadeau d'être un peu sourdingue, avait-elle ajouté avec son petit rire sifflant.

Luce avait hâte de rencontrer son compositeur. Elle avait prévenu Jude qu'elle voulait se rendre chez Thomas Norbert en métro pour mieux connaître la ville. Le soleil du matin faisait reluire les toits des immeubles haussmanniens. La journée était magnifique, Luce aussi. Elle avait accru l'éclat de son regard par un léger maquillage. Cette première rencontre était très importante pour elle. Elle avait hésité dans le choix de ses vêtements. Elle avait décidé, en fin de compte, de s'habiller de façon décontractée : des jeans moulants, de longues bottes et un tricot pourpre, à larges mailles qui laissaient entrevoir la finesse de sa peau.

Souvent inconsciente de ses charmes et de ce qu'ils pouvaient provoquer, elle les accentuait sans arrière-pensée. Avec sa démarche souple, qui faisait ondoyer sa longue chevelure brune, elle attirait bien des regards et des exclamations d'admiration masculine, mais, pour elle, cela ne faisait que confirmer la réputation de dragueurs des Français.

En arrivant à l'entrée du métro Monceau, elle contempla un moment l'édicule Art déco typique de la Belle Époque qui formait comme une couronne en fer forgé au-dessus de sa tête. Tout lui semblait superbe en cette ville. En sortant à la station de Courcelles, elle sourit en voyant les kiosques à journaux, les marchands de fleurs, les cafés. Les couleurs, les voix, les mouvements : tout lui semblait féerique ! Les siècles avaient façonné chaque rue, chaque boutique, chaque trait de ces visages expressifs.

Mais il ne fallait pas qu'elle s'attarde. Elle pressa le pas. Arrivée à la bonne adresse, elle eut un moment d'hésitation. C'était sa première répétition. Elle était fébrile. Comment cette rencontre se passerait-elle ? Jude lui avait appris que certaines musiques étaient déjà composées. Qu'arriverait-il si elle ne les aimait pas ? Comment était ce fils d'une grande star française ? Serait-il arrogant, distant ?

Elle sonna avec un peu d'appréhension. Un jeune homme d'assez belle apparence ouvrit. Il semblait à peine plus âgé qu'elle. Au début de la trentaine, tout au plus. Pas très grand. Avec une chevelure et des yeux très noirs : sa seule ressemblance avec son célèbre père. D'un air timide, il l'accueillit par quelques mots brefs en baissant les yeux puis il se dirigea tout droit vers le piano.

De prime abord, la grande réserve du jeune homme avait intimidé Luce. Elle tremblait intérieurement.

— Voici ce que j'ai composé sur un de vos textes, commença Thomas. Je ne vous dis pas lequel. À vous de trouver.

Il se tourna vers son piano et joua, avec virtuosité, une musique qui la bouleversa : prenante, triste, dégageant un sentiment de grande solitude.

Luce devina tout de suite lequel de ses textes l'avait inspiré de même que la ligne mélodique que Thomas n'avait nullement soulignée dans ce débordement d'accords. Elle la murmura et y joignit peu à peu les paroles. Les deux s'harmonisaient si bien qu'elle en était très émue. Ils se devinaient, de toute évidence. Ils se percevaient profondément l'un l'autre. Ils vivaient un moment magique que ni l'un ni l'autre ne voulaient briser.

Un long silence s'ensuivit, chargé d'émotion. Thomas ne s'était pas retourné. Il restait immobile devant son piano.

— J'en ai écrit d'autres, finit-il par dire.

Il enchaîna alors avec une autre pièce, puis une troisième, sans laisser le temps à Luce de dire un mot. Les doigts du pianiste dansaient et les notes jaillissaient en elle comme une fontaine de lumière.

Les textes et les musiques ne font qu'un, pensa-t-elle, bouleversée.

À la fin du morceau, Thomas resta immobile, les mains posées sur le clavier. Il semblait paralysé par une gêne d'artiste peu sûr de lui.

— C'est magnifique! s'écria Luce.

— Vos paroles m'inspirent. Elles résonnent en moi.

— Elles se marient si bien avec vos musiques, dit Luce, profondément touchée par cette communion émotive plus troublante qu'un contact physique.

— J'espérais tellement que cela vous plairait. On ne sait jamais...

Luce vit à quel point il doutait de lui-même. De son talent.

— Je vous le répète: c'est magnifique!

Thomas se rappela que son père l'avait prévenu de résister au premier emballement. Il fallait retravailler longtemps les premiers jets: «Fais attention. Une collaboration artistique, c'est un engagement professionnel. Une fois liées et déposées à la SACEM, les paroles et les musiques sont indissociables: c'est une loi en France. Il faut être sûr de l'œuvre avant de la déposer.»

— J'ai fait entendre mes musiques à mon père et, pour une fois, il a cru en moi.

— A-t-il lu mes textes? osa demander Luce.

— Oui, bien sûr. Il trouve ça très prometteur, au point qu'il songe à vous parrainer.

— Me parrainer? s'exclama Luce, ébahie. Mon Dieu, ce serait extraordinaire!

— Vous savez, ça se fabrique, une carrière. Un artiste, malheureusement, c'est comme un produit à mettre sur le marché.

— Ah oui? Je me demande à quel prix, reprit Luce, que ces propos assombrissaient.

— Vous le verrez, dit Thomas, en se retenant d'ajouter: *bien assez tôt*. Ce qui compte, c'est que mon père croie en nous.

Luce observa un moment les murs de la vaste pièce, qui était tapissée d'un riche tissu suédé, aux couleurs fauves.

— Flamboyant, n'est-ce pas? C'était l'un des premiers appartements de mon père. Il me l'a offert. Il est tout feu tout flamme sous les projecteurs, mais il déprime quand il n'a pas quelque chose qui l'enflamme autour de lui... ou en dedans.

Luce savait par les journaux que la grande star buvait beaucoup.

— C'est bien connu, dit Thomas. Il boit presque quarante onces d'alcool par jour. Mais il affirme que son génie consume l'alcool en deux temps trois mouvements. Et c'est vrai. Il se déchaîne sur la scène plus de trois cents soirs par année. Quand il s'arrête, il tombe malade tant la drogue du public est puissante.

— Quelle vie, quand même!

— Oui, toute sa vie se passe sur la scène ou en attente d'y retourner. C'est vraiment le feu sacré! Ce n'est pas tous les artistes qui ont cette trempe, ajouta-t-il, en observant la réaction de Luce. Vous sentez-vous capable de tout sacrifier pour votre métier?

— À vous entendre, c'est pire qu'entrer en religion.

— Oui, souvent. Mais la plupart des artistes essaient de vivre une vie normale en ayant des enfants comme tout le monde.

— Je crois avoir lu que vous êtes plusieurs dans la famille?

— Oui. Cinq. De trois mères différentes. Moi, je suis l'avant-dernier. Et vous?

— Je suis la dernière de trois... dit-elle, hésitant à lui raconter son histoire. Je suis la seule fille, et j'ai été adoptée. C'est ce qui m'a incitée à écrire dès mon jeune âge, sans doute. Le besoin de parler à une mère imaginaire, peut-être.

— Moi, j'avais le besoin d'épater un père imaginaire. Il n'était pas souvent avec nous. J'écoutais ses disques quand je m'ennuyais de lui. J'avais sa musique dans le sang, je ne pouvais pas y échapper. Mais ce que je composais ne semblait pas lui plaire... jusqu'à maintenant. Je dois être à la hauteur de ses attentes. Et d'autant plus qu'il m'a laissé entendre qu'il pourrait vous faire passer à l'émission de Drucker.

— De Drucker? s'exclama Luce, euphorique. Ce serait fabuleux!

— Il y a un *si* toutefois: si nos chansons sont bien à point. Il y croit, mais nous avons quand même beaucoup à faire avant de passer à la télé. Il tient d'abord à vous faire rencontrer son attachée de presse.

Luce exultait. Elle s'imaginait déjà sur le plateau de cette émission prestigieuse qui consacrait une vedette.

— Serons-nous prêts? demanda-t-elle, anxieuse, déjà envahie par le trac.

— Ce qui est sûr, c'est qu'il faut maîtriser parfaitement les chansons avant d'aller à l'émission. Alors, au boulot!

Ils travaillèrent avec une telle concentration qu'ils ne virent pas le temps passer. Vers midi, Thomas lança:

— Ah, j'ai une faim de loup. Si on allait casser la croûte?

Ils n'eurent que quelques pas à faire jusqu'au bistrot du coin.

— Ah! monsieur Norbert, s'exclama le patron avec l'accent chantant du Midi, votre plat préféré est au menu aujourd'hui. Carré d'agneau fait maison, ça vous dit?

— Ça tombe bien, Marius! Qu'en dites-vous, Luce?

— Oui, parfait pour moi.

— Madame ne regrettera pas, dit Marius. Avec votre rouge habituel, monsieur?

— Oui, un litre.

— Un litre? s'écria Luce. Allons-nous pouvoir travailler ensuite?

— Nous avons bien progressé aujourd'hui. Il faut prendre le temps de se connaître. Vous en savez tellement plus sur moi que moi sur vous. Ce n'est pas juste, dit-il en souriant.

Le serveur arriva avec le pain et le vin.

— Voici la communion, dit Thomas.

Ils rirent tous deux de bon cœur. L'atmosphère était déjà à la bonne humeur.

Après quelques verres, ils en étaient déjà à tu et à toi. Thomas avait perdu sa raideur. À un moment donné, il lui dit spontanément:

— Luce, je me sens en confiance avec toi. Tu sais, j'ai été souvent déçu par des collaborateurs. Échaudé même. La plupart du temps, c'étaient des filles qui se servaient de moi pour s'approcher de mon père et tenter de le séduire. Même devant moi.

— Il y a tellement d'opportunistes. Moi, je peux te jurer que c'est ton talent qui m'intéresse, pas ton père.

— Oui, je le sens. Nos talents se complètent à merveille. Alors, buvons à notre collaboration! dit-il en levant son verre.

Au sortir du bistrot, ils passèrent devant un marchand de fleurs et Thomas s'empressa d'offrir un bouquet à Luce avant de la raccompagner au métro.

Elle le salua en agitant la main, descendit quelques marches puis se retourna. Il était encore là.

C'était l'heure de pointe. Une foule courait, se bousculait. Claquements de talons sur les marches, pas de course, cacophonie des voix, tout prenait un rythme, se transformait en gestuelles d'envol, en magnifique chorégraphie qui enjolivait le quotidien par magie. Euphorique, elle volait au-dessus de la réalité. « J'ai ouvert la volière de mes rêves... » chantait-elle.

CHAPITRE 11

La bénédiction du grand parolier

Le lendemain, ils se retrouvèrent avec joie pour poursuivre leurs répétitions. Ils travaillèrent sans relâche et ne s'interrompirent que pour avaler un sandwich sur le coin de la table. À peine s'étaient-ils remis au travail qu'on sonnait à la porte.

— Je n'attends personne pourtant, dit Thomas, surpris et impatient.

Son visage s'éclaira quand il vit Louis Dallade. Il aimait beaucoup cet homme qui était l'un des paroliers de son père. Il le connaissait depuis l'enfance.

— Entrez, dit-il en l'embrassant.

— Il faut m'excuser d'arriver à l'improviste, mais je passais si près de chez toi, Thomas, que je n'ai pu résister à l'envie d'entrer te saluer.

— Vous êtes toujours le bienvenu, vous le savez.

— Il paraît que tu prépares une comédie musicale ?

— Oui, et justement ma parolière et chanteuse est ici. Je vous la présente : Luce Berger.

— Ah oui, ton père m'en a parlé. Enchanté, mademoiselle, dit-il en s'inclinant pour lui donner la main. Après tout ce qu'on m'a dit, j'aimerais bien entendre vos chansons.

Intimidée par cet homme qui avait signé les paroles de tant de chansons célèbres, Luce entama la première phrase musicale, en balbutiant presque. Voyant son embarras, Thomas s'arrêta un moment et lui jeta un regard d'encouragement pour qu'elle donne le meilleur d'elle-même.

Petit à petit, sa gorge se dénoua et les paroles jaillirent de loin, de très loin, de là où elles étaient nées. D'un espace inconnu, comme sa propre naissance. D'une identité égarée dans les méandres du subconscient. D'une zone mystérieuse qui se révèle par bribes :

On ne voyait que ses yeux
aveuglés de soleil, mais ouverts au sommeil,
aveuglés du destin, mais ouverts au divin.

Toujours cette quête en elle, cette certitude que l'essentiel se passe loin en soi, dans une zone inconnue que personne ne voit.

Elle chantait, depuis un bon moment, les yeux fermés. Quand la dernière note résonna, personne ne bougea. Luce ouvrit les yeux. Louis Dallade l'observait avec une intensité qui rejoignait celle qu'elle venait de vivre intérieurement. Un courant passa entre eux, un courant qu'ils ne pouvaient définir. Ils savaient seulement que, pour un moment, ils étaient entrés dans le même monde parallèle. Léger, lumineux. Monsieur Dallade la félicita non seulement pour la profondeur et la beauté des paroles, mais aussi pour cette poignante interprétation.

— Vous avez tout pour aller loin, dit-il.

Il prit la feuille imprimée et lut quelques extraits qui le touchaient particulièrement.

— La musique est sublime et le thème me rejoint vraiment, dit-il.

Thomas l'invita à prendre un café, mais il refusa.

— Non, merci, je dois filer. J'ai été heureux de vous rencontrer, madame Berger. Je vous le répète : si vos autres chansons sont du même calibre, vous réussirez. Tous les deux, ajouta-t-il en tournant la tête vers Thomas.

Un long silence suivit son départ.

— Un ange vient de passer, dit Luce.

— Je le crois aussi, dit Thomas. C'est un homme brillant, sincère, exigeant et très occupé. Qu'il nous accorde ce temps, c'est un privilège exceptionnel.

— J'étais très intimidée, j'avais le trac.

— J'ai vu, tu l'as vite surmonté. Tu as très bien chanté.

— Merci de m'avoir permis de recommencer. Sans cela, le trac m'aurait complètement entravée. J'ai besoin que tu sois là.

— Allez, on se remet au travail. Il faut que tu fasses craquer Drucker et son public !

— Avec toi, j'ai confiance.

— Malheureusement, je ne pourrai pas y être. Tu devras chanter avec l'orchestre choisi pour l'émission.

— Ah, non! C'est impossible! Il faut que tu sois là!

— Je suis un compositeur, pas un accompagnateur. Désolé.

— Mais pourquoi? Je ne comprends pas.

Il semblait nerveux, soudain. Pour quelle raison?

— Tu veux dire que tu ne feras pas les spectacles avec moi?

— Non, hélas. Je te le redis: je suis un compositeur et non un accompagnateur.

— Mais il faut que nous soyons ensemble! Ce sont nos chansons. Me vois-tu, seule sur la scène, devant un public étranger? Avec un musicien que je ne connais pas et qui lit les partitions comme on lit le journal?

— Je connais d'excellents accompagnateurs qui interprètent les musiques des autres comme si elles étaient les leurs. Mon père aussi, d'ailleurs. Ne t'en fais pas, nous trouverons la personne qui te convient.

Luce était déçue, bouleversée. Il lui faudrait donc être seule sur la scène aussi? Comme dans sa vie?

Elle entendit la clé tourner dans la serrure. Une belle jeune femme blonde entra. C'était la compagne de Thomas qui revenait un peu plus tôt du travail, car elle tenait à connaître cette auteure-compositrice qu'admirait son amoureux.

— Luce, je te présente Delphine, dit Thomas.

— Ravie de vous connaître, Luce. Je sais que Thomas adore vos textes. Je suis certaine qu'il vous l'a déjà dit? Vous l'inspirez, et il est exigeant, croyez-moi.

Les deux femmes se toisèrent. Delphine examinait Luce de la tête aux pieds. Luce se sentit gênée, sur le coup. Portait-elle des vêtements trop sexy? Mais l'amie de Thomas était si belle qu'elle n'avait rien à craindre, pensait-elle. Pour sa part, Delphine jaugeait le risque qui lui semblait énorme. Il ne fallait pas laisser cette belle étrangère lui voler sa place. Elle devrait y voir de près.

— Luce, dit Thomas, pourquoi ne viendrais-tu pas manger avec nous, ce soir?

— J'ai déjà promis à mon agent, mais je crois qu'il comprendra si je remets cela à demain. Je peux lui téléphoner?

Delphine avait tout de suite remarqué le tutoiement qui ne lui disait rien de bon.

Luce annula le dîner avec Jude qui cacha habilement sa déception.

— Maman aimerait sûrement nous accompagner, glissa Delphine. J'espère que ça ne vous dérange pas ?

— Au contraire, dit Luce. Je serai ravie de la connaître.

— Delphine ne peut se séparer de sa mère, fit remarquer Thomas. C'est un peu normal, c'est une fille unique.

Il se gardait bien de dire que sa future belle-mère l'agaçait. Elle et son caniche, son chien de poche qu'elle traînait toujours avec elle.

— C'est gentil, Thomas, dit Delphine en l'embrassant pour bien marquer son territoire. Je veux que maman sente qu'elle aura toujours sa place avec nous. Luce, Thomas vous a-t-il dit que nous allions bientôt nous fiancer ?

— Non, je vous félicite tous les deux, répondit-elle avec spontanéité et sincérité.

CHAPITRE 12

Confidences à Saint-Germain-des-Prés

Le lendemain, curieux de savoir comment les premières répétitions s'étaient passées, Jude avait invité Luce à Saint-Germain-des-Prés. En cette belle soirée de fin avril, ils déambulèrent quelque temps dans le quartier, entre les boulevards Saint-Germain et Saint-Michel.

— Ça s'est bien déroulé, alors ?

— Oh oui, super bien ! Thomas est formidable. Imagine, sa musique s'accorde si bien avec mes textes que son père va peut-être nous faire passer à l'émission de Drucker.

— Drucker... vraiment ? Mais c'est fantastique. Ce serait une chance inouïe.

Jude était abasourdi par la nouvelle : passer chez Drucker, c'était le rêve de tout artiste, la consécration, mais quelque chose l'empêchait de s'en réjouir pleinement. Une crainte sourde montait en lui de perdre Luce qui serait sans doute happée par l'agence du célèbre artiste, et lui écarté. Il devait accélérer la signature d'un contrat qui la lierait à lui pour longtemps.

Luce, elle, était toute à sa joie de découvrir Saint-Germain-des-Prés. Elle avait le sentiment presque sacré de pénétrer dans un espace mythique, peuplé de présences inspirantes : Mouloudji, Juliette Gréco, Boris Vian, Jean-Paul Sartre, Simone de Beauvoir et combien d'autres qui avaient rendu ce quartier légendaire. Leurs musiques, leurs textes, leurs voix lui revenaient en tête, l'enveloppaient d'une effervescence qui ajoutait à sa jubilation intérieure.

Jude l'entraîna au Café de Flore, où il avait repéré une table libre à la terrasse.

— Nous jouerons à Jean-Sol Partre et à la duchesse de Bovouard, dit-il.

Luce éclata de rire à l'évocation des personnages parodiques de *L'écume des jours*.

— Jude, je t'ai dit que j'aurais aimé naître ici, mais je me demande, finalement, si toute la beauté des œuvres des autres ne m'aurait pas paralysée. Dans un pays jeune, nous avons l'impression que nous pouvons tout créer, que tout est à faire. Nous n'avons pas le poids de tant de chefs-d'œuvre qui peut être écrasant pour les jeunes créateurs.

— Je sais. C'est pourquoi Geoffroy veut se démarquer en créant des œuvres ultramodernes, en imaginant l'inimaginable, dit-il en éclatant de rire. Il est très original, il faut l'admettre.

— J'aimerais bien voir ce qu'il fait. Nous partageons peut-être la même vision du monde ?

— Oh, non, pas du tout ! Il peint tout ce qu'il y a d'horrible dans le monde. Il fait éclater toutes les formes. Tout explose dans une incohérence apocalyptique.

— C'est vrai, moi, je m'entête à faire le contraire. J'ai pris cette décision quand j'étais petite. Ne pas montrer les blessures comme des plaies ouvertes. Les laisser couler tache la vie des autres. Plutôt les exprimer, les transmuer en beauté. La musique, c'est le papier buvard de la douleur. Elle absorbe toutes les souffrances.

Sachant que les récits d'enfance sont une marque de confiance et une forme d'emprise sur l'autre, surtout sur quelqu'un d'empathique comme Luce, Jude commença à lui raconter les moments difficiles de ses premières années.

— Mon enfance n'a pas été facile, tu sais. Heureusement que ma mère était là. Mon père était beaucoup plus vieux qu'elle. Il était très sévère et son engagement politique grugeait sa vie personnelle, ce qui ne l'empêchait pas, pourtant, de nous faire surveiller de loin pour que nous n'entachions jamais sa réputation. Ses adversaires politiques étaient féroces, toujours à l'affût du moindre écart de conduite de la part de ma mère ou de moi. Des écarts qui se seraient retrouvés vite dans les journaux. Mon père nous cloîtrait, presque. Heureusement que ma mère et moi avons appris à déjouer ses moyens de contrôle. C'est ainsi que nous avons développé une véritable complicité.

— Ton père t'écrasait, toi aussi ?

— Pourquoi « toi aussi » ?

— Je pense à Thomas.

— Ce n'est pas du tout la même situation, dit-il, quelque peu offusqué. Le mien nous séquestrait presque et c'était loin d'être un artiste... Mais ce n'est pas le moment de ruminer le passé, alors que le présent est si beau. Particulièrement ici, ce soir, à Saint-Germain, ajouta-t-il avec un large sourire.

En effet, le cocktail donnait à Luce l'envie de fêter, de courir dans les avenues et le long de ce fleuve mythique qui sillonnait la Ville Lumière.

CHAPITRE 13

Le déguisement de Colette

Un bruit inhabituel réveilla Luce. Elle enfila un peignoir et sortit dans le corridor qui donnait sur le salon, d'où venait le bruit. Madame Chambort était en train de ramasser les fragments d'un vase de cristal.

— Ah, Luce. Les choses m'échappent de plus en plus, on dirait. C'était un cadeau de mon deuxième mariage. D'une très grande valeur, mais…

— Quel dommage ! Je vais vous aider à ramasser les morceaux. On pourrait peut-être les recoller ?

— Inutile, dit-elle avec détachement. On accumule trop de tout. Trop d'objets. Trop de souvenirs. Ça tombe bien, c'est le cas de le dire, ajouta-t-elle avec une note pointue d'oiseau moqueur.

Luce l'aida à ramasser les fragments du vase et demanda si elle pouvait occuper la salle de bain. Elle s'étonnait qu'il n'y en ait qu'une dans cet appartement bourgeois.

— Prenez tout votre temps. Je me préparais à sortir.

Profitant de l'absence de Luce, madame Chambort se dirigea rapidement vers la penderie, revêtit un imperméable usé et abîmé. C'était celui de sa femme de ménage qu'elle avait troqué contre un manteau neuf de grande marque. Elle avait pris soin de le salir un peu, d'en déchirer le tissu près des poches et d'en effilocher le bas.

Elle se coiffa ensuite d'un feutre mou, amoché, décoloré, sur lequel elle épingla un bijou de pacotille, couleur orange, en forme de coccinelle. Elle aimait bien les coccinelles. Elle se demandait pourquoi on les appelait les bêtes à bon Dieu ! *Ce sont les bêtes des gueux*, pensait-elle. On les retrouve dans les champs sur les pommes de terre que cultivent les pauvres.

Puis elle s'assit pour mettre des bottes de caoutchouc, trop grandes pour ses pieds. Elle n'avait plus le choix. Ils étaient tellement déformés, ses pieds. Comme défaits par la longue marche souvent difficile de sa vie. Elle qui, dans sa jeunesse, avait des jambes magnifiques et de tout petits pieds, de « beaux petits petons » comme dans la chanson de Maurice Chevalier. Les pieds d'Anaïs Nin, tels qu'elle les décrit dans son journal. Ou de Cendrillon. Elle sourit en pensant qu'à l'instar de celle-ci, elle avait cru monter dans un grand carrosse en convolant en deuxièmes noces avec un haut fonctionnaire qui s'était trouvé impliqué dans des histoires à faire frémir l'Histoire. Enfin, il en était passé de l'eau sous les ponts depuis. Son mari n'était plus, que le diable l'emporte !

Depuis quelques années, elle avait l'impression que son corps lui obéissait moins. *Il en faut de l'humour pour se voir vieillir.* Elle avait perdu quelques centimètres, elle qui était déjà minuscule. Ses seins s'étaient affaissés, sa peau était devenue presque diaphane, comme si elle s'effaçait graduellement avant de disparaître.

Elle se regarda un instant dans le grand miroir à l'entrée, se disant qu'au moins elle avait gardé son visage enfantin entouré de boucles qu'elle gardait blondes comme autrefois. Pour ne pas être reconnue, elle les dissimula sous son feutre. Elle rabattit ensuite le large rebord du chapeau pour mieux passer incognito. Elle était fière de ce déguisement hebdomadaire qui lui donnait l'apparence d'une clocharde. C'était à s'y méprendre. Elle ricana, contente d'elle et de cette douce folie qui l'habitait.

Elle prit un vieux sac et se dirigea vers la porte, juste au moment où Luce sortait de la salle de bain. La jeune femme la regarda, bouche bée. Embarrassée de se faire surprendre ainsi attifée, en flagrant délit de changement d'identité, Colette Chambort s'empressa de lui dire, d'un ton catégorique :

— Surtout, ne me posez pas de questions !

Et elle s'empressa de sortir.

Luce resta un moment mystifiée. Puis elle pensa à Jude qui devait venir au début de l'après-midi. Devait-elle lui raconter la métamorphose à laquelle elle venait d'assister ? Elle hésitait, sans trop savoir pourquoi. Son intuition lui disait d'attendre un peu.

CHAPITRE 14

Tête-à-tête, danse et jalousie

Jude arriva tout joyeux, avec une gerbe de roses et du champagne.

— Je vais chercher un vase et je mets le champagne au frais, dit-il d'un air enjoué.

Surtout depuis la soirée de la veille, Luce comprit que Jude cherchait à établir avec elle un rapport plus amical.

— J'ai hâte de voir tes costumes de scène.

Luce entreprit alors de défiler devant lui avec tous les costumes qu'elle avait apportés. Le fait que Jude soit homosexuel la mettait plus à l'aise. C'était un peu comme avec une copine. Pas de jeu de séduction. Elle tournait joyeusement, tantôt dans un pantalon très moulant, tantôt dans une jupe très courte qui découvrait ses jambes bien galbées ou dans une robe à décolleté plongeant qui mettait en valeur sa jeune poitrine. Luce parada ainsi pendant presque une heure, très soucieuse des commentaires de Jude.

— Tu es très jolie dans tout ce que tu portes, mais il vaudrait peut-être mieux consulter un couturier de mes amis. Ça fait chic, tu sais, d'être habillé par quelqu'un de renom. Ça s'impose même quand on demeure dans le 17ᵉ! ajouta-t-il en riant.

— Je veux bien, mais encore faut-il avoir le budget.

— Ne t'inquiète pas. Je convaincrai mon ami d'investir dans ta carrière.

— Quand même, ce que je porte importe moins que ce que j'apporte, il me semble, jeta Luce en riant de ses jeux de mots.

— Bon, d'accord. Montre-moi maintenant ce que tu apportes, répondit Jude du tac au tac.

Luce lui fit tout un récital. Pour lui seul. Elle chantait d'une voix prenante. Des chansons longtemps mûries en elle avant de jaillir à ses lèvres. Jude était ému de l'entendre ainsi, de constater qu'elle se donnait à fond comme devant un vaste public. Il était même troublé par ce mélange de profondeur, de sincérité, d'amour et de sensualité qui se dégageait d'elle. Avec une candeur étonnante, qui pourrait être une faiblesse dans un milieu sans pitié.

Encore perdu dans ses pensées, il leva les yeux vers Luce qui venait de finir de chanter.

— C'est très beau et impressionnant, commenta-t-il. Viens, nous allons sabler le champagne pour fêter le succès qui t'attend.

Après un premier verre, Jude demanda à brûle-pourpoint :

— Luce, ce que tu livres dans tes chansons, c'est comme si tu te mettais l'âme à nu. Ça me frappe chaque fois. Tu n'as pas peur ?

— Oui, mais c'est plus fort que moi, je ne peux pas faire autrement.

— Tu te rends compte, tu n'as aucune protection. Tu peux attirer le pire !

— Et le meilleur, ajouta-t-elle. Je prends le risque. Je l'ai pris depuis que je suis petite.

— Ah oui ? dit-il d'un air pensif.

Il songeait que, lui, il n'avait jamais pris un tel risque. Surtout dans son enfance. Il avait fallu mentir, se protéger, jouer double jeu entre une jeune mère fantaisiste et un père plus âgé, impliqué dans de douteuses affaires sous le régime de Pétain. Ce père brutal et tyrannique avait fini par lui faire prendre en horreur la masculinité. S'il avait eu le choix, il aurait été une femme. Une femme comme sa mère ou comme Luce.

Jude écarta ces pensées sombres et lança :

— Il me semble, Luce, que tu as dans ton répertoire une chanson très rythmée.

— Ah oui, tu parles de ma parodie *J'aime pas le disco* ?

— Oui, oui, justement, elle m'amuse, cette chanson, elle est très entraînante.

Luce fit jouer la version instrumentale qu'elle avait sur cassette, et elle commença à chanter et à danser en même temps. Jude se laissa vite emporter par le rythme. Il se leva pour danser avec elle.

Quelqu'un venait d'entrer à leur insu.

— C'est comme ça que vous travaillez ? lança une voix sardonique.

— Geoffroy ? Que fais-tu ici ? Comment es-tu entré ? jeta Jude d'un ton réprobateur.

— Mon cher, tu as oublié un double de la clé sur la commode de notre chambre.

Il ajouta, sarcastique :

— C'est donc elle, ta protégée ? Celle dont tu me parles sans arrêt ? Elle est marrante ! Et quelle tenue excentrique !

En plus d'une robe à falbalas très décolletée, Luce portait de longs gants, qu'elle appelait ses « extrava-gants ».

— C'est charmant de vous voir ensemble ! Quelle belle collaboration !

Et, se tournant vers Luce, il ajouta en se tordant d'un air affecté :

— Les roses et le champagne, rien de moins, ma chère ! Jude, je vois que tu emploies toujours les mêmes moyens de séduction.

— Je suis vraiment désolé, Luce, dit Jude.

— Geoffroy, nous partons immédiatement, dit-il d'un ton impérieux.

Jude le prit par le bras avec fermeté et l'entraîna vers la porte. Geoffroy ne put s'empêcher de se retourner et de faire un pied de nez à Luce, qui était restée bouche bée tout le temps de la scène.

— Cesse tes simagrées, lui dit Jude. C'est assez !

CHAPITRE 15

Les samedis de la gare Saint-Lazare

Jude n'avait pas tardé à téléphoner à Luce pour lui réitérer ses excuses et lui demander d'oublier l'incartade de Geoffroy.

— Ne t'en fais pas, Luce. Il joue souvent les mauvais garçons, mais ce n'est pas méchant. D'ailleurs, je peux te dire qu'il s'est repenti, après coup. Il espère que tu lui pardonneras cet accès de jalousie.

Madame Chambort arriva à la fin de l'après-midi et s'empressa d'enlever son déguisement pour reprendre sa vie de bourgeoise. Sans doute pour ne pas avoir à donner des explications à Luce, elle la prévint qu'elle préférait être seule, ce soir-là. Elle s'installa devant le téléviseur avec des pâtisseries et une tasse de thé, pour regarder *Dallas*, son feuilleton préféré, dont elle ne manquait aucun épisode.

Retirée dans sa chambre, Luce avait mis les écouteurs de son baladeur pour apprendre ses chansons. Et pour chasser de son esprit des questions perturbantes. Après tout, madame Chambort et Jude avaient droit à leur vie privée. Quant à ce Geoffroy, elle espérait ne pas le voir trop souvent.

Une semaine passa ainsi sans anicroche. Luce multiplia les répétitions avec Thomas. Jude garda une sage distance pendant quelques jours, et madame Chambort ne fit pas la moindre allusion à sa mystérieuse sortie en clocharde.

Mais, le samedi suivant, le même scénario se répéta. En sortant de sa chambre, Luce surprit madame Chambort au moment où elle calait son vieux feutre sur sa tête. Avec la coccinelle bien épinglée sur le côté. Elle portait le même imper et les mêmes bottes. La vieille dame parut embarrassée sur le coup. Mais elle se reprit vite et, avec un air coquin, mit un doigt sur sa bouche :

— Chut! N'en parlez pas. Ne dites rien à Jude, surtout. Mes sorties doivent rester entre nous. Je vous expliquerai.

Puis elle releva le col de son manteau, abaissa le rebord de son chapeau et sortit.

Luce se demandait où pouvait bien aller cette vieille dame riche, ainsi déguisée. Intriguée, emportée par sa curiosité, elle entreprit de la suivre en catimini, de loin.

Elle la vit se diriger vers le métro Monceau et y entrer. Elle s'empressa d'y entrer à son tour, en se fondant dans la foule tout en tâchant de ne pas perdre madame Chambort de vue. Elle monta dans la voiture voisine et la vit descendre à la station suivante, Villiers. Elle lui emboîta le pas dans la direction Porte des Lilas en prenant encore la voiture suivante. Au deuxième arrêt du métro, elle la vit descendre à Saint-Lazare et marcher vers la gare, puis se diriger tout droit vers un banc où était assise une clocharde aussi âgée qu'elle.

Les deux femmes avaient échangé un sourire complice. De toute évidence, elles se connaissaient. Encore très belle, cette complice de mascarade : un visage fin, encadré d'une longue chevelure d'un blanc éclatant. Venait-elle aussi d'un milieu bourgeois ? Luce, qui se dissimulait derrière un pilier de la gare, écarquilla les yeux quand elle vit cette étrangère empoigner un accordéon... et se mettre à jouer. Assises côte à côte, les deux femmes guettaient les passants qui se pressaient. L'une jouait et l'autre tendait la main, en disant d'une voix geignarde :

— La charité, monsieur, pour deux vieilles sans-logis ?

Luce était sidérée. Elle ne comprenait pas ce qui pouvait pousser une grande bourgeoise du 17e à faire la manche dans une gare. Il y avait une foule sans cesse en mouvement dans le grand hall. La plupart passaient sans regarder ou en détournant le regard, murés dans l'indifférence ou ne voulant pas voir pour ne pas se laisser « avoir », refoulant au fond une sourde culpabilité. Certains jetaient un regard dur, presque furieux, sur les deux mendiantes, comme s'ils leur en voulaient de mettre à l'épreuve leur générosité. D'autres laissaient tomber une pièce, avec une pitié hautaine, comme on jette une perle aux cochons. Et d'autres, beaucoup plus rares, s'arrêtaient pour donner leur obole en y ajoutant une salutation, un sourire, un mot d'encouragement. Il y avait, parmi eux, d'humbles gens, qui semblaient avoir connu la misère et dont la compassion avait une profondeur fraternelle émouvante.

Luce resta près d'une heure à observer tout cela, fascinée, ne cessant de repousser l'envie de s'approcher de la fausse clocharde et de sa compagne ; d'arriver comme par hasard devant elles, de simuler la surprise. Comment madame Chambort le prendrait-elle ? Peut-être très mal. Et alors, ses rapports avec son hôtesse du 17e pourraient être compromis à jamais. De même que ses rapports avec Jude. Son agent, l'homme dont sa carrière dépendait à Paris. Non, il valait mieux être discrète et ne pas s'en mêler. Cette madame Chambort, elle la connaissait peu finalement ; et, de toute façon, elle n'avait pas le droit d'intervenir dans sa vie.

Luce reprit donc le métro, absorbée dans ses pensées. Pour sûr, son hôtesse était plus complexe qu'elle n'en avait l'air. Et plus elle y pensait, plus elle souriait de l'excentricité de cette bourgeoise qui se mettait ainsi dans la peau et les oripeaux d'une clocharde. Pourquoi ? Par jeu, par pur divertissement, ou pour un autre motif qu'elle n'arrivait pas à deviner ?

CHAPITRE 16

Les ombres du parc Monceau

En revenant rue de Fortuny, Luce continuait de se demander ce que Colette Chambort cherchait qu'elle n'avait pas déjà : un luxueux appartement aux abords de ce parc Monceau que Jude lui avait décrit comme une pure merveille : le « jardin d'illusions » du duc d'Orléans, où Proust notamment venait renouer les fils du temps perdu.

Elle décida de s'y rendre en attendant le retour de son excentrique hôtesse. Elle aperçut, de loin, les grilles de fer forgé rehaussées d'or qui enfermaient le parc comme dans un écrin. Elle pénétra avec une sorte de dévotion dans cet espace qui lui semblait presque sacré et se dirigea vers la promenade bordée de statues qu'elle prendrait soin d'identifier plus tard. Pour le moment, elle se livra à la pure contemplation de cet univers grandiose : cette splendeur majestueuse des œuvres d'autrefois qui rendait presque dérisoires les productions modernes.

Comment croire en ce que l'on crée quand on est entouré de tant de beautés ? se disait-elle, dans une sorte de fascination écrasante, pensant à tous les jeunes artistes qui, comme elle, tentaient d'ajouter une touche personnelle dans ce foisonnement multimillénaire de chefs-d'œuvre artistiques.

Elle marchait parmi les ombres, la lumière filtrant à peine à travers la ramure des arbres exotiques. Elle songeait qu'il lui faudrait lancer sa voix, si imparfaite fût-elle, parmi toutes les autres. Elle ne croyait pas en elle, mais elle croyait en cette poussée intérieure plus forte que tout, plus forte que ses craintes. Un besoin fou de lancer son chant exalté ou son cri désespéré dans le brouhaha du monde, dans l'étouffante jungle du spectacle.

Elle n'avait pas le choix de faire autrement, sinon elle imploserait par trop d'intensité. Cette intensité qui l'avait amenée, enfant, à tout risquer quand elle montait sur le garde-fou du deuxième étage de la maison voisine et se maintenait dans un équilibre précaire, les bras à la verticale, le souffle haletant devant la chute éventuelle et l'envol imaginé, sinon désiré, dans un monde meilleur, un paradis peut-être.

Il fallait oser être ce qu'elle rêvait, mais elle avait tant à franchir pour y parvenir, y compris et surtout en elle-même, pensait-elle en passant sous une impressionnante arcade couverte de verdure.

Chaque vie devait avoir sa raison d'être. Sinon, pourquoi serions-nous projetés dans l'existence ?

Pour sa part, elle n'arrivait pas à comprendre le comment et le pourquoi de son existence. Qui étaient ceux qui l'avaient engendrée ? Elle aurait tant voulu le savoir ! Il y avait un grand vide en elle comme celui qu'elle regardait d'en haut, grimpée sur ce garde-fou qui lui donnait le vertige. À tout risquer. Comme sur la scène qui était pour elle la chute ou l'envol dans un autre monde de communion profonde avec les êtres.

Pour un moment, on n'est plus seul. Pour un moment, on n'a plus peur. Ce sont ces moments qui nous marquent au fond de l'âme, car ils se passent au-delà de nous, dans une zone indicible, ineffable, qui est sans doute le paradis des artistes et des mystiques, et celui auquel aspire toute l'humanité.

Elle regarda l'heure. Il était temps de rentrer.

CHAPITRE 17

Le retour de la clocharde

Il était dix-sept heures environ quand Luce entendit rentrer madame Chambort.

Pour ne pas avoir l'air de l'espionner, elle attendit une vingtaine de minutes avant de sortir de sa chambre. La vieille dame était déjà au salon, en peignoir de satin, dans ses pantoufles démesurées à cause de ses cors aux pieds. Elle se tenait droite, d'un air digne, buvant son thé à petits traits dans une tasse de porcelaine fine. La parfaite antithèse de la clocharde de la gare.

— Ah! Luce. C'était un peu frisquet, aujourd'hui. Ce thé chaud me fait du bien. En voulez-vous?

— Avec plaisir, répondit Luce d'une voix assez forte.

Elle savait maintenant la hauteur de l'intonation nécessaire pour l'oreille dure de madame Chambort.

— Vous avez passé un bel après-midi? demanda-t-elle, comme par simple politesse, mais elle se mourait d'envie d'en savoir plus long sur les expéditions de sa mystérieuse hôtesse.

— Extraordinaire! J'ai vu des gens formidables. C'est fascinant, la faune humaine.

— Vous êtes allée marcher dans un parc, j'imagine?

— Mieux que ça, ma chère. J'ai une place réservée dans un théâtre bien spécial. Un mélange de théâtre de rue et d'improvisation. Aujourd'hui, il y avait une accordéoniste pour créer de l'ambiance. Et des personnages défilaient sans arrêt. Certains, sûrs d'eux, dégagés. On voit bien qu'ils savent où ils vont, qu'ils sont bien dans leur rôle. Ils semblent obsédés par leur prochaine répartie. Ils tiennent la tête bien haute, sans regarder les autres. Il y a aussi des cabotins, plus amusants, ceux-là : ils se moquent de la vie parce que la vie s'est bien moquée d'eux depuis qu'ils sont au monde, on dirait. Et des magiciens qu'on devrait remercier de si bien savoir créer des illusions, pour nous faire douter de la réalité de ce qu'on voit et de ce qui nous échappe.

— Je comprends que vous aimiez assister à de tels spectacles !

— Oui, même si parfois ça tourne au risible, et d'autres fois au tragique. Plusieurs sont mal ajustés à leur personnage. Ils sont nerveux. Ils ont peur. Ils cherchent du réconfort dans le regard des autres. Il faut bien le dire : ils quêtent de l'espoir. De la reconnaissance. Ou, plus tristement, juste de quoi survivre. Ce n'est pas tout le monde qui a le beau rôle, dit-elle, songeuse. Je me demande, parfois, si le metteur en scène ne distribue pas les rôles à l'aveuglette. La mauvaise personne pour le mauvais emploi.

— Peut-être que l'auteur de la pièce que vous avez vue manque d'imagination ?

— Non, pas d'imagination. De sensibilité, je pense. S'il s'incarnait dans chacune des vies de ses personnages, je crois qu'il les adoucirait.

— Ce serait peut-être moins palpitant.

— Sans doute. C'est peut-être la souffrance cachée en chacun qui pousse à agir, à réagir. Je ne sais pas. Mais quand même, il me semble que la misère est mauvaise conseillère. Tenter d'en sortir, sans arrêt, est-ce un but suffisant dans la vie ? Pourtant la plupart y sont réduits. C'est un spectacle pénible, en fin de compte. J'aimerais bien que l'histoire de chacun tourne autrement.

— L'avez-vous rencontré, cet auteur ?

— Non, mais j'aimerais bien. Excusez l'expression, mais je l'engueulerais, je crois. Je lui demanderais pourquoi il fait vivre plus de tragédies que de comédies. Pourquoi ne donne-t-il pas à chacun ce qu'il faut pour faire face à la musique, pour être capable de jouer juste et de s'intégrer à l'orchestre ? Hélas, la plupart n'y parviennent pas. Ces personnages tombent dans la misère matérielle ou psychologique.

— C'est peut-être ce qui les force à créer ?

— Oui, peut-être, mais ce n'est pas donné à tout le monde de pouvoir l'exprimer. Plusieurs n'y parviennent jamais. Toi, Luce, tu as de la chance d'être musicienne et chanteuse.

— Oui, je sais. Mais il n'est pas facile de donner sa juste mesure.

— Oui, et de ne pas faire trop de fausses notes. Moi, je n'ai pas su. Il y a des acteurs généreux et d'autres qui gardent tout pour eux. Comme je l'ai fait dans le passé, dit-elle avec un air de regret vite réprimé. Mais il ne faut rien regretter.

— Samedi prochain, est-ce que je pourrais assister à ce spectacle avec vous?

Embarrassée, madame Chambort tenta d'expliquer:

— Euh... vous savez, c'est une sorte de théâtre privé. Il y a peu de places et elles sont réservées par des habitués.

— Et, si je comprends bien, il faut se déguiser pour y entrer?

Madame Chambort sourit, sans répondre. Luce n'osa pas insister.

Au cours de la semaine suivante, Luce tenta, à plusieurs reprises, de reprendre la conversation. Mais madame Chambort avait repris son rôle habituel et évitait le sujet comme si elle regrettait de s'être trop livrée. Cette zone de sa vie était secrète et sans doute ne voulait-elle pas prendre le risque d'y laisser entrer quelqu'un, à part la seule amie avec qui elle la partageait. Peut-être en avait-elle déjà trop dit à Luce? Mais avait-elle le choix? Luce avait déjà vu sa métamorphose de femme du monde en clocharde. Ne valait-il pas mieux, en fin de compte, lui raconter ce qui se passait vraiment les samedis en lui faisant promettre de n'en parler à personne? Pourrait-elle compter sur sa discrétion? Si Jude l'apprenait, il serait furieux. Et cela pourrait avoir des conséquences terribles pour elle. Depuis qu'il vivait avec Geoffroy, elle savait très bien qu'elle n'était plus en sécurité, même chez elle.

Un jour, après avoir dit à son fils qu'elle s'absentait pour la journée, Geoffroy était entré chez elle, avec la clé de Jude. Madame Chambort l'avait surpris parce qu'elle était revenue plus vite que prévu.

En entrant, elle avait entendu du bruit dans sa chambre et s'était vite aperçue que c'était Geoffroy qui était en train de fouiller dans ses tiroirs. Celui-ci n'avait pas perdu son sang-froid et avait prétexté que Jude l'avait envoyé chercher des documents essentiels pour sa comptabilité. Quand elle en parla à Jude, il avait paru embarrassé, mais il s'était bien gardé de dénoncer son amant:

— C'est vrai, je lui avais demandé de retrouver les contrats de location des appartements qui vous appartiennent, maman, car un des locataires me crée des ennuis. Je voudrais le déloger, mentit-il.

Madame Chambort connaissait assez son fils pour savoir qu'il mentait. Jusqu'où irait-il pour protéger ce gigolo qui le dépouillait effrontément ? Son pouvoir sur Jude prenait des proportions énormes.

Quand Jude voulut clarifier la situation avec Geoffroy, celui-ci rétorqua :

— Je cherchais quelques bijoux à vendre pour m'aider à réaliser mon œuvre. Je sais que tu comprends, Jude, que l'art passe avant tout. Il faut redistribuer les richesses qui dorment dans des tiroirs. Tu sais très bien que ta mère ne porte jamais ces bijoux. Aussi bien qu'ils servent à promouvoir des artistes de talent. Ton nom sera associé à mon œuvre si tu m'encourages. N'oublie pas tous les mécènes qui sont passés à l'histoire. Tu en es un, mon chéri. Pardonne-moi ce petit écart de conduite, mais c'est pour une bonne cause.

Jude lui reprocha quand même d'avoir agi comme un voleur et l'avertit qu'il ne fallait pas qu'il recommence.

Madame Chambort constata peu après que quelques bijoux étaient disparus. Elle n'en parla pas à son fils, qui, de toute façon, protégeait son jeune dieu sexy… De fait, elle craignait de plus en plus ce Geoffroy. Elle était sûre qu'il cherchait un moyen de la déloger pour prendre l'appartement.

D'ailleurs, Geoffroy avait déjà entrepris diverses manœuvres pour faire croire qu'elle était sénile. Par exemple, quand il venait manger chez elle avec Jude, il lui apportait des magazines qu'il faisait disparaître prestement et qu'il lui redemandait ensuite pour vérifier un article. Mais les magazines n'étaient plus là où madame Chambort les avait déposés. Il s'en montrait alors très étonné et regardait Jude en feignant la tristesse.

D'autres fois, il passait à la cuisine en catimini et allumait la cuisinière pour y déposer un chaudron avec du riz qui finissait par coller au fond. L'odeur de brûlé qui se répandait dans l'appartement alertait Jude, qui bondissait à la cuisine. Et Geoffroy disait d'un air contrit :

— Tu vois bien que c'est un danger de la laisser vivre dans cet appartement qui vaut des millions. As-tu des assurances, au moins ? Tu t'imagines les poursuites si l'édifice brûlait à cause d'elle ?

Dès lors, quand il venait chez sa mère, Jude remarquait avec inquiétude le moindre oubli de sa part. La moindre distraction devenait suspecte.

CHAPITRE 18

La clé perdue

Luce se demandait toujours comment faire pour que madame Chambort soit amenée à lui dire la vérité sur ses escapades à la gare Saint-Lazare. Elle eut l'idée tout à coup de lui proposer d'écrire une chanson pour ce théâtre de rue, et même d'aller y chanter. Ça l'obligerait sans doute à lui révéler toute l'histoire.

Mais le temps passait, ce samedi-là, et madame Chambort ne rentrait pas. Il était près de vingt heures déjà. Luce s'inquiétait. Pour mieux la voir venir, elle entra dans la serre d'où on avait vue sur la rue.

La nuit commençait à tomber et sa « comédienne de gare » n'arrivait toujours pas. Fallait-il prévenir Jude ? Non, elle avait promis à madame Chambort de n'en parler à personne. Elle prit son mal en patience... et, tout à coup, vers vingt heures trente, le téléphone sonna.

Elle entendit alors la voix haut perchée qu'elle connaissait bien :

— Luce, comme je suis contente que vous soyez là ! On m'a volé mon sac à main, je l'ai cherché longtemps. En vain. Je n'ai plus mes clés. Et je ne veux pas appeler Jude, dit-elle, d'un ton inquiet. Il en ferait toute une histoire, croyez-moi. S'il vous plaît, restez là, j'arrive. Dans moins d'une heure.

Rassurée, Luce décida d'aller lui préparer un repas chaud. Il était prêt quand on sonna à la porte.

— C'est vous, madame Chambort ?

— Oui, c'est moi, souffla-t-elle, haletante.

Elle entra, visiblement fatiguée.

— J'ai préparé le repas.

— C'est gentil, Luce, mais je prendrais un petit remontant d'abord.

— Je comprends. C'est stressant de perdre son sac à main et ses clés.

— En effet, mais heureusement que je laisse toujours mes papiers ici quand je pars le samedi. Sauf que... il y avait mon adresse sur le trousseau de clés.

Luce comprit le danger. L'insécurité parfois de vivre dans un immeuble aussi cossu.

— Personne n'est venu ? enchaîna madame Chambort, tremblante.

— Non. Pas encore...

— N'amplifiez pas mes craintes, Luce.

— Il faudra changer la serrure.

— Ce n'est pas facile. Vous avez vu cette porte ? Elle est ancienne et la serrure aussi. Et comment trouver un serrurier un samedi soir ? Et comment, surtout, éviter la colère de Jude qui m'accusera de ne plus être en mesure de garder cet appartement ?

Et elle se mit à trembler sous le regard inquiet de Luce qui cherchait les mots pour l'apaiser.

— J'y tiens, à cet appartement. Je l'habite depuis si longtemps. Et je crains que mon temps ne soit compté, ici. Geoffroy veut m'en déloger pour l'habiter ou le vendre.

— Je vais trouver le moyen de vous aider.

Après lui avoir servi un whisky, Luce alla s'asseoir sur le fauteuil près du divan.

— Mais comment tout cela vous est-il arrivé, madame Chambort ?

— Approchez, Luce. Je vous entends mal... Écoutez, je vais tout vous dire, si vous me promettez de garder le secret.

— Oui, je vous le promets.

— Chaque samedi, je vais observer la faune humaine à la gare Saint-Lazare. Je m'assois sur un banc et je regarde autour les gens s'agiter. J'essaie d'imaginer leur personnalité à leur démarche, à leur attitude. Il m'arrive même de quêter pour voir comment ils vont réagir.

— Vous quêtez ?

— Oui, mais je redonne tout ce que je reçois aux vrais clodos. J'y ajoute même une petite partie de mes revenus. À l'insu de Jude, bien sûr. Imaginez leur étonnement de voir une gueuse leur donner tout cet argent ! C'est plus que du théâtre. Parfois comique, mais le plus souvent tragique. C'est la vie dans ce qu'elle a de plus cocasse et imprévisible.

— Mais il ne faut jamais que Jude apprenne cela ! poursui-vit-elle. Et surtout ce qui vient d'arriver, les clés perdues avec l'adresse dessus. Il y a un gros problème : lui seul peut appeler le serrurier.

— À moins... dit Luce. J'ai une idée. Je pourrais dire à Jude que c'est moi qu'on a volée. Il m'a recommandé de garder mes clés dans un sac à part. Pour ne pas tout perdre en même temps si je me fais voler. J'ai donc toujours sur moi un petit sac pour les clés. Je lui dirai qu'on me l'a arraché.

— Ah, Luce, vous feriez ça pour moi ? dit-elle.

— Bien sûr.

— Jude, qui gère mes appartements, a un homme à tout faire qui est disponible même les week-ends. Lui, il pourra nous dépanner.

Un lien de complicité plus fort que leur affinité venait de se créer entre Luce et madame Chambort.

Aussitôt prévenu, Jude s'empressa de téléphoner à son homme de confiance pour remplacer la serrure. Il était tard déjà, mais les deux hommes arrivèrent peu de temps après. Même si Jude était fort ennuyé par la situation, car il fallut beaucoup de temps pour changer cette serrure compliquée, il ne montra aucun mécontentement à Luce. Il ne mit aucunement en doute sa version des faits.

CHAPITRE 19

La femme du collabo

Les hommes partis, le souper se transforma en réveillon.

— Vous connaissez maintenant ma double vie, Luce.

— C'est par charité que vous faites ça ?

— Non, par humanité. Ou par instinct. Il y a beaucoup d'animaux qui éprouvent de l'empathie pour ceux de leur espèce. Disons que je suis un animal empathique.

Elles rirent toutes deux.

— Me rapprocher des démunis me donne l'impression de mieux les comprendre. Mais peut-être aussi que j'essaie de me faire pardonner ma richesse ? Mon vieux fond chrétien.

— Êtes-vous croyante ? demanda Luce.

— Non, pas du tout. On n'a pas besoin de croire en un Dieu pour être humain. Et vous, Luce ?

— Parfois, j'ai l'impression de sentir une présence surnaturelle.

— Quand on se sent trop seul, on trouve des compensations. On peut s'inventer des choses. La solitude et l'imagination réunies peuvent créer des monstres ou des dieux.

Luce ne répondit pas. Il est vrai qu'elle s'était toujours sentie seule et qu'elle avait beaucoup d'imagination. Pourtant...

— Je compte sur une force supérieure, finit-elle par dire.

— On prête un pouvoir à quelqu'un d'extérieur pour s'en remettre à lui. Pour s'en laver les mains. On devient les Ponce Pilate de nos existences. Si la « grâce » est assez forte, je passe à travers tout. Sans cette grâce, je m'écroule et je n'en suis pas complètement responsable. La foi est une sorte de lâcheté.

— L'avez-vous déjà eue pour en parler d'une façon si négative ?

— Non. Mais si je l'avais eue, les horreurs de la guerre m'en auraient détournée.

— Ce devait être terrible. Nous avons eu de la chance, au Québec, de ne pas vivre cela.

— Oui, beaucoup de chance, vous ne pouvez savoir à quel point !

Un silence suivit. Colette replongeait dans le passé, les yeux fixes, comme médusée par la réapparition d'images lointaines.

— Ce qui était effrayant, c'était d'entendre courir les agents de la Gestapo dans la rue. Aux trousses de résistants. Mon jeune frère en était un. À la fin de la guerre, il a été pris dans une embuscade... Les Allemands l'ont fusillé en même temps que ses amis. Tous trahis par un collaborateur des nazis.

— Comment ? Un collaborateur ?

— Oui, ce faux jeton s'était infiltré dans un groupe de quarante jeunes qui se battaient pour libérer Paris. Il leur avait donné rendez-vous au coin d'une rue. Ils sont arrivés dans deux camions banalisés. C'était un piège. Les agents de la Gestapo les attendaient. Ils les ont entassés dans l'un des camions et les ont conduits en banlieue de Paris. Là, ils les ont forcés à sortir et les ont tous descendus sans pitié, l'un après l'autre.

— C'est atroce. Comment peut-on être aussi fourbe et cruel ? Comment ce traître a-t-il pu vivre par la suite avec toutes ces morts sur la conscience ?

— Tu penses s'il s'en souciait ! Les fanatiques sont prêts à tout.

— Je sais, mais je n'arrive pas à le croire. Il me semble qu'un humain ne peut pas être aussi monstrueux.

— Misère, Luce, il faudra vous méfier !

— La guerre est passée, quand même !

— Oh ! il y a bien des genres de guerres, croyez-moi. La guerre pour le pouvoir, pour la gloire, pour l'argent. Et les gens ont des masques. On ne le devine pas toujours. Quand je pense que mon deuxième mari était un collabo. Pouvez-vous imaginer ? J'ai épousé un partisan de Pétain, le maréchal qui a fait cause commune avec Hitler. C'est à cause d'hommes comme lui que mon frère est mort, de même que bien des jeunes gens brillants, prometteurs.

Luce, bouleversée, se gardait de l'interrompre.

— Vous savez, il y a beaucoup de gens en qui j'ai cru et qui m'ont déçue. Je n'en suis pas très fière. J'ai soixante-douze ans et j'ai pris du temps à comprendre ou à découvrir des choses. Et parfois, trop tard. La compréhension des autres et des événements ne vient pas forcément avec les années. Quand on peut l'acquérir jeune, c'est bien mieux. Je vous le dis, Luce, armez-vous! La vie est dure, et vous avez choisi un domaine plus difficile que bien d'autres. Moi, j'ai perdu une clé aujourd'hui, mais il y a des clés plus importantes, qui sont invisibles. Votre talent, par exemple. La clé pour le développer, c'est la confiance en vous et aussi dans les autres qui s'occupent de votre carrière. Mais cette confiance, on peut facilement vous l'enlever par jalousie ou trahison. Le show-business est une mafia terrifiante. Les meurtres y sont invisibles. Les artistes brisés, trahis, continuent à se promener dans un corps vide d'espoir, de rêves. Souvent, ils deviennent des morts-vivants.

Sans s'en rendre compte, Luce émit un grand soupir qui n'échappa pas à madame Chambort.

— Bon, Luce, je ne voudrais pas vous attrister avec mes propos. Il est tard, je suis fatiguée, et vous aussi sans doute, je m'arrête là avant de trop divaguer. On a fait de grands détours ce soir: passer de la religion et de la guerre au showbiz... Mais je vais vous avouer une chose, dit-elle d'un air goguenard: la vieille athée que je suis aimerait bien mourir repliée en fœtus avec les mains jointes, au cas où elle pourrait renaître sous l'œil d'un Dieu tendre dont elle a pourtant toujours nié l'existence.

CHAPITRE 20

Le Cirque d'hiver

Jude arriva enthousiaste pour annoncer:
— Luce, je t'ai trouvé une première occasion de chanter en public. C'est grâce à un nouveau copain qui est directeur d'une station de radio. Il a organisé une fête pour toutes les radios libres de Paris.

— Ce n'est pas un peu tôt pour moi? Je dois travailler à ma comédie musicale et je croyais que...

— Juste quelques chansons! Pour tâter le pouls du public français. Mon copain t'offre même la meilleure place: tu clôtureras le spectacle. Une chance inouïe, crois-moi. Il faut en profiter!

— Je n'ai pas répété mes nouvelles chansons, s'opposa-t-elle.

— T'as qu'à en choisir trois de ton ancien répertoire. Choisis ce que tu sens, à ta guise. C'est pour demain soir. Je sais que c'est à la dernière minute, mais il ne faut pas laisser passer des occasions comme celle-là, tu comprends?

— Bon, si tu le dis. Je vais me préparer.

Jude repartit, laissant Luce quelque peu embarrassée. Elle se demandait quelles facettes de sa personnalité elle devait présenter. Après avoir réfléchi, elle se dit: *pourquoi pas trois chansons très différentes? Une, satirique, sur le disco qui submerge les ondes:* J'aime pas l'disco! *Une autre, grivoise, à la Colette Renard:* Ensemence-moi! *Et une autre, métaphysique, sur un monde parallèle:* Y a-t-il un monde juste à côté d'ici?

Le lendemain soir, Jude vint la chercher pour le spectacle. Elle sentit qu'il avait le trac presque autant qu'elle. Il la regarda de la tête aux pieds, surpris par ce qu'elle portait. Comme il lui avait dit qu'elle chantait dans un cirque, Luce avait cru bon de se donner une allure féline avec un costume «léopard» qu'elle aimait: très moulant, tacheté aux couleurs de cet animal. Elle avait ébouriffé sa chevelure en crinière de lionne. Elle en avait même roussi plusieurs mèches pour accentuer l'effet. Jude était quelque peu déconcerté : n'était-ce pas caricatural ? Excessif ? Peut-être bien que non : après tout, il faut surprendre, choquer même, pour attirer l'attention, pour frapper un public souvent blasé.

— Ta tenue est parfaite, finit-il par dire pour la rassurer, sachant que, de toute façon, il était trop tard pour changer quoi que ce soit.

— Vite, dit-il, j'ai été ralenti par un embouteillage. On n'a pas une minute à perdre si on ne veut pas arriver en retard !

— J'ai la trouille, dit Luce. Est-ce une grande salle ?

— C'est un amphithéâtre qui peut contenir mille six cents personnes, je pense.

Luce prit une expression horrifiée :

— Quoi ? Et tu ne m'as pas prévenue ?

— Je ne voulais pas t'inquiéter d'avance. Le Cirque d'hiver, c'est un lieu mythique, tu sais. C'est très important que tu y chantes ! C'est une occasion en or pour toi.

— Tu aurais pu me prévenir quand même !

— Écoute, je suis désolé, j'ai hésité. Au fond, je craignais que tu refuses.

— Jude, qu'est-ce que t'as pensé ? D'habitude, je m'habitue à la scène durant la prise de son qui précède le spectacle. Il faut absolument que je me situe dans l'espace pour pouvoir me sentir chez moi sur scène. Pourquoi ne m'as-tu rien dit ?

Elle avait presque crié.

— Luce, calme-toi. Ce n'est pas le moment de paniquer ! Tout ira bien : comme tu passes en dernier, tu auras le temps de voir tous les autres artistes se produire. Et de t'acclimater au lieu et au public.

— Sais-tu à quel point c'est difficile de chanter avec une version instrumentale plutôt qu'avec des musiciens ? Si je rate un mot, une mesure, je ne pourrai pas me rattraper. C'est affreux ! Et le technicien du son, saura-t-il balancer ma voix en fonction de la musique si nous n'avons eu aucune répétition ?

— Je t'en prie, Luce, ne t'en fais pas. Les autres sont dans la même situation : ils n'ont pas pu répéter, non plus. La salle a été louée juste pour la soirée et le technicien connaît bien l'endroit. C'est un professionnel aguerri. Il saura bien s'ajuster.

Quand Luce aperçut l'édifice, son angoisse augmenta. C'était un immense polygone surmonté d'un dôme imposant. D'impressionnantes statues, au-dessus de l'entrée du cirque, semblaient surveiller cet univers où se rencontraient les hommes et les bêtes, le courage et l'instinct.

Mais rien ne fut comparable à la peur qui l'envahit quand elle aperçut l'arène où elle devrait chanter. Les gradins bondés de monde. Plus d'un millier de personnes! Une foule en liesse qui venait célébrer la liberté d'expression qui caractérisait les radios libres. Jude la vit pâlir. Il s'empressa de l'emmener à la loge des artistes. Ils étaient tous là, déjà, nerveux, fébriles, bizarres, à la limite du burlesque. Un travesti refaisait son maquillage devant le miroir, rehaussant au crayon le contour de ses lèvres pour mieux les mettre en valeur :

— Ce soir, c'est la soirée des homos. Il n'y a jamais d'homos-plates, rigola-t-il.

Luce avala de travers le calembour en pensant à sa première chanson grivoise, qui faisait l'éloge du désir d'une femme pour un homme.

Elle entendit un autre dire :

— Ce sera une belle soirée disco culte, mon cocu!

Ils s'esclaffèrent.

Luce blêmit en pensant à sa deuxième chanson *J'aime pas l'disco*.

Un autre ajouta :

— En tout cas, on s'emmerdera pas avec des ballades!

Sa troisième chanson en était une... Comment pourrait-elle se présenter sans se faire huer? Elle se tourna vers Jude qui semblait aussi inquiet qu'elle.

— Pourquoi tu ne t'es pas informé des radios qui étaient représentées? Je ne peux plus rien changer, maintenant. Je n'ai apporté que trois versions instrumentales! Tu veux me démolir ou quoi?

Il se tut, furieux d'être pris en faute.

Les heures d'attente avant sa prestation semblèrent interminables. Ils n'échangèrent pas un mot. La tension était palpable. Ils s'en voulaient l'un l'autre. Le moment approchait. Le décompte était commencé. Le cœur de Luce battait au double des secondes qui s'écoulaient avant son entrée. Cinq, quatre, trois, deux, un!

Elle fonça dans l'arène. Une odeur forte la saisit à la gorge. Celle de tous les grands fauves qui rugissaient d'habitude en ce lieu. Un instinct sauvage s'empara d'elle. Non, ce ne serait pas elle qui se ferait dompter. Elle allait dompter le public. Le dominer.

Elle se mit à chanter avec une fougue, une détermination qui frôlait la provocation:

— J'aime pas l'disco! commença-t-elle presque dans un hurlement.

Plusieurs la huaient déjà.

Elle entonna l'autre chanson, la grivoise, adressée aux hétéros. Les protestations fusèrent de plus belle. Les programmes chiffonnés atterrissaient en boules autour d'elle.

Plus l'adversité grandissait, plus elle se déchaînait. Passant de la bête traquée à la dompteuse, elle tournait dans l'arène pour mieux dresser l'assistance. Elle rageait, affrontait avec une maîtrise exceptionnelle le public ennemi.

Voyant avec quelle énergie et quel courage Luce continuait envers et contre tout, une partie de la foule se mit à l'applaudir. Des bravos retentissaient parmi les huées. L'ovation parmi les sifflements.

Luce sentit monter en elle une euphorie qu'elle n'avait jamais connue auparavant. Jamais elle n'avait déclenché des réactions aussi extrêmes. Elle était au comble du bonheur et, aussitôt ses trois chansons terminées, elle se mit à danser au milieu de l'arène, en scandant un rythme amérindien. Elle jongla ensuite avec les boules de papier avant de les relancer à l'assemblée.

La soirée se termina dans l'agitation la plus totale. C'était le chahut dans l'assistance, entre les hourras et les tollés.

Quand elle sortit de l'arène, trois hommes l'attendaient. Trois générations de Bouglione. Luce s'avança vers eux avec appréhension. Le plus vieux sourit en lui donnant une solide poignée de main:

— Madame, vous êtes une dompteuse dans l'âme. Nous avons besoin de vous. Vous savez, il est assez coûteux et ardu de produire des spectacles uniquement avec les bêtes. Nous pensons donc présenter des spectacles mi-humains, mi-félins. Et nous serions très heureux de vous compter dans notre équipe.

Luce était sidérée. Elle s'attendait à tout, mais pas à ça!

— Vous êtes faite pour le cirque, il n'y a aucun doute.

Encore sous l'effet de l'adrénaline et fière d'avoir suscité des réactions aussi vives, elle répondit sans réfléchir :

— Je n'en doute pas une minute !

Avec un humour qui séduisit les Bouglione, elle enchaîna :

— Vous voulez bien me présenter mes partenaires de scène ? Les autres artistes félins ?

— Avec joie, répondirent les trois générations de dompteurs. Venez, suivez-nous.

— J'espère qu'il y a des guépards parmi eux. J'adore ces félins qui ont la fidélité du chien.

— Non. Ils apprennent plus vite que les autres, mais ils ne supportent pas le stress du spectacle. Ils meurent très jeunes de crises cardiaques. Les animaux ne sont pas tous des bêtes de scène !

Ils rigolèrent.

— Je les comprends, dit Luce. J'ai failli crever, ce soir. Mon cœur a bondi fort dans sa cage !

Ils approchaient justement des cages. Un employé était en train de nourrir les lions. Il leur lançait d'énormes quartiers de viande, des cuisses entières de mouton que les rois de la jungle s'empressaient d'engloutir férocement.

Luce ne put s'empêcher de penser que ces grands prédateurs ne feraient d'elle qu'une bouchée… comme plusieurs, sans doute, dans le show-business. On l'avait prévenue : il y avait bien des pièges pour les bêtes de scène. Qu'arriverait-il en cas de conflit avec l'un des patrons du cirque ? Elle servirait d'amuse-gueule dans une cage ? La poitrine pour l'un, les cuisses pour l'autre. De ça aussi, on l'avait prévenue : le droit de cuissage des producteurs. Il faut bien nourrir les investisseurs ! Cela lui répugnait jusqu'à la nausée.

— Je vais penser à votre proposition. Je vous donnerai ma réponse le plus tôt possible, dit-elle en inscrivant le numéro de téléphone de madame Chambort sur un bout de papier. Voici donc où vous pouvez me joindre, en attendant que j'aie mon numéro personnel.

Jude était arrivé sur les entrefaites, fort vexé de constater que Luce continuait à agir comme si elle n'avait pas d'agent. D'abord, elle ne l'avait pas attendu avant de suivre ces trois hommes, et, de plus, elle avait agi comme si elle était la seule à prendre les décisions.

— Je me présente, dit-il, froidement. Jude Chambort. Je suis l'agent de Luce et c'est moi qu'il faut consulter pour les engagements de mon artiste. Voici ma carte.

Luce sentit qu'elle avait commis un impair, mais elle ne le regretta pas : c'était pour elle une douce vengeance. Elle s'éloigna avec Jude qui lui jeta avec colère :

— Quelle imprudence de donner tes coordonnées à n'importe qui !

— Ce sont les directeurs du cirque, quand même. Et toi, tu ne m'as pas demandé mon avis avant de me jeter dans la gueule du loup ! Dans la fosse aux lions, plûtot.

— Épargne-moi ton humour noir, je t'en prie. Humour pour humour, mademoiselle Berger veut paître les lions maintenant ?

Le retour se passa sans autre commentaire, ni sur son éclatante prestation ni sur la proposition. Il la laissa à la porte de l'immeuble de la rue Fortuny, sans la raccompagner jusqu'à l'appartement.

— Nous reparlerons de tout ça demain, dit-il. Repose-toi, tu en as bien besoin.

CHAPITRE 21

Bêtes de cirque et bêtes de sexe

À l'appartement du 17ᵉ, Colette Chambort attendait Luce avec impatience, un sourire mi-moqueur, mi-enjoué aux lèvres :

— Je vous ai écoutée à la radio. C'était du délire ! J'entendais des sifflements… et je ne crois pas que ce soit à cause de mon appareil auditif.

Elle riait de bon cœur.

— J'ai aussi entendu des acclamations, des bravos. Vous êtes une vraie dompteuse de public, c'est le cas de le dire. Racontez-moi tout. Je voulais y aller, mais Jude m'en a empêchée, me disant qu'il devait s'occuper de vous et qu'il ne fallait pas que je me mêle de son travail.

— Vous auriez dû ! Je suis certaine que vous m'auriez décrit la fosse avant de m'y jeter.

Ne voulant pas trop critiquer le fils de son hôtesse, Luce résuma la situation :

— Les Bouglione m'offrent une série de spectacles.

— Oh ! C'est étonnant. Ils produisent donc des chanteurs, maintenant ?

— Il s'agit de spectacles avec les animaux du cirque.

— Quoi ? Quelle horreur !

— Pourquoi ?

— Vous vous imaginez leur pouvoir ? Vous ne faites pas l'affaire ? Allez, Luce aux lions ! Vous savez qu'il y a une jeune artiste qui s'est suicidée après un été dans un cirque ?

— Ça n'avait sans doute rien à voir avec les propriétaires. Une dépression, ça peut arriver à tout le monde. Même les guépards craquent, semble-t-il.

— En tout cas, je vous vois mal chanter dans un cirque. Vous serez vite étiquetée. Il faut savoir s'orienter le mieux possible dans ce métier.

— Vous le connaissez donc si bien?

— N'oubliez pas que je suis une comédienne chevronnée, fit-elle avec un clin d'œil moqueur.

De son côté, en rentrant chez lui, Jude vit que son amant l'attendait d'un air sarcastique.

Geoffroy était allé au cirque en tâchant de passer inaperçu. Il était trop curieux de voir la tête du directeur de la radio gay qui attirait Jude et, en même temps, de savourer le spectacle de Luce jetée dans la fosse aux lions.

Dans les deux cas, il avait été trop impressionné pour ne pas être inquiet. Le jeune directeur avait un charme fou qui devait aimanter Jude. De toute évidence, un lien s'était déjà créé entre eux. Il fallait agir vite et Geoffroy imagina une stratégie pour contrôler la situation. D'abord séduire ce jeune directeur pour l'éloigner de son amant; ensuite, déblatérer sur Luce pour l'éloigner des ondes radiophoniques. Le jeune directeur en avait le pouvoir s'il chapeautait toutes les radios libres. Sauf que Luce n'était pas si facile à écarter. Elle avait beaucoup plus de métier qu'il ne l'avait cru. Il s'était réjoui trop vite, en escomptant l'échec de cette jeune intruse. Luce avait dompté l'immense foule agitée. Elle s'était sortie avec éclat, d'une situation susceptible de déstabiliser n'importe quel artiste, même le plus aguerri.

Il aurait beaucoup plus à faire qu'il ne pensait pour l'éloigner et reprendre toute la place auprès de Jude qui négligeait sa promotion depuis l'arrivée de cette intrigante. Mais il n'était pas à court de manœuvres et d'insinuations pour y arriver.

— Ne trouves-tu pas qu'elle était ridicule dans ce costume de léopard? C'était d'un mauvais goût!

Jude ne répondit pas. Il avait été trop frustré par le comportement indépendant de Luce pour prendre sa défense. Il commençait même à se demander si elle n'avait pas déjà pensé le remplacer par l'agent du père de Thomas. Il lui faudrait être vigilant.

Le voyant préoccupé, Geoffroy décida de déployer tous ses charmes pour ramener à lui cet amant qui peut-être commençait à lui échapper.

Il avait déjà souligné au crayon ses grands yeux bleu foncé, lustré son abondante chevelure noire ondulée, mis un jeans serré qui soulignait la finesse de sa taille.

Il alla mettre un disque de jazz langoureux. Et commença à tourner autour de Jude, en jouant les effeuilleuses. Ses vêtements tombèrent peu à peu, et il se retrouva bientôt nu devant un Jude de plus en plus hypnotisé. Leur nuit fut sulfureuse, tellement que Geoffroy à la fin s'exclama :

— Je peindrai nos corps magnifiques d'hommes enlacés et notre amour deviendra mythique. Il rayonnera dans le monde entier, grâce à nos talents réunis et grâce à toi, surtout, car une œuvre dépend beaucoup de la promotion qu'on en fait, glissa-t-il habilement. C'est toi qui me mettras au monde, qui m'engendreras. Tu es mon amant, mon ami, mon frère et mon père à la fois. Tu es tout pour moi. Sans toi, rien n'est possible.

Cette déclaration passionnée toucha profondément Jude qui se promit de faire rayonner le plus possible son amant, cette flamboyante moitié de lui-même. Geoffroy avait longuement préparé et répété sa tirade, si bien qu'elle semblait exhaler la sincérité la plus pure.

CHAPITRE 22

Un dîner fracassant

Du côté de Luce, la nuit fut très perturbée, remplie de cauchemars où elle se voyait au milieu d'une arène, entourée de bêtes féroces qui la déchiraient, sous les hourras de la foule. Elle se réveilla en sueur.

Ce jour-là, elle s'attarda dans son lit et passa une bonne partie du temps dans sa chambre, songeant à toutes les péripéties de la veille. Comment avait-elle pu défier à ce point une foule déchaînée ? Quel mécanisme s'était enclenché en elle pour qu'elle réussisse à surmonter son insécurité profonde ? Quels ressorts inconscients nous projettent en deçà ou au-delà de nous-mêmes ? Dans le crime ou l'héroïsme ? Quelle pulsion inconnue peut faire de nous des saints ou des bandits, des dieux ou des diables ? La personnalité n'était-elle que la pointe visible d'un iceberg dont la réelle dimension restait cachée ?

Vers la fin de l'après-midi, madame Chambort vint frapper à sa porte :

— Luce, j'ai oublié de vous dire que j'ai un invité spécial ce soir pour dîner. Quelqu'un que je tiens à vous présenter. Je prends un bain. Et tout à l'heure, si vous le voulez bien, nous prendrons l'apéro ensemble. Je vous raconterai tout.

— Avec plaisir, dit Luce qui, par la porte entrouverte, aperçut tout à coup un filet d'eau sortir de la salle de bain.

— Eh, madame Chambort, il y a de l'eau qui coule sur le plancher.

Luce se précipita vers la salle de bain, Colette clopinant tant bien que mal derrière elle.

— La baignoire déborde, s'écria Luce, qui se dépêcha d'aller fermer le robinet. Puis elle alla chercher une vadrouille et un seau pour éponger l'eau qui s'était répandue sur le carrelage, menaçant d'inonder le luxueux appartement et celui du dessous.

— Oh, nom de Dieu, nom de Dieu... répétait la vieille dame, je venais tout juste d'ouvrir le robinet, il me semble. Enfin, je ne sais plus. Je suis si distraite, parfois.

Luce se demanda avec inquiétude si madame Chambort ne commençait pas à perdre la mémoire.

— J'ai toujours été un peu distraite, répétait la vieille dame pour se justifier, en tournant piteusement autour de Luce qui trimait dans l'eau.

Après tout ce branle-bas, les deux femmes se retrouvèrent au salon pour l'apéro.

— Luce, il faut que vous parle de cet homme que j'ai invité ce soir.

— Un homme ? releva Luce en souriant.

— Ah, non ce n'est pas ce que vous pourriez penser, fit-elle avec un sourire de coquetterie. Il s'agit de quelqu'un qui a été presque mon gendre.

— Votre gendre ?

— Oui, le conjoint de Jude pendant plusieurs années. Normand est un homme généreux, bon, merveilleux, pas agressif pour deux sous, enfin toute autre chose que ce Geoffroy, lâcha-t-elle dans un soupir. Vous ne pouvez savoir à quel point Jude était adorable avec moi quand il vivait avec Normand. C'était le garçon le plus gentil du monde ! En quittant Normand, mon fils s'est perdu lui-même. J'aimerais tellement qu'ils se retrouvent, ces deux-là. Geoffroy me fait peur. Quand je l'ai vu lorgner mes meubles, mes tapisseries, mes tableaux, je l'ai senti tout de suite intéressé et cupide. Je l'ai même surpris un jour à fouiller dans mes tiroirs.

— Ah oui ?

— Ce serait trop long à vous raconter. Écoutez, ce soir, j'ai trouvé le moyen d'organiser une rencontre entre Normand et mon fils. Jude doit passer prendre des documents au début de la soirée. C'est pourquoi j'ai invité Normand à dîner.

— C'est astucieux, commenta Luce.

Normand arriva vers dix-neuf heures trente, à l'heure prévue. C'était un bel homme, calme, courtois, moins flamboyant que Geoffroy et plus âgé : dans la quarantaine, estima Luce qui l'observait avec intérêt. Il émanait de lui une sérénité qui contrastait avec le comportement frénétique de Geoffroy.

Normand était encore sur le seuil quand Jude arriva, sauf qu'il n'était pas seul : Geoffroy l'accompagnait. Il y eut un embarras général. Madame Chambort était fort dépitée de voir Geoffroy ; Luce, saisie par le potentiel explosif de la situation ; Normand, gêné de la confrontation ; Jude, très embêté à la fois par la présence imprévue de Normand et celle de Geoffroy qui s'était imposé. C'est ce dernier d'ailleurs qui rompit la glace d'un rire fanfaron :

— Ha ha, c'est ici que le passé et le présent se rencontrent !

Il eut à peine le temps de finir sa phrase que la sonnette retentit. C'était le traiteur.

— Ah, le festin, s'écria Geoffroy. Dire que j'aurais pu manquer ça. Mais tu ne m'avais rien dit, mon chéri ?

Jude darda un regard sévère à sa mère qui détourna les yeux. Elle était dans ses petits souliers. Tout cela ne tournait vraiment pas comme elle l'avait prévu.

— Pardi, ça tombe bien, continuait Geoffroy. C'est l'occasion de connaître ton ex, Jude. Cet homme dont j'ai tellement entendu parler… ajouta-t-il en insistant sur le « tellement ».

Normand restait impassible, ne donnant aucune prise aux provocations de Geoffroy.

— Bon, intervint madame Chambort en suivant des yeux le traiteur qui allait disposer les plats sur la table, heureusement que j'en ai commandé plus que moins ! Il y en aura pour tout le monde.

La conversation autour de la table fut difficile, contrainte au début. Normand détourna l'attention vers Luce, en l'interrogeant sur ses débuts à Paris. Et Geoffroy aussitôt lança en pâture aux commensaux :

— Elle a fait ses vrais débuts hier soir. Au Cirque d'hiver, en tenue de léopard, elle faisait vraiment bête de scène.

Luce se sentit piquée à vif. Jude se porta à sa défense :

— Sa performance était remarquable, malgré un public très difficile.

— C'est vrai, renchérit madame Chambort, je l'ai entendue à la radio. C'était extraordinaire.

— Pour ce qu'elle peut entendre, glissa Geoffroy à l'oreille de Jude.

Celui-ci lui jeta un regard furibond.

— J'aimerais bien avoir l'occasion de la voir sur scène, moi aussi, dit Normand. Jude, pourrais-tu me prévenir la prochaine fois qu'elle donnera un spectacle ?

— Tu pourrais bien faire ça pour lui, mon chéri, siffla Geoffroy.

Normand restait imperturbable, comme si Geoffroy parlait dans une autre langue qu'il ne connaissait pas. Celle de la méchanceté. Voyant que Normand évitait de le regarder, qu'il l'ignorait superbement, Geoffroy trouva le moyen de se mettre en vedette. Il commença par s'excuser de devoir sortir de table.

Il revint, quelques minutes plus tard, maquillé. Il avait mis le rouge à lèvres et le mascara de Luce, et souligné au crayon noir ses grands yeux bleus.

— Il me manque juste le costume de léopard, dit-il en se dandinant et se contemplant dans le miroir à main qu'il avait apporté.

— Arrête ton cinéma, dit Jude. Il faut l'excuser, Luce, c'est un vrai gamin. Geoffroy, par respect pour tout le monde, va te débarbouiller, s'il te plaît !

Normand crut bon de porter un toast, ne serait-ce que pour faire diversion :

— Je bois à la carrière de Luce !

— Oui, c'est une grande artiste, ajouta madame Chambort.

— Elle a tout ce qu'il faut pour aller loin, renchérit Jude.

Quand Geoffroy revint, démaquillé, il reprit sa place entre Jude et Luce. Et peu à peu, il se mit à imiter la jeune femme, en répétant ses gestes et caricaturant ses expressions. C'était loufoque, dérisoire et pénible. Luce fit semblant de ne rien voir, mais la tension montait chez les autres. Ces singeries exaspéraient Jude, mais surtout Normand qui avait peine à contenir son calme habituel. Il finit par éclater :

— Ça suffit, Geoffroy !

— Ah, regardez-moi ça, le défenseur de ces dames ! Le protecteur de la veuve et de l'orphelin. C'est un véritable héros, ton ex, ton exxx-aspérant copain, souligna-t-il d'un ton vitriolique.

— Vas-tu cesser de m'insulter à la fin ? lança Normand, outré.

— Tu m'exxxaspères, pépère, avec ton air moralisateur sous tes cheveux blancs.

— Va te faire foutre, petit gigolo de ruelle !

Normand se leva, comme pour s'en aller. Geoffroy se leva aussi, mais d'un geste si brusque qu'il renversa sa chaise. Emporté par une rage démentielle, il s'empara d'une bouteille vide qu'il fracassa sur un coin de la table, s'élança sur Normand et lui déchira le front avec le tesson coupant. Normand s'écroula sous le coup.

La scène s'était passée si vite que personne n'avait eu le temps de réagir. Les femmes crièrent. Jude se précipita à la rescousse de Normand, qui gisait par terre, le visage ensanglanté.

— Je t'emmène tout de suite à l'hôpital, dit-il, alarmé.

CHAPITRE 23

Les secrets du coffre-fort

Jude était furieux de la conduite de Geoffroy. Cette fois, c'en était trop. Il le lui signifia sans mâcher ses mots :

— Prends tes cliques et tes claques et décampe. Je ne veux plus rien avoir à faire avec une petite frappe de ton espèce, un criminel ! cria-t-il.

— Criminel ? s'exclama Geoffroy.

Il éclata d'un rire dément.

— Criminel ? Et c'est toi qui me dis ça ? Criminel toi-même, fils de criminel !

— Tu peux me retourner toutes les insultes que tu voudras. Fous le camp !

— Oui, mon chéri, qui se ressemble s'assemble. Ton père est un criminel de guerre, et tu le sais fort bien.

— Ça reste à prouver, répliqua Jude sèchement.

— Ah, les preuves, je les ai toutes, mon mignon.

— Qu'est-ce que tu veux dire ?

— Tous les documents prouvant que ton père a fait des placements importants en Suisse avant la fin de la guerre et qu'il a hérité mystérieusement des biens fonciers à Paris. Des biens qui appartenaient à des Juifs qu'il avait sûrement dénoncés et livrés à la Gestapo.

Jude l'écoutait, bouche bée, de plus en plus pâle. À la colère avait succédé en lui une sourde terreur.

— Le coffre-fort, marmonna-t-il, le coffre-fort... Tu as ouvert le coffre-fort ?

— Eh oui, c'est là que j'ai découvert la poule aux œufs d'or.

— Salaud ! Où as-tu trouvé la combinaison ?

— Je t'ai observé à quelques reprises quand tu l'as ouvert. J'étais planqué derrière le classeur avec des jumelles de théâtre. J'ai bien noté tes mouvements et les chiffres. Le tour était joué.

— Salaud, salopard, fripouille...

Jude n'avait pas assez de mots pour exprimer son dégoût et son indignation.

En même temps, il commençait à mesurer à quel point il était traqué. À quel point ce secret éventé pouvait être catastrophique pour lui et pour sa mère. Il tenta de minimiser la chose:

— De toute façon, même si tu le sais, qu'est-ce que ça peut faire?

— Ça peut se faire savoir, insinua cyniquement Geoffroy.

— Personne ne croira une *folle* comme toi.

— Les documents, les documents, répéta Geoffroy avec un malin plaisir.

— Je vais les placer ailleurs, dans un lieu plus sûr.

— Inutile, mon chou, j'ai des photocopies.

— Comment? Mais tu es la dernière des fripouilles!

Avec un sourire sarcastique, Geoffroy asséna le dernier coup:

— Bon, maintenant, veux-tu vraiment que je décampe et que j'aille tout révéler?

Il éclata à nouveau de son rire dément.

Jude était effondré. Piégé sans retour. Il était désormais au pouvoir d'un être fantasque, imprévisible et surtout sans scrupules.

CHAPITRE 24

Lendemain de festin

Le lendemain matin, rue Fortuny, tout traînait encore sur la table et au sol : les éclats de verre, les tessons, les taches de sang. Et restait dans l'air l'aura de mépris, d'arrogance et de haine que Geoffroy laissait toujours dans son sillage.

Colette Chambort avait très mal dormi. Elle ne voulait plus revoir ce malfrat dont la présence lui avait toujours pesé, voire répugné. Malgré tous les efforts qu'elle avait faits pour l'accepter, elle espérait de tout son cœur que Jude rompe avec lui après cette scène atroce. Sinon, elle s'arrangerait pour ne pas être là si jamais son fils revenait à l'appartement avec son amant maudit.

Elle était encore en train de mijoter tout cela et elle allait en parler à Luce qu'elle venait de voir entrer dans la salle de bain, lorsqu'elle reçut un appel de Jude. Après l'avoir rassurée sur la santé de Normand, il lui apprit tout de sa confrontation avec Geoffroy, y compris l'odieux chantage qu'il pouvait désormais exercer sur eux.

— Ah, mon Dieu… mon Dieu, s'exclamait Colette. Le monstre… le monstre !

Luce entendit distinctement « monstre » dans la salle de bain. Quand elle en sortit, quelques minutes plus tard, madame Chambort venait de raccrocher et avait l'air bizarre, immobile et comme crispée sur le canapé. Elle était pâle, le visage décomposé. Luce eut à peine le temps de crier « Madame Chambort ! », la vieille femme avait porté la main à sa poitrine et s'était effondrée.

Luce se précipita, se pencha sur elle, tenta de la ranimer. Puis elle s'empressa d'appeler l'urgence.

CHAPITRE 25

Une répétition mouvementée

Madame Chambort avait eu une crise cardiaque, mais elle s'en releva vite. Elle ne resta que quelques jours en clinique. Elle revint un peu affaiblie, mais pas assez pour interrompre ses samedis à la gare Saint-Lazare.

Entre-temps, Jude n'avait pas tardé à informer Luce des suites du dîner dramatique : Normand avait pu rentrer chez lui le soir même après quelques points de suture ; et Geoffroy avait regretté amèrement sa conduite, disant que l'alcool lui avait fait perdre la tête.

— Dans les situations de conflit, expliqua-t-il pour excuser son amant, c'est comme s'il retrouvait l'atmosphère de son enfance misérable en banlieue quand il était confronté à un père alcoolique et violent.

Luce l'avait écouté un peu dubitative. Elle avait songé aux bribes de conversation téléphonique qu'elle avait entendues dans la salle de bain, le lendemain du drame, et notamment l'exclamation « monstre » jetée à deux reprises par madame Chambort. Elle soupçonnait qu'on lui cachait quelque chose.

Dans les semaines qui suivirent, Luce tâcha d'écarter tout ce qui l'intriguait et la perturbait chez les Chambort pour se plonger à corps perdu dans la préparation de ses chansons. La première du spectacle approchait. Il fallait à tout prix qu'elle réussisse cette étape pour gagner la reconnaissance essentielle à la poursuite de sa carrière à l'étranger. Elle passait désormais plus de temps chez Thomas, où elle créait avec une rapidité et une intensité qui épataient le compositeur. On aurait dit qu'elle se jetait dans le travail comme on se jette à l'eau quand un feu nous encercle.

Un matin, Thomas l'accueillit avec moins de cordialité que d'habitude. Il semblait plus sombre. Nerveux, inquiet. Après quelques salutations laconiques, il s'était dirigé sans autre préambule vers le piano.

— Drucker, c'est bientôt. Te sens-tu prête? demanda-t-il.

— Oui, et je tiens absolument à chanter sur tes musiques, souligna Luce, pas celles des autres.

Ils enchaînèrent les chansons avec une fébrilité particulière.

— Je crois que la visite de l'attachée de presse me rend nerveux, finit par dire Thomas.

— Elle vient aujourd'hui? demanda Luce, avec une anxiété soudaine.

— Oui, elle m'a prévenu il y a moins d'une heure. Tu étais déjà partie quand j'ai tenté de te joindre. Tu sais qu'elle travaille pour mon père depuis plus de quinze ans?

— Comment est-elle?

— Très professionnelle. Excellente dans son travail, mais un peu intimidante. Tu verras. Ne te laisse pas impressionner.

À peine eut-il fini sa phrase qu'on frappait à la porte.

— C'est elle, dit-il.

La femme qui entra en imposait, effectivement. France Robert était grande, élégante, cintrée dans un tailleur anthracite; coiffée et maquillée impeccablement.

— Bonjour, madame Robert. Je vous présente Luce Berger.

Luce s'approcha avec son sourire chaleureux pour lui donner la main. L'attachée de presse lui tendit une main sèche:

— Ah, c'est vous? J'ai entendu parler de votre prestation au Cirque d'hiver. Vous avez du cran. Vous savez, Paris n'est pas si grand. Surtout le milieu du showbiz. Tout finit par se savoir. Paris aime les conquérants. Trouillards, s'abstenir.

Elle glissa un regard en coulisse vers Thomas qui eut une légère saccade nerveuse de la tête.

— J'espère que vous progressez bien tous deux, reprit-elle. Vous savez, Thomas, que votre père a de grandes attentes. Il ne faut pas le décevoir.

Luce sentait que chaque mot de cette femme figeait le jeune homme qui semblait redevenir un petit garçon craintif, obsédé par la peur de décevoir ce géant de la scène qu'était son père.

— Vous avez entendu les musiques de Thomas? dit Luce pour venir au secours de son compositeur. Elles sont magnifiques!

— Pas encore. Pour le moment, c'est de vous, Luce, que je veux entendre parler. D'abord, donnez-moi quelques détails pittoresques, accrocheurs, sur votre personnalité, votre milieu de vie. Ici, nous en sommes encore à « ma cabane au Canada », vous savez ! Pour accrocher le public français, il faut des traits de caractère, des habitudes, des manies insolites. Par exemple, l'écrivaine Amélie Nothomb a surpris ses lecteurs en disant qu'elle buvait du vinaigre et mangeait des aliments pourris. C'était parfait et à jamais inscrit dans la mémoire des lecteurs. Trouvez un truc de la sorte ou racontez-moi quelques-unes de vos bizarreries, de vos extravagances. C'est ça qu'il faut offrir au public.

Luce était bouche bée, non pas d'admiration, cette fois, mais d'étonnement et de déception. À ses côtés, Thomas pâlissait. Il fixait un point dans le vide. Il semblait étrange, absent, tout à coup. Luce lui toucha le bras. Il ne réagit pas. Puis il se mit à cligner des yeux, à avaler bruyamment, difficilement. Ses mains se mirent à trembler, son cou et son visage à rougir. Des spasmes secouèrent tout son corps qui devint mou et il tomba de son fauteuil. Ses lèvres bleuirent. De l'écume s'écoula de sa bouche.

— Ah, Seigneur ! s'écria l'attachée de presse. Il est épileptique ? Et son père ne m'en a jamais parlé ? C'est donc que je ne dois pas le savoir. Je me sauve, Luce. Faites ce que vous pouvez et surtout, surtout, ne dites à personne que j'étais là quand c'est arrivé. Ce serait la catastrophe.

Elle claqua la porte, laissant Luce seule, complètement désemparée. Que fallait-il faire ? Effrayée, elle courut à la salle de toilette chercher une serviette qu'elle trempa d'eau et qu'elle revint poser sur le front de l'épileptique. Thomas transpirait abondamment. Elle se demandait ce qu'elle pouvait faire d'autre pour l'aider. Elle avait déjà entendu qu'en cas de crise, un épileptique risquait de s'étouffer avec sa langue. C'était affreux.

Il fallait vite appeler une aide médicale. Le Samu. Mais non, y repensa-t-elle. Elle ne pouvait demander de l'aide, car personne ne devait savoir. Elle s'agenouilla à côté du jeune homme, humectant ses joues, essuyant ses lèvres, relevant sa tête pour faciliter la respiration, mais rien n'y faisait. Le corps de Thomas était toujours secoué de spasmes inquiétants.

— *Pour sauver sa carrière, cette femme pourrait laisser mourir quelqu'un*, pensa-t-elle avec rage. *Comment est-ce possible ? Quel monstre !*

Devant ses yeux, les traits du jeune compositeur se tordaient dans des crispations effrayantes. Elle s'appliqua à lui éponger les lèvres. Les secousses nerveuses finirent par s'espacer peu à peu. Luce soupira de soulagement. Enfin, Thomas ouvrit les yeux et la considéra avec effarement :

— Qui… qui êtes-vous ?

— Luce… Luce Berger.

— Que… que faites-vous… ici ?

— Mais je travaille avec toi… avec vous, dit-elle, décontenancée.

— Non, non. Je ne vous connais pas.

— Mais oui, vous avez composé des musiques extraordinaires sur mes paroles.

— Non, ce n'est pas vrai. Je ne vous ai jamais vue, protestait-il durement, d'une voix hachurée. Éloignez-vous !

Pendant un temps qui lui parut interminable, Luce attendit qu'il retrouve la mémoire. Elle vit que l'agenda de Thomas était là, tout près du piano. Elle l'ouvrit.

— Regardez ! C'est bien inscrit : travail avec L. B.

— L. B. ? Je ne connais personne avec ces initiales-là.

— Écoutez, Thomas, je m'appelle Luce Berger et l'attachée de presse de votre père vient de partir.

À ces mots, la mémoire lui revint.

— Qui ?

— L'attachée de presse ?

— Oh, malédiction ! A-t-elle vu ce qui vient de m'arriver ?

— Non, mentit Luce. Elle venait juste de sortir.

— Ah, tant mieux… c'est de la chance.

Luce voulut l'aider à se relever, mais il en semblait encore incapable. Il restait sur le sol, avec une expression hagarde, effarouchée.

— Je me souviens vaguement, maintenant… dit-il, mortifié, honteux. J'espère que cela restera entre nous.

Puis, d'un ton plus ferme, presque agressif, il ajouta :

— Il vaudrait mieux pour vous, beaucoup mieux ! Si la presse s'emparait de cela, d'abord tout serait fini avec mon père et vous seriez exclue à jamais du beau monde du show-businessss, siffla-t-il avec rage et mépris.

Il ne la tutoyait plus. Tout ce qu'ils avaient vécu semblait effacé. Luce comprit pourquoi il lui avait dit qu'il ne ferait pas l'émission avec elle. Sûrement de peur que le stress ne provoque une crise. Secouée et tremblante à son tour, Luce sortit, fit quelques pas et fondit en larmes. Que pouvait-elle faire, maintenant ? À part se taire !

Delphine qui arrivait sur les entrefaites eut le temps de l'apercevoir se dirigeant vers le métro. Quand elle vit son amoureux, elle sut tout de suite qu'il venait d'avoir une crise d'épilepsie. Luce en avait donc été témoin. Elle connaissait maintenant ce terrible secret. Puis une autre pensée lui vint, encore plus troublante. Elle se rappelait avoir lu quelque part que les crises d'épilepsie sont parfois provoquées par une forte excitation sexuelle.

CHAPITRE 26

Un appartement convoité

Pendant ce temps, Jude évitait de voir Luce. Morose, sombre, déprimé, il n'était plus le même depuis qu'il savait quelle prise terrible avait sur lui Geoffroy. Il faisait de longues marches seul sur les bords de la Seine, en remuant de sinistres pensées. Il était révolté par cette situation, cette oppression, cet emprisonnement dans lequel on le tenait par la terreur. Il songeait à toutes sortes de façons de s'en libérer. Il avait même réfléchi au moyen de se débarrasser de Geoffroy, voire se débarrasser de lui définitivement : un accident bien monté, un tueur à gages, une overdose dissimulée dans le champagne, qui sait ? Mais l'autre n'avait pas tardé à deviner sa pensée et l'avait prévenu :

— Si jamais tu penses te débarrasser de l'affaire en te débarrassant de moi, penses-y deux fois. J'ai tout remis entre les mains d'un avoué, au cas où… il m'arriverait quelque chose. Ce serait une belle pièce à conviction contre toi.

Pour le reste, Geoffroy fit tout pour être le plus charmant des compagnons. Mais comme il savait que son amant désormais ne pouvait plus rien lui refuser, pourquoi ne pas en profiter ? Obtenir enfin ce dont il rêvait depuis qu'il connaissait Jude. Habiter rue Fortuny. Le prétexte était tout trouvé : il fallait veiller de plus près sur madame Chambort, qui prenait de l'âge et commençait à avoir des « absences », des distractions peut-être dangereuses pour sa vie, pour l'appartement, etc. Mais il y avait une raison plus pressante pour Geoffroy et des plus importantes pour sa carrière de peintre, ce qui était aussi dans l'intérêt de Jude : il lui fallait plus d'espace pour achever ses toiles et mieux préparer son exposition qui approchait. La grande serre de l'appartement du 17ᵉ était l'endroit rêvé.

Il fallait en convaincre Jude, et avoir l'élégance de le faire sans user de l'arme grossière du chantage. Il l'invita donc un matin à prendre le petit-déjeuner au restaurant près de leur appartement, rue du Faubourg Poissonnière, un quartier qu'il détestait. Il le trouvait minable, rempli de petites gens sans intérêt.

— La laideur me tue, Jude. Ça n'a rien d'inspirant de vivre ici. C'est terne et triste. C'est un désert esthétique, qui mettrait n'importe quel artiste à sec d'inspiration. Quand je pense qu'on pourrait vivre dans le 17e, à côté du parc Monceau. Tu ne trouves pas qu'il serait temps de déménager dans l'appartement de ta mère ? Ça me donnerait l'espace qu'il me faut pour terminer mes tableaux. Je pourrais y arriver plus vite et mieux. Tu sais que l'exposition approche. Il ne faudrait pas qu'elle soit bâclée. C'est trop important pour nous deux. Et puis, ça serait la meilleure décision à prendre pour ta mère qui pourrait avoir une autre crise cardiaque. D'ailleurs, elle n'a plus toute sa tête. Tu le sais, elle égare des choses, elle oublie de fermer la cuisinière. Elle ne peut plus vivre seule, c'est évident. C'est un risque pour elle et pour les autres. Imagine, si elle avait une autre attaque et que personne n'était là pour appeler l'ambulance, ou si elle mettait le feu par mégarde.

— Il y a Luce, quand même, qui est là.

— Pas toujours. Elle est de plus en plus prise par ses répétitions, elle n'est pas là les trois quarts du temps. Et puis, insinua-t-il, il y a autre chose...

— Quoi donc ?

— J'ai aperçu ta mère l'autre jour dans le métro.

— Et puis ?

— Eh bien, j'hésite à te le dire... Elle s'était déguisée en clocharde.

— En clocharde ?

— Oui, je n'en croyais pas mes yeux. J'ai regardé à deux fois. J'étais dans le métro qui allait dans la direction opposée. Je la voyais de profil, mais c'était bien elle.

— Non, c'est pas possible. C'était quelqu'un qui lui ressemble. Des sosies, ça existe.

— Non, c'était bien elle, je t'assure. Sa façon de tenir la tête, son visage poupin.

— C'était où ?

— Station Europe. Elle allait en direction de Saint-Lazare.

Le samedi suivant, Jude décida d'en avoir le cœur net.

Ce samedi-là, Colette Chambort avait enfilé son déguisement comme d'habitude et n'avait échangé que quelques mots avec Luce avant de filer vers la gare Saint-Lazare. Elle y avait retrouvé sa vieille amie déjà installée sur le banc, en train de jouer de l'accordéon.

Les heures s'écoulèrent à tendre la main, comme d'habitude. Absorbée à guetter les passants, Colette n'avait pas vu son fils stationner sa voiture près de la gare et en sortir. Jude, lui, ne tarda pas à l'apercevoir. Il fut sidéré. *Mais c'est pas possible! Elle est vraiment devenue folle. Complètement maboule! Il faut que je m'occupe d'elle, sans faute!*

S'il avait cédé à sa première impulsion, il serait allé la prendre par le bras devant tout le monde et l'aurait entraînée tout de go jusqu'à sa voiture. Il se retint. Il ne fallait pas faire d'esclandre. Il s'éloigna avant qu'elle ne l'aperçoive. Mais il était décidé désormais à s'installer rue Fortuny, pour faire cesser cette mascarade et pour avoir l'œil sur elle.

CHAPITRE 27

La rage du fils

Effrayée par les cris de son fils, madame Lenoir tremblait, craignant d'ouvrir la porte. Geoffroy frappait depuis plusieurs minutes, et avec de plus en plus de rage.

— Ouvre, ouvre, je sais que t'es là!... Vas-tu finir par l'ouvrir, cette putain de porte?

— Tu m'avais dit que tu ne reviendrais jamais ici.

— J'ai besoin d'objets de mon enfance pour mes tableaux. C'est important, très important. C'est ma carrière, tu m'entends? Ouvre ou je défonce!

À peine avait-elle entrouvert que, d'un coup d'épaule, il poussa la porte, au risque de blesser sa mère, et il s'engouffra dans l'appartement.

— Rien n'a changé, ici, dit-il après un bref coup d'œil sur les lieux. C'est aussi minable qu'avant. Je ne pourrais plus vivre dans cette bicoque. Plutôt mourir sous les ponts! Mais tu sais, ma chère mère, je suis en train d'atteindre des sommets. Je vais m'installer bientôt dans le 17ᵉ. Je vais prouver à tous à quel point j'ai du talent.

Sa mère, fin quarantaine, mais blanchie avant l'âge, le regardait à la fois fascinée et effrayée, serrant son châle de laine usée autour de ses épaules maigres. Geoffroy lui jeta un regard chargé de mépris:

— Toujours ces vieilles guenilles sur le dos! Ma foi, tu ne mérites pas mieux.

— Pourquoi es-tu aussi malveillant, Geoffroy? J'ai fait tout mon possible pour toi, tout le temps!

— Oui, oui... Tu ne vas pas recommencer tes jérémiades?

— Si je pouvais comprendre ce que tu me reproches, gémit-elle.

— Il n'y a rien à comprendre. Je suis né de la mauvaise mère, dans le mauvais milieu, par hasard. Rien à voir avec moi, avec mon talent, mon sens esthétique, ma beauté. Quand je reviens ici, tous mes sens se révulsent.

— Que viens-tu faire alors ?

— Je te l'ai dit, j'ai besoin de trucs d'enfants pour mes tableaux. Si tu ne les as pas jetés, je sais qu'ils sont dans le placard de ma chambre.

Madame Lenoir eut envie de dire qu'ils n'étaient plus là, mais c'était inutile, il serait quand même allé voir.

— Et la Françoise, elle n'est pas là ?

Geoffroy parlait de sa sœur qu'il avait toujours haïe cordialement.

— Une chance que j'ai ma fille, dit-elle. Elle a du cœur, elle !

— Et pas de tête, rétorqua Geoffroy. C'est pour ça que tu l'aimes tant, elle est comme toi, une *loser* comme toi. La vie vous a battues et rebattues, et vous dites merci, vous tendez l'autre joue, en bonnes catholiques… ah ! ah ! ah !

Il fut pris d'un rire hystérique, diabolique, qui soulevait chaque fois une terreur innommable chez sa mère. Elle murmura, comme pour elle seule :

— Dire que j'ai nourri le monstre, que je l'ai vu grandir, sans rien faire. Comment est-ce possible ?

Geoffroy bondit de rage.

— Cesse de marmonner comme une vieille folle. Et surtout, ne prends pas encore cet air de femme vaincue qui m'a toujours horripilé. Chaque fois que je te contrariais…

— Que tu criais, plutôt, coupa-t-elle, pour obtenir ce que tu voulais !

— C'est vrai. J'ai toujours su ce que je voulais. Chaque fois que je criais pour l'avoir, tu t'effondrais devant moi. Et j'en jouissais. J'étais heureux de te voir agenouillée, à mes pieds, pour me supplier d'arrêter de crier. Et je n'arrêtais pas. C'était mon grand triomphe de te voir pleurer devant moi, ton fils qui te dominait déjà, qui t'écrasait de toute sa volonté. Grâce à toi, j'ai senti mon pouvoir et j'ai appris très tôt à m'en servir.

— Mon Dieu, comme je m'en veux d'avoir été aussi faible. Je ne savais pas quoi faire avec un enfant aussi dur que toi. Si au moins tu n'avais pas été aussi beau, aussi intelligent. Tu me faisais mal et je t'aimais. Tu étais le petit dieu de mon enfer.

— Le petit dieu de mon enfer ? Voilà un beau titre pour la toile que je veux peindre sur mon enfance de merde.

— Ta violence me faisait peur.

— Tu rigoles ? Et celle de mon père, alors ? Il te battait jusqu'au sang quand il était saoul, et il l'était toujours. Il te battait et tu encaissais sans rien dire. Tu aimais la violence, au fond, et tu l'attirais… comme j'attire la gloire. On récolte ce qu'on sème. Tu m'as nourri de la violence que tu désirais, en fin de compte.

Madame Lenoir se mit à pleurer :

— Tu es odieux, odieux… J'ai tout essayé. J'ai consulté des travailleurs sociaux, des psychologues, des psychiatres.

— Tu n'avais qu'à te consulter toi-même ! Mais les regrets sont stériles. Ta faiblesse a été un repoussoir pour moi. Ça m'a rendu fort. Tu vois, je prépare une exposition qui fera la une des journaux, grâce aux contacts de Jude et surtout à l'argent de sa mère, qui n'en a plus pour longtemps ! Cette vieille chipie est devenue une entrave dans ma vie. Elle et cette pétasse de Québécoise dont Jude s'est fait l'agent. Elle lui fait les yeux doux, elle le cajole. Elle roucoule devant lui avec plus de talent que sur scène ! Et lui : Luce par-ci, Luce par-là… M'énerve ! Mais je le tiens, Jude. Aux couilles, fit-il avec un geste obscène de la main. Quand je le vois s'effondrer devant moi, je cache la joie immense qui m'envahit, l'extraordinaire sentiment de pouvoir que tu m'as inspiré. De cela, au moins, je te remercie, mère.

Brigitte Lenoir s'était toujours sentie désarmée devant ce fils diabolique, devant tout ce qu'il sifflait, crachait de mépris, de haine, de cynisme et de méchanceté. Mais, tout à coup, une rage subite, inconnue, monta en elle. Oui, ce fils était le vivant reproche de tout ce qu'elle n'avait pu faire dans sa vie : quitter le père de cet enfant aussi violent que lui. Tous deux lui donnaient une insupportable image de sa propre faiblesse. Elle explosa :

— Monstre, tu n'es qu'un monstre !

Elle s'était redressée devant lui et lui appliqua, de toutes ses forces, une gifle retentissante. Il recula sur le coup, portant la main à sa joue. Son regard devint noir :

— Tu oses ? siffla-t-il. Tu oses ?

Dans une sorte de rugissement, il se jeta sur elle et la poussa violemment contre la table. Elle s'écroula dans un grand cri.

Sans plus s'occuper d'elle, il courut vers son ancienne chambre. Dans le placard se trouvaient encore plusieurs vestiges de son enfance : un ourson aux pattes arrachées, un fusil de plastique au canon coupé, la poupée de Françoise dont il avait enfoncé les yeux de verre… Il sourit de cette joie que lui donnait, depuis l'enfance, l'immense pouvoir de détruire, même la plus belle poupée de sa sœur. « Voilà ce que je fais des poupées », murmura-t-il en pensant à Luce.

Mais ces objets dérisoires, minables, lui rappelaient trop la détresse de son enfance : ce désert d'ennui où poussait le cactus de la haine ; et cette volonté furieuse d'en sortir qu'il avait cultivée en lui telle une plante vénéneuse. Comme il avait fait du chemin depuis ! Il se prenait presque à pleurer sur lui-même, à pleurer sur cet enfant cruel et pitoyable qu'il avait été. Il s'en était sorti parce qu'il était dur, fort, sans pitié. La pitié est le talon d'Achille des faibles. Et maintenant qu'il était devenu l'amant d'un riche bourgeois du 17e et qu'il avait acquis un tel pouvoir sur lui, il se sentait tout à coup comme une sorte de héros : l'éclatant vengeur des enfants pauvres. Il se glorifiait de sa carrière de Rastignac de banlieue. Il se vengeait enfin du destin maudit qui l'avait fait naître là, et, comme Narcisse en son miroir, il n'en finissait pas de se complaire dans le beau rôle qu'il se donnait. Comme si le diable se félicitait d'aboutir par le mal à un bien quelconque.

Oui, il peindrait ces jouets cassés, il en amalgamerait des morceaux dans sa peinture. Il épaterait les bobos avec n'importe quoi : des tétines baveuses, des fonds de couches, pour les faire chier. Tout était bon pour les faire chier. C'est tout ce qu'ils aimaient, ces enfoirés. *Et ils admireraient, ils se pâmeraient. La transgression, même la plus idiote, ça les fait baver,* se disait-il, *et ils en redemandent.*

Il fourra vite tout ce qu'il put dans un sac de plastique et retourna vers la cuisine, où sa mère gisait toujours, gémissante. Elle tenta de ramper jusqu'à lui, mais la douleur l'en empêcha.

— Aide-moi, geignait-elle.

— Pauvre femme, tu l'as bien mérité. Tu paies la faute de m'avoir mis au monde. Tu ne le paieras jamais assez !

Brigitte Lenoir était encore en train de supplier son fils quand sa fille Françoise arriva.

— Maman ! Qu'est-ce qui t'arrive ?

Elle comprit tout quand elle aperçut son frère.

— Salaud, c'est toi encore... tu l'as frappée, hein !

Elle se pencha aussitôt sur sa mère :

— Ne t'en fais pas, maman, je suis là.

— Comme c'est touchant de vous voir toutes les deux, dit Geoffroy. Je vous laisse, mes amours, rigola-t-il cyniquement en s'empressant de partir.

Brigitte Lenoir resta à l'hôpital plusieurs jours. Sa hanche étant cassée à plusieurs endroits, on dut l'opérer. Son médecin savait qu'elle resterait probablement handicapée pour le reste de ses jours, mais il espérait qu'elle pourrait au moins marcher.

CHAPITRE 28

Luce change d'univers

Depuis le dîner dramatique chez madame Chambort et la crise d'épilepsie de Thomas, Luce était envahie de mauvais pressentiments. Elle ne voyait presque plus Jude, madame Chambort lui parlait beaucoup moins, semblait même l'éviter. Elle sentait des nuages s'amonceler au-dessus de sa tête sans deviner précisément quel orage se préparait.

Et puis, sans plus d'avertissement, il y eut un nouveau coup de théâtre. Jude vint lui annoncer qu'il s'apprêtait à s'installer dans l'appartement du 17ᵉ avec Geoffroy. Pour mieux s'occuper de sa mère, et tutti quanti. Quant à elle, on lui réservait la chambre de bonne, au quatrième étage.

Il lui était pénible de changer d'univers. Elle devait vivre sous les combles, désormais. Dans une chambrette à peine plus grande qu'une remise. Une couchette dans un coin, un micro-ondes sur une tablette, un mini-frigo, un téléphone, une douche. Et les toilettes dans le couloir, donc communes, partagées avec un homme louche qui habitait dans la chambre voisine. Une mince cloison les séparait, de sorte qu'elle entendait tout ce qu'il faisait, et réciproquement. Il ne tarda pas à se manifester en frappant sur le mur dès qu'elle parlait au téléphone ou faisait des vocalises. En fait, chacun savait ce que faisait l'autre.

Une nuit, même, il était sorti en même temps qu'elle pour aller au petit coin. Elle avait bondi en le voyant s'approcher rapidement et était retournée tremblante dans son réduit. Depuis, elle avait très peur. Ce serait si facile pour lui de l'agresser. Il n'y avait personne d'autre à l'étage. Personne ne pourrait intervenir. Mais elle n'avait pas d'autre choix : il lui fallait absolument dominer sa peur et faire le moins de bruit possible quand elle devait sortir. Elle dormait souvent très mal. Chaque fois qu'elle entendait la porte de l'autre chambre s'ouvrir, elle craignait que la sienne soit défoncée. Sa nouvelle vie lui pesait.

Jude et Geoffroy n'avaient guère pris de temps à s'installer. Et Geoffroy exultait au milieu de ses toiles et de ses pinceaux.

Quelques jours plus tard, madame Chambort profita de leur absence pour inviter Luce à venir prendre le thé avec elle. Il y avait trop longtemps qu'elles ne s'étaient pas vraiment parlé. Luce descendit allègrement les marches de l'escalier qui reliait sa modeste chambre au luxueux appartement. Elle avait hâte de voir Colette.

La vieille dame l'accueillit avec un sourire, mais sans la joie habituelle. Luce voyait bien qu'elle supportait mal la présence du couple qui avait emménagé chez elle contre son gré. Les deux femmes, sans se le dire, se sentaient chacune dépossédées de leur espace.

— Enfin, soupira madame Chambort, ils sont sortis! Ça me permet de respirer un peu… et de vous parler. J'en avais besoin.

— Moi aussi, dit Luce. Il y a beaucoup de choses qui ont changé depuis quelque temps.

— Oui, soupira Colette, beaucoup trop.

— J'ai l'impression que rien ne va plus depuis la confrontation entre Normand et Geoffroy.

— Vous avez raison. J'ai regretté amèrement d'avoir organisé cette rencontre. Jude m'en a beaucoup voulu, et Geoffroy aussi, bien sûr. De fait, cette affaire s'est retournée contre moi. Ils m'en ont tous deux tenue responsable, et puis…

— Et puis? demanda Luce, intriguée.

— Jude m'a surprise à la gare Saint-Lazare.

— Quand?

— Samedi dernier. Il croit que j'ai perdu la boule et qu'il doit me surveiller d'aussi près que possible.

— Mais, dit Luce, vous auriez pu quand même vous défendre. Et moi, j'aurais pu vous aider, leur dire que ce n'était pas de la folie, loin de là.

Colette la regarda un moment, avec un air de détresse.

— Il y a des choses que je ne peux pas vous révéler, Luce. Tout ce que je peux vous dire, c'est que je n'ai pas eu le choix.

Luce ne put en savoir davantage, mais cette confidence l'avait alarmée.

CHAPITRE 29

Des révélations-chocs

En remontant l'escalier, Luce entendit une lointaine sonnerie de téléphone. Le son s'amplifiait d'étage en étage. Elle comprit vite que c'était bien dans sa chambre que cela sonnait. Avec insistance. Elle entra rapidement pour aller décrocher l'appareil :

— Allo !

— Bonjour. Vous êtes bien l'artiste avec qui travaille Jude Chambort ?

— Oui, c'est moi.

— Je suis la mère de Geoffroy...

Luce se figea sur place, en répétant nerveusement :

— La mère de Geoffroy ?

Il y eut un silence au bout du fil. Inquiète, Luce demanda :

— Vous allez bien ?

— Non. Fuyez, mademoiselle Berger ! Fuyez ! Mon fils va vous détruire. Il vient de me rendre infirme. Il m'a frappée et blessée gravement. Je ne pourrai plus jamais marcher sans boiter. C'est un monstre ! Il s'en prendra aussi à madame Chambort parce qu'en plus de l'appartement il veut s'emparer de son argent. Faites quelque chose pendant qu'il en est encore temps !

Luce était partagée entre la stupeur et l'incrédulité :

— C'est terrible... Mais comment avez-vous trouvé mon numéro ? Qui me dit que vous êtes bien la mère de Geoffroy ?

— Attendez, je vous passe ma fille Françoise.

Celle-ci lui apprit qu'elle venait tout juste de trouver le carnet d'adresses de Geoffroy, tombé derrière un meuble de la chambre ; que le numéro de Luce y apparaissait, et que, oui, malheureusement, sa mère disait vrai. C'était elle, sa fille, qui l'avait trouvée par terre, blessée, au pied de Geoffroy qui la narguait. Elle lui confirma que Geoffroy était un mégalomane psychopathe dangereux, et c'est pourquoi sa mère et elle se sentaient le devoir de la prévenir pour la protéger et pour sauver madame Chambort.

Luce était sous le choc. Elle tremblait, balbutiait :

— Com…. comment est-ce possible ? Que puis-je faire ?

— Je ne sais pas. Faites ce que vous pouvez, mais surtout fuyez dès que possible.

Luce raccrocha, abasourdie. Que faire ? À qui parler ? Elle ne pouvait fuir sans savoir où aller.

Et que pouvait-elle faire pour madame Chambort ? La prévenir que Geoffroy était dangereux ? qu'il venait de rendre sa mère infirme ?

Elle décida de redescendre sans plus tarder à l'appartement de madame Chambort. Elle y était presque arrivée quand elle entendit la voix de Jude puis celle de Geoffroy.

CHAPITRE 30

Le repas embarrassé

Une heure après, Jude téléphonait à Luce pour l'inviter à dîner. Il devait sentir le besoin de se faire pardonner de l'avoir reléguée sous les combles. De plus, comme il l'avait négligée depuis quelque temps, il devait craindre qu'elle ne finisse par passer sous le patronage de Gérard Norbert, le père de Thomas.

Ils se retrouvèrent donc attablés tous les quatre ce soir-là. Luce était sur des charbons ardents. Elle sentait l'urgence de prévenir madame Chambort au sujet de Geoffroy. Il fallait qu'elle la tire à part dès que possible. Mais comment s'y prendre sans réveiller les soupçons des deux hommes ?

Geoffroy se montrait sous son plus beau jour, charmant, poli, serviable, avec des prévenances et des attentions particulières pour madame Chambort, qui s'en trouvait quelque peu décontenancée.

Jude porta un toast aux deux artistes.

— Luce, à ton spectacle ! Geoffroy, à ton exposition !

Mais, à part Geoffroy, qui était d'humeur triomphante — c'était sûrement lui qui avait voulu ces agapes —, personne ne semblait s'amuser. Les échanges étaient courts. On se bornait à parler de choses légères, à commenter quelques événements de l'actualité, on relevait le bon goût des plats et du vin. Luce tentait de cacher son malaise, le désarroi profond qu'elle ressentait. Les avertissements de la mère de Geoffroy ne cessaient de lui tourner dans la tête. *Fuyez, fuyez ! C'est un monstre !* Et elle s'efforçait d'éviter le regard de Geoffroy, de peur que l'horreur qu'il lui inspirait ne transparaisse trop. Elle n'était donc pas aussi ouverte et spontanée que d'habitude. Elle semblait même morose par moments. Jude le lui fit remarquer. Elle prétexta une migraine et, à peine le repas terminé, s'excusa pour se retirer dans sa chambre de bonne.

Elle s'était résignée à l'impossibilité de parler à madame Chambort ce soir-là. Elle se promettait de l'appeler le lendemain, à la première heure.

Après le départ de Luce, Geoffroy offrit à madame Chambort une liqueur à laquelle il savait qu'elle ne pouvait résister. En cachette, avant de lui apporter le verre, il y avait prestement jeté quelque chose.

CHAPITRE 31

Une annonce funeste

Luce ne dormit pas de la nuit. Elle avait sans cesse envie de se lever, de bouger pour échapper à l'anxiété qui la tenaillait. Mais elle ne voulait pas réveiller son voisin. Elle était repliée en boule dans son lit, retenant ses sanglots.

Les événements qui se bousculaient la mettaient dans une angoisse insupportable. Elle tentait de se calmer pour prendre les décisions qui s'imposaient d'urgence. Elle devait fuir, mais où ? Et d'abord, protéger madame Chambort, mais comment ? Elle ne devait absolument plus revoir Geoffroy, mais comment l'éviter ? Pouvait-elle raconter à Jude ce que madame Lenoir venait de lui révéler ? Non, elle ne pouvait pas prendre ce risque. Cela pouvait se retourner contre elle. Jude semblait indissolublement lié à Geoffroy, comme le prouvait l'agression contre Normand restée sans suite. Et dans quelle mesure pouvait-elle parler à madame Chambort des menaces qui planaient sur elle ? Cela ne risquerait-il pas de plonger la vieille dame dans une terreur insupportable ?

Elle avait beau retourner tout cela dans sa tête, elle ne voyait plus comment se sortir de ce guêpier. Il ne restait que Thomas. Mais c'étaient bientôt ses fiançailles. Le moment était mal choisi pour le perturber avec ses problèmes. Elle risquait aussi de faire s'écrouler leur rêve commun.

Elle se sentait traquée comme jamais dans sa vie. Devait-elle téléphoner à ses parents au Québec ? Non, sûrement pas : ils mourraient d'inquiétude et ne pourraient rien faire pour elle, de toute façon. Devait-elle réserver son billet d'avion dès le lendemain et partir ? Cela lui sembla d'abord la meilleure solution, mais elle pensa à Thomas qui avait mis tout son talent et son temps au service de leur projet. Il avait même refusé d'écrire pour une chanteuse très en vogue. Si elle filait en douce, jamais l'équipe du père ne le lui pardonnerait.

À bout de nerfs, elle décida de prendre un sédatif au petit matin. Il lui fallait à tout prix s'apaiser, détendre son système nerveux, ne serait-ce que quelques heures.

Les cauchemars se succédèrent. Un flot continu d'écume sortait des lèvres de Thomas. Geoffroy courait avec un couteau en sang. Madame Chambort gisait par terre, dardant sur lui un regard étrangement fixe.

Elle bondit quand le téléphone sonna à huit heures.

C'était Jude.

— J'ai une mauvaise nouvelle, Luce, dit-il d'une voix blanche. Maman est morte.

Mal réveillée, incrédule, Luce balbutiait :

— Quoi ? Quoi ? Qu'est-ce qui est arrivé ?

— On l'a trouvée morte dans son lit. Le cœur, sans doute.

— Comment ?

— Une crise cardiaque... je ne sais pas, laissa-t-il échapper dans un sanglot.

— C'est affreux, affreux, gémit Luce, pleurant à son tour. Est-ce que je peux...

— Les ambulanciers sont déjà là, coupa Jude. Je voulais juste te prévenir.

Luce comprit qu'il ne souhaitait pas la voir. Pendant de longues minutes, elle fut secouée de sanglots, submergée par la douleur de perdre un être cher, une femme qu'elle aimait presque comme une seconde mère. Elle ne pensait plus, elle était tout entière à sa peine. Puis les pensées refluèrent. Des pensées horribles, atroces, qu'elle tâcha de repousser d'abord : et si c'était lui ?... si c'était le « monstre » ?

Maintenant c'était sûr, elle ne pouvait plus rester là. Elle ne pouvait plus habiter dans cet immeuble de la rue Fortuny. Il fallait qu'elle détale, et le plus vite possible !

Alors, sans plus réfléchir, elle ramassa ses affaires — vêtements, cassettes, dossiers —, qu'elle fourra pêle-mêle dans sa valise, et partit.

CHAPITRE 32

Les lettres anonymes

Thomas n'ouvrait pas les lettres, car elles étaient à Delphine, mais il prenait la précaution de les déposer bien en évidence sur le bureau de leur chambre.

Chaque jour, Delphine se précipitait pour décacheter la lettre et la lire avec une inquiétude croissante :

« Attention, Delphine. Luce et Thomas... »

« Ouvrez les yeux avant qu'il ne soit trop tard... »

« Ils semblaient si heureux, hier, au bistrot du coin. »

« Elle est vraiment très jolie, irrésistible, en fait. »

« Les paroles de Luce se marient à merveille avec les musiques de Thomas. Quel mariage heureux ! »

Puis, les lettres s'interrompirent pendant quelques jours. Delphine crut que Thomas les interceptait.

— Je n'ai rien reçu, aujourd'hui ? demanda-t-elle, soupçonneuse.

— Non. Pas aujourd'hui.

Puis, sur un ton enjoué, il la taquina :

— Ton amant a pris congé ? Il t'écrit chaque jour depuis quelque temps.

Delphine prit très mal la légèreté avec laquelle il faisait allusion à une possible aventure de sa part :

— Comment oses-tu imaginer un seul instant que je m'intéresse à quelqu'un d'autre ? Je ne passe pas mes journées seule avec un collaborateur, moi !

— Qu'est-ce que tu veux insinuer ?

— Je n'insinue rien. Il y a juste que je commence à en avoir marre que tu passes tes journées avec Luce.

Son ton agressif et accusateur fit bondir Thomas.

— Quoi ? Tu veux m'empêcher de composer avec elle ? Pour une fois que quelqu'un m'inspire...

— Justement, elle t'inspire trop ! Tu ne te vois pas quand tu composes sur ses paroles. On dirait l'extase.

— Tu n'exagères pas un peu, quand même ? C'est vrai que j'adore ses textes, mais...

— Ses textes, sa présence, sa bonne humeur, sa spontanéité et quoi d'autre ?

— Mais qu'est-ce qui se passe, Delphine ? Tu es jalouse d'une collaboratrice ? Te rends-tu compte à quel point c'est dérangeant pour moi ? Ça veut dire que tu me feras toujours des crises pour m'empêcher de travailler avec qui bon me semble ? C'est pas possible, hurla-t-il.

— Tu vois à quel point tu y tiens ? Tu me cries par la tête pour la première fois depuis qu'on se connaît.

— Mais il s'agit de ma carrière, Delphine, de ma passion !

— Ta passion, répéta-t-elle, furieuse. Nous y voilà ! Tu le déclares, enfin !

Abasourdi, décontenancé, Thomas s'approcha d'elle, la fixa sans tendresse, droit dans les yeux :

— Écoute, Delphine, personne ne m'empêchera de terminer cette comédie musicale, tu m'entends !

— Même pas moi ?

— Non, même pas toi. Et je me demande ce qui te met dans cet état-là.

Delphine hésita. Devait-elle montrer les lettres anonymes qu'elle cachait dans un coffret dans le fond d'une garde-robe ? Non, elle se ravisa, décida de changer de ton. Elle craignait trop de perdre Thomas.

— Excuse-moi, chéri. Je t'aime tant... minauda-t-elle. Je ne sais pas ce qu'il m'a pris. Un moment de jalousie.

Puis, se collant contre lui, l'embrassant :

— Mets-toi à ma place. Imagine que je travaille seule presque tous les jours en ton absence avec un bel homme que j'admire.

— Je comprends, mais tu n'as rien à craindre, je t'assure, répondit-il, radouci et réconforté par les caresses de son amoureuse.

Il l'embrassa à son tour, la prit dans ses bras et l'entraîna vers la chambre.

Le lendemain, Delphine invita sa mère à déjeuner pour lui parler des lettres anonymes et du conflit qu'elles avaient provoqué.

Madame Chardonnet, toujours flanquée de son caniche, ne tarda pas à réagir :

— Il ne faut surtout pas que cette étrangère vienne prendre ta place ! Crois-en mon expérience, l'idéal, c'est que tu deviennes son amie, celle à qui elle se confie. Invite-la en tête à tête. Tu verras ses points faibles, tu sauras quoi faire. Entre-temps, tâche de ne pas envenimer les choses, reste très aimable avec Thomas. C'est pas le moment de le perdre !

— Tu sais que Thomas veut inviter Luce à nos fiançailles ?

— Non, tu me l'apprends. Mais on a le temps d'y penser. Ne t'en fais pas. N'oublie pas que nous avons une carte importante dans notre jeu : toutes les photos que tu prends de Thomas durant ses crises d'épilepsie. Au pire, on a de quoi faire chanter le père encore mieux que sur scène, ah ! ah ! ah !

Son rire énerva le caniche qui jappa.

— L'attachée de presse te l'a bien dit, n'est-ce pas ? Norbert cache la maladie de son fils comme si c'était une honte. Comme si ça pouvait couler sa carrière. La moindre menace de notre part de dévoiler ce secret et la grande star est à nos pieds. Dors tranquille, ma fille, mais préserve tes arrières. Tiens, pourquoi n'inviterais-tu pas cette Luce, samedi prochain, à faire du shopping avec toi ? Pour trouver ta robe de fiançailles. Nous en avons déjà trouvé une, mais qui sait, tu peux peut-être trouver encore mieux ? Elle appréciera cette marque de confiance.

— Thomas ne comprendra pas ce rapide revirement de ma part.

— Mais si ! Tu veux seulement lui prouver que tu regrettes ce moment de doute et que tu te réjouis pour lui, pour sa carrière, qu'il ait trouvé une collaboratrice aussi inspirante. Oui, tu as compris que son art passait avant tout et tu respecteras toujours son orientation.

— Maman, qu'est-ce que je ferais sans toi ?

— Nous sommes liées pour toujours, ma chérie. Tu as été et tu es encore mon seul amour.

— À part ton toutou, rigola-t-elle.

CHAPITRE 33

Delphine et Luce

Delphine prit rendez-vous avec Luce le samedi matin suivant. C'était moins d'une semaine après le décès de madame Chambort, et Luce, avec l'aide de Thomas, avait trouvé un studio près de Montmartre. C'est ainsi que vers dix heures, les deux jeunes femmes se retrouvèrent sur les Champs-Élysées.

Heureuse de se distraire de tout ce qui la tourmentait, Luce, éblouie, regardait les vitrines et surtout les prix affichés pour les vêtements en montre. Une seule robe représentait le montant qu'il lui fallait pour vivre un mois à Paris! Elle ne pouvait se permettre que du lèche-vitrine, c'était bien le cas.

— Il faut que je trouve quelque chose de seyant, d'original, de distingué, disait Delphine. Et d'un peu sexy, tout de même.

Elle se retint de dire *pour séduire le père*, car elle y pensait : elle voulait impressionner le grand Gérard Norbert qui n'était pas très chaud à l'idée du mariage de son fils avec elle, issue d'une famille très moyenne, ni riche ni connue.

Elles firent le tour de plusieurs boutiques pour trouver des robes répondant aux critères exigeants de Delphine, mais c'était toujours trop ou trop peu. Pourtant, Luce la trouvait toujours ravissante :

— Tu as tellement une belle ligne que tout te va à merveille. Tu es très belle, Delphine!

— C'est ce qu'on me dit depuis que je suis petite. Ma beauté m'a ouvert bien des portes. Mais avoue que c'est la même chose pour toi!

— Oh, moi ? Non. Je suis tellement ordinaire. Trop ordinaire.

— Tu rigoles ou quoi ?

Delphine la toisa du regard. Elle croyait vraiment que Luce se moquait d'elle en jouant à la modeste et à la complexée.

Elle continua à parader devant elle et à lui demander son avis même si elle n'avait pas la moindre intention d'en tenir compte. Ce serait plutôt le contraire, si elle n'avait pas déjà acheté sa robe de fiançailles, car elle craignait comme la peste les conseils fourbes inspirés par la rivalité féminine. Ainsi, quand Luce s'exclamait, elle croyait qu'elle voulait l'inciter à acheter ce qui lui convenait le moins pour mieux l'éclipser le soir des fiançailles. *Elle n'en aura pas l'occasion*, se disait-elle.

Après quelques heures d'essayage, Delphine invita Luce à s'arrêter pour manger.

— J'ai l'estomac dans les talons. Je t'invite ici, au Fouquet's, ça te va ?

— Wow, tu n'y penses pas ? Ça coûte une fortune et le service sera très lent. Nous n'aurons plus de temps de magasiner.

— Tant pis, on recommencera samedi prochain ! Il reste encore trois semaines avant les fiançailles.

Le placeur s'approcha d'elles d'un air hautain tempéré d'un petit sourire indéfinissable. Le grand restaurant était achalandé ce jour-là. En traversant la salle, Luce reconnut quelques têtes célèbres aux tables.

— C'est bien Alain Delon, là-bas ?

— Oui. Il y a aussi Emmanuelle Béart et Michel Piccoli, à l'arrière, indiqua Delphine. Et puis, vers la droite : Anne Sinclair avec, je pense... comment il s'appelle ?... oui, l'écrivain Bernard-Henri Lévy.

— On se croirait dans *Paris Match*, commenta Luce. C'est pour ça que tu viens ici ?

— Je ne viens pas souvent. Je voulais te donner un avant-goût du grand Paris. Un jour, peut-être, tu en seras, dit-elle avec un petit sourire narquois.

Delphine avait commencé par commander du champagne, d'abord parce que ça s'imposait dans un tel lieu, mais aussi parce que cette boisson qui monte vite à la tête est propice aux confidences.

— Tchin, tchin, Luce. Buvons à tout ce qui se prépare. C'est tellement extraordinaire !

— Tchin, tchin, fit Luce qui but une première gorgée.

Puis elle devint songeuse, son regard perdu au loin.

— Extraordinaire, je ne sais pas, marmonna-t-elle comme si elle se parlait à elle-même.

— Comment, tu en doutes?

— Ah... non, excuse-moi, se reprit Luce en esquissant un sourire.

Et elle avala une autre lampée de champagne comme pour faire passer quelque chose qui lui restait en travers de la gorge.

— Je sens qu'il y a anguille sous roche, relança Delphine, prête à ferrer le poisson. Qu'est-ce qui ne va pas?

Les yeux de Luce s'embrouillèrent de larmes.

— J'ai peur.

— Ah, c'est normal pour tous les artistes, voyons!

— C'est plus que ça. Ce n'est pas la scène qui me fait peur.

Delphine la regarda, déconcertée:

— Que veux-tu dire?

— Ah, je n'aurais pas dû... je ne devrais pas...

Elle hésitait, semblant chercher ses mots.

— ... mais il faut que quelqu'un sache, que quelqu'un sache ce que je vis. Il se passe des choses inquiétantes, jeta-t-elle tout net.

Son visage s'était crispé et des larmes coulèrent sur ses joues.

— Mais... qu'est-ce qu'il y a?

— Madame Chambort est morte.

— Je sais. Thomas me l'a dit quand il m'a appris que tu avais déménagé dans un studio.

— Je l'aimais, cette femme... et...

Delphine était suspendue aux lèvres de Luce.

— ... ce n'est pas pour rien que j'ai déménagé le jour même de sa mort.

— Comment?

— J'avais reçu un coup de fil la veille. De la mère de Geoffroy. Elle me mettait en garde contre son fils, qui venait de la blesser gravement. Elle est condamnée à boiter pour le reste de ses jours. Elle m'a dit de protéger madame Chambort et de fuir dès que je pourrai. Parce qu'il me déteste et qu'il est capable de tout.

— Qu'est-ce que tu racontes?

— La pure vérité. Geoffroy voulait que la mère de Jude disparaisse pour avoir l'appartement et tout ce qui s'ensuit. C'est fait. Et la prochaine victime désignée, c'est moi.

139

— Mais c'est énorme, énorme ! C'est vraiment la mère de Geoffroy qui t'a dit tout ça ?

— Oui, sa fille était là au téléphone avec elle, la sœur de Geoffroy. J'étais sceptique dans un premier temps, je ne voulais pas le croire, mais elle m'a tout confirmé. L'agression contre la mère, l'infirmité, tout !

Delphine avait pâli en entendant cela.

— Tu penses donc qu'il aurait pu tuer madame Chambort ? Mais c'est grave. Très grave.

— Je sais. C'est très gros, c'est difficile à croire, mais après ce que m'ont dit sa mère et sa sœur et aussi après ce que j'ai vu moi-même...

— Ce que tu as vu ?

— Oui, il y a trois semaines, lors d'un dîner chez madame Chambort, il a failli tuer Normand.

— Normand ?

— L'ex de Jude. Il l'a agressé sauvagement et lui a déchiré le front avec un tesson de bouteille.

Delphine n'avait plus le cœur à boire son champagne, ni même à manger. Sa petite campagne souterraine contre Luce s'en trouvait du coup déboutée.

CHAPITRE 34

Jude dans un cul-de-sac

Thomas Norbert venait de s'installer au piano pour peaufiner une des dernières musiques qu'il lui restait à composer sur les textes de Luce quand le téléphone sonna. Il reconnut aussitôt la voix de l'agent de son père, Gilles de Lagrave :

— Votre père m'a dit qu'il serait bon que mademoiselle Berger aille « casser » ses chansons dans une petite boîte avant la grande scène. À Montmartre, par exemple.

— Et son agent ? Il faut son autorisation.

— Je l'ai appelé. Il est d'accord.

— Ah oui ?

— Chambord m'a même laissé entendre qu'il n'était pas sûr de poursuivre longtemps son métier d'imprésario. La mort de sa mère lui a porté un dur coup, semble-t-il. Elle lui a fait remettre en question bien des choses.

Thomas pensait à ce que Delphine lui avait appris de sa conversation avec Luce, et de sourdes appréhensions montaient en lui.

De fait, Jude n'était plus que l'ombre de lui-même depuis la mort de sa mère. Et il avait toutes les raisons du monde pour éviter Luce et même pour s'en détacher le plus tôt possible. D'abord, il soupçonnait fortement Geoffroy d'avoir tué sa mère. Il savait que celui-ci lui avait versé un verre de crème de menthe la veille de sa mort, et ce verre, comme par hasard, avait disparu le lendemain sans laisser de traces. Ensuite, le directeur du théâtre qui essayait depuis plusieurs semaines de le joindre par téléphone avait fini par lui écrire pour lui demander ce qu'il arrivait des contrats pour le spectacle, et pourquoi il ne répondait pas à ses messages. Jude, catastrophé, avait découvert que Geoffroy avait effacé les messages téléphoniques au fur et à mesure et qu'il n'avait jamais mis à la poste les contrats comme il s'était chargé de le faire dès les signatures apposées après l'arrivée de Luce à Paris. Bref, il était dans la merde jusqu'au cou. Car le spectacle, évidemment, n'avait pas été programmé. Et il entrevoyait déjà tous les problèmes et démêlés avec les Norbert, sans parler de Luce.

CHAPITRE 35

Le Lapin Agile

Entre-temps, l'agent de Norbert avait vite réussi à boucler quatre soirées de spectacles de Luce au fameux Lapin Agile, à Montmartre. Des posters de la chanteuse étaient déjà placardés à l'extérieur de l'établissement et aux environs le mercredi, veille de la première.

De son studio, Luce pouvait s'y rendre à pied, en moins de quinze minutes. De toute façon, il était presque impossible de trouver un taxi pour un trajet aussi court. Et marcher, gravir les rues de la butte Montmartre en ces soirs doux de printemps, où la clarté s'attardait jusqu'à vingt-deux heures, lui faisait du bien, contribuant à alléger l'anxiété qui la rongeait durant cette période difficile. Mais s'il faisait clair encore quand elle montait au cabaret pour vingt et une heures, la nuit était tombée quand elle en redescendait vers vingt-trois heures.

Luce se produisait à la suite d'un groupe qui chantait des chansons folkloriques *a capella*. Ses chansons très modernes contrastaient avec celles que le public de la Butte avait l'habitude d'entendre. Quand elle entra en scène, il y eut des murmures d'étonnement. Son style surprenait. Elle portait un costume excentrique, fabriqué par l'ami designer de Jude. Une cassette instrumentale donnait l'impression qu'elle était accompagnée de tout un orchestre. Le public était ravi et en redemandait, se félicitant de découvrir un grand talent avant tout le monde.

Tout se passa à merveille le premier soir. Les chaleureux applaudissements furent suivis de demandes d'autographes. Luce s'en trouva tellement stimulée qu'elle retourna avec enthousiasme le deuxième soir. Cependant, en approchant du cabaret rue des Saules, elle vit par terre une de ses affiches sur laquelle on lui avait crevé les yeux. Des taches rouges étaient parsemées sur la photo. Du sang… comme si on voulait la tuer. Elle en fut très ébranlée. Mais peut-être ne fallait-il pas y accorder trop d'attention. Plusieurs jeunes s'amusaient à barbouiller les affiches des artistes autant que celles des politiciens. Non, il n'y avait sûrement rien de personnel, d'agressif à son égard. C'était un malheureux hasard. Et elle chanta comme si de rien n'était, aussi bien que la veille.

Le troisième soir, une vague crainte la hantait en se rendant au cabaret. Elle chassa sa peur en pensant aux excellentes réactions du public. Elle se rendit sans encombre au Lapin Agile, à son grand soulagement. Elle avait eu raison de ne pas se laisser impressionner par cette affiche qu'un malotru s'était amusé à abîmer. C'était si facile de détruire au lieu de créer. Elle n'allait pas se laisser troubler par ce détail insignifiant. Encore une fois, l'enthousiasme du public la porta, l'emporta.

Elle retourna donc le quatrième soir avec une joie sans partage. Elle donna le meilleur d'elle-même et sortit de la scène dans un déchaînement d'applaudissements. Plusieurs fois, elle s'inclina devant le public pour le remercier. Mais il fallait bien rentrer. L'euphorie laissa place à la peur quand elle ouvrit la porte du cabaret. La noirceur et le silence la saisirent à la gorge. C'était normal, sans doute, après l'éblouissement de l'éclairage et la force parfois excessive de la musique d'accompagnement.

Elle ne vit personne dans la rue. Le public était resté sur place, car un autre mini-spectacle suivait le sien. Elle eut un curieux pressentiment tout à coup. L'impression désagréable, étrange, d'une présence. Elle marcha plus vite, pensant qu'elle aurait dû enlever ses souliers à talons hauts pour courir plus facilement, le cas échéant. Et changer aussi de costume. Elle attirait sans doute l'attention quand elle passait sous les lampadaires avec cette robe dont le tissu était fait pour refléter la lumière. Les pas se rapprochaient de plus en plus derrière elle. Elle bifurqua dans une autre rue. Les pas aussi. Son cœur battait fort dans sa poitrine. Elle se mit à courir. On courait aussi derrière. Elle se retourna vivement et vit la personne qui était à ses trousses : une femme ! avec une chevelure et une robe identiques à la sienne ! C'était horrible ! Impossible ! Était-elle la proie d'une hallucination ? Son double la menaçait. Elle se mit à courir de plus belle, l'autre aussi. Son double lançait un rire dément qui résonnait dans la rue, dans la nuit. Ce rire, elle l'avait reconnu : c'était Geoffroy ! Une terreur folle s'empara d'elle.

Elle tremblait de tout son corps quand elle arriva à la porte de son studio. Elle était tellement nerveuse, fébrile, que la clé lui glissa des mains. Elle cria à plusieurs reprises : « Au secours ! Au secours ! »

Alarmée, la concierge vint lui ouvrir, regarda autour, à gauche, à droite. Personne ; la rue était calme, silencieuse.

— Vous êtes sûre d'avoir vu quelqu'un, madame ? Venez, vous êtes toute tremblante, vous avez besoin de repos.

CHAPITRE 36

La rupture

Luce passa une autre nuit atroce. Elle s'était levée tôt. Elle tournait en rond dans son studio. Elle craignait de devenir folle. Ce qui lui arrivait était affreux. Elle n'avait pas inventé cette histoire de poursuite. Ce rire fou de Geoffroy, elle l'avait bien reconnu, il ne cessait de résonner dans ses oreilles.

Elle se débattait encore avec ces pensées lorsque le téléphone sonna.

— Luce, commença Thomas d'un ton sec, il y a quelque chose de grave qui vient d'arriver.

Luce l'écoutait, bouche bée. Qu'est-ce qu'on allait lui annoncer encore?

— Les contrats n'ont jamais été signés pour notre spectacle.

— Quoi? Comment? C'est impossible!

— Puisque je te dis. Le directeur du théâtre vient de nous l'apprendre. Il avait envoyé les contrats pour qu'ils soient contresignés par Jude et par toi. Mais ils n'ont jamais été retournés.

— Mais comment ça? Je les ai bien signés de mon côté. Qu'est-ce qui se passe? En avez-vous parlé à Jude?

— Mon père pense que c'est à toi de le faire. Il y va autant de ta responsabilité que de celle de Chambort.

— Mais... mais...

— Inutile de te dire qu'on ne peut plus continuer.

— Mais qu'est-ce qui va arriver?

— Je ne sais pas. Mais rien ne tient plus. Tout ce temps et ce travail gaspillés!

— Mais, ce n'est pas de ma faute. Je n'en savais rien. Je te jure.

— Ça ne change rien, c'est fait! Rien d'autre à dire. Salut.

Il raccrocha. Luce était atterrée. Tout s'effondrait.

CHAPITRE 37

Dormir comme mourir

Elle marchait au bord d'une mer infinie. La lumière était si intense qu'elle avait peine à garder les yeux ouverts. Les vagues d'un bleu turquoise venaient lui lécher les pieds. Elle se sentait attirée, happée, même, par le roulement de ces vagues qui pouvaient l'entraîner vers un ailleurs parfait et la faire disparaître dans une beauté absolue. Soudain, elle leva les yeux et, dans une sorte d'éblouissement, elle vit des cygnes magnifiques, pendus par les pattes à un fil invisible, la tête en bas. Ils n'étaient pas morts, mais empêchés de voler à jamais, de s'ébattre dans le bleu du ciel. Parmi les rayons de soleil.

Elle se réveilla brusquement, ne sachant comment interpréter ce rêve. Que représentaient ces cygnes suspendus, mourant sans souffrance apparente ? Était-ce une prémonition de sa propre mort, douce, lente ?

Devait-elle en finir avec la vie ? Loin de son pays, comme une mystérieuse inconnue ? Une fille abandonnée sur la plage déserte d'une carrière impossible.

Elle prit un somnifère et dormit d'un sommeil lourd. Lourd comme sa vie.

TROISIÈME PARTIE

– 2007 –

À la recherche de Luce

CHAPITRE 38

Les parents adoptifs

Montréal, 2007

Viviane tremblait un peu quand elle décrocha le combiné et composa le numéro à Québec. Après quelques sonneries, quelqu'un décrocha à l'autre bout :

— Allo.

— Madame Berger ?

— Oui.

— Je m'appelle Viviane Saint-Amant. Excusez-moi, madame, de vous déranger comme ça, mais j'ai une chose très importante à vous dire... et qui nous concerne toutes les deux. Personnellement.

— Comment ? Qui êtes-vous ?

— Je suis la mère de Luce... ou plutôt, excusez-moi, celle qui l'a mise au monde.

Il y eut un silence, à l'autre bout du fil.

— Qu'est-ce que vous dites là ?

— C'est bien vrai, je vous prie de me croire. Et j'ai beaucoup hésité à entreprendre cette démarche, croyez-moi. Je comprends quel choc cela peut représenter pour vous, et je m'en excuse.

— Mais, écoutez, c'est tellement... tellement inattendu. Après plus de quarante ans ! Comment pourrais-je vous croire ? Au nom de quoi ? Et pour quoi ? Et puis, il me semble qu'il y a des procédures officielles à respecter pour les retrouvailles ?

— Oui, oui, je sais. Écoutez, je ne veux pas vous brusquer avec tout ça aujourd'hui. Je n'ai pas l'intention, non plus, de précipiter quoi que ce soit. Et encore moins de vous importuner, de vous embarrasser ou de traumatiser ma fille biologique. Alors, je vous laisse y réfléchir. Je vous laisse mon numéro de téléphone. Et mon adresse à Montréal aussi. Vous pourrez vérifier tout ce que vous voulez sur moi. Je suis auteure, j'ai publié plusieurs livres.

On peut voir tout cela sur Internet, et beaucoup d'autres choses. Rappelez-moi quand vous voudrez, madame Berger. Mais vous comprendrez qu'après avoir découvert, enfin, où s'était retrouvée mon enfant — après toutes ces années —, il me tient très à cœur d'en savoir davantage sur elle.

— Je vais en parler avec mon mari, et je vais voir... Je vous rappellerai.

Il faisait beau soleil, ce jour-là à Québec, quand Arnaud et Viviane stationnèrent leur voiture en face d'un cottage en brique rouge, sur la rue Brulart, à Sillery. C'est là que demeuraient les Berger, les parents adoptifs de la fille de Viviane. Et c'est là aussi que la petite Luce avait grandi.

Ils étaient plutôt nerveux, surtout Viviane. Ils ne savaient pas trop comment ils seraient reçus, même s'ils avaient déjà eu deux entretiens au téléphone avec les Berger et que ceux-ci semblaient de moins en moins réticents à leur égard. Après le premier contact établi par Viviane, madame Berger avait rappelé. Et ils avaient eu un long entretien, à quatre, monsieur Berger et Arnaud s'étant mis de la partie.

De prime abord, les Berger semblaient plutôt embarrassés, voire ennuyés. Même s'ils étaient rassurés par ce qu'ils avaient vu et appris sur Viviane, ils étaient sur la défensive. Leur méfiance était perceptible. Il faut dire que ce contact direct avec la mère de leur fille adoptive les avait étonnés, gênés et même effrayés.

Viviane s'était confondue en excuses pour débarquer comme cela, à brûle-pourpoint, dans leur vie. Elle avait mis tout de go cartes sur table. Elle leur avait raconté qu'enfant adoptée elle-même, elle venait d'avoir la joie de retrouver sa mère biologique, et c'était cela qui l'avait poussée à chercher la fille qu'elle avait elle-même dû donner en adoption à la naissance. Cette confidence avait touché les Berger et contribué à faire fondre leur méfiance. Puis Arnaud était venu seconder Viviane en expliquant comment ils avaient découvert l'adoption : par des recherches intensives dans les archives auxquelles il avait eu la chance d'avoir accès. Par un privilège exceptionnel, comme il l'indiqua sans s'y attarder. Il ne fallait surtout pas qu'il parle du viol, ni a fortiori du détective.

Par ailleurs, Arnaud et Viviane savaient que leur initiative était très risquée. Ils agissaient en marge de la légalité. Ils contournaient les règlements établis sur les services de retrouvailles qui devaient passer obligatoirement par les centres jeunesse. C'était un geste qui pouvaient être dénoncé comme illégal et entraîner des ennuis, non seulement pour Arnaud, mais aussi, par ricochet, pour son ami, l'ex-ministre de la Justice. Ils marchaient sur des œufs, en quelque sorte, même si Arnaud ne craignait rien. Il y allait toujours à sa manière un peu «don Quichotte» de foncer sur des moulins à vent, mais Viviane n'était pas rassurée.

Au téléphone, quand elle avait demandé des nouvelles de sa fille, comment elle était, ce qu'elle était devenue, madame Berger avait esquivé la question. Elle avait laissé entendre que Luce n'était plus avec eux, qu'elle était partie. Et elle ne pouvait pas leur en dire davantage au téléphone. C'était quelque chose qui ne se raconte pas en quelques minutes, avait-elle dit. Ce qui avait alarmé Viviane et lui avait fait craindre le pire. Avec sa nature intuitive, elle redoutait un grand malheur. Peut-être sa fille était-elle disparue à jamais? Morte?

Viviane et Arnaud étaient donc assez nerveux, ce jour-là, dans ce quartier bourgeois de Québec, quand ils sonnèrent au rez-de-chaussée du duplex qui devait dater des années quarante, selon les estimations d'Arnaud.

Un septuagénaire au crâne dénudé, maigre et un peu voûté, vint leur ouvrir. Paul Berger, ingénieur à la retraite, avait une physionomie ouverte, des yeux rieurs, bref une bouille sympathique. Il accueillit le couple avec cordialité, leur tendit la main à tour de rôle et les conduisit au salon, où Solange, sa femme, se leva lentement de son fauteuil pour les accueillir.

— Bonjour, madame Berger, dit Viviane. Si vous saviez comme je suis heureuse de vous rencontrer!

Solange Potvin était une belle femme, très digne, qui prenait grand soin de sa coiffure et de sa tenue. Même si elle avait pris des rondeurs avec l'âge, elle gardait une figure attrayante où perçaient de grands yeux sombres rehaussés par un mascara appliqué avec soin. Elle s'exprimait bien — elle avait déjà été enseignante — et parlait avec autorité. D'ailleurs, quand elle prenait la parole, son mari s'effaçait en quelque sorte. On sentait que Paul avait beaucoup d'admiration pour sa femme. À peine l'interrompait-il, de temps à autre, pour faire un commentaire à la blague. Il avait un parler plus populaire que sa femme, résultat sans doute d'une carrière passée à diriger des ouvriers dans des chantiers de construction. Il avait notamment, à titre d'ingénieur civil, participé à la construction du grand pont Pierre-Laporte qui enjambe le Saint-Laurent à Québec : « La plus grande portée de tous les ponts suspendus au Canada », disait-il avec fierté.

En tout cas, Viviane et Arnaud virent tout de suite que Solange et Paul formaient un couple très uni et très sociable. Il était touchant de les entendre s'appeler l'un l'autre « Sweetie » et « Chouchou ». Ils apprirent vite qu'en plus de Luce, le couple avait adopté deux autres enfants. Deux garçons, dont l'un était mort tragiquement, dans un accident de moto, alors qu'il venait d'avoir vingt ans.

À l'évocation de ce drame, Paul, qui était très émotif, eut tout à coup les larmes aux yeux.

Viviane et Arnaud compatissaient, mais Viviane bouillait à l'intérieur, impatiente de savoir ce qu'était devenue sa fille.

— Et Luce ? demanda-t-elle.

Il y eut un moment d'hésitation. Une gêne perceptible chez les Berger qui avaient échangé un regard anxieux.

— Eh bien, commença madame Berger, il faut vous le dire, nous ne savons pas ce qu'elle est devenue.

— Comment ? s'exclamèrent en même temps Viviane et Arnaud.

— Elle est entrée dans une secte, poursuivit-elle.

— Laquelle ? demanda Arnaud.

— L'Ordre du Temple solaire.

— L'OTS ? s'écria Arnaud. La secte qui a tué plus de soixante-dix personnes ?

— Luce est-elle morte ? lança Viviane, d'une voix blanche.

— On ne sait pas, dit madame Berger.

— Comment ? Vous ne savez pas si elle est morte ou vivante ?

— Non, on sait rien, c'est ça le pire, dit monsieur. Berger.

— Mais comment ça se fait ? dit Viviane.

— Elle n'est pas morte dans les carnages de l'OTS ? ajouta Arnaud.

— Non, mais elle a disparu depuis ce temps-là, dit madame Berger.

— Depuis 1994 ? demanda Arnaud.

— Oui.

— Et pas d'enquête de police ?

— Oui, mais ç'a rien donné, dit monsieur Berger.

— Pourquoi on n'en a pas entendu parler dans les médias ? demanda Arnaud.

— Pour des raisons de sécurité... Vous savez, il y a eu d'autres victimes les années suivantes.

— Oui, je sais, dit Arnaud. J'ai suivi cette affaire de près. J'avais eu, disons, le douteux «privilège» d'interviewer Luc Jouret, le gourou de la secte, dix ans avant les carnages de 1994, alors qu'il vantait les vertus des médecines douces.

Viviane écoutait tout cela avec effarement. Elle venait d'apprendre qui était l'enfant qui lui avait échappé à la naissance, il y a plus de quarante ans, et voilà qu'on lui disait que cette fille qui s'appelait Luce était disparue, peut-être morte. Elle regardait les Berger à tour de rôle, bouche bée, cherchant à comprendre.

— Vous dites que l'enquête de la police n'a abouti à rien ? reprit Arnaud. J'imagine que ç'a été une enquête internationale ?

— Oui, Interpol, dit madame Berger... Ils n'ont pas trouvé de traces de Luce.

Paul Berger avait les yeux remplis de larmes.

— Un autre enfant perdu, dit-il.

Et, de ses gros doigts noueux, il s'essuya les yeux.

Dans une sorte de stupeur douloureuse, Viviane écouta les Berger parler de sa fille, dire qu'elle avait reçu la meilleure éducation — aux Ursulines de Québec, au cégep Garneau, puis au conservatoire de Québec ; qu'elle avait voulu faire carrière dans la chanson, avec un certain succès au début en gagnant le concours de la chanson à Granby et en nouant des contacts importants dans le milieu du showbiz à Paris ; qu'elle avait eu des expériences décevantes en France et était entrée dans l'OTS en 1991. Et jusqu'en 1994, même à l'OTS, elle avait gardé contact avec ses parents adoptifs.

Arnaud songeait aux nombreuses activités que l'OTS avait menées au Québec. Il avait interviewé Luc Jouret au début des années 1980, sans savoir qu'il avait devant lui un gourou en puissance. À l'automne 1994, après les hécatombes en Suisse et au Québec, il avait retrouvé la cassette de l'interview restée inédite et en avait publié des extraits commentés dans un magazine à grand tirage. Sous le titre «Paroles d'outre-tombe du gourou de l'OTS », l'article, relayé par les agences de presse, avait fait le tour du monde.

Viviane et Arnaud avaient tenté d'assimiler tout cela en marchant dans les rues du Vieux-Québec ; puis sur la terrasse Dufferin, qui surplombait un fleuve aux eaux teintées par le crépuscule ; enfin, assis face à face dans un restaurant près de leur hôtel.

Viviane était effondrée. Elle n'arrivait pas à concevoir que, coup sur coup — en quelques jours —, elle avait retrouvé la trace de sa fille restée étrangère pour elle depuis plus de quarante ans, pour apprendre en fin de compte qu'elle était disparue, sans doute à jamais. Les yeux embués de larmes, le cœur gros au-dessus de son assiette, elle n'arrivait pas à manger. Et son amoureux était à court d'arguments pour lui redonner espoir.

Tout à coup, le téléphone vibra dans la poche d'Arnaud. C'était madame Berger. Elle ne leur avait pas tout dit au sujet de Luce. Elle les priait de revenir le lendemain, avant leur retour à Montréal.

Cet appel ne fit rien pour rassurer Viviane. Au contraire. Maintenant, elle craignait le pire.

Dans le petit hôtel de la rue Sainte-Geneviève, quand elle arriva à trouver le sommeil, à l'aube, elle fut assaillie de cauchemars.

À onze heures le lendemain, Viviane et Arnaud se présentaient devant la maison des Berger à Sillery.

Madame Berger avait l'air à la fois grave et bouleversée. Elle leur confia, de prime abord, qu'elle était insomniaque, mais que, cette fois, elle n'avait pas fermé l'œil de la nuit. À cause de ce qu'elle devait leur dire. Paul était assis près d'elle sur le canapé et lui tenait la main.

Avec des excuses entrecoupées de pleurs, elle avoua à Viviane et Arnaud qu'elle ne leur avait pas dit la vérité, la veille... enfin, pas toute la vérité.

— Comment ? demanda Viviane, anxieuse.

— Luce est en vie.

— Elle n'est pas disparue, alors ?

— Enfin, oui... d'une certaine façon, répondit madame Berger.

— Que voulez-vous dire ?

— Luce nous a appelés, à plusieurs reprises, mais elle ne peut pas nous dire où elle se trouve. Elle doit se cacher depuis les événements de 1994.

Viviane et Arnaud l'écoutaient, pantois.

— Elle nous a dit, continuait madame Berger, que c'était une question de vie ou de mort pour elle. Elle nous a fait jurer de ne rien dire à personne.

— Depuis quand le savez-vous ? demanda Arnaud.

— Elle nous a appelés le jour même de la nouvelle des morts en Suisse et au Québec. Pour nous rassurer. Parce qu'on était, comme vous pouvez l'imaginer, fous d'inquiétude, Paul et moi.

— D'où a-t-elle appelé ?

— Je ne sais pas. Elle nous a dit qu'elle appelait d'une cabine téléphonique, en Europe. Elle ne pouvait pas nous en dire plus. Et chaque fois qu'elle a téléphoné par la suite, c'était la même chose.

— Est-ce qu'elle appelle encore ? Est-ce qu'elle va bien ? demanda Viviane, en rafale.

— Elle n'appelle pas souvent. Pas plus d'une fois ou deux par année. Depuis bientôt treize ans. Et jamais à l'occasion des grandes fêtes ou des anniversaires. Par prudence, nous a-t-elle dit. Et les appels ne dépassent pas deux minutes. Luce nous dit chaque fois qu'elle va bien, qu'elle vit dans de bonnes conditions, mariée à un homme qu'elle aime, qui a fui la secte en même temps qu'elle.

— Quand vous a-t-elle appelés la dernière fois ? s'enquit Arnaud.

— Ça fait plus d'un an déjà, répondit Solange. On s'inquiète toujours. Mais elle nous a envoyé une carte de vœux à Noël.

— Ah bon, dit Arnaud. Est-ce que vous avez gardé l'enveloppe ?

— Oui. Je peux vous la montrer, mais nous avons bien vu, mon mari et moi, qu'elle avait été postée en France.

Madame Berger se tourna vers un petit secrétaire qui était à côté du fauteuil, à portée de sa main, ouvrit le tiroir et en tira une enveloppe portant les chevrons caractéristiques du courrier aérien et les timbres de la République française. Elle l'ouvrit, en sortit une carte de vœux, où se trouvait une photo.

— Luce a inséré une photo d'elle et de son mari dans la carte, dit-elle.

— Oh ! s'exclama Viviane.

En tremblant presque, elle prit la photo que lui tendait madame Berger. Elle découvrit un beau couple dans la force de l'âge. Mais surtout, elle, sa fille : elle était belle, semblait heureuse, épanouie. Une belle chevelure marron sombre, ondulante ; des traits fins, surtout le nez et la bouche, qui avaient une ressemblance avec les siens… L'émotion lui montait à la gorge, l'empêchait de parler. Arnaud, qui s'était penché pour voir, s'exclama :

— Elle est belle ! Elle a ton sourire.

— Vous avez raison, dit Solange Berger. Je l'ai remarqué à votre arrivée hier.

Viviane ne détachait pas ses yeux de la photo, comme si elle voulait tout embrasser d'un coup de cet être sorti d'elle plus de quarante ans auparavant. Arnaud s'était mis à observer minutieusement l'affranchissement de l'enveloppe.

— La lettre vient de France, c'est sûr. Mais il est difficile de savoir d'où… et, de toute façon, cela ne prouve pas qu'elle habite en France, dit-il, songeur.

— Mais pourquoi doit-elle se cacher comme ça ? reprit-il.

— C'est la grande question, dit Paul.

— Elle a parlé de menaces de mort qu'elle avait reçues, ajouta Solange.

— De qui ?

— Des menaces anonymes, c'est sûr, dit Paul. Mais, après les autres morts de l'OTS survenues en France et au Québec, les années suivantes, on a cru Luce quand elle nous disait que ces menaces étaient sérieuses.

— Et quand elle nous faisait jurer de ne rien dire à personne, ajouta Solange. Sauf qu'on s'en est beaucoup parlé hier soir, Paul et moi… et on s'est dit qu'il fallait que vous le sachiez, Viviane. Il fallait qu'on partage ce secret avec vous. Luce ne pourrait nous en vouloir de le dire à sa mère. Et nous savons que nous pouvons vous faire confiance, à vous et Arnaud, pour garder ce secret. Enfin, pour ne rien faire qui puisse nuire à notre chère Luce… où qu'elle se trouve, acheva-t-elle dans un sanglot.

— J'en suis très, très touchée, dit Viviane.

Elle s'arrêta un instant, suffoquée par l'émotion.

— Maintenant que je sais qui est ma fille, reprit-elle… et surtout que j'apprends, que je vois qu'elle est toujours de ce monde, je tiens encore plus à la retrouver.

— Elle est en France, sans doute, dit Arnaud. On va aller là-bas. On va la retrouver.

— Il y a une chose importante, intervint madame Berger, tempérant l'enthousiasme d'Arnaud, il faut qu'elle soit prévenue si jamais vous la retracez… Et, surtout, il faut qu'elle accepte de vous voir.

— C'est vrai, ce n'est pas acquis, admit Viviane.

— Il faut la comprendre, reprit madame Berger : elle ne vous a jamais vue. Ce sera un choc pour elle.

— Oui, il vaut mieux la préparer, dit Viviane, songeant à toutes les émotions par lesquelles elle était passée, elle-même, la semaine précédente, en apprenant qui était sa mère biologique.

— Pouvez-vous lui en parler quand elle vous rappellera, conclut Arnaud, et nous tenir au courant ? Bien entendu, nous ne ferons pas irruption comme des voleurs dans la vie de Luce. Même si nous retrouvons sa trace en Europe, ce sera à elle de décider si elle veut connaître sa mère biologique ou non.

— Oui, renchérit Viviane, tout ce qu'il m'importe de savoir, c'est qu'elle est bien vivante et en sécurité.

— Je vous laisse mon numéro de cellulaire où vous pourrez nous joindre n'importe quand, ici ou en Europe.

Il inscrivit le numéro dans le carnet d'adresses que lui tendit madame Berger.

— Et, bien sûr, nous vous tiendrons informés de tout ce que nous apprendrons ou découvrirons. Au fur et à mesure.

— Quand voulez-vous aller en Europe ? demanda madame Berger.

— Le plus tôt possible, dit Arnaud.

CHAPITRE 39

En route vers l'Europe

En ce printemps 2007, Alice semblait rajeunir de jour en jour. Elle s'habillait de couleurs vives, déclamait tout à trac de grandes tirades théâtrales comiques, chantait des airs rigolos, faisait des pitreries, et Werner riait à gorge déployée. Lui aussi prenait un « coup de jeune ».

Selon toute apparence, les deux filaient le parfait amour. Ils prenaient leur revanche sur le temps... et sur l'Histoire, qui les avait séparés cruellement quelque soixante ans auparavant. Werner, toutes affaires cessantes, semblait s'être installé à demeure à Montréal. Il ne parlait pas de repartir.

Viviane et Arnaud n'avaient pas tardé à mettre les deux au courant de leurs découvertes au sujet de Luce. C'est Werner qui fut le plus ébahi. Alice ne lui avait encore rien dit au sujet de la fille illégitime de Viviane. C'en était presque trop pour lui. Tour à tour, il retrouvait son amour de jeunesse, il apprenait qu'il avait une fille et il la retrouvait du même coup, puis maintenant il avait une petite-fille... et, pourquoi pas, tant qu'à y être, des arrière-petits-enfants inconnus ? Décidément, la vie n'arrêtait pas de les mitrailler de surprises en ce printemps mirifique.

— Mais cette Luce, dit Werner, si elle est en Europe, il faut la retrouver, il faut aller la chercher !

— Ce ne sera peut-être pas si simple, commença Arnaud...

— Écoutez, coupa Werner, nous n'avons plus de temps à perdre. C'est décidé : je vous emmène tous en Europe. Nous irons en Allemagne, en France et en Suisse, ou ailleurs, s'il le faut, mais nous partons ! Faites vos valises. Je réserve l'avion, les hôtels et tout.

— Mais... mais...

— On ne discute pas les ordres d'un officier de la Wehrmacht, dit-il, d'un ton impérieux.

Arnaud fit un salut militaire. Tout le monde éclata de rire.

Il faut dire que l'idée germait depuis quelque temps dans la tête de Werner. Il voulait revoir l'Allemagne avec Alice. Un retour aux sources sur les lieux de leur enfance et adolescence à Munich. Et voilà que l'occasion se présentait d'emmener aussi Viviane et Arnaud. De fait, la chose s'imposait pour retrouver Luce.

Ils s'embarquèrent tous les quatre à l'aéroport international de Montréal, le 18 mai. À bord d'un appareil de la Lufthansa. Un vol sans escale jusqu'à Munich. Werner n'avait pas fait les choses à moitié. Rien de moins que la première classe. C'était pour lui une sorte de célébration de tout ce qui s'était accompli de merveilleux depuis un mois et demi à peine. Le conte de fées de la découverte d'Alice puis de leur fille Viviane. Cette nuit-là, ils « flottèrent » au-dessus des nuages avec champagne, caviar et petits fours. Alice, qui n'avait pas pris l'avion depuis des lustres, était au septième ciel. Elle déclamait des tirades de théâtre, cabotinait, chantait... de plus en plus fort. On dut lui faire signe de baisser le ton, car les autres passagers de première se montraient de plus en plus agacés. Pour la calmer, Werner entonna doucement leur blues de ralliement : *Sometimes, I feel like a motherless child...*

Werner avait une voix de basse très prenante. Viviane, tout à coup, fondit en larmes au creux de l'épaule d'Arnaud. Du coup, Werner s'interrompit.

— Excusez-moi... dit Viviane. Toutes ces émotions ces derniers temps et ce blues si poignant. Mais continuez, « papa », dit-elle dans un sourire à Werner — en appuyant sur le mot qu'elle employait pour la première fois à son intention —, continuez, c'est si beau !

— Ma fille, dit Werner, ému.

Et il se pencha pour l'embrasser. Alice en fit autant.

Les deux femmes, saturées d'émotions, ne tardèrent pas à s'endormir dans leur siège. Les deux hommes somnolèrent quelque peu, puis Werner demanda :

— Arnaud, connaissez-vous bien les circonstances de cette affreuse histoire : je veux dire l'OTS ?

— Oh, oui, j'en sais beaucoup là-dessus. Le hasard m'a fait rencontrer Luc Jouret, dix ans avant les événements de 1994. J'ai été amené à l'interviewer pour un journal médical. À la suite d'une conférence sur les médecines douces, homéopathie, acupuncture, etc. Ses propos vaguement ésotériques m'avaient intrigué et je lui avais demandé une interview. Il avait accepté d'emblée et, alors, pendant deux heures, il m'avait étalé toute la panoplie des mystifications ésotériques, de l'Atlantide aux Rose-Croix, en passant par les pyramides et la kabbale. Tout ça pour m'avertir solennellement que notre monde était à la veille d'une « grande purge par le feu ».

— Oui, évidemment, c'est toujours la même rengaine, dit Werner en hochant la tête.

— J'avais oublié les élucubrations de ce médecin belge quand j'ai appris les carnages de l'OTS en 1994. Mais alors, je me suis rappelé : Luc Jouret. C'était bien le médecin homéopathe que j'avais interviewé en 1984. J'ai retrouvé la cassette de l'interview, et ses propos délirants prenaient tout à coup une autre dimension : c'était comme écrit d'avance.

— Vous voulez dire : prévu ?

— Oui.

— Savez-vous qu'il y avait des nazis derrière l'OTS ?

— Oui, par la suite, j'ai lu tout ce que je pouvais trouver là-dessus.

— Mais, pour les nazis, que savez-vous, au juste ?

— Que Julien Origas, grand maître d'une secte néo-templière inféodée par Jouret et Di Mambro, a été collaborateur des nazis dans la France occupée, agent de la Gestapo à Brest. Je sais qu'il y a d'autres pistes qui remontent à des collaborateurs nazis ou fascistes... Mais vous, Werner, qu'en savez-vous ?

— Je peux vous dire que cette affaire m'a beaucoup interpellé. La filière néo-templière d'où est sortie l'OTS est liée étroitement au nazisme. Et plusieurs nazis, échappés aux procès de Nuremberg, se sont regroupés dans ce genre d'organisations. Moi qui ai été soldat d'Hitler et qui dois en porter la honte jusqu'à la fin de mes jours, je sais trop combien de nazis et de fascistes se sont recyclés — si on peut le dire ainsi — dans des sectes et des sociétés secrètes en Europe et à travers le monde. J'en ai connu en Amérique du Sud.

— Comment ?

— Laissez-moi vous raconter quelque chose. Un jour, je me suis retrouvé en pleine jungle avec de drôles d'individus. C'était en 1990, en Amazonie. J'étais allé rencontrer un Autrichien qui se spécialisait dans la capture d'animaux exotiques pour les zoos.

J'étais avec mon fils Conrad qui voulait, à ce moment-là, se lancer dans l'élevage de ce genre d'animaux. Imaginez la surprise que nous avons eue, après des kilomètres en jeep dans des chemins défoncés, de tomber sur une luxueuse hacienda derrière une grille imposante, actionnée par des commandes électriques. On entendait des cris et des grognements de bêtes dans des baraques disposées autour. Une espèce de garde-chiourme est apparu avec un énorme doberman. Puis Reiter, l'homme qu'on était venu rencontrer. Un type dans les soixante-dix ans, encore gaillard, musclé et tatoué. Il nous a entraînés sur une grande terrasse patio, où l'on pouvait voir entre les arbres couler l'Amazone. On a pris place derrière une table chargée de mets. Il y avait dans un coin, dissimulé dans l'ombre, un homme trapu avec un fusil-mitrailleur. Et tout autour du patio, des cages remplies de bêtes de la jungle.

— Pas tout à fait rassurant, commenta Arnaud.

— C'était sinistre, en effet. Reiter nous a présenté son fils Helmut, un garçon d'une trentaine d'années dont l'air insolent m'a déplu tout de suite. D'ailleurs, il s'est mis tout de go à me poser des questions sur mon expérience militaire dans l'Allemagne nazie. J'ai coupé court en disant que cette époque était révolue et que je ne voulais plus en parler. Helmut a jeté un petit rire sarcastique avant de se lancer dans une sorte d'apologie de la dictature : « Avez-vous vu ce qui se passe en Europe, monsieur Kaden ? La décadence, la pourriture. En France, le problème des Maghrébins. En Allemagne, les Turcs. Il faudrait un pouvoir fort, qui rétablisse l'ordre en Europe et dans le monde, vous ne pensez pas ? » J'étais très agacé, j'ai lancé par dérision : « Comme Hitler ? » Il m'a répondu avec un regard brûlant de fanatisme : « Exactement, monsieur Kaden, exactement ! » On s'est regardés, mon fils et moi. Avec un rire sadique, Helmut a saisi un large morceau de viande dans le plat de service et l'a lancé dans la cage des fauves. On a entendu aussitôt des grognements, des rugissements, ce qui a provoqué beaucoup d'excitation dans les cages, non seulement chez les fauves, mais parmi les crocodiles, les caïmans et les anacondas. Et Reiter junior riait de plus belle. Je regrettais amèrement d'être venu me fourrer dans ce guêpier. Avec mon fils, en plus. J'ai réussi à détourner la conversation vers le commerce des animaux et j'ai accéléré la visite pour décamper au plus vite.

— Mais qui étaient ces gens, au juste ?

— Des néonazis, c'est sûr. J'ai compris que le commerce des bêtes n'était qu'un paravent pour eux. Leur principale affaire devait être le trafic de la cocaïne. J'avais entrevu des plantations de coca, plus ou moins camouflées autour de l'hacienda. Et puis, tout le dispositif de sécurité, les fier-à-bras armés, les chiens, les acolytes patibulaires, tout cela était louche, à tout le moins. Ça faisait blockhaus retranché. Et puis, avant la fin de la visite, Helmut a dit à Conrad qu'il y avait de plus en plus de gens qui pensaient comme lui, regroupés dans des organisations qui s'implantaient partout à travers le monde.

— De quels genres d'organisations parlait-il? demanda Arnaud, qui venait d'entrevoir les lueurs de l'aube derrière le hublot fermé.

— Je pense qu'il s'agissait d'extrémistes de droite, néonazis, fascistes ou autres regroupés ou infiltrés dans des sociétés plus ou moins secrètes. Ils se finançaient par le trafic de la drogue et avaient noué diverses alliances mafieuses, notamment pour le blanchiment d'argent. Ils étaient aussi instrumentés par la CIA.

— La CIA?

— Bien sûr, pensez à tous les coups d'État de droite en Amérique latine, par exemple... Vous savez, j'ai connu ou croisé, à l'occasion, bien des personnages douteux qui étaient d'anciens officiers ou fonctionnaires du régime hitlérien. Des nostalgiques du Troisième Reich: ça se voyait vite. Plusieurs ont essayé de m'entraîner dans leur mouvance. Je les fuyais comme la peste.

— Et l'OTS là-dedans?

— Quand l'affaire de l'OTS a éclaté, j'ai vite appréhendé l'empreinte de l'extrême droite.

— Pourquoi?

— Le parcours de Di Mambro était très révélateur. Celui de Jouret aussi.

— En quel sens?

Mesdames et messieurs... ladies and gentlemen...

L'interphone de l'avion venait de les interrompre. Il fallait boucler les ceintures parce que la descente s'amorçait déjà sur Munich. Viviane et Alice émergeaient du sommeil.

— Nous reparlerons de tout ça, dit Werner. Mais je pense que je peux vous aider à mener votre enquête. Après tout, il s'agit de ma petite-fille, non?

CHAPITRE 40

Retour dans la ville natale

Werner avait choisi un hôtel à proximité du quartier de son enfance. Malgré la fatigue du décalage horaire, il avait aussitôt entraîné Alice dans les rues familières d'autrefois. Il faisait beau, et Viviane et Arnaud ne s'étaient pas fait prier pour les suivre.

Munich, il va sans dire, avait beaucoup changé depuis soixante ans. Mais les grandes avenues — la Maximilianstrasse, la Ludwigstrasse —, les grandes places, les principaux monuments de la ville étaient restés à peu près intacts, sinon restaurés et modernisés. Alice et Werner retrouvèrent tout de suite leurs repères, même s'ils n'avaient pas eu l'occasion de revoir leur ville natale depuis qu'ils l'avaient fuie en 1945, sous les bombardements et l'avance inexorable des armées alliées.

D'abord, le quartier où ils avaient passé leur enfance. Les rues d'autrefois, toujours reconnaissables, plusieurs édifices aussi qui avaient traversé la guerre, mais leurs maisons familiales, qui se trouvaient à quelques rues de distance l'une de l'autre, n'existaient plus. Elles avaient été détruites par un raid aérien, le 26 avril 1945, et leurs parents étaient morts sur le coup. Werner et Alice y avaient échappé par hasard. Ce soir-là, ils s'étaient donné rendez-vous dans un café de Schwabing et, quand la sirène d'alarme avait retenti, ils avaient trouvé refuge d'urgence dans l'église Sainte-Ursule, avec une foule d'étudiants et d'artistes qui hantaient le quartier.

Werner et Alice voulurent revoir les lieux et les montrer en même temps à Viviane et Arnaud. Quand ils sortirent du métro et débouchèrent sur Kaiserplatz, Alice s'arrêta pile, comme frappée par la foudre en apercevant la façade florentine de Sainte-Ursule. Elle avait pâli, saisie par une émotion intense. Des images de la nuit tragique de 1945 avaient déboulé d'un coup dans sa tête.

Le bombardement avait été intense ce soir-là. Werner et Alice s'étaient terrés avec des dizaines d'autres jeunes et moins jeunes, dans le silence et l'obscurité, autour des grandes colonnes de l'église qui vibraient sous le tonnerre des détonations et des explosions.

Quand ils purent sortir de l'église après le raid, le ciel était en feu, dévoré de flammes jaunes, oranges et gris-bleu qui montaient de tous les coins de la ville. De part et d'autre, on entendait les craquements sinistres des bâtiments qui s'effondraient. Le vent charriait des nuages de poussières et d'étincelles, au-dessus d'un tohu-bohu indescriptible de gens qui couraient alarmés et d'ambulances qui se frayaient un passage dans les avenues encombrées.

Leur premier réflexe fut de courir voir ce qui était arrivé à leurs parents, s'ils avaient pu échapper aux bombes. Alicia était aux abois :

— Il faut aller voir ce qui est arrivé.

— Non, non, Alicia. On doit partir tout de suite. Il faut profiter du chaos pour fuir.

— Mais ma mère, balbutia Alicia, si jamais...

— Je sais, je suis très inquiet pour mes parents aussi. Mais qu'est-ce qu'on pourrait faire, de toute façon ? Les Alliés sont en train de détruire l'Allemagne. Il faut penser à nous. Il faut survivre. Coûte que coûte ! Et c'est cette nuit ou jamais.

Alicia pleurait. Werner la serra contre lui :

— Viens, viens... je t'en supplie !

Werner venait de voir un groupe de SS passer en trombe. Plusieurs le connaissaient dans la ville. Sa désertion de l'armée avait sûrement été signalée. Il fallait qu'il déguerpisse au plus vite. Après avoir rompu les rangs de la Wehrmacht, il n'avait d'autre choix que de fuir Munich et l'Allemagne sans délai. En outre, comme il avait refusé auparavant d'entrer dans la Waffen-SS, il était doublement suspect. Il avait donc convaincu Alicia de fuir avec lui, de prendre le premier train qui partirait outre-frontière. Mais c'était dangereux à Munich, car les gares étaient encore contrôlées par la Gestapo. Werner risquait d'être arrêté ou même fusillé sur-le-champ. L'idée du jeune homme était de se rendre à l'extrémité de la ville en tram, puis de trouver une petite gare dans la première localité venue, dans les faubourgs de Munich, pour se rendre à Memmingen. Là, il serait plus facile de monter dans un train en direction de la Suisse : Zurich ou Genève.

Werner avait pris la précaution, ce soir-là, d'apporter un sac d'objets de première nécessité : des rations militaires, une couverture, un couteau à cran d'arrêt, un revolver. Arrivés au bout de la ligne de tramway, ils marchèrent quelque temps dans les rues puis dans les champs. La nuit était déjà avancée quand, épuisés, ils tombèrent sur un grand hangar abandonné et en partie dévasté par les bombes. Ils s'y réfugièrent pour dormir un peu avant l'aube. Même si le temps était doux, la couverture apportée par Werner fut bienvenue ainsi que la chaleur de leurs deux jeunes corps emmêlés. C'est là que Viviane fut conçue.

Viviane était remuée profondément en apprenant les circonstances de sa conception.

— Et vous avez été séparés tout de suite après ?

— Oui, juste après m'avoir hissée dans le train, Werner est tombé sous les balles des SS. J'étais sûre qu'il était mort, et cette scène terrible m'a hantée toute ma vie.

— Je comprends. Quelle horreur vous avez vécue... tous les deux, ajouta-t-elle en les embrassant à tour de rôle.

— Quelle histoire, en effet ! Mais vos parents ? demanda Arnaud.

— Il a fallu bien du temps après notre sortie d'Allemagne pour apprendre qu'ils étaient morts, dit Werner. Moi, je n'avais plus que mon père, car ma mère était morte déjà en 1934. Peu après la naissance de ma sœur Inge.

— Et que faisait votre père ?

— C'était un petit commerçant... qui, malheureusement, vouait une grande admiration à Hitler. Comme la plupart des Allemands, avant qu'ils apprennent la vérité sur le régime. Il était fier que je sois un officier de la Wehrmacht.

— Et mes grands-parents maternels ? demanda Viviane en regardant Alice.

— Mon père était fonctionnaire municipal, une sorte de greffier. Au départ, il était dévoué au régime nazi, dit Alice. Mais l'affaire de la Rose blanche, en 1943, l'avait retourné. L'exécution de Sophie et Hans Scholl, et, par-dessus tout, l'assassinat de ma cousine Émilie, à Augsbourg.

— Ah oui, celle dont Carl était amoureux... et dont il a porté l'écharpe bleue toute sa vie ?

— Oui.

Les yeux d'Alice s'embuèrent de larmes :

— C'est peut-être elle, finalement, qui a permis que tout cela arrive... Je veux dire, qui a fait que je te trouve enfin, ma chérie.

Viviane la prit dans ses bras. Elle était submergée par la même émotion. Elles pleurèrent un moment, l'une contre l'autre. Puis Alice se dégagea un peu pour s'essuyer les yeux et dire :

— Je n'ai pas fini au sujet de mon père. Il avait osé critiquer à voix haute le traitement barbare infligé aux étudiants de la Rose blanche. Il fut arrêté par la Gestapo et envoyé dans un camp de concentration. J'étais restée seule avec ma mère, car mes deux frères étaient partis au front. Puis, en 1944, nous avons appris la mort de papa. Peut-être avait-il été victime des mauvais traitements des SS ou tout simplement exécuté : nous ne l'avons jamais su... Mon frère aîné est mort durant la campagne de Russie, à l'automne 1942. Quant à mon autre frère, Jurgend, il a été exécuté après avoir fomenté un complot contre Hitler en 1944.

— Une famille de héros, dit Arnaud.

— Oui, c'est tout à fait vrai, dit Werner. Le père d'Alicia était un homme remarquable, d'une grande culture. Un jour, il a dit quelque chose qui m'a marqué : « Personne ne mérite la liberté ou la vie s'il ne les conquiert chaque jour à nouveau. » C'était une citation de Goethe, je ne l'ai jamais oubliée.

— Très cher Werner, dit Alice, tu me rappelles tant de choses !

— Et tes frères étaient de la même trempe, reprit Werner. Frantz a été mon camarade d'école et de lycée. C'était comme un frère. Je l'ai vu mourir sur le front de Russie. Il était presque à mes côtés. J'aurais pu tout aussi bien recevoir la balle qui l'a frappé, et j'ai souhaité longtemps que ce fût le cas.

— Dire que notre petite-fille aurait pu être avec nous aujourd'hui, fit remarquer tristement Alice.

Ils revinrent assez tôt à l'hôtel pour se remettre du décalage horaire et repartir d'un meilleur pied le lendemain.

CHAPITRE 41

Les fantômes de Munich

Un violent orage éclata durant la nuit. Les éclairs et le fracas du tonnerre réveillèrent Alice en sursaut. Durant quelques secondes, ne sachant plus trop où elle était, elle avait replongé dans l'atmosphère de terreur des bombardements de 1945 sur Munich. Elle allait crier « Werner! », quand elle prit conscience qu'il dormait à ses côtés, dans la chambre du Munchen Palace, et que ce n'était qu'un orage sur le Munich prospère et pacifique de 2007.

À la pointe du jour, Werner se leva discrètement pour aller faire un tour dans les rues familières d'autrefois. Au fond de lui, il restait encore sous le choc de tout ce qui déboulait en trombe dans sa vie depuis un mois à peine. Chaque matin, en se réveillant, il se demandait s'il ne rêvait pas encore. Un large pan d'un passé qu'il croyait enterré à jamais avait ressuscité d'un coup avec la réapparition d'Alice. Puis la découverte de leur fille Viviane, et maintenant une petite-fille qui s'appelait Luce et qui se terrait depuis les carnages de l'Ordre du Temple solaire. Werner était profondément bouleversé par tout cela. Il savait que l'OTS était relié étroitement à d'anciens nazis. En émanait même. Et cela le frappa tout à coup comme une fatalité immuable. Une fatalité qui avait pesé sur toute sa vie comme sur l'histoire du XXᵉ siècle.

Au sortir de l'hôtel, il avait vite débouché sur Prinzregentenplatz. À cette heure, la grande avenue était encore paisible. Le violent orage de la nuit avait laissé des flaques ici et là, et une brume épaisse suspendue dans l'air créait une atmosphère vaporeuse, presque onirique, autour des édifices et des monuments. Il en reconnaissait plusieurs qui étaient restés à peu près pareils depuis soixante ans. De rares passants émergeaient du brouillard comme des fantômes. Apparut tout à coup, traversant l'avenue, un homme rondelet et chauve, portant des petites lunettes rondes. Werner s'arrêta. Des images lointaines avaient surgi en lui. Une procession odieuse d'agents de la Gestapo poussant devant eux un homme chauve à lunettes qui avait été manifestement battu. On lui avait suspendu au cou une pancarte où était écrit en grosses lettres : « *Ich bin Jude ober ich werde mich nie nehr beider Polizei bescchweren* » (« Je suis juif et je ne me plaindrai plus à la police »). C'était le 10 mars 1933, quelques semaines après l'accession d'Hitler au pouvoir. Werner avait huit ans à l'époque. Cette scène l'avait effrayé. Et les cris de « Sale juif ! » poussés ici et là dans la foule qui s'était rassemblée le long de l'avenue pour assister, plutôt stupéfaite, à cette procession infamante. Il entendit dire, peu après, que l'homme ainsi maltraité par la Gestapo était l'avocat Sigel qui avait voulu prendre la défense des commerçants juifs harcelés par les nazis.

Il avait vu la montée du mal, songeait-il en continuant de descendre l'avenue embrumée. Il y avait participé lui-même, et souvent avec enthousiasme dans sa jeunesse. Le mal absolu. Il prendrait des années, des décennies, à tenter de comprendre l'engrenage maudit dans lequel était tombée l'Allemagne. Un mal qui avait gangrené son père jusqu'à la moelle. Un mal que tout un peuple applaudissait comme le bien suprême. Une sorte d'envoûtement diabolique. Toute une nation envoûtée, possédée.

Durant la journée, Werner et Alice firent visiter « leur » Munich à Viviane et Arnaud, en leur expliquant tout ce qui avait changé. Ils s'arrêtèrent un long moment à l'endroit où se trouvait autrefois l'école primaire où ils avaient été inscrits tous les deux, à quelques rues de leurs domiciles. Ils parlèrent de la propagande nazie qu'on leur inculquait sans cesse. On leur faisait dessiner des croix gammées et coller des photos d'Hitler dans leurs cahiers d'écoliers.

Ils allèrent visiter l'appartement des Scholl. Ils se recueillirent un moment, à l'intersection de la rue Franz-Joseph, devant l'inscription commémorative en l'honneur de Sophie et Hans Scholl, les héros de la Rose blanche, exécutés le 22 février 1943 pour avoir répandu des tracts à l'université contre le régime nazi. Et d'autres, moins connus, comme la fiancée de Carl.

Plus tard, alors qu'ils marchaient dans le grand parc en fleurs du château de Nymphembourg, le Versailles de Munich, les deux hommes avaient laissé les femmes marcher devant, et Werner causait de politique et d'histoire avec Arnaud.

— On a parlé tout à l'heure de la Rose blanche, dit Werner, mais savez-vous que le Grand Maître de l'OTS, Joseph Di Mambro, a commencé sa sinistre carrière dans une secte appelée l'Ordre de la Rose noire ?

— Ah, non, pas possible ! La Rose noire, vous dites ?

— Eh oui, c'était une filiale de la Rose-Croix AMORC, dont le grand maître était alors Raymond Bernard. Tout un personnage celui-là ! Il s'était notamment associé à un ancien agent de la Gestapo, Julien Origas, pour créer l'Ordre rénové du Temple en 1968.

— Ah oui, ça je connais, dit Arnaud. C'est cet ordre templier que Jouret a investi et siphonné, si on peut dire, pour créer avec Di Mambro l'Ordre du Temple solaire.

— Saviez-vous, Arnaud, que la Waffen SS n'était pas seulement un corps policier et militaire ? C'était aussi un ordre religieux franc-maçon, issu de la société Thulé et lié à une loge encore plus occulte appelée Société du Vril, qui croyait à une énergie mystérieuse appelée Vril. Cette énergie était détenue par des entités au centre de la Terre. Mais des êtres d'élite — autrement dit, des initiés — pouvaient l'acquérir, en accédant à des connaissances secrètes.

— Ah ! ah ! dit Arnaud, voilà qui nous rapproche de l'OTS. Toujours des forces occultes pour fasciner les esprits et les soumettre.

— Oui, Hitler y croyait et il s'est entraîné à avoir la concentration nécessaire pour dégager cette force magnétique. La société Vril, dont il était membre, cultivait une mystique de domination universelle dont il a enflammé l'Allemagne.

Arnaud hochait la tête, impressionné par la pertinence de ce rapprochement.

QUATRIÈME PARTIE

– 1991-2007 –

Luce et l'OTS

CHAPITRE 42

Retour à la case départ

Québec, juin 1991

Derrière ses rideaux fermés, repliée en position fœtale sur son lit, Luce ne cessait d'écouter des chansons sur des cassettes ou à la radio. Ou bien elle marchait de long en large comme un animal en cage, n'arrivant pas à échapper au monologue débilitant qui tournait en rafale dans sa tête.

Au début de juin, elle s'était retrouvée chez ses parents, à Québec. Dans une douloureuse période d'entre-deux. Un ressort s'était cassé en elle. Elle avait l'impression pénible, pesante, déprimante, qu'après avoir décollé en flèche au début de l'année, sa carrière dans la chanson venait de subir un crash fatal. Luce n'avait plus le cœur à chanter. L'essayait-elle que sa voix se cassait à la première phrase musicale. Elle pleurait et restait prostrée pendant des heures. Oui, tout était fini pour elle, plus rien de bon ne pouvait lui arriver. Elle avait même brûlé le journal qu'elle avait écrit à Paris pour qu'il ne reste plus rien de rien de cette période maudite.

Pendant une dizaine de jours, elle resta ainsi, terrée chez ses parents à Québec. Comme un animal blessé. Elle ne laissait plus entrer la lumière du jour. Elle restait tapie dans sa douleur, ses larmes et son désespoir. Elle n'avait plus envie de rien, elle songeait au suicide.

De ses déboires à Paris, elle avait raconté presque tout à ses parents. Paul Berger n'avait pas trouvé assez d'injures et de jurons pour fustiger ces « maudits escrocs ». Solange, plus froidement, lançait qu'il ne fallait pas « laisser ces pourris l'emporter en paradis ». Tous deux surtout étaient malheureux de voir leur fille dans cet état. Ils ne savaient que faire pour l'aider à surmonter l'épreuve.

Luce remettait en question toute l'orientation de sa vie. D'ailleurs d'où venait-elle, au juste? De qui était-elle la fille? Elle ne savait pas et ne saurait sans doute jamais. Elle vivait en porte-à-faux, sous une fausse identité. Elle avait pensé s'en créer une, une identité bien à elle, dans les arts. Avec la musique, la chanson... mais à quoi bon? Dans ce monde ténébreux, dans cette époque sans morale, y avait-il encore quelqu'un à qui on pouvait se fier? Le monde du spectacle est pourri, infesté de rats et de requins, comme elle l'avait vu à Paris. Y avait-il encore quelque chose de bon et de vrai quelque part?

Elle ne mangeait presque plus, dormait mal. Son sommeil était peuplé de cauchemars : il y avait toujours quelqu'un à ses trousses, dans des rues sombres, avec un rire dément. Elle pensait devenir folle. Elle faisait peine à voir, maigrissait à vue d'œil, s'étiolait comme quelqu'un qui se laisse mourir. De plus en plus inquiets, ses parents la suppliaient d'aller voir un psychologue. Elle n'avait pas envie d'aller en confession, leur disait-elle. Sans grande conviction, elle tâchait de les rassurer : elle allait se remettre, elle avait seulement besoin de décompresser, de décanter. Prendre de la distance pendant quelque temps. Elle allait profiter de l'été pour se retrouver, pour y voir plus clair et pour pouvoir repartir du bon pied.

Un vendredi matin, madame Berger, avec cette sorte de hâte qui trahit l'espoir, vint lui dire qu'il y avait un téléphone pour elle. C'était une prof du Conservatoire qui connaissait bien Luce. Elle avait besoin de quelqu'un pour donner des leçons de guitare. Luce hésita un moment, bredouilla quelque chose, puis finit par retrouver assez d'aplomb pour accepter. C'était une planche de salut qu'on lui tendait. D'instinct, elle sentit qu'il ne fallait pas la refuser.

Le lundi suivant, en allant donner sa première leçon rue Sainte-Véronique, dans la Haute-Ville, Luce tomba sur une amie de longue date :

— Valérie!

— Luce? Que fais-tu ici? Je te croyais à Paris. Tout le monde disait que tu étais partie pour la gloire là-bas!

— Ouais... c'était pas mal exagéré. Disons que l'expérience n'a pas été concluante.

— Ah bon, qu'est-ce qui s'est passé?

— Oooh! échappa Luce avec un soupir, ça serait trop long à te raconter ici, dans la rue. Mais, en un mot, ç'a été l'horreur.

— À ce point-là?... Ouille, je sens que tu en as gros sur le cœur.

— Écoute, Valérie, je dois filer pour aller donner un cours de guitare. Je t'appelle. Tu as toujours le même numéro?

— Oui, quand tu veux.

— Mais il ne faut pas que ça sorte dans le journal, hein?

— Non, bien sûr. Tu peux compter sur moi.

Valérie Dubois avait été, depuis la petite école, une sorte de sœur pour Luce. Après des études en sociologie, Valérie avait été engagée comme journaliste à l'un des quotidiens de la ville. C'était une brune élancée aux yeux noisette, d'allure calme et réfléchie. Luce la connaissait depuis toujours. Elles avaient fréquenté les mêmes écoles : toutes les deux chez les Ursulines de Québec, pour le primaire et le secondaire, puis au cégep Garneau avant l'Université Laval. Elles avaient fait du théâtre ensemble et même fondé un petit cercle littéraire au secondaire. Et Valérie était la seule personne à qui elle avait révélé qu'elle était une enfant adoptée, qu'elle ne connaissait pas ses parents biologiques et n'avait aucune idée de leur identité.

Le soir même, les deux amies se retrouvèrent dans un bar de la rue Saint-Louis. Luce savait qu'elle pouvait faire confiance à Valérie. Alors elle lui raconta tout sur son expérience parisienne. Beaucoup plus qu'elle n'avait voulu — ou osé — en révéler à ses parents. Elle se sentit soulagée de pouvoir confier à quelqu'un tout ce qu'elle avait sur le cœur. Ça l'opprimait tellement qu'elle avait senti de plus en plus, ces derniers temps, la nécessité d'aller consulter un psy.

— Oui, après tout cela, je me suis demandé si je ne devais pas aller en thérapie... Et je me le demande encore. Je suis assaillie de cauchemars toutes les nuits. Des monstres hideux me poursuivent dans des ruelles sombres de Paris. Je crie. Ça réveille mes parents, ça les rend malades d'inquiétude. Et moi, je n'arrive plus à me rendormir avant l'aube.

— Quelle affaire! Je comprends. Je me demande... dit Valérie, avec l'air de quelqu'un qui cherche ses mots.

— Quoi?

— Je connais peut-être quelque chose qui pourrait t'aider, qui pourrait te changer les idées, au moins.

— Quelque chose ?

— Eh bien, il s'agit d'une sorte de mouvement. Qui préconise le retour à un meilleur équilibre physique et moral. Dans un monde fou qui court à sa perte.

— Ça sonne un peu écolo ou religieux ?

— Ni l'un ni l'autre. En fait, les initiateurs de ce mouvement mettent de l'avant des choses comme les médecines douces, la méditation, une alimentation équilibrée, le ressourcement intérieur.

— Ah oui, et comment les as-tu connus ?

— Je suis allée à une conférence l'an dernier. On m'avait invitée comme journaliste. Et j'avoue que ça m'a accrochée. J'ai publié un article là-dessus dans le journal. Je peux même te dire que ça m'a aidée à sortir d'une peine d'amour.

Luce la regardait, songeuse :

— À ce point-là ?

— Écoute, il y a une conférence intéressante, la semaine prochaine, à Montréal. Veux-tu venir avec moi ?

— Ça va parler de quoi ?

— Attends...

Valérie farfouilla un moment dans son sac. Elle en tira un feuillet, qu'elle déplia.

— Alimentation et énergie spirituelle.

— Ça me semble un peu granola.

— Non, c'est beaucoup plus profond. Le conférencier est un médecin belge, qui a une expérience remarquable des médecines alternatives. Il est super. En l'écoutant, on se sent — comment dire ? — «réénergisé». Viens, tu ne le regretteras pas !

— Hum... Bon, rien que pour une petite escapade à Montréal avec toi, ça vaut la peine. Ça pourrait changer le mal de place, comme on dit.

CHAPITRE 43

La conférence du médecin belge

Trois jours plus tard, Luce et Valérie roulaient en autocar vers Montréal. Elles allaient écouter une conférence organisée sous les auspices d'une certaine Académie de recherche et de connaissances des hautes sciences, autrement dit l'ARCHS.

À peine étaient-elles installées dans le car que Luce s'était tournée vers Valérie :

— Tu m'as dit que le conférencier était un médecin belge, non ? Comment s'appelle-t-il ?

— Luc Jouret.

— C'est le genre vieux prof, j'imagine ?

Valérie éclata de rire :

— Ah ! Ah ! C'est tout le contraire. Il est beau comme un dieu !

— Pas vrai ? fit Luce, en esquissant un sourire. Tu l'as vu souvent ?

— Ah, disons que j'ai assisté à plusieurs de ses conférences et que j'ai eu l'occasion de l'interviewer, comme journaliste.

— Ah oui, pas davantage ? reprit Luce d'un ton moqueur.

— Non, non, c'est pas ce que tu crois, se défendit Valérie en rigolant. Mon admiration est purement platonique.

Elle se garda bien de dire qu'elle faisait déjà partie de l'OTS depuis un an. De fait, elle était tombée complètement sous le charme de Jouret — elle en était même éperdument amoureuse, sans trop se l'avouer — et travaillait à l'organisation de ses conférences au Québec, en rédigeant des communiqués de presse, des brochures et autres. Ce jour-là, Valérie se contenta d'expliquer à Luce que Jouret était un médecin qui s'était tourné vers la médecine douce et d'autres thérapies alternatives s'inspirant d'une « conception holistique » de l'être humain.

Au sortir du car, les deux jeunes femmes n'eurent que quelques pas à faire pour se retrouver dans l'amphithéâtre de l'Université du Québec, rue Saint-Denis, où se tenait la conférence. Elles arrivèrent une quinzaine de minutes avant l'heure. Une cinquantaine de personnes attendaient déjà dans la salle, dans un silence presque religieux. Un présentateur vint dire quelques mots sur le conférencier.

Puis le docteur Luc Jouret entra en scène. Démarche souple, corps athlétique, belle tête aux cheveux noirs, légèrement bouclés. Il regarda un moment l'assistance avec ses grands yeux sombres puis, d'une voix chaude, prenante, il se lança dans son exposé. Il commença par parler de la nécessité de prendre conscience de ce qu'on mange : la nourriture était « autre chose que de la matière. Une essence subtile, vibratoire, alimentant le principe vital ». Donc, il fallait choisir avec soin ce qu'on ingurgitait, ne pas prendre des aliments « dévitalisés » par la transformation industrielle, et tout ce que notre société de consommation veut nous enfourner dans le gosier.

La diététique n'étant pas un sujet de grand intérêt pour Luce, elle écoutait assez distraitement.

La « beauté » que Valérie attribuait à Jouret ne l'impressionnait pas outre mesure. En Geoffroy, elle avait connu à Paris la « beauté du diable », elle savait ce que cela pouvait receler. Elle se méfiait maintenant des beaux parleurs, comme il y en avait tant en Europe. Elle observait les gens dans l'assistance. Plus de femmes que d'hommes, et pas beaucoup de jeunes. La moyenne d'âge devait se situer autour de quarante ans.

Peu à peu, le conférencier passait de l'alimentation aux vibrations énergétiques. Alimentation saine, médecines douces, équilibre écologique : il arrivait graduellement à un message plus holistique, plus global. Il évoquait les angoisses de l'époque, les menaces qui pesaient sur la planète. La nécessité d'un renouveau intérieur face à un moment de passage important dans l'histoire humaine :

« Nous sommes à un moment où l'homme ne sera plus du tout ce qu'il était. Nous allons passer vers un nouveau monde. L'homme a des phénomènes en lui qui se passent, qui font qu'il ne sera plus du tout, dans quelques décennies, ce qu'il est aujourd'hui... »

Luce écouta avec plus d'attention.

« Les gens qui ressentent un appel de quelque chose, qui ont un appel vers un renouveau, vers un équilibrage des choses, inconsciemment vivent une angoisse existentielle absolument unique dans l'histoire de l'humanité... Eh bien ! nous pouvons aider chacun à vivre les choses les plus extraordinaires qui vont se passer en eux, dans leur inconscient, et qui vont les transformer dans le sens d'un renouveau... ils font avec des forces noires... qui sont très actives... Mais, par contre, les forces de lumière sont beaucoup plus puissantes... »

C'est à ce moment que Luce rencontra le regard de Jouret. Fixé sur elle. Comme si le gourou s'adressait à elle personnellement. Elle se sentit transpercée par ce regard... et, en même temps, envahie par une grande chaleur. Ce ne furent que quelques secondes peut-être, mais dans une sorte d'au-delà du temps et de l'espace, où elle se trouvait seule à seul avec le conférencier, et tout le reste de l'assistance avait disparu. Une sorte d'envoûtement. Une attraction irrésistible...

Oui, les forces de lumière sont beaucoup plus puissantes. Et si nous étions quelques centaines, quelques milliers, cela suffirait !

Luce avait été un moment fascinée par le regard de cet homme charismatique. Allait-elle, elle aussi, succomber au charme, au magnétisme de Luc Jouret, comme bien d'autres, comme son amie Valérie, qui s'était mise au service du Grand Maître de l'Ordre du Temple solaire ?

Pour ceux qui le connaissaient depuis des années, Luc Jouret semblait plus soucieux qu'auparavant. Une sorte d'amertume ou de dédain apparaissait parfois au coin de sa bouche. Au détour de son sourire carnivore. Et ses propos devenaient de plus en plus apocalyptiques. Mais il restait terriblement séduisant.

À la fin de la conférence, Valérie se leva d'un bond :

— Viens, il faut que je te présente !

Luce n'eut guère le temps d'esquisser une quelconque protestation. Valérie l'entraînait déjà par la main, fendant la foule des gens qui sortaient, afin de monter sur l'estrade où le Dr Jouret était déjà entouré de quelques personnes. Le médecin gourou tourna vivement ses grands yeux sombres vers les deux jeunes femmes qui montaient vers lui, laissant en suspens les propos qu'il échangeait avec un interlocuteur en face de lui.

D'un ton enjoué, avec une familiarité qui pouvait paraître étonnante, Valérie s'empressa de présenter «Luce à Luc». La coïncidence des noms fit sourire Jouret:

— Luce… Lumière, dit-il, en plongeant un regard grave sur la jeune femme.

Luce esquissa un sourire timide. Elle se sentit troublée jusqu'au fond de l'âme.

Comme il ne manquait jamais une belle femme, Jouret avait tout de suite remarqué Luce et, tout au long de sa conférence, il avait souvent tourné son regard vers elle. Jouret aurait aimé leur parler plus longtemps, mais il était attendu… «malheureusement», ajouta-t-il d'un air qui parut vraiment sincère. Cependant, il les invitait expressément à une cérémonie de l'OTS à Sainte-Anne-de-la-Pérade. C'est là qu'il mentionna le nom «Ordre du Temple solaire». La cérémonie devait se tenir, en effet, à la ferme modèle de l'Ordre, à l'occasion du solstice d'été. Et comme Sainte-Anne n'était pas très loin de Québec, il serait aisé aux deux femmes d'y être le soir du 21 juin, n'est-ce pas?

CHAPITRE 44

Un entre-deux existentiel

— T'es sûre, tu ne veux pas venir à La Pérade ? insistait Valérie au bout du fil. Ma mère me prête sa voiture, on pourra revenir après la cérémonie, avant la fin de la soirée. Allons, viens !

— Non, dit Luce. Je te l'ai dit. Je ne suis pas prête à m'embarquer là-dedans. J'ai besoin de réfléchir cet été, de rentrer en moi pour me retrouver, pas de m'évader !

Il est vrai que Luce était sortie ébranlée de la conférence de Jouret. Surtout à cause du moment de fascination qu'elle avait vécu. Mais plus elle y pensait, plus elle devenait perplexe, et même craintive. Encore sous le choc de son échec à Paris, elle se sentait vulnérable. Dans cet état de fragilité qui vous laisse en proie à toutes sortes de manipulations : elle le sentait et s'en méfiait instinctivement. De fait, sa psyché déboussolée la mettait en équilibre précaire entre des états contradictoires, entre divers mouvements et oscillations du cœur et de l'âme, et une sorte de paralysie de la volonté. D'un côté, elle ne faisait plus confiance à rien, et surtout pas à elle-même. Elle n'était pas prête à se lancer n'importe où, dans n'importe quoi. De l'autre, elle restait en expectative, dans une sorte d'entre-deux plus ou moins apeurée, où l'on est ouvert à diverses avenues qui peuvent se présenter, qui peuvent offrir un espoir. Donc, éminemment vulnérable à des fascinations ou à des promesses de dépassement, de sublimation de la réalité quotidienne comme celles que pouvait offrir l'OTS.

Luce avait déjà traversé des périodes intenses, douloureuses de quête de sens, de quête d'identité. Ne sachant rien de ses origines, elle était, comme une plante sans racines, plus susceptible que d'autres d'être renversée, emportée par un coup de vent. Durant l'adolescence, elle avait éprouvé des sensations particulièrement déstabilisantes. Il lui semblait tout à coup que la réalité se dérobait sous ses pas, comme si elle n'habitait plus son corps ; ou que son corps lui était devenu étranger. C'était comme un divorce ontologique entre ce qu'elle était et ce qu'elle paraissait être.

Elle passait alors par des périodes troubles : des alternances d'angoisse, de sentiments aigus du néant et d'élans mystiques. Il lui prenait des envies intenses de sacrifice, d'anéantissement de tout son être, ou de fusion dans une réalité plus grande, sublime, exaltante. C'est à cette époque, vers ses quinze ans, qu'elle découvrit la grande mystique espagnole Thérèse d'Avila. Elle se passionna pour le phénomène de « transverbération du cœur » vécue par la sainte. Elle en recopia dévotement le récit dans un cahier.

C'était vers la fin de ses études chez les Ursulines. Luce entraîna Valérie dans cette fièvre spirituelle. En plus de Thérèse d'Avila, les deux adolescentes se prirent aussi d'admiration pour Marie de l'Incarnation, la fondatrice des Ursulines de Québec, qui avait laissé beaucoup d'écrits relatant ses expériences mystiques. Avec leur tempérament passionné, les deux filles abordaient tout avec le même enthousiasme.

Valérie venait d'une grande famille de la bourgeoisie de Québec. Son grand-père, Honorius Dubois, avait été un chirurgien réputé dans la Haute-Ville, son père, Sylvain, était un dentiste qui avait une clientèle des plus huppées, et son seul frère, Jean, son aîné de trois ans, s'était spécialisé en embryologie. Quant à sa mère — Valentine Rivest —, elle appartenait aussi à une grande famille bourgeoise et était secrétaire de ministres au Parlement de Québec depuis de nombreuses années.

Dans les semaines et les mois qui suivirent la conférence de Jouret, Valérie tenta à plusieurs reprises de convertir son amie aux idéaux de l'OTS et de l'entraîner dans les activités de la secte, qui opérait sous divers noms. Luce subit sans broncher ces assauts de prosélytisme. Le message de Jouret ne l'avait pas marquée outre mesure, et ce qu'elle se rappelait de sa conférence — le moment de fascination — était plutôt quelque chose qu'elle voulait rayer de sa mémoire.

Durant cet été tourmenté de 1991 où elle se sentait entre deux chaises, entre les leçons de guitare à donner et les pensées dépressives à combattre, Luce fit quelques tentatives pour relancer ses contacts dans le milieu artistique. Et Valérie apporta sa contribution en parlant d'elle, ici et là. Elle finit par être invitée à donner quelques spectacles. Mais là encore, une fatalité semblait s'acharner sur elle. Au Vieux Clocher de Magog, où elle avait été invitée à se produire à la fin de juillet, un gros orage éclata au moment de son tour de chant. Il se produisit une panne d'électricité qui plongea la salle dans le noir. Devant les feux de la rampe éteints et les micros hors d'usage, Luce, dont la voix avait dégringolé avec le black-out, était restée figée sur scène comme la femme de Loth transformée en statue de sel, comme si elle était maudite, condamnée par les dieux.

Le directeur de la salle vint lui dire, d'un air effrayé et piteux :

— Il y a du diable là-dedans. Mon appareillage a été court-circuité et endommagé. Même si l'électricité revient, on ne pourra pas reprendre. Pas de chance. Oui, on peut dire que vous n'avez pas de chance !

Tout cela enfonçait le clou de l'échec en elle. Accentuait son sentiment d'inéluctable dégringolade. Elle ne savait plus comment réorienter sa carrière — si on pouvait donner ce nom au yo-yo affreux qu'elle avait connu en un an entre Granby et Paris — ni même si elle voulait le faire, si elle en avait encore la force et la volonté.

Quelques copains et copines l'appelaient, voulaient la revoir. Son ex-amoureux, Alain, avec qui elle avait rompu en douce avant de partir à Paris, tenta, à plusieurs reprises, de reprendre contact avec elle. De guerre lasse, elle accepta de le revoir. Juste pour un café, dit-elle.

Alain, un grand jeune homme blond du même âge qu'elle, élevé à Sillery comme elle, avait été son amoureux en titre depuis l'adolescence. Mais elle avait l'impression de l'avoir lu et relu comme un livre de chevet et de le connaître par cœur. Gentil, mais sans mystère, il ne lui inspirait plus que de l'amitié. Et ses déclarations d'amour éternel et ses airs énamourés tombaient à plat maintenant pour Luce et contribuaient à la déprimer encore davantage. Comme si son expérience à Paris l'avait vieillie d'un coup. Elle n'était plus la petite fille éblouie d'admiration devant le beau gars qui faisait se pâmer toutes les filles de la rue Brulart. Peut-être parce qu'elle se sentait devenue étrangère à elle-même, étrangère à la petite fille de Sillery qu'elle était, qu'elle avait été, qu'elle se croyait toujours être jusqu'à ce séjour fatidique à Paris. Les questions à ce sujet qu'Alain lui posa et reposa, Luce les balaya d'un mot ou les détourna systématiquement. Et, dans les jours et les semaines qui suivirent, le bel Alain eut beau insister pour la revoir, Luce resta sourde à ses supplications.

Entre-temps, Valérie, qui s'intéressait au sort de Luce au-delà de l'OTS, avait réussi à la convaincre de poursuivre son agent à Paris, ce Jude Chambort qui l'avait trompée de façon aussi éhontée et avait pratiquement torpillé sa carrière — sans compter tout le temps perdu. De but en blanc, elle la mit vite en contact avec un cabinet d'avocats de Québec, dont un cousin à elle, Me Guy Lemieux, était l'associé principal.

Luce alla rencontrer l'avocat pour lui raconter tout ce qui s'était passé à Paris, et l'homme de loi lui posa les questions précises qu'il fallait pour étoffer la cause. Me Lemieux ne tarda pas à adresser à l'agent parisien une demande en dommages et intérêts. Et pour donner plus de poids à la réclamation, il la fit passer par un avocat qui avait pignon sur rue à Paris et avec qui son cabinet faisait souvent affaire en Europe.

Dans ses efforts pour reprendre pied, Luce tentait de composer de nouvelles chansons, mais le cœur n'y était plus, et l'inspiration était à sec. En plus de la panne d'électricité qui avait « éteint » son spectacle à Magog, un autre black-out, plus discret, plus subtil, mais tout aussi dévastateur la frappait. Dans ses diverses tentatives pour renouer avec le milieu artistique, elle avait senti ici et là quelque réserve à son égard, une nuance de dédain, de froideur, qui restait dans le non-dit, le sous-entendu, mais n'en manifestait pas moins une forme de rejet, un début d'ostracisme blessant.

Mais le comble fut un article publié à la suite de son spectacle manqué à Magog. Un entrefilet plutôt, assez fielleux sous la plume d'un chroniqueur connu, dans un hebdomadaire consacré aux vedettes de la scène :

« Luce Berger, lauréate du concours de la chanson de Granby l'an dernier, n'a pu donner le récital prévu au Vieux Clocher de Magog, jeudi dernier. Dès le début, une panne d'électricité causée par un violent orage a mis fin abruptement au spectacle. Depuis qu'elle a gagné le concours de la chanson de Granby l'an dernier, madame Berger semble jouer de malchance. Sa tentative de percer à Paris, le printemps dernier, a échoué, semble-t-il, sans qu'on sache vraiment les raisons de cet échec. La jeune artiste semblait s'être murée dans le silence depuis son retour à Québec en juin, car elle n'a pas voulu répondre à nos demandes d'entrevue. On a appris, entre-temps, qu'elle aurait eu des démêlés à Paris, qui feraient maintenant l'objet de poursuites en justice. Ce qui pourrait expliquer son silence.»

Malgré les exhortations de Valérie, Luce ne daigna pas répondre à l'article de la *Revue des vedettes*. D'ailleurs, aucun autre média n'en avait fait écho. Silence total. Cela renforça sa conviction qu'elle était «brûlée». La rumeur de son insuccès à Paris s'était sans doute répandue en sourdine dans le milieu du showbiz au Québec. Il était clair qu'on cherchait à s'écarter d'elle parce qu'elle portait la marque de la malchance. Les gens ont tendance à se détourner de ceux qui ont connu un échec. Dans la société du spectacle et de l'immédiat, le succès faisait foi de tout, croyait-elle, et l'échec était un stigmate infamant.

En septembre, elle eut une autre occasion de se produire sur une petite scène à Québec, mais même là, le public n'était pas nombreux et aucun journaliste ne s'était pointé, malgré ce qu'on lui avait laissé entrevoir. Valérie, entre autres, lui avait dit:

— J'en ai parlé au chroniqueur de spectacles du journal. Il devrait y aller.

Mais elle-même, Valérie, n'avait pu s'y rendre. Elle avait répondu à une convocation urgente de l'OTS.

CHAPITRE 45

Le fond du désespoir

Au début de l'automne, Luce toucha le fond. Écrasée par un sentiment de malchance et d'échec et par la stigmatisation qui semblait la frapper même dans sa ville natale, elle se débattait avec l'impression, de plus en plus oppressante, d'être enfermée dans un cauchemar dont elle ne pouvait plus sortir.

Et cette oppression s'accentua encore quand elle revit en rêve son frère d'adoption qui était mort accidentellement, sept ans auparavant. Il lui arrivait rarement de rêver à Michel. Mais cette fois, ce fut comme une plongée dans la maison des morts. Elle longeait un immense aquarium où de vagues silhouettes remuaient, flottaient comme des noyés dans un brouillard vaporeux. Tout à coup, issu d'un couloir sombre, Michel avançait vers elle en criant quelque chose qu'elle n'arrivait pas à entendre. Elle se mit à courir vers lui, et soudain un visage couvert de sang, écrasé, hideux se posa devant elle, des bras l'enserrèrent pour l'étouffer, et elle se débattait, criait, criait.

Michel était son aîné de deux ans. Pour ses vingt ans, les parents l'avaient aidé à s'acheter la motocyclette dont il rêvait. Une Harley-Davidson d'occasion, mais encore de belle allure. Michel l'avait polie avec tant de soin qu'elle avait l'air neuve. Un de ces beaux soirs de juin, quand il fait clair jusqu'à vingt-deux heures et que la jeunesse flambe dans les veines, il était parti avec son amie de cœur — la belle Johanne qui riait tout le temps. Pour une balade en moto. Ils n'allèrent pas très loin. À l'intersection de la rue Laurier et du chemin Sainte-Foy, ils avaient été happés par un camion qui avait grillé le feu rouge. Tous deux morts sur le coup. Michel avait été si défiguré par l'accident que son corps ne fut pas exposé avant les obsèques. Pendant des années, l'horrible défiguration de son frère allait tourner en boucle dans la pensée de Luce, et parfois l'assaillir en rêve.

Ressassant ce cauchemar revenu la hanter comme une malédiction, un soir d'octobre, elle sortit, plus désemparée que jamais. Elle marcha longtemps, fouettée par un vent glacial. Tout le long de la Grande Allée, jusqu'au Vieux-Québec, où elle finit par entrer dans un bar. Elle commanda de la vodka pour se réchauffer, prit plusieurs consommations, dut supporter les blagues insipides et repousser les avances d'un homme insistant. Puis, elle se retrouva à nouveau dans la rue Saint-Louis, qui montait vers le Château Frontenac. Sous l'effet de l'ivresse, elle avançait en vacillant. Des paroles de ses chansons, des airs lui traversaient la tête, lui déchiraient le cœur : « J'suis allée jusqu'au bout de moi-même… » Elle entonnait un air, chantonnait des bribes de chanson, et les paroles s'étranglaient dans sa gorge, finissaient en sanglots.

Sur la terrasse Dufferin, ce soir-là, il n'y avait pas âme qui vive sous le vent glacial qui soufflait du grand fleuve aux eaux noires. Nulle pitié sous le ciel fermé. Nulle merci dans les espaces d'en haut et d'en bas. Luce n'essayait plus de chanter, ne pleurait plus. Le froid avait figé ses larmes. Elle avançait, glacée, indifférente, le long de la longue esplanade déserte. Puis, avec l'air absent d'une somnambule, elle s'approcha de la clôture en fer forgé, se pencha : cent mètres plus bas luisaient les toits et trottoirs de la basse-ville. Il suffirait de se laisser tomber. Quelques secondes, et tout serait fini. Le gouffre l'attirait, l'appelait. Des idées amères, des images sinistres tourbillonnaient dans sa tête. Elle n'en pouvait plus de tous ces cauchemars, ces hantises, ces regrets qui la rongeaient comme de l'acide. Le fond du désespoir, elle n'avait qu'à plonger pour le rejoindre définitivement.

Valérie savait que son amie traversait une mauvaise passe. Lors de leur dernière conversation, Luce lui avait paru particulièrement amère et déprimée. Et le fait que personne n'avait couvert son spectacle dans la presse y avait sûrement contribué. Valérie en était très malheureuse, d'autant plus que sa tentative de signaler le spectacle au chroniqueur artistique du journal n'avait rien donné.

Valérie avait eu, ce soir-là, un mauvais pressentiment. Elle avait donc cherché à joindre son amie au téléphone. Les parents de Luce lui avaient dit qu'elle était sortie, mais ne savaient pas où elle était allée. Ils étaient inquiets, eux aussi. Elle pensa à quelques bars de la Haute-Ville où Luce aurait pu aller. Elle alla de l'un à l'autre, rue Saint-Jean et rue Saint-Louis. Chaque fois, elle s'enquérait auprès des serveurs et serveuses, qu'elle connaissait pour la plupart. Enfin, elle arriva au bar où Luce était allée et dont elle venait de sortir.

— Il y a une quinzaine de minutes, lui dit la serveuse.

— Savez-vous vers où elle est repartie?

Un client moustachu, qui se tenait debout devant le comptoir du bar, fit un geste de la main en disant:

— Par en haut, j'pense...

La serveuse crut bon d'avertir Valérie que son amie était assez givrée.

Valérie sortit aussitôt et prit la direction indiquée. Inquiète, elle se mit à courir, tout en tâchant de regarder partout autour d'elle. Il n'y avait guère de monde dans la rue, avec ce froid humide qui vous entrait dans les os. Elle arrivait déjà près du Château Frontenac, se demandant si Luce n'était pas entrée au bar du Clarendon, ou peut-être même au Château.

Elle aperçut tout à coup un homme bien emmitouflé dans un anorak, qui descendait la rue. Elle l'interpella:

— Pardon, monsieur, vous n'auriez pas vu une jeune femme passer près d'ici? Je cherche mon amie.

— Oui, j'ai entrevu une femme qui semblait se diriger vers la terrasse Dufferin. C'est pas très chaud pour aller s'exposer au vent là-bas!

— Oui, en effet. Merci!

Valérie repartit de plus belle, au pas de course. *Mon Dieu, mon Dieu, j'ai peur...*

Luce n'avait plus de larmes ni de regrets. Insensible au froid qui lui bleuissait les lèvres, elle fixait le gouffre. Le vide. Elle avait toujours eu le sentiment du vide. Toute sa vie. Son existence n'était autre qu'un exercice d'équilibre au-dessus du gouffre. L'appel du gouffre toujours sous ses pas, et maintenant il était là, bien concret, devant elle. Pourquoi résister plus longtemps à l'inévitable? Elle avait un destin maudit: pourquoi le subir plus longtemps?

Elle mit le pied sur le socle de béton et entreprit d'enjamber la clôture de fer forgé. Son ivresse la déstabilisait, son manteau l'embarrassait. Elle dut s'y reprendre à quelques reprises. Dans les bourrasques qui passaient en sifflant, elle avait l'impression d'une présence, d'un regard. Une image se dessinait vaguement dans l'obscurité. Une sorte d'apparition fantomatique qui flageolait dans l'air. Était-ce Michel? Était-ce lui qui l'appelait?

Alors qu'elle parvenait à se hisser en haut de la clôture, elle fut repoussée soudain par un grand coup de vent comme une claque. Son pied glissa. Elle dut se raccrocher pour ne pas tomber à la renverse sur la terrasse.

Elle fut envahie tout à coup par un sentiment d'irréel. Comme si elle n'était ni là ni ailleurs... Mais pourquoi ce mal? Pourquoi avait-elle si mal?

Dans le vent qui sifflait, elle crut entendre des voix. Oui, quelqu'un criait. Quelqu'un criait son nom:

— Luce! Luce!

Elle se retourna. Elle ne vit pas tout de suite dans l'obscurité.

— Luce! Luce! Non... Attends! Attends! Je t'en prie.

Quand elle aperçut enfin Valérie qui courait vers elle, Luce sentit fondre sa résolution. Elle resta un moment en balance sur la clôture. Son ivresse la mettait dans un état d'équilibre précaire, et le vent qui sifflait en diable la poussait. Un vertige la prit... Valérie, hors d'haleine, fondit sur elle et l'agrippa fermement.

Quand les deux filles sortirent du taxi, devant l'appartement de Valérie, Luce tremblait comme une feuille, jusqu'à claquer des dents. Son rimmel, qui avait coulé avec ses larmes, avait laissé des traces noires sur ses joues.

Valérie s'empressa de l'entraîner au chaud, dans son appartement assez étroit, mais cosy. Elle avait pensé lui offrir de prendre un bon bain chaud ou une douche. Mais, dans l'état où Luce se trouvait, Valérie se dit qu'il valait mieux ne pas la laisser seule, ne serait-ce que quelques minutes.

À peine entrée, Luce éclata en pleurs. Valérie la prit un moment dans ses bras, tâchant de la réconforter:

— Ma pauvre chérie... je ne savais pas que tu en étais là, que tu souffrais à ce point!

— J'en peux plus, braillait Luce. J'en peux plus!... C'est pas possible, lâcha-t-elle dans un gros sanglot.

— Viens, lui dit Valérie, en l'entraînant doucement vers un fauteuil dans le salon. Tiens, donne-moi ton manteau, assieds-toi.

— C'est pas moi qui veux pas de la vie, c'est elle qui veut pas de moi! jeta Luce avec rage.

— Mais pourquoi tu dis ça?

— Tout ce que je fais tourne en queue de poisson. J'ai tout gâché!

— Voyons, Luce, tu peux pas dire ça au bout de quelques mois seulement.

— Quelques mois? Mais ça fait des années que je m'oriente vers cette carrière!

— T'as eu un grand succès l'an passé. Au concours de la chanson de Granby.

— Oui, ça fait déjà plus d'un an, et tu vois ce qui est arrivé? J'ai tout raté!

— Mais non, mais non, tu peux pas dire ça! C'est bien trop tôt!

Luce secouait la tête en continuant de pleurer sourdement.

— Ta carrière commence. T'as encore toute la vie devant toi.

Repliée sur elle-même, la tête baissée, ses cheveux rabattus faisant écran sur son visage, Luce continuait de se lamenter doucement.

— Bon, écoute, ma chouette, laisse-toi aller! Détends-toi! Je vais te faire un bon café chaud. Et tu vas me dire tout ce que t'as sur le cœur.

Luce redressa la tête et regarda un moment la pièce, comme si, d'un coup, elle se dessoûlait d'alcool et de larmes.

— Je dois être affreuse, dit-elle. Je vais aller m'arranger un peu.

Dans le miroir de la salle de bain, elle eut peine à se reconnaître. Plus de maquillage, le rimmel qui avait coulé sur ses joues. Des lèvres décolorées, des yeux pochés. Des cheveux défaits, mèches tombantes, mouillés de larmes. Elle se vit comme quelqu'un d'autre, une étrangère, et elle eut peur et pitié de ce visage. Elle s'imaginait morte, avec ce visage; et qu'on l'avait trouvée comme ça au pied de la falaise. Alors, elle se recomposa une apparence, au moins pour faire meilleure figure. En songeant aux embaumeurs qui «arrangent» les morts.

Pendant ce temps, Valérie appelait les parents de Luce à Sillery, pour les rassurer. Elle leur dit que Luce, qui était épuisée, passerait la nuit chez elle.

Autour d'un café chaud, pendant que Luce reprenait peu à peu ses esprits, les deux amies s'engagèrent dans une longue discussion.

197

Luce avait commencé par évacuer son trop-plein d'amertume. Sa colère. Cette colère qu'elle avait retournée contre elle-même, dans un geste de désespoir.

— À Paris, on m'a joué dans le dos pour m'assassiner professionnellement. On m'a flattée par-devant pour mieux me poignarder par-derrière. J'ai été piégée et sabotée par l'amant de mon agent, un être jaloux et diabolique. Prêt à tous les crimes pour arriver à ses fins. Et maintenant, au Québec, on me regarde de travers, comme si c'était ma faute. Je suis devenue une sorte de paria du showbiz. On m'évite, on me fuit. Jamais vu autant de faux jetons !

— Les gens n'ont plus d'âme. Le monde est profondément corrompu, dit Valérie.

— C'est pour ça que je n'ai plus envie de vivre.

— Il y a quand même autre chose. Tout n'est pas noir. Tu sais, depuis que je suis dans le journalisme, j'en vois de toutes les couleurs... et j'en devine encore plus, si tu vois ce que je veux dire. Mais il y a une chose qui m'a redonné espoir en l'humanité et en l'avenir de la planète.

— Tu vas me parler encore de ton docteur Jouret ?

— Écoute, Luce, ce que je te dis va bien au-delà de Luc Jouret. C'est un message, c'est un enseignement qui vient du fond des âges. Et qui circule et se transmet dans des cercles d'initiés, depuis au moins les pyramides d'Égypte.

— Ah oui, c'est quoi, ce fameux message ?

— Ça se résume pas en une phrase. C'est tout un enseignement. Mais l'idée, en gros, c'est de rassembler une communauté fraternelle de gens qui travaillent à l'avènement d'un monde meilleur. Qui mettent ensemble toutes leurs énergies à faire rayonner le beau, le bien et le vrai. Pour contrer les énergies négatives qui polluent les esprits comme les gaz à effet de serre polluent la planète.

— Ouais, c'est bien beau, mais je ne vois pas ce que ça vient faire avec ma carrière.

— Je pense que ça peut t'aider. Ça peut t'inspirer pour le mieux. Et puis, tu pourrais avoir le soutien de tout un groupe. Jusqu'ici, tu as essayé de percer en solitaire. C'est presque impossible aujourd'hui, avec la concurrence et tous les réseaux d'influence. Dans les médias et ailleurs.

Les deux filles parlèrent ainsi jusqu'au petit matin.

CHAPITRE 46

Un entretien décisif

Luce resta plusieurs jours en état d'apathie. Comme un boxeur assommé. Mais elle prêtait une oreille de plus en plus attentive aux exhortations de Valérie. Celle-ci ne la lâchait plus. Elle l'appelait plusieurs fois par jour, continuant de lui parler des bienfaits de l'Ordre templier. Elle finit par la convaincre d'adhérer au Club Amenta, sorte d'antichambre de l'OTS. À la fin du mois, Luce accepta d'aller écouter avec elle une conférence que Jouret venait donner à Québec.

Cette fois, elle fut beaucoup plus réceptive au prêche du gourou de l'OTS, qui parla du «sens de la vie, de la mort et de la maladie» et d'un monde en voie d'autodestruction. Ce message l'atteignait particulièrement, elle qui avait voulu attenter à sa vie, quelques semaines auparavant. Le gourou répéta encore qu'il fallait réunir les gens de bonne volonté, «des êtres d'élite pour contrer les ondes négatives, les énergies maléfiques qui contaminaient la Terre et entraînaient l'humanité vers la catastrophe». Jouret déballa toutes les terreurs de la fin du monde, un peu comme les prédicateurs d'autrefois parlaient de l'Enfer... et qu'ils disaient: «Convertissez-vous avant qu'il soit trop tard!» Puis Jouret affirma que le Québec était un pays privilégié, élu entre tous, car il possédait un «magnétisme tellurique spécial» — détecté par les astronautes, selon lui —, qui en faisait l'endroit sur la Terre qui serait préservé en cas d'apocalypse. Et c'est pourquoi, disait-il, l'Ordre du Temple solaire s'y était implanté, avec plusieurs propriétés dans les Laurentides et la ferme de survie de La Pérade.

Ce soir-là, les deux amies eurent un entretien seules avec Jouret autour d'une tasse de thé vert. Tisane ou thé vert, c'est tout ce qu'un «templier» se permettait de boire, du moins en public. Le médecin gourou leur vanta un moment les vertus du thé vert, par rapport au café. Mauvais, le café, très mauvais! Pour le foie, pour l'estomac et pour tout, leur dit-il. Puis il se tourna vers Luce et la regarda intensément:

— Je vois quelque chose dans vos yeux.

— Comment? dit Luce, déconcertée.

— Je devrais dire «votre iris». Oui, plus précisément, votre iris me dit que vous êtes en proie à des troubles en ce moment.

— Des troubles...?

Les deux filles regardaient le médecin avec étonnement.

— Oui, des troubles de santé, dont je ne peux pas vous dire la nature: organique ou psychologique. Il faudrait que j'examine de plus près... Voulez-vous écarquiller les yeux?

Luce obéit machinalement. Jouret se pencha en avant au-dessus de la table. Pendant de longues secondes, qui parurent des minutes, il scruta les deux iris de Luce, puis il se redressa:

— C'est bien ce que j'avais cru déceler. Déséquilibre général, surtout nerveux et psychique.

Luce le regardait, désemparée. Elle se sentait très fragile à l'intérieur, prête à éclater en larmes. Mais une sorte de colère prenait le dessus. Elle avait la désagréable impression d'être envahie dans son intimité. Elle jeta comme une protestation:

— Valérie a dû vous parler de moi?

— Bien sûr. Elle m'a parlé de vos talents artistiques, mais pas d'autres choses... Écoutez, je comprends que ce que je vous dis puisse vous troubler. Pardonnez-moi, je suis médecin et j'ai l'habitude de déceler vite l'état de santé des gens et, le cas échéant, de leur donner des conseils qui pourraient les aider. En vous regardant, j'ai pratiqué spontanément ce qu'on appelle l'iridologie. C'est une technique du diagnostic des maladies par l'examen des yeux. Une science ancienne, mais souvent meilleure ou plus rapide que la médecine moderne pour révéler la présence de maladies ou d'états pathologiques avant même que les symptômes n'apparaissent. Dans votre cas, Luce, j'ai perçu d'abord une dilatation de la pupille qui traduit souvent de la fatigue nerveuse. Et en regardant de plus près, j'ai constaté une inégalité dans le diamètre des pupilles: ce qui est un signe de déséquilibre nerveux et psychique. Puis, vous avez des taches particulières dans l'iris, des taches qu'on appelle «toxiniques» et qui témoignent généralement d'agressions psychologiques.

Luce l'écoutait, profondément ébranlée. Se demandant si elle avait affaire à un médecin, à un voyant ou un devin, ou à tout cela à la fois.

— Il y a du vrai dans ce que vous dites, admit-elle.

— Il vous faut un meilleur équilibre de vie, dit Jouret. Mangez-vous sainement?

— Oui... enfin, je crois, mais c'est surtout ma carrière.

— Votre carrière?

— Oui, j'ai connu un gros fiasco à Paris le printemps dernier. J'ai été dupée et sabotée. Et ça m'a perturbée profondément.

— Je comprends. Ça explique ce que j'ai vu. Et je vous dirais que tout cela n'arrive pas pour rien. Mais maintenant, qu'est-ce que vous faites pour vous en sortir?

— J'essaie de reprendre le spectacle, mais ça ne marche pas fort. J'ai l'impression que mon échec à Paris m'a stigmatisée dans tout le milieu du showbiz, comme si j'avais la lèpre.

— Ce sont eux qui ont la lèpre, s'exclama Jouret d'un ton indigné. C'est un monde pourri.

— C'est ce que j'ai dit à Luce, ajouta Valérie.

— Il faut persévérer envers et contre tout, reprit Jouret. Je vais vous raconter une histoire personnelle. J'ai été un enfant fragile et malingre, à la santé chancelante. Durant l'adolescence, je me suis mis aux sports intensément et me suis bâti un corps d'athlète. Je voulais devenir professeur d'éducation physique. Mais, à vingt ans, tout à coup, je ressens une douleur de plus en plus lancinante aux hanches. On me diagnostique une grave arthrose de la hanche, qui peut entraîner la paralysie. En tout cas, plus question pour moi de faire du sport! Pendant plus d'un an, où j'étais la plupart du temps cloué au lit, je me suis battu pour me remettre sur pied. Et d'abord, contre la médecine traditionnelle et sa pharmacopée d'anti-inflammatoires et d'antalgiques. Un jour, on m'a présenté un médecin qui pratiquait l'homéopathie. Il m'a convaincu d'envoyer promener toute la médication qu'on m'avait prescrite et de suivre un régime alimentaire strict: que des céréales et de l'eau. Je m'en suis tenu à ce régime et le miracle est arrivé. Non seulement je me suis remis sur pied, mais j'ai pu recommencer à faire du sport. Et c'est là aussi que je me suis orienté vers la médecine. Alors, vous voyez que ce que je défends aujourd'hui, depuis au moins une dizaine d'années, c'est ce que j'ai vécu moi-même, de façon dramatique. Si je n'avais pas suivi ce régime à la lettre, je serais resté handicapé pour le reste de mes jours. J'ai vécu ce miracle, et je pense que tout le monde peut le faire. Je suis la preuve vivante que tout repose sur l'alimentation.

Les deux jeunes femmes l'avaient écouté religieusement. Luce ressentait tout à coup de la sympathie pour lui. Le médecin la convainquait qu'elle pouvait se reprendre, repartir à neuf.

— Il me faudrait peut-être adopter votre régime, dit-elle à Jouret.

Celui-ci saisit la balle au bond :

— Mais oui, ce serait un début... Valérie vous a-t-elle parlé de la ferme de Sainte-Anne-de-la-Pérade ? Ce n'est pas très loin de Québec. Si vous adhériez à notre mouvement, vous pourriez séjourner là-bas quelque temps pour vous refaire une santé. On y cultive des légumes, des fruits et des céréales biologiques, sans engrais chimiques ni pesticides. Le régime alimentaire y est donc des plus sains, en pleine nature, et nos adeptes à La Pérade forment une communauté fraternelle, très stimulante.

Il s'arrêta un instant pour regarder Luce dans les yeux :

— Il me vient une autre idée pour vous, Luce. Vous savez qu'il y a beaucoup de gens haut placés parmi nos membres, et notamment de grands artistes. Par exemple, un compositeur et chef d'orchestre de renommée internationale, Marcel Bujard. Une cantatrice réputée, une chanteuse et actrice qui était très proche de la princesse Grace de Monaco. Tout ça pour vous dire que notre organisation pourrait vous aider dans votre carrière. Et...

Il hésita un moment en regardant tour à tour les deux jeunes femmes :

— Il y a un projet. J'hésite à vous le dire, parce que c'est encore à l'étape de projet, justement. Il ne faudrait surtout pas que ça soit ébruité, vous comprenez ? Alors, vous me promettez de n'en rien dire à personne ? Surtout vous, Valérie, qui êtes journaliste ?

— Oui, motus et bouche cousue, dit Valérie. C'est promis !

— Promis, dit Luce en hochant la tête.

— Bon, reprit Jouret. La haute direction de l'Ordre songe depuis quelque temps à un grand spectacle, une sorte d'opéra — théâtre, musique, chansons — pour représenter le drame actuel de la planète menacée par l'avidité humaine. Luce, vous pourriez peut-être apporter une contribution importante à ce grand projet. Participer à sa création, en écrivant et interprétant les chansons, et tout ce qui s'ensuivra. Nous voulons créer une grande œuvre musicale, une sorte d'opéra nouvel âge, pour promouvoir l'Homme nouveau, cet alchimiste de l'âme qui peut transformer, transmuer les énergies négatives en forces positives. Au lieu des spectacles débiles qui abêtissent les foules, nous voulons élever les consciences, redonner espoir à l'humanité.

Luce buvait ses paroles. Elle commençait déjà à imaginer ce que cela pourrait être. Une sorte de *Starmania* pour le nouveau millénaire à venir. Cela redonnerait un sens à sa carrière, mettrait ses talents au service du meilleur. Un nouvel espoir surgissait en elle.

— Il serait bon que vous rencontriez Bujard le plus tôt possible, lui dit Jouret qui voyait le visage de Luce s'éclairer. Je me charge de lui en parler... si vous êtes d'accord, bien sûr ?

Ses lèvres s'écartèrent sur un petit sourire carnassier, qui détonnait tout à coup avec son air angélique.

— Oui, oui, bien sûr, jeta Luce, qui avait peine à contenir son enthousiasme.

— Mais il y a une condition, dit Jouret en prenant un air grave. Il faut que vous soyez membre à plein titre de l'Ordre. Donc, avoir franchi les étapes de préparation et d'initiation nécessaires.

— Je m'en occuperai, dit Valérie.

— Très bien, vous serez sa « marraine », annonça Jouret en esquissant le même sourire vampirique. Elle sera en bonnes mains !

CHAPITRE 47

La ferme de survie

Luce s'était gardée de montrer trop d'enthousiasme sur le coup, mais elle était ressortie pleine d'espoir de la rencontre avec Luc Jouret. Les perspectives que le médecin gourou lui avait ouvertes sur la possibilité de participer à un opéra nouvel âge qui aurait une carrière internationale la regonflaient à bloc. Et Valérie ne cessait de renchérir, lui disant à quel point un tel spectacle pourrait être un tremplin pour sa carrière.

— Te rends-tu compte de ta chance, Luce? Bujard est un grand violoniste et chef d'orchestre qui donne des concerts partout dans le monde. C'est même un grand ami de Boulez, de Xénakis et de la chanteuse et actrice Claire Doris, proche elle-même de la princesse de Monaco, Grace Kelly. C'est une opportunité incroyable pour toi!

— Oui, c'est formidable.

De fait, la perspective de travailler avec un chef d'orchestre et compositeur de réputation internationale apparaissait à Luce encore plus prometteuse que ce qu'on lui avait fait miroiter à Paris; et, surtout, sans rapport avec les dessous louches du showbiz. Elle commençait à en rêver, à l'entrevoir comme la planche de salut qu'il lui fallait pour ne pas sombrer, comme elle avait failli le faire du haut de la terrasse Dufferin. Et Jouret lui avait parlé honnêtement, lui semblait-il. Il l'avait regardée droit dans les yeux, sans essayer de la séduire. Luce avait donc la plus grande hâte de rencontrer le maestro Bujard et la cantatrice Doris.

— Mais, enchaîna Valérie, il faut d'abord que tu adhères à l'OTS et... il y a une cotisation importante à payer. C'est une sorte de contribution philanthropique au mieux-être de la planète. Dans ton cas, je suis certaine qu'on peut t'accorder un délai. Je vais trouver le moyen de convaincre les Maîtres de patienter et de commencer sous peu les enseignements.

Elle lui expliqua aussi les diverses étapes à franchir pour arriver au statut d'« initié ». Et peut-être, pour accélérer le processus, pourrait-elle aller passer quelque temps à la ferme de La Pérade, comme l'avait suggéré fortement Jouret. Luce y trouverait sur place des adeptes qui lui apprendraient les principes de base de l'organisation, et surtout elle y serait d'emblée rompue aux prescriptions hygiéniques et alimentaires de l'Ordre, ainsi qu'à ses cérémonies et rituels.

— S'il n'y avait pas mon boulot au journal, j'irais avec toi, dit Valérie. En fait, je t'envie !

À la mi-novembre, quand Luce se rendit à Sainte-Anne-de-la-Pérade — à soixante-quinze kilomètres en amont de Québec —, elle avait hâte de découvrir cette fameuse ferme de culture biologique que l'OTS appelait sa « ferme de survie » : un lieu réservé aux rescapés de la fin du monde.

Comprenant une grande maison en pierre, quelques annexes et des champs de culture, l'endroit était en soi une image éloquente du bouleversement culturel qui affectait l'Occident depuis la fin des années cinquante. C'était auparavant le juvénat d'une communauté religieuse, appelée les Frères du Sacré-Cœur, très impliquée dans l'éducation catholique au Québec avant les années soixante. En 1985, devenue vacante, la propriété avait été acquise par l'Ordre du Temple solaire, qui l'avait reconvertie à sa manière.

Quand Luce entra dans l'ancien juvénat devenu centre d'administration, de résidence et de culte de l'OTS, elle fut accueillie par une femme entre deux âges, souriante, parlant français avec un accent suisse. Jacinthe, comme elle s'appelait, conduisit Luce dans un bureau où se trouvait un homme qui se leva aussitôt pour souhaiter la bienvenue à la nouvelle recrue. Fin quarantaine, plutôt grand et maigre, crâne en partie dégarni, nez busqué, lèvres minces, dures. Sous une esquisse de sourire, Albert Fafard — qui dirigeait la ferme et avait rang de Maître à l'OTS — gardait un air digne et sévère à la fois. En quelques phrases concises, il mit Luce au fait des us et coutumes de la maison.

Dès le lendemain de son arrivée, Luce fut réveillée à quatre heures trente du matin. C'était en pleine obscurité à cette époque de l'année. Sans rien avaler, elle dut se rendre à l'étable nourrir les animaux. Puis, après une longue méditation et une série d'incantations en groupe, elle eut droit à un maigre petit-déjeuner. Ensuite, de longues heures de travaux fastidieux à la cuisine, à l'étable et dans la serre. Et, à la fin, avant la bouillie de légumes du soir, au moins une heure de cours quotidien, donné par le Maître Fafard. Il disait leur inculquer un « savoir secret », transmis d'âge en âge depuis les pyramides d'Égypte en passant par les Templiers. Il leur faisait valoir l'immense « privilège » qu'ils avaient d'être choisis pour accéder à ces principes « supramatériels », cet enseignement antique et vénérable, qui avait, selon lui, nourri, inspiré les plus grands philosophes et savants : de Platon à Einstein, en passant par Bouddha et... Jésus, bien sûr.

Peu après, Luce se retrouva à la cuisine pour aider à la préparation du repas. On lui apprit qu'il fallait laver la salade de sept à quinze fois au vinaigre, comme d'ailleurs il fallait nettoyer à l'alcool ou à l'eau de javel les rampes d'escalier, les poignées de porte, etc. Les maîtres templiers de l'OTS imposaient un puritanisme hygiénique extrême. Pour eux, le monde extérieur était source d'impuretés, de souillures, de contamination : microbes, mauvaises énergies, ondes négatives. C'est pourquoi on ne donnait pas la main à des non-initiés.

Luce eut beaucoup de peine à s'adapter à ce régime ascétique. Elle comprit vite que cette « ferme de survie » n'était pas tout à fait un endroit de villégiature ni le havre de repos qu'on lui avait tant vanté. Cela tenait davantage du camp de forçats, avec des travaux continus, éreintants — de l'aube au crépuscule — et une nourriture parcimonieuse, spartiate, proche du pain et de l'eau : un régime semblable à celui suivi par Jouret pour guérir de sa coxarthrose. De fait, uniquement des légumes, de la salade et de la tisane. Surtout pas de viande, ni de café et d'alcool, bien entendu. Il faut dire qu'un tel régime, peu protéiné, entraînait vite un affaiblissement physique et psychologique, même chez les plus fortes constitutions.

Au bout de quelques jours, Luce se sentit faible, sans forces. Elle était comme en flottement, dans un état vertigineux. À certains moments, elle éprouva des sensations étranges de sortie du corps, comme si elle flottait entre deux mondes, dans les espaces indéfinis d'une autre réalité ; et elle restait en balance entre la peur et l'exaltation. À quelques reprises même, elle s'évanouit.

N'eût été la communauté autour, l'entraide et la grande fraternité qui y régnait, elle se serait découragée. Mais on l'aidait dans ses travaux, on l'encourageait par des bons mots, par beaucoup de sollicitude. La vingtaine d'hommes et de femmes qui vivaient là, et d'autres qui y venaient périodiquement, étaient des gens sincères, dévoués, fraternels, qui croyaient dur comme fer aux enseignements de l'OTS. Pour eux, entrer dans la secte et y travailler, c'était contribuer à l'avènement d'un monde meilleur. C'est ce que la communauté templière représentait pour eux : la promesse d'un monde rénové, réformé, purifié. Le salut de la planète, en somme.

Le sentiment de faire partie d'un groupe voué à rendre le monde meilleur avait un effet tonifiant, voire exaltant, qui permettait de surmonter petit à petit les rigueurs du régime de vie imposé à la ferme. C'est ce qui arriva à Luce, après quelque temps, où — ne serait-ce qu'à cause du programme chargé des jours, qui ne laissait aucun répit — elle finit par s'oublier quelque peu et y trouva un apaisement mental qu'elle n'avait pas connu depuis longtemps ; et même, par instants, une sorte de ferveur.

Elle s'attacha plus particulièrement à quelques-uns de ses compagnons et compagnes de la ferme. Notamment un couple québécois : Monique et Yves Lemay, tous deux fin quarantaine ; lui, électricien très compétent ; elle, infirmière, le cœur sur la main, toujours prête à aider tout le monde.

Ce sont eux qui présentèrent à Luce un jeune Français d'environ trente ans, Christian Rose, qui venait d'arriver à la ferme biologique. Il avait été dépêché exprès par le Grand Maître Di Mambro, qui avait envoyé un fax laconique à la direction de la ferme pour dire que le jeune homme avait «toute sa confiance». La confiance du Grand Maître de Genève, cela voulait tout dire. En plus, il avait un rang élevé dans l'Ordre. Fafard en prit tout de suite ombrage.

Christian Rose était un grand brun d'environ trente ans qui, dès son arrivée à la ferme biologique, s'était mis en tête d'entreprendre des rénovations. Il en faisait souvent en Europe, car il était architecte et les tâches manuelles ne lui répugnaient pas. Malgré sa sveltesse, il était vigoureux et avait accompli beaucoup de travaux de terrassement, d'aménagement et autres pour l'OTS en Suisse et en France.

Un jour que Fafard s'était absenté, le jeune homme avait entrepris de repeindre le cadre d'une porte vitrée à l'entrée de l'ancienne chapelle qui servait de sanctuaire à l'Ordre templier. Luce, avec quelques autres, s'était arrêtée un moment pour le regarder à l'œuvre.

— Ça va donner de meilleures vibrations lumineuses, lança-t-elle, se sentant aussitôt gênée de ce qu'elle avait dit.

Christian Rose se tourna vers elle. Ses yeux gris-bleu la fixèrent une seconde, et un sourire éclaira ses traits fins :

— Oui, c'est tout à fait mon but. Faire éclater la lumière autant que possible.

— Et la faire chanter, ajouta Luce, rêveuse.

Soudain, un bruit de pas lourds, pressés, dans le couloir. Albert Fafard était de retour et fonçait sur lui, l'air furibond. Il fracassa la porte d'un coup de poing. Puis il projeta brutalement Christian par terre, dans les débris de verre qui jonchaient le parquet. Il criait, vociférait :

— Qui donc t'a permis de faire ça ? Qui, hein ? C'est moi qui commande ici, tu entends ! Dans l'Ordre, il y a une hiérarchie qu'il faut respecter. Sinon, on s'en va !

Comme les autres adeptes qui étaient déjà là ou étaient accourus au fracas des vitres cassées et aux éclats de voix, Luce assistait effarée à la scène, clouée sur place, paralysée de terreur devant ce débordement de fureur. Fafard balaya tout le monde d'un regard noir sous ses sourcils épais. C'était lui qui dirigeait la ferme, c'était lui le maître des lieux, et ni Rose ni personne n'avait le droit d'y entreprendre quoi que ce soit sans son autorisation. Qu'on se le dise !

Le lendemain, pour donner une leçon exemplaire à ce « petit merdeux » de Français, Fafard avait forcé Rose à décrotter le sol de l'étable où vivaient une soixantaine de vaches. Allergique à la bouse de vache, Christian s'était mis à renifler de plus en plus, et son visage enflait. Puis, après une quinzaine de minutes, quand il commença à avoir peine à respirer, il sortit de l'étable pour chercher de l'aide à la réception de la ferme, passant en catastrophe devant un Fafard bouche bée, entre peur et colère. Heureusement, quelqu'un avait un EpiPen sur place et put lui administrer sur-le-champ une injection antiallergique d'épinéphrine.

Christian fut transporté d'urgence à un hôpital de Québec, et il ne revint pas à La Pérade. Car Di Mambro — pour ne pas irriter davantage le Maître Fafard, qu'il avait ses raisons de ménager à ce moment-là — avait décidé qu'il valait mieux rapatrier le jeune homme en Europe. De toute façon, il avait besoin de lui pour un nouveau projet qu'il venait de concocter.

Luce avait été très choquée par la scène violente qu'elle avait vue. Elle avait failli perdre toute confiance envers la secte. Pourquoi poursuivait-elle cette démarche, cette recherche qui lui semblait tout à coup insensée ?

Elle ne savait pas — elle ne pouvait le savoir alors — ce qui la motivait exactement. Quel était le dessein de tant de mortifications, de tant de renoncement à soi. Elle croyait se refaire. Elle croyait travailler pour réorienter sa carrière, pour mettre ses talents créateurs au service d'une grande cause. Elle continuait de miser beaucoup sur le projet d'opéra que Jouret avait sorti de son chapeau. Mais — était-ce l'affaiblissement physique éprouvé à La Pérade ? Était-ce l'état vaporeux, presque irréel dans lequel elle semblait flotter d'un jour à l'autre ? — son enthousiasme avait baissé d'un cran. Et, au fond, si elle avait été vraiment sincère avec elle-même, si elle avait pu regarder sans s'abuser le tréfonds de sa conscience, elle aurait vu qu'elle n'y croyait pas plus qu'il ne fallait à ce projet. Et si elle continuait de s'avancer... et de s'engager — peut-être inéluctablement — dans l'OTS, c'était pour quelque chose qu'elle ne s'avouait pas à elle-même, qu'elle ne pouvait pas s'avouer, car ce quelque chose était trop enfoui encore dans une gaine d'irréalité où le désir, le rêve, l'envie sont encore si neufs, si embryonnaires, si informes, qu'ils sont indistincts et inconnaissables.

Elle n'avait guère eu le temps de connaître ce Christian Rose. Mais, en son cœur, elle avait pris fait et cause pour lui. Et d'autant plus qu'il avait supporté les coups et accepté l'odieuse punition avec stoïcisme, sans dire un mot. Déjà qu'elle n'aimait pas Fafard, avec son ton et ses airs de vieux curé. Maintenant, la brutalité et le sadisme dont il avait fait montre lui avaient rendu le personnage odieux.

Luce s'était prise de sympathie pour ce jeune Français au regard droit, intense. Il semblait très concentré sur tout ce qu'il faisait ; très respectueux aussi, voire assez distant. En moins d'une semaine, elle n'avait pu échanger que quelques mots avec lui, à peine. Car c'était un grand timide, avare de paroles, mais au-delà, quelque chose de touchant en lui avait marqué Luce ; quelque chose qu'elle n'eut pas le temps d'approfondir, car son séjour s'était terminé en même temps que le sien à La Pérade.

Quand elle y retourna pour trois autres semaines à la fin de janvier, elle fut déçue de ne pas le revoir. Elle prit conscience qu'elle le cherchait, au fond, ce jeune homme, qu'elle le souhaitait. Il y a de ces visages, de ces présences qui s'inscrivent d'emblée au fond de soi ; des traits saisis sous un certain éclairage, l'envol d'un geste, l'éclat d'un sourire, ou plus souvent la lumière d'un regard, qui continuent de rayonner, d'irradier, de se diffuser en arrière-plan de la conscience, dans les coulisses de l'affectivité, dans des limbes momentanés de la mémoire, créant une sorte de gravitation secrète, néanmoins active, qui fait qu'après des jours, des semaines, des mois, on est tout à coup surpris d'y sentir glisser la pensée, comme entraînée d'elle-même par une force irrésistible ; et ce qui apparaît, c'est un regard, une présence, un être s'imposant d'autant plus fort qu'on le pensait oublié, refoulé, devenu quantité négligeable dans la somme des présences qu'on a côtoyées.

C'est ce qui était arrivé à Luce quand l'image de Christian lui était apparue de but en blanc et qu'involontairement en elle quelque chose d'agréable — une douceur — avait affleuré, comme la caresse furtive d'une aile de papillon, et elle avait souri, sans trop savoir à quoi ou de quoi elle souriait : était-ce la timidité du jeune homme laissant pressentir une âme délicate ? un court instant où ils avaient échangé un sourire ? ou bien sa présence même qui la touchait, qui l'émouvait bien plus qu'elle ne pouvait s'en rendre compte ? Elle ne pouvait savoir alors, elle ne pouvait mesurer à quel point cette présence en elle — plus ou moins ignorée, plus ou moins occultée, plus ou moins consentie — allait peser sur ce qu'elle allait décider et accepter par la suite.

Luce avait raconté à Valérie comment Fafard était sorti de ses gonds à La Pérade. Par une sorte de pudeur plus ou moins consciente, elle n'avait pas mentionné le nom du «jeune Français» dont il s'agissait.

— Ah, oui, Christian Rose, s'écria Valérie, je sais.

— Cette scène m'a dégoûtée, dit Luce.

— Avec raison, dit Valérie. Mais, tu sais, Fafard est un personnage de haut rang dans l'OTS.

Elle s'abstint d'en dire davantage, malgré toute l'envie qu'elle avait de le faire. Elle n'aimait pas Fafard, non plus. Et d'autant moins que celui-ci était devenu le grand rival de Jouret au sein de l'Ordre. De fait, une guerre sourde se dessinait déjà entre les fidèles de Jouret et les partisans de Fafard. Et Valérie ne voulait pas mettre Luce au courant de ces dissensions, ces guerres de clans, qui auraient pu la détourner de l'OTS au moment crucial où elle allait entrer dans la communauté.

Elle ne pouvait lui dire que Jouret et sa garde rapprochée voyaient avec une grande appréhension monter l'influence de Fafard au sein de la secte ; et surtout auprès de Di Mambro, qui comptait de plus en plus sur le comptable Fafard pour mettre de l'ordre dans la comptabilité erratique, enchevêtrée, et, à bien des égards, occulte, de la secte.

La rumeur montait de plus en plus, en sourdine, qu'Albert Fafard serait bientôt promu Grand Maître de l'Ordre, à la place de Jouret. On murmurait qu'il y avait de l'eau dans le gaz entre le médecin gourou et Di Mambro.

Luce avait eu grande envie de demander à Valérie si elle savait où était Christian, mais elle n'avait pas osé. Celle-ci lui apprit qu'il y aurait une grande cérémonie de l'Ordre, au début du printemps, à Saint-Sauveur, dans les Laurentides, et que Jouret souhaitait qu'elle, Luce, soit là, car ce serait l'occasion par excellence pour elle de mieux connaître la société templière et plusieurs de ses grands dignitaires. Luce en ressentit une grande joie.

— Luc m'a laissé entendre que Marcel Bujard pourrait être là, ajouta Valérie.

— Ah ! Ça serait formidable, s'écria Luce, qui faillit battre des mains comme un enfant content.

C'est aussi à ce moment que Luce apprit de son avocat que Jude, à Paris, offrait un règlement à l'amiable dans la poursuite que la jeune femme lui avait intentée. Il proposait de régler l'affaire pour une somme que son avocat réussit à faire monter quelque peu. Ce gain inopiné allait lui permettre de se vouer davantage à l'Ordre. Luce était aux anges, momentanément, sans trop savoir à quels anges elle se vouait. Chose sûre, l'entrée dans l'OTS l'avait tirée d'une grave dépression. Et maintenant, le règlement intervenu tirait un trait sur sa mésaventure à Paris. Elle pouvait tourner la page et passer à un autre chapitre de sa vie.

CHAPITRE 48

Soirée d'initiation à Saint-Sauveur

Valérie avait emprunté la voiture de sa mère pour se rendre avec Luce à Saint-Sauveur, en ce 2 avril 1992. C'était un jeudi, jour privilégié à l'OTS, car il était censé favoriser « un meilleur travail sur soi ». Le temps était frais, mais ensoleillé.

En contemplant les sommets encore enneigés des Laurentides, Luce songea un moment qu'un an auparavant, elle préparait son départ pour Paris. Avec tous les espoirs du monde dans ses bagages. Quelle aventure maudite !

La voiture était déjà sortie de l'autoroute et s'était engagée dans la petite ville qui s'étageait en hauteur, dans les contreforts des montagnes. Au tournant d'une rue, derrière de grandes haies et des arbres, apparut une maison cossue, toute en longueur et percée de larges fenêtres. C'était le 66 avenue Lafleur : leur destination. Si elle avait été quelque peu superstitieuse, elle aurait pu remarquer qu'au sortir de l'autoroute, c'était la sixième artère à l'ouest, ce qui, accolé au numéro de l'immeuble, faisait 666, le chiffre de la Bête de l'Apocalypse.

De la ferme austère de La Pérade à la villa luxueuse de Saint-Sauveur, c'était comme passer d'un monastère à un palais épiscopal. Le centre de l'OTS dans les Laurentides était, en effet, une villa opulente de style californien. Dotée d'un grand hall, de vastes pièces, d'une piscine intérieure, de statues en marbre et d'un jardin exotique, cette maison aurait pu appartenir à des stars de Hollywood.

Il n'était pas étonnant que Jouret et Di Mambro y habitassent de préférence quand ils venaient au Québec. C'était là d'ailleurs qu'avait eu lieu, trois ans auparavant, à un jour près, une somptueuse réception pour le second mariage de Jouret. En épousant une Québécoise, le médecin gourou avait pu obtenir la nationalité canadienne et le passeport.

Luce n'eut guère le temps d'échanger avec les adeptes qui étaient déjà sur place et ceux et celles qui arrivaient pour la cérémonie. Elle aperçut Jouret, dans un coin du hall, pontifiant au milieu d'un petit groupe. Des bribes de ses propos lui parvenaient au-dessus du brouhaha des conversations. Elle le regarda intensément pendant quelques minutes, mais il ne tourna pas les yeux vers elle. Elle en fut un peu froissée, puis elle se gronda intérieurement de cette réaction égocentrique de sa part. Pourquoi Jouret la traiterait-il différemment des autres?

Elle s'attacha alors à contempler les statues qui ornaient la pièce. Des reproductions de chefs-d'œuvre universellement connus: la *Vénus de Milo*, le *David* de Michel-Ange, *Le Penseur* de Rodin. Luce ne vit pas que ces statues étaient en imitation de marbre, donc fausses comme les grandes plantes artificielles posées dans les angles de la pièce.

Bientôt, les adeptes furent invités à entrer dans une grande pièce pouvant servir à la fois de salon et de salle de bal. Les rideaux et les stores avaient été fermés, et la pièce était plongée dans une obscurité éclairée ici et là de faibles lueurs, qui laissaient entrevoir des murs de couleur sombre et un ameublement sommaire. Une musique discrète semblait sourdre de partout, et montait peu à peu en volume, à mesure que les adeptes entraient dans la salle, jusqu'à devenir une grande symphonie chorale, qui avait des accents de polyphonie religieuse: mélange de cantate de Bach et de chant des dieux germaniques à la Wagner. Et cela créait une atmosphère de recueillement grandiose qui saisit aussitôt Luce.

Quand les portes furent refermées, des psalmodies, des incantations et des chants s'élevèrent de l'assistance. Alors, à la lueur des bougies qui projetaient de grandes ombres sur les murs, des hommes et des femmes revêtus de longues capes s'avancèrent lentement, deux par deux, au milieu de la salle. Il y avait des capes blanches, frappées d'une croix de Malte rouge pattée sous l'épaule gauche; et quelques capes noires, marquées d'une croix blanche.

Luce reconnut Jouret, Fafard et, bien entendu, son amie Valérie (en cape blanche), mais elle ne connaissait personne parmi la quinzaine d'autres dignitaires qui défilèrent en capes de Templiers.

D'après les quelques notions que lui avait données Valérie, elle savait que les capes noires, par exemple, avaient préséance sur les capes blanches dans la hiérarchie de la secte. Elle ne fut donc pas étonnée de voir Jouret revêtu d'une cape noire. De même que Fafard. Mais les trois autres personnes — deux hommes et une femme — qui étaient drapées de noir lui étaient inconnues. Elle pensa à Bujard et à la cantatrice Doris, et elle se prit à espérer. Puis subrepticement, un autre espoir s'insinua en elle : le jeune Français qu'elle avait vu brièvement à La Pérade. Pourrait-ce être lui ?

Avec les chants, la musique s'était amplifiée, chargée de vibrations intenses. Les Templiers qui étaient entrés en procession étaient allés s'asseoir en demi-cercle, derrière une sorte d'autel, au fond de la salle.

Puis, au moment où les chants et la musique cessèrent, l'un d'entre eux, une cape noire, se leva et alla se placer devant l'autel. D'une voix grave, Luc Jouret — car c'était lui — commença l'office en invoquant « les Grands Maîtres de l'Invisible ». Aussitôt, des éclairs surgirent au-dessus de lui.

Luce, sidérée, n'avait pu retenir une exclamation. Elle se sentait portée vers quelque chose d'unique, de transcendant, dans une communauté d'initiés. Et cela répondait à une quête obscure, qu'elle avait toujours sentie au fond d'elle.

Puis une Cape blanche se leva. C'était Valérie. Elle rabattit le capuchon de sa cape sur sa tête et s'avança dans la salle vers Luce, qu'elle invita à se lever. Elle la prit par la main et la conduisit devant le Grand Maître, qui était resté devant l'autel.

Luce était pénétrée de la solennité du moment. À la demande du Grand Maître, elle récita la formule rituelle, que Valérie lui avait fait apprendre par cœur :

« Je m'engage sur l'honneur à respecter le secret absolu dans ce qu'il représente de sacré pour moi et pour notre ordre vénéré. Conscient qu'un ordre cosmique et immortel régit toute vie dans l'univers, je m'engage à respecter la hiérarchie du temple. Ce serment m'engage vis-à-vis des hommes, mais encore et surtout vis-à-vis de moi-même et du divin. »

Alors le Grand Maître la revêtit d'une grande aube blanche, la talare, premier attribut du templier avant la cape. Elle venait d'accéder au premier degré de la hiérarchie de l'OTS : celui des Frères du Parvis.

Le fait d'être admise dans une société secrète d'initiés lui procura un tel sentiment d'exaltation qu'il compensa sur le coup la déception de ne pas rencontrer Bujard ni la chanteuse Doris, ce jour-là. Ils n'avaient pu venir à cause d'empêchements de dernière minute, comme Valérie lui laissa entendre.

À la fin de la cérémonie, Jouret s'avança tout sourire vers Luce et la tira à part pour lui parler. Il lui laissa entendre qu'un grand avenir l'attendait dans l'OTS, à cause de ses talents hors du commun. Il l'avait lui-même chaudement recommandée dans le cercle des hauts dirigeants, mais on attendait des êtres d'élite comme elle — dans la mesure de leurs moyens, bien sûr — un investissement «plus substantiel» dans l'Ordre :

— Bien entendu, expliqua-t-il, chaque membre paie sa cotisation, mais à ceux qui doivent atteindre un certain degré de la hiérarchie, on demande davantage. C'est là un gage que chaque chevalier doit donner au Temple.

Luce en fut quelque peu ébranlée. Comme une mystique qu'on ramènerait sur terre d'une taloche. Puis, après en avoir parlé longuement avec Valérie — qui lui confia ce qu'elle avait elle-même consenti à donner une bonne partie de son salaire de journaliste —, elle décida de verser à la secte les trois quarts de ce qu'elle avait reçu en compensation de Paris.

Cette contribution, qui allait bien au-delà des cinq mille dollars exigés, vint sceller son engagement dans l'Ordre. Di Mambro en fut si satisfait qu'il se promit de lui réserver une accession spéciale dans sa communauté de templiers.

Dans les semaines qui suivirent, Luce alla s'installer à la ferme de La Pérade. Comme on le lui avait prescrit, elle se prépara consciencieusement à la grande cérémonie qui devait avoir lieu en France, à l'occasion du solstice d'été. Pendant plusieurs semaines, elle se soumit donc au régime spartiate, à la discipline quasi militaire et aux durs travaux qui étaient de rigueur à la «ferme de survie» de la secte. Par des heures de méditation, d'incantations et de discipline physique et alimentaire, il fallait qu'elle se prépare de corps et d'âme à l'initiation qui l'attendait à Aubignan.

CHAPITRE 49

Grande cérémonie à Aubignan

La veille de son arrivée à Aubignan, le 23 juin, dans la chambre d'hôtel qu'elle partageait avec Valérie à Carpentras, Luce avait éprouvé une angoisse subite. Elle venait de se mettre au lit quand son cœur s'était mis à battre la chamade tout à coup. Sans raison apparente. Une crise de tachycardie, une sorte d'angoisse panique. Elle s'était relevée brusquement, très inquiète.

— Qu'est-ce qui se passe ? demanda Valérie.

— Je ne sais pas... C'est mon cœur qui s'est mis à battre follement tout d'un coup.

— Pensais-tu à quelque chose d'inquiétant ?

— Non... non... je t'assure... Mais ça va mieux maintenant. Excuse-moi !

— C'est sûr que tout ça te stresse. La grande cérémonie d'initiation dans le nouveau sanctuaire, la présence des Grands Maîtres et de Bujard. Mais ne t'en fais pas, tout ira bien !

Bien sûr, elle avait le trac. Rencontrer le Grand Maître Di Mambro et sans doute le chef d'orchestre Marcel Bujard, avec qui elle pourrait réaliser ce projet qui lui tenait à cœur : le grand opéra du nouvel âge.

Mais il y avait aussi la crainte inavouée que tout se termine mal, encore une fois, comme à Paris, l'année précédente. Elle était de retour en France, portée à nouveau par des promesses mirobolantes. Y aurait-il encore un retournement des choses qui la mettrait au bord du désespoir ? Rencontrerait-elle un autre Geoffroy pour la détruire ? Caché non sous une perruque, mais sous une cape d'initié ?

Elle n'osa raconter ses inquiétudes à Valérie et ne réussit à s'endormir que très tard. Quand Valérie la réveilla le lendemain, elle fut étonnée de la trouver si maigre dans sa robe de nuit.

— Vite, Luce, je t'ai laissé dormir plus tard que je ne l'aurais dû. Tu semblais si fatiguée. Il faut nous rendre rapidement à l'Ermitage.

Quand elles arrivèrent à cette grande propriété qui servait de ferme de survie de l'OTS en France, un homme moustachu, rondelet et assez court de taille se porta vivement à leur rencontre.

— Monsieur Di Mambro, s'exclama Valérie.

— Bonjour Valérie. Vous avez fait bon voyage ? lança-t-il de sa voix de fausset avec un fort accent provençal.

Sans lui laisser le temps de répondre, il enchaîna en se tournant vers Luce :

— Et je devine que vous êtes Luce Berger ?

— Oui... jeta Luce, quelque peu interloquée par la vivacité de l'accueil.

— Luce... Luce, reprit-il en fermant les yeux, je sens en vous quelque chose de spécial... oui, vraiment spécial, mon petit !

Il darda sur elle un regard d'hypnotiseur en ajoutant d'un ton grave :

— Vous venez de loin... de très loin... Et je ne parle pas du Canada, bien sûr, précisa-t-il avec une pointe de rire vulgaire.

Il reprit tout de suite, d'un air mystérieux, inspiré :

— Votre âme est très ancienne... très élevée.

Luce restait figée sur place, estomaquée... Elle ne s'aperçut guère que Di Mambro passait de but en blanc au «tu» familier, paternaliste :

— Oui, très élevée... Tu inspires l'élévation. Il faudra trouver la place que tu mérites... et ne plus jamais t'abaisser !

Avec un bref salut, il tourna les talons et s'engouffra dans le grand salon, où l'attendaient les hauts dignitaires de l'Ordre.

Luce resta un moment étourdie, mystifiée... et, en même temps, très flattée.

Joseph dit «Jo» Di Mambro avait une personnalité parado-xale. Un côté hâbleur, bonimenteur et vulgaire du genre truand marseillais, avec ses lunettes fumées, ses grosses bagues, sa chemise ouverte sur une poitrine velue. Et un côté plus étrange, mystérieux, médiumnique et dominateur. C'était un dictateur, en fait, dont le parcours pouvait ressembler à d'autres tyrans bien plus considérables, comme Hitler, Staline ou Mussolini. Ses modestes origines — fils d'un ouvrier italien immigré en France

— avaient aiguisé ses appétits de richesse et de pouvoir. De fait, il avait toujours cherché à prendre sa revanche sur l'humiliation de son enfance pauvre dans le Midi de la France, où il se faisait traiter de « macaroni ». Il avait eu des débuts difficiles, chaotiques, dans la bijouterie, avait été condamné à quelques mois de prison fermes pour diverses escroqueries, dont des chèques sans provision. Il s'était insinué dans des sociétés secrètes, dont la Rose-Croix AMORC et la franc-maçonnerie, avait frayé avec des personnages sulfureux comme l'ex-nazi Julien Origas ; puis, de tours de passe-passe en manipulations, s'était fait une réputation de guérisseur et de médium à Annemasse, en Suisse, avant son ascension glorieuse à la fondation Golden Way de Genève.

Di Mambro manipulait tout au sein de la secte. C'est lui qui avait voulu faire de l'Ordre du Temple solaire une société secrète, initiatique et templière, en s'inspirant des francs-maçons et des rose-croix, dont il avait fait partie. C'était un personnage qui avait réussi à se donner une sorte d'aura mythique, une autorité de maître absolu de l'occulte, par diverses manipulations psychologiques et autres procédés tenant de l'illusionnisme.

Chose certaine, il avait du pif pour flairer le fric et déceler ceux qui pouvaient en apporter à l'OTS. Il avait apprécié le montant substantiel que Luce avait donné d'un coup à la secte, et pour lui, cela méritait récompense. Elle devait obtenir sans tarder une promotion dans l'Ordre.

Bien sûr, Luce avait accompli son *postulat*, si on peut dire, pour accéder à un autre degré — au degré de chevalier — et son adoubement était dans l'ordre des choses. Mais il fallait plus — plus de magie, plus de merveilleux — et Jo allait s'en charger.

Après l'accueil qu'il leur avait réservé, après ce qu'il avait dit d'emblée à Luce, Valérie devinait que Di Mambro préparait quelque chose. Ce qu'en jargon de la secte, elle traduisit ainsi :

— Je sens que les entités cosmiques te préparent une belle surprise, Luce.

Les « entités cosmiques », en effet, travaillaient bien dans la tête du grand boss de l'OTS.

Tout le gratin de l'Ordre du Temple solaire avait conflué dans le Midi de la France pour participer à la célébration du solstice d'été, ce 24 juin, jour de la Saint-Jean. Et Jo Di Mambro avait voulu créer un suspense en conviant tous les adeptes à la ferme de l'Ermitage avant de les faire conduire en voiture les yeux bandés jusqu'à la nouvelle propriété du Clos de la Renaissance, à Aubignan, où se trouvait le nouveau sanctuaire.

C'est à ce moment-là que Luce eut l'agréable surprise de revoir Christian Rose. C'est lui qui avait été chargé de conduire Luce et Valérie à Aubignan.

— Excusez-moi, mesdames, dit-il en regardant Luce avec une joie manifeste, comme on vient de vous l'expliquer, l'accès à notre nouveau sanctuaire doit rester secret, alors permettez que je vous mette ce petit bandeau sur les yeux.

En couvrant les yeux de Luce, il lui souffla à l'oreille :

— Vous allez découvrir ce que j'ai créé de mieux.

Christian les conduisit dans l'un des garages du Clos de la Renaissance, où était déjà rassemblé un groupe de fidèles, qui attendaient, les yeux bandés, avec une gravité d'initiés à la veille de pénétrer dans la crypte sacrée d'une pyramide de la Haute-Égypte. Le sanctuaire avait été construit comme une sorte d'annexe souterraine de la villa. On y accédait par une galerie dissimulée derrière une armoire banale et une porte blindée qui ne s'ouvrait que par commande électronique. Toutes les précautions avaient été prises pour garder le lieu secret et inaccessible.

Après avoir franchi la longue galerie et une autre porte à commande électronique, quand on leur enlevait enfin le bandeau des yeux, ce que les adeptes découvraient leur arrachait des exclamations d'émerveillement : une enfilade de miroirs, un labyrinthe de glaces époustouflant, dans un espace apparemment sans fin où tout se mirait et se répétait en abîme, à l'infini, jusqu'à ce que le haut et le bas se confondent car même le plancher et le plafond étaient faits de matériaux polis qui réfléchissaient la lumière.

Ce Salon des glaces version ésotérisme grandiose, ce sanctuaire donnant l'illusion de l'infini, faisait l'orgueil de Di Mambro même si c'était Christian qui avait conçu et réalisé ce chef-d'œuvre d'illusionnisme et de trompe-l'œil : un symbole éloquent de l'OTS, en somme.

Ce jour-là, pour impressionner les centaines d'adeptes venus des quatre coins du monde, il y eut une longue cérémonie, dans le nouveau sanctuaire.

Au milieu des chants, des incantations, des invocations et appels aux Maîtres de l'Invisible, Luce, qui avait revêtu la talare blanche des Frères du Parvis, fut souvent prise de vertige dans la vaste salle des miroirs qui créait un espace irréel où les visages et les silhouettes se démultipliaient à perte d'horizon, dans un infini angoissant.

Toutes les prières, toutes les incantations étaient tendues vers l'apparition d'un « être cosmique » venant de l'invisible : le « Grand Maître du Temple ». Et on exhortait les adeptes à se concentrer davantage afin d'atteindre la hauteur de vibration nécessaire pour que les apparitions se produisent.

À certains moments, Luce chancela, croyant tomber dans le vide. Des hantises de gouffre remontaient en elle, comme de sources lointaines. L'angoisse l'étreignait, lui asséchait la bouche. Pour y échapper, elle tâchait de s'absorber davantage dans la musique qui sortait avec force des amplis ; elle cherchait à se fondre dans les chants et les cantiques.

Soudain, de grandes ombres se profilèrent dans les miroirs, des voix caverneuses montèrent, vibrant puissamment dans la basse des amplis jusqu'à secouer l'estomac. Les entités mystérieuses parlaient une langue inconnue, énigmatique. Des murmures coururent en écho dans l'assistance : « Les Maîtres de l'invisible... Les grands maîtres cosmiques ! »

Luce était saisie, subjuguée. Tout scepticisme était balayé en elle. Elle avait l'impression exaltante de vivre des moments exceptionnels, d'être propulsée loin de sa petitesse natale, en présence de grandes entités spirituelles : c'était un privilège inouï.

Tout à coup, des lueurs vives traversèrent la salle, se réverbérant dans les miroirs à l'infini. Ces lueurs venaient d'une grande épée que Di Mambro avait saisi sur l'autel du sanctuaire et qu'il tenait maintenant à bout de bras. L'épée jetait des éclairs au milieu des grandes ombres noires flottantes des Maîtres de l'invisible et de la basse puissante de leurs incantations en langue de Sirius.

Puis, après un paroxysme d'éclairs, de flashs lumineux et de fortissimo sonores qui firent vibrer l'immense salle de verre, le silence se fit brusquement et la voix de Di Mambro jeta dans un grand cri :

— Eurêka !

En même temps, il pointa vers l'assistance l'épée flamboyante qu'il tenait entre ses mains, ce qui projeta une lueur vive sur Luce :

— Eurêka, nous l'avons retrouvée, la reine de Babylone. C'est elle !... Luce, c'est extraordinaire. Luce Berger, m'entends-tu ? Viens ici, approche-toi... Luce, Luce, tu es Sémiramis !... La grande reine de Babylone, c'est toi !

On entendit fuser des alléluias dans les haut-parleurs.

— Alléluia ! Alléluia ! reprit à l'unisson la communauté, et tous se mirent à entonner les hymnes sacrés de Sirius composés par Bujard.

Luce était portée aux nues, acclamée. Éblouie par les projecteurs, elle s'avança en titubant comme en état d'ivresse, ne sachant trop ce qui lui arrivait, comme transportée dans un autre monde. Était-ce possible ? Rêvait-elle ? On venait de lui révéler qu'elle était la réincarnation de Sémiramis, cette reine légendaire de Babylone, dont le nom signifiait — comme elle allait l'apprendre — « qui vient des colombes », en langue assyrienne. Selon la légende, Sémiramis était la petite-fille d'Achille et la fondatrice de Babylone. Elle avait été abandonnée par sa mère, peu après sa naissance, et recueillie par des bergers. Oui, par des bergers. Di Mambro avait été d'une habileté diabolique en choisissant cette reine mythique, dont la vie présentait des coïncidences troublantes avec celle de Luce, y compris le nom de ses parents adoptifs.

Pour couronner le tout, Di Mambro promut Luce au degré de Chevalier du Temple et l'adouba sans plus tarder en lui remettant l'épée et en la revêtant de la cape blanche frappée de la croix rouge de Malte. Dans les rangs des capes blanches derrière l'autel, Valérie arborait un sourire rayonnant. Elle pouvait dire : mission accomplie.

Et plus près de l'autel, parmi les capes noires, Christian observait tout cela d'un air réfléchi, circonspect, qui reflétait bien les sentiments ambivalents qui l'envahissaient : la fierté d'avoir réussi une œuvre gigantesque, éblouissante, et l'inquiétude d'imaginer à quelles fins elle servirait. Comme si Einstein avait pressenti, au moment où il découvrait de nouveaux rapports entre la matière et l'énergie, que ses découvertes allaient servir à créer la bombe atomique. Il était aussi partagé entre la joie de revoir Luce et la peur confuse de la voir promue de façon si éclatante dans les chevaliers du Temple.

Son ascension subite dans l'Ordre entraîna pour Luce toutes sortes d'égards, de faveurs. Son destin semblait dès lors scellé dans la secte. L'OTS devenait pour elle sa famille et sa raison d'être. Elle se sentait portée par une grande force spirituelle émanant de la communauté. Elle avait le sentiment de trouver enfin tout ce qu'elle avait cherché obscurément jusque-là. Être reconnue, appréciée. Elle ne doutait plus maintenant de son être, de ses origines qui étaient bien ailleurs que dans cette petite niche spatio-temporelle où elle avait été projetée au XXe siècle. Non, ce n'était rien à côté de sa vie antérieure. Ce qui comptait, c'était cette réincarnation, cet être au fond d'elle qui était vraiment hors du commun. Et maintenant, elle avait trouvé une communauté, un milieu qui la reconnaissait à sa pleine valeur. Elle n'avait plus besoin d'autre reconnaissance, elle avait trouvé sa véritable entité. Sémiramis... Sémiramis : ce nom, ces syllabes magiques, mythiques, ne cessaient de se réverbérer dans sa tête.

Cela lui fit oublier momentanément que la rencontre dont elle attendait tant, avec le chef d'orchestre Bujard, n'avait pas eu lieu. Encore une fois. Valérie venait d'apprendre, lui annonça-t-elle, que le musicien avait été retenu par un engagement imprévu au Japon. Elle se garda bien de lui dire que Jo Di Mambro et Bujard ne se parlaient plus depuis plusieurs mois.

CHAPITRE 50

Luce et le gourou

La réincarnation de haute lignée qu'on avait trouvée à Luce, en plus d'assurer sa promotion dans la secte, eut une autre conséquence, indirecte si l'on veut, mais néanmoins tangible, pour ainsi dire : le Grand Maître Jouret commença à jeter sur elle un regard concupiscent.

Luce s'était toujours arrangée pour éviter des contacts trop intimes avec Jouret, pour qui elle ressentait à la fois de l'admiration et une méfiance instinctive. Elle avait appris — et s'était aperçue aussi — qu'il était ce qu'on appelle un « homme à femmes » et qu'il avait sûrement beaucoup d'aventures et de liaisons, plus ou moins éphémères.

Un jour, cependant, peu après son initiation et son accession au rang des templiers à cape blanche, elle fut confrontée directement au grand danger. Jouret l'avait coincée subrepticement, de façon cauteleuse. À la fin d'une grande cérémonie dans le sanctuaire, il l'avait tirée à part, lui disant qu'il avait une chose de la plus grande importance à lui transmettre. Il fallait qu'elle le suive dans ses appartements, qui se trouvaient dans une partie en retrait réservée aux grands dignitaires de l'Ordre. Il l'introduisit dans une grande pièce peu éclairée, sentant l'encens — Jouret en mettait toujours partout. On devinait, au fond, un divan ou un lit.

Le gourou chercha d'abord à l'hypnotiser par des propos sur « l'amour mystique qui soudait les âmes d'élite ». Puis, comme il tentait des approches plus physiques en l'enlaçant, Luce se tordit pour se dégager. Mettant une main sur sa bouche, et l'autre sur sa poitrine, elle jeta :

— Excusez-moi, j'ai comme une nausée qui m'arrive... J'ai mal au cœur !

Et elle se précipita vers le cabinet de toilette qu'elle avait repéré en entrant. Et là, avec des bruits de haut-le-cœur, elle fit semblant de vomir et actionna la chasse d'eau. Elle revint, en prenant un air penaud devant un Jouret plutôt décontenancé, et dit que c'était peut-être ce qu'elle avait mangé : ça lui était resté sur l'estomac toute la soirée.

— Quoi ? demanda Jouret.

— De la salade.

— Je ne vois pas... L'avez-vous bien lavée ?

— Je ne sais pas. J'avais très faim et j'ai peut-être été un peu vite.

— Combien de fois ?

Luce le regarda d'un air interrogateur.

— Combien de fois l'avez-vous lavée ? reprit Jouret.

— Deux, trois fois peut-être...

— Mais ce n'est pas assez ! tonna Jouret. Ne savez-vous pas qu'il faut laver la salade sept fois ?

— Oui, mais...

— Ah, ne vous approchez pas. Vous êtes impure maintenant. Il faut aller vous laver les mains avec de l'alcool à 90 degrés ! ordonna le gourou, d'un ton courroucé.

Luce jubilait intérieurement. Même si elle n'était guère subtile, sa ruse lui avait permis d'échapper sans mal à l'emprise sexuelle du Grand Maître.

À cette époque, Jouret apparaissait de plus en plus sombre. Il devait se sentir plus que jamais piégé dans son personnage et dans la mythologie de plus en plus délirante que développait l'OTS. Il parlait sans cesse de la fin du monde, et probablement le croyait-il lui-même. Croire que tout ce monde-là était pourri et devait périr. Il s'enfermait de plus en plus dans un discours apocalyptique. Il savait sans doute qu'il ne pouvait plus revenir en arrière. Même si, en quelque recoin de sa conscience peut-être, quelque chose pouvait lui insinuer que c'était mal, il savait qu'il ne pouvait plus reculer. Alors, il renforçait le personnage. D'ailleurs, il était trop englué dans l'existence dorée et la vénération que lui valait son statut de Grand Maître et de gourou. Il ne se privait de rien : belles voitures, appartements luxueux, voyages en avion première classe ; et la consécration, la célébrité ; puis un harem toujours renouvelé de femmes. Il était devenu une sorte de pacha d'un ésotérisme exploiteur, le sultan d'un royaume de mirages.

Prophète, demi-dieu, pontife d'un culte ésotérique, d'une fumeuse religion cosmique dont le Walhalla était sur Sirius. Son étoile était arrivée à son zénith à la fin des années 1980, jusqu'à son expulsion de la Martinique en octobre 1990. À partir de là, les choses avaient commencé à mal tourner.

C'est à ce moment-là que le docteur Jouret avait accentué son discours apocalyptique. La pourriture avancée du monde appelait les foudres des dieux : que le monde soit purifié par le feu ! Donc, la fin du monde avait fini par devenir, dans son esprit, un phénomène inéluctable... et souhaitable. Comme, du même coup, sa propre fin.

C'était un personnage qui continuait de s'agiter, mais de plus en plus comme un pantin manipulé par Di Mambro. Il n'avait plus de cœur ni d'âme. Il ne lui restait qu'une énorme vanité, qu'il continuait d'alimenter avec l'admiration et la vénération des membres de la secte, surtout féminins. Il était devenu une sorte d'automate prêcheur au service d'une cause de plus en plus douteuse, de plus en plus obscure et suicidaire. Avec des ramifications interlopes, dangereuses, qui le dépassaient et qui avaient fini, aussi, par dépasser Di Mambro. Il devenait de plus en plus ombrageux, mais il n'en continuait pas moins de jouir des privilèges de « son rang » dans l'OTS.

Au moment où Luce l'avait rencontré, il était déjà en train de basculer dans ce crépuscule personnel, où tout sans doute devenait sans espoir pour lui. Et ses prêches étaient de plus en plus imprégnés de ce désespoir, malgré les incantations rituelles du triomphe des « forces de lumière ». Il était devenu un prophète de malheur.

CHAPITRE 51

Une union imposée

Durant cet été 1992, Luce resta en Europe pour se mettre entièrement au service de l'Ordre. Les trois grandes règles de l'OTS étaient la loyauté, l'obéissance et la discrétion. Il fallait rester fidèle en tout temps à l'Ordre, obéir sans réserve aux dirigeants et garder le secret absolu sur ses enseignements et ses pratiques. C'était, en substance, ce qui définissait « l'esprit chevaleresque » du Templier solaire.

Luce avait désormais un rang et une identité reconnus au sein de la secte. En tant que réincarnation de la reine légendaire de Babylone et vu ses talents de chanteuse, elle était appelée à jouer un rôle lors des cérémonies. Elle dirigeait souvent les chants ou chantait en solo au sanctuaire.

Di Mambro avait pensé faire venir Luce en Suisse, mais il la laissa en fin de compte à Aubignan, au Clos de la Renaissance, qui abritait le fameux sanctuaire. C'est là qu'elle fit la connaissance de la cantatrice Claire Doris. Cette brune un peu rondelette dans la mi-quarantaine était très expressive, enjouée et cordiale. Elle se lia vite d'amitié avec Luce. Elle prolongea même son séjour à Aubignan pour chanter avec elle au sanctuaire. Les adeptes appréciaient ce duo impromptu, dont les voix prenantes et bien assorties donnaient une nouvelle vie aux airs souvent monotones ou tarabiscotés de Bujard.

Un jour, Luce osa poser sans ambages la question qui la tracassait depuis longtemps :

— Claire, j'ai su qu'il y avait un projet d'opéra au sein de l'OTS. En avez-vous entendu parler ?

La cantatrice écarquilla les yeux d'étonnement.

— Non, c'est la première fois qu'on m'en parle. De quoi s'agit-il ?

— Je ne sais trop. Un opéra qui proclamerait les valeurs de l'Ordre dans un monde qui court à sa perte, d'après ce qu'on m'a dit. Ce serait un projet de Marcel Bujard.

— C'est intéressant. Très intéressant. Qui vous a dit ça ?

— Le Grand Maître Jouret.

— Ah bon.

— Il m'a même dit que vous seriez impliquée dans le projet.

— Eh bien ! si ça existe, on ne m'en a rien dit. Pas encore, en tout cas. Et il y a des lunes que je n'ai vu Bujard... De toute façon, ajouta-t-elle d'un air pensif, Di Mambro m'en aurait parlé. Un tel projet serait sûrement venu de lui, en premier lieu.

Elle leva les yeux sur Luce :

— Quand Jouret vous a-t-il parlé de ce projet ?

— L'automne dernier. Il m'a même dit que je pourrais jouer un rôle dans cette œuvre.

Claire Doris esquissa un sourire :

— Ah ! ce cher Luc. J'ai bien peur qu'il n'ait imaginé ce projet que pour vous. Les belles femmes l'ont toujours inspiré. *Et il sait toujours trouver la note qu'il faut pour les faire chanter*, songea-t-elle sans le dire.

— C'est bien ce que j'ai fini par deviner, répliqua Luce, parce que ni le docteur Jouret ni personne ne m'en a touché mot depuis. Mais je voulais en avoir la certitude, et c'est pourquoi je vous en ai parlé. Excusez-moi !

— Mais non, vous avez bien fait... À bien y penser, il n'est pas exclu que Jouret et Di Mambro aient déjà évoqué l'idée ensemble. Peut-être même avec Bujard. De toute façon, notre bon docteur — l'irrésistible coqueluche de ces dames — a sorti ce lapin de son chapeau pour vous séduire, c'est évident. J'imagine qu'il vous a fait la cour ?

— Oui, mais assez subtilement tout de même. Sauf une fois où je me suis retrouvée seule avec lui, il a tenté de m'embrasser. Alors j'ai feint un haut-le-cœur, une subite nausée. Une salade qui m'était restée sur l'estomac, parce que, lui ai-je avoué avec toute la honte que je pouvais simuler, je ne l'avais probablement pas assez lavée... Et cette impureté chez moi l'a dégoûté.

— Ah ! Ah ! Ah ! rit Claire de grand cœur. Bien joué, ma chère !

Luce développa ainsi une grande complicité avec la cantatrice, qui lui parlait souvent de ses heures de gloire sur la scène et de toutes les grandes vedettes qu'elle avait connues. Notamment, son amitié avec la regrettée chanteuse et actrice Colette Deréal — une amie intime de la princesse Grace de Monaco — et qui était morte quelques années auparavant, en 1988. De son côté, Luce ne lui cacha rien de ses déboires à Paris en 1991, et tout cela contribua à souder leur amitié.

C'est à cette époque, vers la fin de l'été, que Di Mambro se mit en tête de trouver un conjoint à Luce au sein de la secte. Il faut dire que le « grand boss » templier, qui, pour sa part, exerçait souvent un droit de cuissage sur ses ouailles du beau sexe, faisait et défaisait les couples à volonté dans sa société d'initiés. Un jour, il décrétait que tel couple ne « fonctionnait » plus, et qu'Untel devrait s'accoupler avec Unetelle, et ainsi dit ainsi fait : les adeptes pliaient l'échine et s'inclinaient devant la volonté de Jo, ce grand initié qui était en lien direct avec les Maîtres du cosmos.

C'était, disaient ses thuriféraires, pour éviter l'anarchie sexuelle au sein de la communauté que Di Mambro formait des couples officiels. Et d'ailleurs, ces mariages imposés n'étaient pas toujours « consommés ».

Un beau soir de septembre, voyant Luce et Christian ensemble sur la terrasse devant un coucher de soleil, il arriva en tapinois derrière eux et les prit par les épaules :

— Ah ! Vous deux, c'est écrit dans le ciel, vous êtes faits l'un pour l'autre !

Ils se retournèrent vers lui, ébahis.

— Les Maîtres viennent de me le confirmer. Il faut vous marier. C'est la volonté d'En-Haut.

Cette fois, le boss n'avait pas besoin de défaire un couple et d'en refaire un autre, comme il en avait l'habitude. Les deux étant célibataires, c'était facile. Sauf qu'il ne leur avait pas demandé leur avis. Luce était fort embarrassée, et Christian manifestement agacé. Lui, il savait que si le Maître décidait quelque chose, il valait mieux ne pas s'y opposer. L'obéissance était une vertu cardinale du Templier solaire.

Il avait déjà éprouvé personnellement ce qu'il en coûtait de ne pas se plier aux injonctions de Di Mambro. L'année précédente, il avait eu le toupet de refuser l'accouplement qui lui avait été imposé. Avec l'ex-épouse de Jouret. Son aînée de quinze ans, en plus. Mal lui en prit. Les foudres de Di Mambro ne tardèrent pas à s'abattre sur lui. Il avait été tout de go ostracisé, exilé au Canada, sur la ferme biologique de La Pérade. Pour aller travailler dur sous un rude climat. L'algarade avec Fafard et la crise d'allergie dans l'étable avaient vite mis fin à l'exil de Christian. Voyant la punition suffisante, Di Mambro accorda aussitôt son absolution. D'ailleurs, il avait grand besoin de Christian pour réaménager de fond en comble le sanctuaire d'Aubignan. Des travaux qui se poursuivirent tout au long de l'hiver et du printemps, jusqu'à l'inauguration du 24 juin, à laquelle Luce avait assisté.

Même si Christian et Luce ressentaient une inclination de plus en plus forte l'un pour l'autre, ils n'en étaient pas moins fâchés d'être forcés dare-dare à l'accouplement par Di Mambro.

Luce était rebutée de se voir imposer un époux, et encore davantage sans doute parce que, de jour en jour, ses sentiments à l'égard de Christian se précisaient et s'affinaient, se développaient en douceur, en poésie, comme un beau papillon en devenir dans sa précieuse et délicate chrysalide. Et voilà que cette union décidée par un autre, au-dessus d'elle, venait soudain menacer cette chrysalide, comme l'approche d'un pied lourdaud ou d'une main malfaisante pour écraser la tendre enveloppe, au risque de tuer le papillon avant qu'il soit pleinement formé et puisse s'envoler. C'était comme violer un sentiment encore vierge, encore nubile. Mais elle était déjà tellement impliquée dans l'OTS — voire dans la hiérarchie de la secte — qu'elle se retrouvait dans un dilemme terrible. Refuser, c'était risquer l'excommunication, l'ostracisme. C'était être expulsée ou réduite à une dégradation humiliante.

Les deux jeunes gens en discutèrent longuement. Ils s'entendaient sur le fait que ni l'un ni l'autre n'étaient prêts à entrer en union conjugale. Mais comme ils ne pouvaient dire non à D Mambro, pourquoi ne pas jouer le jeu et donner toutes les apparences de l'acceptation ? Ce serait un mariage de pure convenance à l'intérieur de la secte, un mariage blanc, sans plus. Et ainsi que Christian l'exposa — le plus délicatement possible, car il ne voulait pour rien au monde offusquer ni blesser celle qu'il estimait déjà beaucoup, à défaut encore de dire « aimer » —, cette union aurait l'avantage de les protéger l'un l'autre d'autres mariages forcés qui pourraient passer dans la tête de Di Mambro, comme lui-même, Christian, en avait fait la triste expérience l'année précédente. Ils accepteraient donc le mariage imposé par Di Mambro sans être de vrais époux dans l'intimité. Après tout, on ne viendrait pas examiner leurs draps après la première nuit conjugale. Ils éclatèrent de rire tous les deux, comme deux gamins d'une bonne blague. Ils venaient de conclure le pacte qui ménageait à la fois leur fierté et leur situation dans la secte. Et, d'un commun accord aussi, ils avaient décidé qu'ils continueraient de se vouvoyer.

CHAPITRE 52

La pluie d'or

Christian, qui avait cinq ans de plus que Luce, était entré dans l'OTS en 1988 sous un nom d'emprunt. Il ne fallait pas nuire à son père, qui entretenait des relations politiques au plus niveau en France. Il avait donc pris le pseudonyme de Rose, en faisant jurer aux dirigeants de la secte de ne jamais divulguer son vrai nom. Di Mambro et Jouret avaient acquiescé, trop ravis de compter une personne d'une telle ascendance parmi leurs adeptes. Ils le surnommèrent aussitôt « Rose-Croix », par allusion au fondateur rosicrucien Christian Rosencreutz.

Sa famille était de très vieille souche aristocratique. Remontant au-delà des Croisades. Et possédant plusieurs terres et châteaux dans le Sud-Ouest. Son père, qui revendiquait encore le titre de « marquis », était un juriste spécialisé en droit international, ayant ses entrées au plus haut niveau de l'État. Droite conservatrice catholique. Noblesse oblige.

Christian était le cadet de la famille. Deux frères et une sœur. Il avait eu une autre sœur qui s'était noyée presque sous ses yeux durant son enfance. Il en gardait une grande hantise douloureuse, ce qui allait créer un autre lien entre lui et Luce.

Son père, qui l'avait toujours considéré comme un rêveur qui n'avait pas les pieds sur terre, « un incapable qui n'ira nulle part », ne s'intéressait plus à lui depuis qu'il était entré dans l'OTS. Il ne gardait que de rares contacts avec sa mère.

Sa profession d'architecte et son appartenance à une grande famille aristocratique du Sud-Ouest avaient valu à Christian une promotion rapide dans l'Ordre. En quelques années, il était passé de cape blanche à cape noire. Di Mambro et Jouret savaient que son père était en relation étroite avec des hommes de pouvoir importants en France : c'était pour eux un atout qui pouvait toujours servir.

En plus d'être agréable, courtois et bien éduqué, Christian avait l'âme d'un vrai chevalier. Y avait-il là, par-delà les siècles, une imprégnation génétique profonde ? Avec sa noblesse d'âme et de cœur et son côté fougueux et intrépide, Christian avait soif de grands idéaux spirituels au milieu du désert matérialiste de son temps. Mais c'était surtout un artiste en quête de beauté et d'harmonie. Et c'est par là que Di Mambro l'avait piégé.

Peu de temps après sa sortie de l'université, Christian avait gagné un prix d'architecture qui l'avait fait connaître dans le sud de la France. Son projet était futuriste, visionnaire. Une villa en écho avec la nature ou en harmonie avec les états d'âme, grâce à des projecteurs munis de divers filtres et camouflés dans les arbres, qui pouvaient créer le plein jour au milieu de la nuit, ou par des effets d'éclipse la nuit en plein jour, ou encore projeter des éclats de flamme — comme autant de foyers dans la villa et autour — ou bien des floraisons spectaculaires, une végétation luxuriante sur les murs des surfaces réfléchissantes réparties ici et là.

Di Mambro tomba sur un journal qui en parlait et fut séduit par cette conception architecturale dont il vit tout de suite le potentiel pour l'OTS. Un sanctuaire conçu ainsi serait idéal pour les cérémonies de la secte. Il s'organisa pour rencontrer Christian et lui exprima toute son admiration pour cette « conception géniale », lui dit qu'il lui donnerait l'occasion et les moyens de la réaliser, et c'est ainsi qu'il l'appâta et qu'il finit peu à peu par l'embrigader dans l'OTS.

Dès son entrée dans l'Ordre en 1988, Christian eut donc une place à part. Di Mambro n'avait pas tardé à lui assigner des travaux et des responsabilités d'importance. Il l'avait notamment chargé de l'entretien d'une vaste maison de ferme dans le Vaucluse.

Et c'est après avoir promu Luce en réincarnation d'une reine de Babylone que l'idée lui vint de l'accoupler à Christian. Puisqu'il avait déjà reconnu Christian comme la réincarnation du pharaon Amenhotep, les deux se trouvaient à peu près des contemporains de l'Antiquité et du même « rang royal ». Que pouvait-on trouver de mieux ? L'union d'une reine de Babylone et d'un pharaon d'Égypte n'était rien moins que mythique.

Comme il se devait, le mariage fut célébré dans le grand sanctuaire aux miroirs d'Aubignan. La cérémonie fut remplie d'effets époustouflants comme le maître illusionniste Di Mambro en avait le secret. Et il mit le paquet, en faisant apparaître Manamatus, le Grand Maître de Sirius ; puis le Saint Graal, la coupe qui avait recueilli le sang du Christ.

Frappés de stupeur sacrée, tous les adeptes se prosternèrent. Les amplis vibrèrent de chants d'allégresse. Et, peu après, des confettis qui ressemblaient à des paillettes d'or se mirent à pleuvoir sur les nouveaux mariés, qui jetaient des regards en l'air, sidérés. Partout, aux quatre coins de la salle, les assistants au comble de l'exaltation s'exclamaient :

— De l'or ! De l'or !

Reflétée à l'infini par les immenses miroirs, cette pluie d'or en devenait encore plus mirifique, comme une manne étincelante qui irradiait dans tout le sanctuaire.

— C'est l'encens des Maîtres cosmiques, lança Di Mambro, c'est leur *substance divine*.

Celui qui était la réincarnation de Nostradamus au sein de la secte dit que cet or était le résultat d'une alchimie spontanée provoquée par un alliage exceptionnel. Il prédit la plus grande abondance au couple, sans donner plus de précisions. Mais il était évident pour tous que Luce et Christian étaient bénis des dieux de Sirius et d'ailleurs dans le vaste cosmos.

Christian avait un sourire moqueur au bord des lèvres. Il savait que tout cela n'était que de la frime. Un théâtre d'illusions.

L'apparition du Saint Graal et le phénomène de la pluie d'or furent vite ébruités au sein de la secte. Ce qui donna une aura extraordinaire au nouveau sanctuaire, qui devint une sorte de Lourdes pour les Templiers solaires.

Mais il y avait quelqu'un qui grimaçait dans l'ombre et avait peine à dissimuler une irritation croissante sous un sourire crispé. Luc Jouret — qui n'aimait guère Christian et qui en voulait maintenant à Luce — était de plus en plus sombre. Il ne parlait plus que d'Apocalypse et du « transit » vers un autre monde, vers Sirius. Et, en réalité, il le préparait.

CHAPITRE 53

Vie conjugale à l'Ermitage

Christian devait poursuivre l'entretien des propriétés de l'OTS dans le Vaucluse, c'est-à-dire l'Ermitage et le Clos de la Renaissance. Et Luce, devenue officiellement son « épouse », resta à ses côtés.

L'Ermitage, situé dans la commune de Sarians, entre Aubignan et Carpentras, avait été conçu comme la plus grande ferme de survie de l'Ordre en France. Elle se caractérisait par de longs bâtiments disposés en angle derrière une garde de platanes, sous l'égide géante du mont Ventoux qui dominait la plaine au nord. Depuis que Christian avait travaillé à la restauration de ces fermes, Jo lui en avait confié la gestion.

Luce et Christian n'étaient pas souvent seuls à la ferme. Il y avait toujours des dirigeants ou des adeptes qui venaient y séjourner. Ils eurent néanmoins le loisir d'approfondir leur connaissance l'un de l'autre ; de se raconter ce qu'ils avaient vécu, ce qui les avait entraînés dans l'Ordre, ce qu'ils y cherchaient.

Un soir, pendant qu'ils se retrouvaient seuls au salon devant un feu de foyer, Luce entreprit de lui raconter ses déboires à Paris. Puis elle lui avoua qu'elle avait voulu se jeter dans le vide du haut du promontoire de Québec :

— Oui, j'ai voulu en finir, ce soir-là... Et si mon amie Valérie n'était pas arrivée à temps pour m'arrêter, je ne serais pas ici pour vous en parler.

Christian l'écoutait, la regardait intensément, sans dire mot. Luce lisait une immense compassion dans son regard. Elle poursuivit :

— Et, sans Valérie, il n'y aurait pas eu l'OTS, non plus. C'est elle qui m'y a entraînée. Et depuis un an, ça a été ma meilleure thérapie. L'Ordre m'a redonné le tonus moral que j'avais perdu.

Christian hochait la tête :

— Oui, je comprends... je comprends très bien. Je suis passé par d'autres chemins, mais qui aboutissent au même point.

Il contempla un moment les flammes qui dévoraient les bûches avant de poursuivre :

— Vous savez, Luce, je ne vous l'ai pas encore dit, parce que c'est quelque chose qui ne doit pas être su : j'ai pris un nom d'emprunt dans l'OTS.

— Vous ne vous appelez pas Christian Rose ?

— Mon vrai nom est Christian de Roques-Sernac.

— Ça sonne aristocratique, commenta Luce.

— Ça l'est, en effet. Ma famille est de noblesse ancienne. Mon père est bien connu et entretient de hautes relations à Paris, où il a fondé un grand cabinet d'avocats. Et c'est pour ne pas lui nuire que j'ai pris un autre nom à l'OTS. Seul Di Mambro le sait.

— Et moi, maintenant.

— Oui, vous. C'est normal puisque vous êtes mon épouse, ajouta-t-il avec un grand sourire.

— Et nous nous vouvoyons comme de vrais aristos, dit Luce. Christian rit.

— Oui, ça me rappelle mes parents, mais je te... vous jure, se reprit-il, ce n'est pas pour cela que j'ai fait ce pacte avec vous, Luce.

— Oui, je sais.

Ils s'absorbèrent un moment dans la contemplation du feu qui valsait et pétillait dans l'âtre. Puis Christian lui expliqua comment le prix d'architecture qu'il avait gagné peu après sa sortie de l'université avait été, en somme, la cause de son entrée dans l'OTS.

— Jo Di Mambro voulait à tout prix m'engager, car il était en train d'acquérir des villas et des fermes dans le Midi, en plus de celles qu'il possédait déjà en Suisse et au Canada. Il avait besoin d'un architecte « de grand talent » comme moi, disait-il pour me flatter, afin de les restaurer et de les transformer pour le mieux. Et peut-être pourrais-je réaliser là mon projet d'architecture futuriste, comme il me le laissait entendre. Il me faisait miroiter des contrats importants s'étalant sur plusieurs années, et j'ai mordu à l'hameçon.

— Vous le regrettez ?

— Oui et non. J'ai quand même pu réaliser une œuvre dont je ne suis pas mécontent.

— Le sanctuaire d'Aubignan ?

— Oui.

— Vous avez raison. Je n'ai rien vu d'aussi fascinant, d'aussi hypnotisant. Par un montage ingénieux d'éclairages et de miroirs en abîme, créer un espace grandiose où semble se dissoudre l'espace même, suggérer l'évanescence de toute forme dans la pure lumière, c'est génial !

— Merci, Luce, merci… dit Christian ému. Personne n'a décrit aussi bien ce que j'ai cherché à faire.

Il en avait les larmes aux yeux. Et son émotion touchait Luce, rejoignait des aspirations profondes en elle.

— Ce sont nos idéaux d'artistes, au fond, qui nous ont attirés tous les deux dans l'OTS, dit-elle.

— Tout à fait.

Christian lui raconta comment il avait été peu à peu piégé :

— Di Mambro m'a dit clairement que les contrats d'architecture dépendaient de mon adhésion à l'OTS. Il m'a parlé de plusieurs professionnels qui travaillaient déjà pour l'Ordre, mais toujours à titre de membres. Au début, les idéaux écologiques m'ont plu, mais je gardais des réserves sur les aspects ésotériques. J'ai accepté d'abord pour l'architecture. Et c'est là que le piège s'est refermé. Jo, de façon roublarde, ne cessait de différer le paiement de mes services. Il ne me consentait que quelques allocations ici et là. Et, à cause de cela, j'ai dû m'installer à demeure dans les propriétés de l'OTS. Et c'est à ce moment-là que j'ai pris des distances avec ma famille, avec mon milieu social et la société en général.

— Oui, c'est comme entrer en religion, dit Luce.

— J'ai cherché une raison de vivre dans cette communauté, en plus de l'architecture. Je traînais une blessure qui était encore très vive à l'époque, avoua-t-il en fixant un moment les bûches incandescentes dans la cheminée…. J'avais eu une grande déception amoureuse à l'université de Montpellier. Pour sortir de ma peine, je m'étais jeté dans la spiritualité. J'ai même songé, un certain temps, à devenir prêtre. Peut-être par une sorte d'atavisme inconscient. J'aurais suivi la coutume séculaire de l'aristocratie, où les cadets de famille entraient en religion. Mes deux frères aînés étaient déjà bien établis dans une carrière juridique, qui suivait en tout point l'exemple paternel. Moi, j'étais resté plutôt marginal, à part, comme une sorte de philosophe, d'artiste ou de prêtre, orienté vers des idéaux spirituels et artistiques plus que des réussites matérielles.

Christian se leva pour aller jeter une bûche dans le foyer.

— Depuis que j'ai conscience d'exister, je cherche un sens à la vie, dit-il.

— Moi aussi, tout semble si absurde souvent.

— Oui, cette angoisse existentielle m'a même amené à étudier la philosophie en même temps que l'architecture. Pour trouver une réponse aux grandes questions : y a-t-il une Intelligence suprême, un Dieu créateur ?

Il songeait à ces années d'université où il était souvent en proie à une sorte d'acédie, voire un dégoût de l'existence, de la réalité humaine qui oscillait entre l'ange et la bête, mais le plus souvent du côté de la bête. Ce qui lui faisait notamment craindre la sexualité : son côté impulsion instinctive aveugle. D'où son expérience malheureuse avec la fille dont il était tombé amoureux et qui s'était moquée de lui, parce qu'il avait été incapable de faire l'amour sur-le-champ.

À son tour, Luce lui avait confié ses angoisses ontologiques et surtout son problème fondamental d'identité, lié au fait qu'elle ne savait rien de ses géniteurs. Qui sait, disait-elle, peut-être était-elle née d'une femme prostituée, engrossée par un voyou, un bandit ?

Elle se posait beaucoup de questions à cet égard, se demandait ce qui pouvait justifier son existence ; et pourquoi, justement, elle éprouvait un si grand besoin de se faire reconnaître. Tandis que pour Christian, c'était plutôt l'inverse : le besoin de s'effacer. Il trouvait que sa famille était trop lourde à porter. Tout cet héritage aristocratique, ce poids des siècles, cette famille figée dans ses rituels, ses codes, son formalisme désuet. Il aurait préféré être issu d'une famille plus commune, plus anonyme.

Bref, elle ne savait pas d'où elle venait, et lui trop bien. Ils avaient un problème d'identité inverse. Elle avait besoin de se trouver, et lui de se perdre. Et seul l'amour permettait les deux.

Ainsi, à mesure qu'ils se livraient l'un et l'autre, qu'ils apprenaient à se connaître dans ces rares soirées solitaires et au milieu de leurs travaux à la ferme de l'Ermitage, plus l'affection grandissait entre eux. Mais ils avançaient avec prudence. Comme deux animaux effarouchés, blessés, qui prenaient le temps de s'apprivoiser ; qui progressaient l'un vers l'autre avec la même délicatesse, la même pudeur respectueuse. En même temps, quelque chose d'inéluctable s'accomplissait en eux, et bientôt ils ne pourraient plus se le cacher.

CHAPITRE 54

Le sanctuaire démoli

Au début de 1993, quelque chose se produisit qui ébranla profondément Christian et, par ricochet, Luce. Un événement qui, de fil en aiguille — ou, plus précisément, de débâcle en effondrement — allait être déterminant pour leur avenir dans l'OTS.

Di Mambro téléphona pour les convoquer à une réunion de trois jours à Genève : un grand convent, comme il l'appelait.

— Mais, dit Christian, le sanctuaire ? Qui le gardera ? Yves ?

Yves Lemay venait d'arriver à l'Ermitage avec sa femme Monique. C'était un Québécois, fin quarantaine, qui avait travaillé de près avec Christian pour la construction du sanctuaire l'année précédente. Christian l'appréciait beaucoup pour sa bonne humeur et son savoir-faire en mécanique et en électricité. Et il connaissait tous les secrets du sanctuaire autant que lui. Luce avait aussi côtoyé le couple à La Pérade et les aimait beaucoup.

— Non, décréta Di Mambro, je veux que tout le monde soit à Genève. Yves aussi.

La réunion à Genève se passa comme d'habitude, en méditations, incantations et longues cérémonies. À quelques exceptions près, tous ceux qui comptaient dans la secte y étaient. Au départ, Luc Jouret se lança dans un prêche interminable et particulièrement sinistre sur la mort. « La mort ne doit pas être comprise comme une fin en soi, disait-il, mais comme un processus de conscience supérieure… » Il évoqua le transit à venir, la loyauté sans failles qu'il faudrait aux Templiers pour traverser le temps d'épreuves à venir, puis il s'éclipsa. On ne le revit pas les jours suivants. Christian remarqua aussi l'absence de deux proches du gourou, Daniel Girod et José Rahner — deux âmes de zélotes —, ce qui allait expliquer bien des choses par la suite.

De retour de Genève, Christian s'empressa d'aller avec Yves au Clos de la Renaissance, à Aubignan, qui n'était qu'à dix minutes de voiture de l'Ermitage. Aussitôt arrivés sur les lieux, ils entrèrent dans les garages, ouvrirent la porte blindée, enfilèrent la galerie et… se heurtèrent à une porte dont la commande électronique ne fonctionnait plus. Étrange. Après plusieurs tentatives, Yves réussit à ouvrir la serrure manuellement, et les deux se retrouvèrent face à l'obscurité. Plus d'électricité. Ils avancèrent lentement, dans le noir, en sentant quelque chose crisser sous leurs pieds. Puis ils finirent par attraper une torche électrique, qui leur dévoila un spectacle d'apocalypse.

Le mirifique sanctuaire aux miroirs était dévasté. De fond en comble. Tout était démoli. Les miroirs, les lumières, les systèmes électriques et électroniques : tout avait été détruit. Les fils pendaient lamentablement, des décombres et des gravats partout encombraient ce qui avait été, au cours des derniers mois, l'orgueil de l'Ordre du Temple solaire. Et aussi la plus grande réalisation architecturale de Christian. Et dans ce champ de désolation et de ruines, des milliers de débris de verre jonchaient le sol : c'est ce qui avait crissé sous leurs pieds dans le noir.

Christian et Yves étaient catastrophés. Ils n'en croyaient pas leurs yeux, sidérés, figés dans une terreur inqualifiable. Comment cela avait-il pu se produire ?

Di Mambro, informé aussitôt, hurla au bout du fil :

— Je l'ai senti ! Je sentais venir la colère des Maîtres de l'invisible. Ils ont frappé. Ils nous ont châtiés. Parce qu'il y a trop d'infidèles et de traîtres parmi nous. Surtout, ne touchez à rien ! Il faut que j'aille constater la chose de visu. Demain.

Jo avait promis d'arriver sans délai, mais il se fit attendre. De fait, il ne vint pas le lendemain ni le surlendemain. Et on n'arrivait plus à le joindre au téléphone. Pas de réponse. Christian, Luce et le couple québécois étaient dans tous leurs états. Ils se demandaient ce qui se passait, ce qu'ils allaient faire. Christian était encore plus effaré par le mystère de l'événement que par la destruction de son œuvre. Yves et lui n'osaient plus aller à Aubignan, comme s'il y avait une malédiction qui pesait sur les lieux ; comme si l'endroit était maudit, dangereux.

Enfin, la compagne de Di Mambro finit par répondre. Ils venaient de s'installer dans un nouveau chalet de l'Ordre à

Salvan, en Suisse. Elle dit à Christian que Jo avait eu une attaque cardiaque, qu'il avait été transporté d'urgence en clinique, mais qu'il allait mieux maintenant et qu'il pourrait se rendre à Aubignan le lendemain.

De fait, Di Mambro arriva le lendemain avec Jouret et une vingtaine d'autres adeptes pour venir constater les dégâts au sanctuaire d'Aubignan. Tout le monde contempla la catastrophe dans un silence terrorisé. Puis ils passèrent la nuit à débarrasser les tonnes de débris.

Une fois les adeptes repartis pour Genève et Salvan, et après s'être reposés un peu de la dure nuit de labeur à dégager le sanctuaire dévasté, Yves et Christian retournèrent à Aubignan voir ce qu'il restait à ramasser des décombres. Et là, à la lumière du jour, ils découvrirent que la centaine de panneaux de contreplaqué qui soutenaient les miroirs et qu'ils avaient entassés dans le garage portaient tous la marque de nombreux coups : des coups de masse, de toute évidence. Ils examinèrent à plusieurs reprises la trace des coups tant ils avaient peine à y croire. Ils n'en revenaient pas.

Ils étaient choqués, scandalisés de voir que ce n'était pas le fait — l'acte surnaturel — des Grands Maîtres de l'invisible, mais bien l'œuvre de mains humaines bien concrètes. Des coups de masse bien réels, et non un effondrement magique provoqué par la colère d'un quelconque au-delà. Oui, c'était indéniable, les panneaux portaient les marques bien précises d'une attaque de mains d'homme. Perpétrée dans une rage de destruction. Avec une violence inouïe.

Ils étaient tous deux indignés, révoltés au-delà des mots. Ensemble, ils avaient peiné, trimé comme des bêtes de somme, pendant de nombreux mois — dans le froid, la boue, la pluie, le mistral — pour construire ce sanctuaire, panneau par panneau, miroir par miroir — une centaine de plaques de miroir —, avec tout l'appareillage électrique nécessaire pour la ventilation, l'éclairage, les portes coulissantes ; des centaines de jours de dur labeur pour le construire, le déconstruire et le reconstruire au gré des humeurs et fantaisies de Di Mambro. Puis, voilà qu'en un jour tout se trouvait anéanti.

Yves jurait copieusement, à la québécoise :

— Bande de tabarnaks ! Gang de crisses ! Ils m'ont assez eu comme ça, les hosties !

Pour lui, l'OTS, Di Mambro et compagnie, c'était fini! Ils s'esquivèrent durant la nuit et, le lendemain, ils prenaient l'avion pour Montréal.

Pour Christian, le choc était immense. Il était si fier d'avoir conçu, dressé les plans et construit ce sanctuaire, qui était une sorte de tour de force architectural et technique. Et tout avait été détruit délibérément, sauvagement, sans raison. Au comble de l'indignation, il tenta à plusieurs reprises de joindre Di Mambro pour lui demander des explications, mais celui-ci ne répondait pas. Avec l'afficheur sur son téléphone, il savait que c'était Christian qui appelait, et il ne voulait pas lui parler, de toute évidence.

Pendant quelques jours, en proie aux sentiments les plus divers et les plus extrêmes, Christian tourna en rond dans la ferme. Il faisait de longues promenades solitaires dans les champs, ruminait sa colère, donnait des coups de pied dans les broussailles. Il avait mis Luce au courant de tout, lui avait tout expliqué, ne lui avait rien caché de sa révolte intérieure, et elle était aussi retournée que lui.

Tout ce à quoi il avait aspiré, tout ce qu'il avait espéré envers et contre tout, pendant des années, s'effondrait, s'était effondré avec ce sanctuaire. Tout ce temps perdu, tous ces efforts gaspillés pour une vaste escroquerie, de la pire espèce, la plus odieuse parce qu'elle fraude l'âme.

À l'indignation succédait une grande alarme, proche de la panique. Il sentait vaciller en lui tout un échafaudage d'espérances illusoires, de promesses sans cesse reportées, auxquelles il s'obstinait à croire, qu'il avait maintenu coûte que coûte durant des années ; tout un montage de croyances et de fabulations des plus fantasques, auxquelles il avait adhéré, qu'il avait soutenues et exaltées. Oui, tout cet appareillage de faux-semblants et de porte-à-faux vacillait tout à coup, menaçant de s'écrouler comme un château de cartes. Et il résistait, il s'arc-boutait. De tout son être, de toutes ses forces.

Certes, il avait été piégé par Di Mambro. Dans une trop grande mesure, il avait fait confiance à ce grand maître de l'illusion qui lui promettait monts et merveilles. Toutes ces années où il s'était fait manipuler... Il s'accusait d'apathie, de passivité, de lâcheté. La honte montait en lui comme une boue irrépressible. Comment avait-il pu aussi longtemps se mentir à lui-même ? Il s'était laissé abuser en silence. Comme quelqu'un qu'on viole et qui en a trop honte pour dénoncer le crime. *Tu es le dernier des idiots !* se disait-il, et il fouettait les broussailles comme s'il se flagellait.

Pourtant, il connaissait les subterfuges de Di Mambro. Il en avait eu vent depuis longtemps, et il en avait surpris lui-même les mécanismes. Tous ces éclairs et apparitions truqués : le grand cirque ésotérique. Au sein de l'Ordre, plusieurs parlaient de plus en plus ouvertement de ces supercheries : les ampoules au bout des épées, les télécommandes électroniques, la projection d'hologrammes et tous les effets audiovisuels.

Mais la démolition éhontée du sanctuaire aux miroirs — la destruction de son œuvre, qui était une sorte de prolongement de la conception architecturale qui lui avait valu un prix six ans auparavant — avait eu l'effet d'un électrochoc pour Christian.

Après deux jours à chercher en vain à joindre Di Mambro, il en eut assez. Il fallait qu'il parle coûte que coûte au « patron ». Qu'il lui dise tout ce qu'il avait sur le cœur. Il était prêt à rompre avec l'OTS, à tout foutre en l'air. Il trouva une cabine téléphonique à Aubignan et réussit ainsi à faire décrocher le téléphone à Salvan. Il eut une explication orageuse avec Di Mambro :

— Écoute, Jo, j'essaie de t'appeler depuis trois jours. Pas de réponse. J'ai dû aller dans une cabine téléphonique pour que tu ne saches pas que c'est moi. Et enfin, tu décroches... Tu ne voulais pas me parler, c'est clair. Pourquoi ?

— Ne m'en veux pas, Christian. C'était trop difficile. La dévastation du sanctuaire me rend malade. J'ai dû aller encore en clinique.

— Je sais très bien pourquoi tu ne voulais pas me parler. Tu te doutais bien que je savais. Écoute bien ce que je vais te dire, Jo. Les Maîtres de l'invisible n'ont rien à voir dans la destruction du sanctuaire. Les panneaux de contreplaqué sont marqués partout de coups de masse. Je les ai vus, de mes yeux vus, et examinés de long et large, avec Yves. Des coups de masse, tu m'entends ? Ce ne peut être que quelqu'un dans l'Ordre qui a fait ça ou fait faire ça. Quelqu'un qui avait les clés et qui connaissait bien les accès.

— Comment ?... Qu'est-ce que... ?

Di Mambro commençait à bafouiller au bout du fil.

— C'est quelqu'un dans l'Ordre, et tu le sais très bien, Jo ! C'est encore une manipulation, comme tous tes trucs : la pluie d'or, les voix de l'au-delà, les éclairs au bout des épées. Toute ta pacotille d'opérette, tes mises en scène, tes subterfuges. Ta magie de foire bon marché pour accrocher le chaland. Tout ça, c'est de l'arnaque. Et, sais-tu, je me sens le dernier des imbéciles de m'être fait avoir si longtemps.

— Attends, Christian, écoute-moi... c'est Jouret.

— Comment?

Il se mit à sangloter au bout du fil.

Il est capable de tout simuler, le vieux roublard! se disait Christian.

— Ne me juge pas trop vite, Christian, je suis très malade, condamné. Un cancer. Mes jours sont comptés. J'ai besoin de toi, Christian.

Di Mambro avait donc fini par avouer que c'était Jouret qui avait fait le coup. Soi-disant pour éprouver les fidèles. Trier l'ivraie du bon grain, comme il disait. Christian se souvint alors du départ subit de Jouret, au convent de Genève, ainsi que de l'absence de Rahner et de Girod, et il comprit tout : c'étaient eux qui étaient allés tout casser pendant qu'ils se confisaient en méditations, incantations et autres dévotions à Genève.

— J'ai peur de Jouret, dit Jo, il est devenu incontrôlable. Je ne sais pas ce qui va arriver. Je suis très malade, je n'en ai plus pour longtemps... Je t'en supplie, Christian, reste de mon côté. Reprends le flambeau des Templiers. C'est toi en qui j'ai le plus confiance. Je me suis trompé pour certaines personnes, mais toi je sais ce que tu vaux. Tu es le plus pur de nous. Tu es un vrai chevalier, un vrai templier.

Il ajouta qu'il envisageait de lui donner plus de responsabilités au sein du groupe, de l'intégrer à la fameuse « Synarchie du Temple », le noyau secret, le cercle restreint qui dirigeait le mouvement. Puis il finit par lui dire :

— Je suis désolé pour ce qui est arrivé au sanctuaire, Christian. Vraiment. Écoute, reste à l'Ermitage tant que tu voudras. C'est une ferme que tu as bien entretenue. Je te la confie entièrement.

Christian ne s'attendait pas à cette volte-face de Di Mambro ni à ses aveux spontanés de tensions profondes avec Jouret. La surprise tout à coup délayait sa colère. Christian n'était pas ébranlé par le boniment et les promesses de Jo, dont il ne croyait plus un mot, mais par ce qu'il avait dit de Jouret. Il avait tout mis sur le dos du médecin gourou, sur celui qui avait toujours été son premier acolyte. Mais n'était-ce pas un faux-fuyant ? Comment croire que Jouret ait pu agir sans l'assentiment de Jo ?

De toute façon, il y avait cela de gagné : il pourrait rester en paix à l'Ermitage. Pour combien de temps ? Il était bien déterminé à ne plus mettre ses talents d'architecte au service de Di Mambro et de l'OTS. Mais il fallait trouver le moyen de sortir en douce de ce guêpier qui s'appelait l'Ordre du Temple solaire, jouer au plus fin. Il fallait qu'il soit plus malin que Jo. Et, pour la première fois de sa vie sans doute, il décida d'user de ruse. Il avait été piégé dans la secte par le mensonge et la roublardise, il s'en sortirait par la ruse. Comme Ulysse de la guerre de Troie. Alors, jouer, simuler, continuer de faire le bon apôtre en apparence, le temps de bien préparer sa sortie, en temps et lieu. D'abord, tâcher de rester le plus longtemps possible à l'Ermitage. Et c'était peut-être son attachement à Luce — qu'il n'osait encore s'avouer pleinement — qui lui donnait ce courage, cette force. Oui, il fallait tenir bon à l'Ermitage le temps nécessaire pour élaborer, préparer, mettre en œuvre un plan de sortie — comme on sort d'un labyrinthe où on s'est égaré depuis des années. Car, ici, à la ferme, ils pouvaient tous deux, Luce et lui, se nourrir à peu de frais sans avoir besoin de quêter les « subsides » de Di Mambro, toujours fort maigres d'ailleurs.

De son côté, Luce était des plus inquiète, surtout après ce que Christian lui avait appris de son entretien avec Di Mambro. Elle pressentait toutes sortes de choses :

— Si Jouret a commis des actes aussi violents, qui dit qu'il ne recommencera pas ? Il a son clan, ses fidèles, il pourrait imposer sa loi à l'OTS et écarter tous ceux qu'il n'aime pas. Nous sommes peut-être menacés déjà, parce que nous faisons bande à part, parce que nous avons commencé à douter, à critiquer ?

— Oui, c'est aussi quelque chose que je crains, dit Christian. Pour l'instant, selon toute apparence du moins, nous avons la protection de Jo... Enfin, pour quelque temps, ajouta-t-il après quelques secondes, d'un air soucieux.

Luce songea tout à coup à Valérie, à quel point elle était dévouée à Jouret, et une grande inquiétude monta en elle. D'ailleurs, il y avait plusieurs mois qu'elle ne l'avait vue ni eu de ses nouvelles. Elle crut bon à ce moment-là de ne pas en parler à Christian.

— Pour le moment, on est en sécurité à l'Ermitage, conclut Christian. On n'est pas au cœur des démêlés, et c'est ce qui compte.

Il tâcha dans les semaines suivantes de s'absorber dans les travaux agricoles. C'est, somme toute, ce qu'il avait retiré de mieux de l'OTS jusque-là : ce contact avec la nature, cet apprentissage de la culture potagère, de l'agriculture biologique. Et c'est aussi ce qui l'avait attiré dans l'Ordre templier, au départ : les préoccupations écologiques, le retour à une nourriture et à une vie saine. Il s'affaira donc de plus belle dans le jardin et dans les champs. Il avait planté une grande variété de légumes, sous ce merveilleux climat provençal qui permettait la culture maraîchère à longueur d'année. Il en récoltait tant qu'il pouvait en vendre dans les marchés locaux. Et des fruits aussi, car les kiwis, les pommes et les poires poussaient en hiver, et les fraises dès le mois de mars.

Luce adorait cette vie sous le beau ciel du Midi, et elle travaillait avec lui de bon cœur, en chantant. Mais, au milieu de ces traverses et de ces travaux, ce qui s'accomplissait en eux, ce qui évoluait de leurs sentiments l'un pour l'autre, finit par prendre le dessus et leur faire écarter momentanément le dilemme dans lequel les plaçait leur différend avec les dirigeants de la secte.

CHAPITRE 55

Les vraies épousailles

Un soir d'avril, dans la douceur exquise du printemps provençal, Christian et Luce se retrouvèrent, pour ainsi dire, face à eux-mêmes.

Ils se promenaient le long de la grande allée, contemplant le soleil couchant qui incendiait des bancs de nuages dans le ciel, faisait éclater l'émeraude des feuilles des marronniers et allongeait les ombres des cyprès dans les champs. On percevait partout l'immense éclosion de la nature. Il y avait de la jubilation dans l'air, avec le chant choral des rainettes dans les étangs, sous l'arôme enivrant de la lavande bleue en fleurs.

Depuis qu'on les avait mariés en grandes pompes et féeries dans le sanctuaire d'Aubignan, Luce et Christian étaient restés fidèles à leur engagement de mariage non consommé. Ils avaient sciemment évité tout geste, tout rapprochement intime qui pouvait mettre en péril cette résolution d'abstinence conjugale, en somme. Il n'empêche que l'amour montait entre eux, et le désir qui va avec. Christian se prenait souvent — de plus en plus souvent — à contempler Luce à la dérobée : dans l'estompe et l'engourdissement du soir ; ou dans l'éclat du jour, quand un rayon de lumière illuminait le visage de la jeune femme ou découpait ses formes — ses hanches souples, sa taille gracile, ses gestes gracieux, ses mouvements vifs qui faisaient saillir les rondeurs de son corps. Il avait de plus en plus de peine à refréner le désir qui montait en lui.

Ce soir-là, dans l'ébullition du printemps, au milieu de cette fête de tous les sens, Christian ralentit le pas tout à coup et, tout en regardant devant lui, commença à dire :

— Vous savez, Luce...

Il hésitait, il semblait chercher ses mots.

— Je t'aime, lâcha-t-il dans un souffle en se tournant vers sa compagne.

La jeune femme s'arrêta net au milieu de l'allée. Les lueurs du crépuscule rosissaient son teint, jetaient des reflets auburn dans ses cheveux foncés. Elle le contempla un instant d'un air sérieux, avec une tendresse infinie :

— Moi aussi, moi aussi... Je t'aime, Christian !

La douceur de l'air les poussait l'un vers l'autre. Christian contint le désir ardent qu'il avait de la prendre dans ses bras, de l'embrasser. Il lui demanda plutôt, à brûle-pourpoint :

— Veux-tu que nous nous « affrérions » ?

— Comment ?

— Nous affrérer, reprit Christian en esquissant un sourire.

— Que veux-tu dire ? demanda Luce, quelque peu mystifiée.

— L'affrèrement ou affrérie était un grand rituel d'amour courtois au Moyen Âge. C'était un pacte de fidélité éternelle, la liaison de deux âmes sœurs.

Il songeait au grand rituel d'amour entre lord Mortimer et la reine Isabelle dans *Les rois maudits*, le roman historique de Maurice Druon, que Christian avait lu dans sa prime jeunesse et dont il se souvenait encore très bien. Comme c'était l'une des œuvres favorites de Di Mambro — car le roman s'amorçait sur la condamnation des Templiers au xive siècle —, il s'en trouvait des exemplaires dans plusieurs maisons de l'Ordre.

— Viens, je vais te montrer quelque chose, dit-il en l'entraînant à l'intérieur de l'Ermitage.

Il alla prendre le livre qu'il avait déjà tiré de la bibliothèque. C'était le tome VI du roman, qui s'intitulait *La louve de France*. Il l'ouvrit aussitôt au passage qu'il avait marqué d'un signet et entreprit de le lire à Luce :

« Mortimer était debout devant Isabelle, et leurs mains restaient unies. »

— Voulez-vous, ma reine, reprit-il, que nous nous affrérions ? Voulez-vous accepter d'échanger nos sangs pour qu'à jamais je sois votre soutien, et qu'à jamais vous soyez ma dame ? [...]

C'était le lien de sang des frères d'armes et celui des amants légendaires, le lien des Templiers, rapporté d'Orient à travers les croisades...

Ils pouvaient se faire une piqûre au doigt — au front ou au cœur —, laisser leurs sangs s'égoutter dans un verre, les mêler et y boire à tour de rôle. Ils pouvaient s'inciser le front à la racine des cheveux et, se tenant tête contre tête, échanger leurs pensées...

— Au cœur, répondit Isabelle.

C'était la réponse qu'il souhaitait.

Luce, debout face à Christian, écoutait avec la plus grande émotion. Ce qui était écrit là représentait parfaitement ce qu'ils ressentaient l'un pour l'autre. Ce que Mortimer et Isabelle avaient fait — ce pacte d'amour —, elle sentait que c'était ce qu'ils devaient faire maintenant, ce soir, alors que le printemps éclatait partout, et surtout dans leurs cœurs.

Christian arrêta la lecture, releva la tête :

— Ma reine, dit-il, puisque tu es reine de Babylone, n'est-ce pas ?

Il esquissa un sourire puis reprit d'un air chevaleresque :

— Oui, ma reine, es-tu prête au même pacte ?

— Oui, oui... mais peut-être en moins sanglant, si tu le veux bien.

— Bien sûr, j'ai préparé quelque chose, dit Christian.

Alors, avec des gestes presque solennels, en regardant Luce avec intensité, il ouvrit sa chemise, découvrant sa poitrine glabre, mince, mais musclée.

— Ce soir, c'est notre vrai mariage, notre véritable union. Nos épousailles de corps, de cœur et d'âme.

Luce le regardait intensément, dans une sorte de fascination fiévreuse. Ses yeux humides d'émotion brillaient dans la pénombre. Elle ne tarda pas à imiter son compagnon, dégrafa vite sa blouse puis son soutien-gorge. Ses seins ronds et fermes, au galbe parfait, apparurent éclatants de blancheur.

Alors Christian prit quelques baies de myrtilles qu'il écrasa entre ses doigts au-dessus des seins de Luce pour y faire couler un jus couleur de sang, puis il se pencha pour le laper doucement, du bout de la langue.

Luce gloussa de surprise et de plaisir. Elle le releva tendrement et prit à son tour des myrtilles pour faire de même sur la poitrine de Christian qui caressa les cheveux soyeux de son amante penchée sur lui.

Puis, comme la reine Isabelle, Luce se haussa sur la pointe des pieds pour coller sa poitrine à celle de son amant et qu'ils soient ainsi cœur à cœur.

— Que nos cœurs battent toujours au même diapason, murmura Luce.

— Qu'ils restent toujours unis, envers et contre tout, souffla Christian.

Alors il passa ses bras autour des épaules de Luce pour la serrer davantage contre lui. Elle leva ses lèvres vers les siennes, et ils s'embrassèrent. Doucement, intensément, longuement.

Avant que les cris et soupirs de leurs étreintes passionnées se mêlent au chant des rainettes dans la nuit provençale, Christian avait dit:

— Je ne sais pas ce qui arrivera de l'Ordre, et de nous dans l'OTS, mais je sais une chose: je t'aime au-delà de tout. Tu es désormais mon Ordre, ma société secrète et ma communauté tout ensemble.

CHAPITRE 56

Des remous au sein de l'Ordre

Les mois qui suivirent allaient être remplis de mouvements divers — en montagne russe — pour le couple. Ils allaient constamment être en balance entre l'exaltation amoureuse et l'incertitude, voire l'inquiétude au sujet de leur avenir à l'intérieur et hors de l'OTS.

Depuis la démolition du sanctuaire au Clos de la Renaissance, il ne venait personne à la ferme de l'Ermitage. Les Maîtres de l'OTS semblaient avoir voué les lieux aux gémonies, les englobant dans la même malédiction que le Clos de la Renaissance.

Cet isolement avait l'avantage de laisser une certaine paix au couple. Après l'*affrèrement* qui les avait exaltés, ils purent ainsi jouir d'une lune de miel prolongée, si l'on peut dire, dans la sérénité toute relative que leur laissaient les circonstances.

Dans l'immense maison — une ancienne métairie — se trouvaient des parties délabrées, inhabitables, où Luce n'allait jamais. Elle était sûre que ces pièces condamnées étaient hantées, car elle croyait y entendre des craquements sinistres la nuit.

Le couple tâchait d'étirer le plus possible les deux mille francs que Di Mambro leur avait alloués pour leur subsistance au début de l'année. Ils pouvaient compter sur les nombreux fruits, légumes et céréales de la ferme, ainsi que sur des poules et quelques chèvres pour vivre à peu près en autarcie.

Christian se plaisait à faire pousser de nouvelles plantes selon les meilleures normes de l'agriculture biologique. Luce admirait son savoir-faire et ses connaissances horticoles. Elle le secondait avec enthousiasme, en chantant avec les oiseaux qui venaient tournoyer au-dessus d'elle dans l'ivresse de ce printemps provençal qui avait fait éclore leur amour. Et Christian, porté par la voix aux riches harmoniques de Luce et par ses chansons poétiques, travaillait dans l'enchantement, sans peine ni fatigue, comme en harmonie avec toutes choses, dans une sorte d'amour universel. Il lui semblait que les fleurs, les plantes, les arbres poussaient mieux et plus vite que jamais ; que la nature n'avait jamais déployé autant de magnificence. Une caresse de vent sur la joue, un chaud rayon de soleil sur la peau : tout ramenait les sensations voluptueuses de leurs caresses nocturnes.

Luce sentait la même chose. Ils étaient tous deux au même diapason, dans une harmonie à la fois sensuelle et spirituelle. Les regards, les sourires qu'ils s'échangeaient le leur disaient mieux que les paroles. Et souvent, Christian s'arrêtait pour aller l'embrasser. Pour caresser un moment ce corps finement modelé qui s'unissait si bien au sien, et c'était chaque fois comme s'il étreignait toute la beauté de l'univers. Luce riait de bonheur, en cascades cristallines qui fusaient dans l'air. C'est ainsi qu'ils faisaient l'amour, d'innombrables fois par jour... car, il va sans dire, il n'y a pas qu'une façon de le faire.

Ce printemps de 1993, où leur amour s'était confirmé (dans un pacte mythique), fut donc pour le couple une période heureuse, en général. Confinés à l'Ermitage, ils ne suivaient pas les actualités, continuant en cela d'observer la règle de la secte qui prescrivait à ses membres de se détourner du monde. Le templier solaire «en résidence» était une sorte de cloîtré. Sauf quand il devait aller porter partout la «bonne parole», comme un Jouret. D'ailleurs, il n'y avait pas de téléviseur à la ferme. Il ne restait qu'un vieux poste de radio laissé à l'abandon et à la poussière au-dessus d'une armoire de cuisine. Fonctionnait-il encore ? Il semblait n'avoir pas été utilisé depuis des lustres. Et le couple s'en passait volontiers.

Mais, dans leur isolement, ils ne savaient guère, non plus, ce qui se passait à l'intérieur de l'Ordre du Temple solaire. Pourtant, les événements se précipitaient, à ce moment-là, à la fois à l'extérieur et à l'intérieur de l'OTS.

Le 19 avril, quatre-vingt-deux adeptes d'une secte appelée «les Davidiens», fondée par un homme qui se prétendait un nouveau Messie, avaient été tués à Waco, au Texas, après un siège de cinquante et un jours par la police fédérale, le FBI. Cette tragédie allait avoir des résonances profondes au sein de l'OTS.

Christian apprit la nouvelle en la voyant affichée à la une des magazines dans un kiosque à journaux d'Aubignan. Il acheta le numéro de *Paris Match*, qui présentait le reportage le plus détaillé sur la tragédie texane. La secte de Waco avait décidé de s'immoler plutôt que de se rendre à la police. Christian en était très ébranlé, et Luce encore plus que lui.

— Tu sais, le rêve étrange que j'ai fait la semaine dernière.

— Oui, je m'en souviens.

— Je pense que c'était à peu près au moment de l'affaire de Waco.

Elle s'était vue dans un bâtiment en flammes, et Jouret qui essayait de la retenir à l'intérieur. Elle avait raconté ce cauchemar à Christian, qui, sur le coup, y avait vu un lien avec la démolition d'Aubignan. Mais maintenant ?

— Oui, c'est étrange, reprit Christian, pensif.

Les deux en étaient troublés, se demandant — sans oser le dire ouvertement — s'il n'y aurait pas là une sorte de préfiguration de ce qui pourrait arriver à l'OTS.

Sur ces entrefaites, Luce eut l'agréable surprise — dans un premier temps — de recevoir un coup de fil de Valérie, elle qui n'avait pu venir à leur mariage l'automne précédent et n'avait pas donné signe de vie depuis longtemps. Luce, qui était encore sous le choc de l'affaire de Waco, ne put s'empêcher d'en parler à son amie. Emportée par son émotion, elle ne put se retenir, non plus, d'exprimer ses craintes qu'une chose semblable puisse se produire pour l'OTS.

Comment ? Oser comparer la secte adventiste des Davidiens à l'Ordre du Temple solaire, mettre David Koresh et Jo Di Mambro ou Luc Jouret sur le même plan ? C'en était trop pour Valérie, qui réagit vivement :

— Hé, tu nous mets dans le même sac que ces illuminés maintenant ?

Elle était indignée de voir que son amie pouvait entretenir de telles appréhensions au sujet de l'Ordre. Elle y voyait là — même si elle se retint de le dire — l'influence de Christian ; le bruit courait, surtout parmi les « fidèles » de Jouret, qu'il était en train de se détourner de l'Ordre templier. Elle s'empressa d'affirmer avec force, de marteler, d'une voix empreinte de colère, que l'OTS n'était pas une « secte », mais un « ordre templier » ; qu'il n'y avait, par conséquent, « aucune comparaison possible » entre les Davidiens, dirigés par un mégalomane fou, un Messie autoproclamé, et les Templiers solaires, qui se fondaient sur « des enseignements transmis depuis la plus haute Antiquité ».

— Je ne comprends pas, Luce, que tu ne fasses pas la différence. Vraiment pas ! Après plus d'un an d'initiation.

— Oui, oui, bien sûr. Excuse-moi ! Je me suis laissé emporter par une peur folle tout à coup. J'ai été trop loin.

Voyant qu'elle avait scandalisé Valérie, Luce s'était empressée de faire marche arrière. Et, pour ne pas heurter davantage son amie, elle se garda bien de parler de la démolition du sanctuaire d'Aubignan. Elle savait Valérie très attachée à Jouret, attachée jusqu'à la dévotion même. C'est d'ailleurs ce qui l'effrayait le plus.

À la fin de l'entretien téléphonique, Valérie annonça, sur un ton à la fois mystérieux et péremptoire, qui sonnait comme un avertissement, que « de grandes choses » se préparaient au sein de l'OTS :

— Oui, de grandes choses inspirées par les maîtres de l'au-delà, précisa-t-elle. J'ai assisté à une réunion importante à ce sujet, à Saint-Sauveur. Les principaux dirigeants y étaient. On a parlé d'un grand passage. C'est tout ce que je peux te dire pour le moment.

Cela ne fit rien pour rassurer Luce et Christian... Un « grand passage », qu'est-ce que ça voulait dire ? Valérie avait aussi annoncé qu'elle irait les voir à l'Ermitage dès son prochain séjour en Europe, qui devrait arriver bientôt, avait-elle laissé entendre.

Christian et Luce ne pouvaient pas savoir alors que Di Mambro et Jouret avaient déjà envisagé, probablement depuis l'automne 1992, un « transit » collectif de la secte vers un au-delà sidéral, un astre qu'ils appelaient Sirius, où régnaient les grands maîtres cosmiques. Jouret, qui était un grand amateur de *Star Trek*, parlait de ce transit comme s'il s'agissait tout simplement d'embarquer dans un vaisseau spatial pour un voyage que les non-initiés appelaient couramment « mort ». Il invoquait la nécessité de quitter cette planète pourrie, devenue invivable, surtout pour eux, les grands initiés de l'Ordre du Temple solaire, car ils se sentaient, Di Mambro et lui, de plus en plus dénoncés, poursuivis, traqués.

Au début de l'été, Christian travaillait au potager lorsqu'il aperçut une voiture taxi qui s'engageait dans l'allée menant à la ferme. Sans doute un membre templier qui venait en visite. Il courut vers la voiture qui arrivait déjà devant la maison. Il reconnut aussitôt Didier Gamelin sur la banquette arrière. Celui-ci sortit, l'air énervé, inquiet. Il jeta des regards furtifs à droite et à gauche, comme s'il craignait d'être épié, traqué. Il s'empressa de demander s'il y avait quelqu'un d'autre que Luce et lui à la ferme.

Didier Gamelin avait été très proche de Di Mambro dès le début de la fondation Golden Way, l'organisation mère de l'OTS, à Genève, à la fin des années 1970. Il était à peine plus âgé que Christian et tous les deux avaient fraternisé, partageant souvent les mêmes tâches en Suisse ou en France. Ils avaient aussi accédé tous deux au degré de cape noire dans la secte.

Il commença par annoncer à Christian qu'il était depuis quelques mois en conflit de plus en plus ouvert avec Di Mambro.

— Ah, je comprends maintenant pourquoi tu n'étais pas au dernier convent à Genève, en janvier.

— Écoute, Christian, je sais ce qui s'est passé à Aubignan, j'ai appris que Jouret était derrière cette démolition et que c'est toi qui as démystifié l'affaire.

— Alors?

— Eh bien, je tenais à venir t'apprendre une nouvelle importante, qui pourrait te concerner.

— Quoi donc?

— Jouret est sous surveillance policière au Québec. Il est accusé de trafic d'armes.

— Comment?

— Oui, c'est étalé partout dans les médias au Canada. Lui et d'autres dirigeants québécois sont impliqués. L'OTS est aussi interpellé, cloué au pilori là-bas. Pour avoir infiltré, semble-t-il, Hydro-Québec, une importante société d'État.

— Oh la la! c'est très grave, tout cela.

— Oui, mais toi? C'est pour toi que j'ai pris la peine de venir ici aujourd'hui.

Christian lui jeta un regard interrogateur, vaguement anxieux.

— Je pense que tu pourrais être en danger. Parce que Jouret ne te porte pas dans son cœur, c'est le moins qu'on puisse dire, depuis que tu as éventé son initiative de démolition... même si c'est gardé secret au sein de l'Ordre.

— Que peut-il faire?

— Je ne sais pas, mais depuis qu'il cherche à se procurer des armes...

— Quoi, tu penses qu'il va venir me tuer?

— Écoute, j'ai surpris une conversation entre Luc et Jo, à Salvan. J'ai entendu Luc dire clairement : « Waco nous a battus de six mois. » Et Jo a répondu : « Nous aurions dû partir six mois avant eux. Mais ce que nous allons faire va être beaucoup plus spectaculaire, je te promets. »

— Ah oui, il a dit cela ?

— Oui, aussi vrai que je te parle.

— Ils auraient l'intention de tout foutre en l'air, et nous avec ?

— Oui, je crois que c'est assez clair.

— Mais où ?

— Ils vont organiser un grand rassemblement, j'imagine. En Suisse, en France, au Québec ? j'sais pas.

— C'est loin d'être fait.

— C'est peut-être proche.

— C'est pour ça que tu es sur une voie de sortie ?

— Entre autres. Disons que ça augmente ma détermination.

— Si t'es en conflit ouvert avec Di Mambro, tu ne te sens pas en danger, toi-même ?

— Et comment donc ! Mais j'ai averti Jo que s'il m'arrivait quoi que ce soit, la justice s'emparerait de l'affaire. J'ai mis un avocat dans le coup. Mon témoignage est enregistré et gardé en lieu sûr.

— Tu penses que je devrais faire de même ?

— À toi de voir.

Puis, après avoir jeté un bref regard au taxi qui attendait, il dit :

— Bon, j'me barre. Il ne faut pas que je m'attarde ici. J'ai pris un taxi à la gare, pour venir le plus incognito possible.

Il serra vivement la main de Christian et s'engouffra dans la voiture, qui repartit aussitôt.

Christian resta pensif, regardant le taxi s'éloigner entre les arbres en fleurs de l'allée. Une main se posa sur son épaule. Luce était venue sur le seuil de la porte et avait entendu les derniers propos échangés.

— Ça fait peur, dit-elle.

— Ouais, il est peut-être un peu parano, mais c'est pas rassurant... En tout cas, ajouta-t-il, tant qu'on est à l'Ermitage, on ne risque rien.

CHAPITRE 57

La visite de Valérie

Christian et Luce semblaient avoir été oubliés par les dirigeants de l'OTS. De fait, Di Mambro et Jouret avaient bien d'autres chats à fouetter que de s'occuper d'eux. Depuis l'affaire de trafic d'armes au Québec, leurs activités étaient de plus en plus surveillées par la police dans au moins trois pays. Au point qu'ils envisageaient d'aller s'installer le plus loin possible, en Australie, où Di Mambro était parti dès septembre pour explorer des endroits où installer une nouvelle «ferme de survie». Et, à cet effet, il avait opéré des transferts de fonds importants qui n'avaient pas manqué d'attirer l'attention d'Interpol, le service international de traque des criminels à travers le monde.

Même s'ils ne sentaient pas encore une épée de Damoclès au-dessus de leurs têtes, Christian et Luce s'étaient mis à envisager sérieusement leur sortie de l'OTS. Ce n'était quand même pas facile. D'abord, ils étaient bien à l'Ermitage. Ils s'étaient attachés à ce lieu. Et ils ne pouvaient quitter cette «ferme de survie» du jour au lendemain sans savoir comment assurer leur survie ailleurs. Et où? Et comment?

Il faut dire aussi qu'on ne sortait pas de l'OTS aussi facilement qu'on y entrait. À certains égards, en avoir fait partie vous marquait pour toujours, sinon aux yeux du grand public, du moins pour les dirigeants et les membres de l'Ordre. On restait comme marqué au front par une croix de Templiers invisible à l'œil nu ou plutôt à l'œil profane des foules, mais qui n'en était pas moins présente, manifeste pour tous ceux et celles qui étaient passés par l'Ordre. C'était la marque de Caïn du sectaire.

Ils en étaient à supputer tout cela quand Valérie s'annonça. Elle viendrait passer quelques jours à l'Ermitage, au début de l'automne. Il y avait plus d'un an qu'elle n'avait pas vu Luce, depuis l'inauguration en grande pompe du sanctuaire aux miroirs d'Aubignan.

Elle lui fit la surprise de lui rapporter sa guitare de Québec. Luce avait peut-être laissé entendre à Valérie au téléphone que cet instrument lui manquait, et ce n'était pas tombé dans l'oreille d'une sourde. De toute façon, elle s'exclama de joie en revoyant cette guitare qui signifiait tant de choses pour elle.

Mais Christian était méfiant. Il soupçonnait que Valérie était en « mission commandée » à l'Ermitage ; qu'elle était venue sur l'ordre de Jouret et de Di Mambro. Sans doute pour sonder le couple, pour savoir ce qu'ils mijotaient ; et, si possible, pour ranimer ou raffermir leur foi dans l'Ordre et ses enseignements.

Cependant, si Valérie était dépêchée en espionne, elle cachait bien son jeu. Elle avait une attitude ouverte, empathique. Elle ne parlait guère de l'OTS. Elle semblait même, par moments, désemparée, comme s'il y avait chez elle des doutes qui s'insinuaient, des interrogations.

Luce, elle, était toute à la joie de retrouver sa guitare qui lui rappelait tant de souvenirs. Et même si deux ans seulement s'étaient écoulés depuis sa mésaventure à Paris, il lui semblait que c'était déjà une éternité, tant sa vie avait été bouleversée.

En recommençant à pincer les cordes, elle eut l'impression vive de n'avoir jamais aussi bien joué. Non, elle n'avait jamais su faire résonner aussi bien sa guitare. Peut-être parce que le sentiment qui l'habitait maintenant, cet amour exceptionnel, était d'une telle intensité qu'il communiquait immédiatement sa résonance ; comme si entre elle et la guitare il y avait une nouvelle communication, sa ferveur amoureuse passant directement de son cœur aux cordes de l'instrument, créant des notes et des harmoniques qui correspondaient parfaitement à la vibration du sentiment qui l'embrasait. Cette nouvelle harmonie si délicieuse, si suave, qu'elle vivait, qu'elle n'avait jamais connue auparavant, se transformait spontanément en musique — par une alchimie à la fois naturelle et extraordinaire, qui donnait l'impression ineffable des approches de la perfection. Et, du coup, dans ce transport magique, de nouvelles chansons germaient en elle, mais cette fois d'une source si vive, si authentique, que les mots avec les airs arrivaient sans effort, comme allant de soi. L'amour était en elle source infinie de musique.

Comment aurait-elle pu concevoir une telle transformation à peine un an auparavant? Elle avait rêvé d'amour sans trop savoir ce que cela pouvait être au-delà du transport des sens : cette sensation de plénitude à la fois sentimentale, sensuelle et psychique. Elle avait trouvé en Christian un être avec qui il lui semblait tout pouvoir partager ; avec qui la compréhension était mutuelle, profonde, comme sans nécessité de paroles : un regard, un geste un signe, suffisaient. C'était une sensation si nouvelle dans sa vie : une ivresse des sens et du cœur ; quelque chose de si grand, de si élevé qu'elle avait parfois peur de ne pas en être à la hauteur ou, pire, de ne pas le mériter.

Inutile de dire que la secte était passée au second plan pour elle. De fait, ce que Luce avait trouvé de mieux dans la secte, c'était cet amour. L'amour d'un homme. De sorte que ce qui aurait pu être pour elle un chemin de perdition, une pente fatale vers l'abîme, était devenu une occasion de bonheur inespéré. Non pas dans ce qu'elle aurait pu croire au départ, dans une poursuite spirituelle exaltante, mais dans un grand amour humain qui, allait non seulement contribuer à la tirer des griffes de la secte, mais aussi à la sauver d'elle-même, de ses hantises, de ses manques. Et si l'art — du moins celui que Luce poursuivait — pouvait être considéré comme un appel à l'amour de tous, l'amour d'un être pouvait atteindre une grandeur, une ampleur, qui débouchait sur l'amour de tous.

Valérie se rendit vite compte du grand amour qui liait le couple, de leur bonheur d'être ensemble. En son for intérieur, elle était partagée entre l'admiration et l'envie. Elle était aussi quelque peu déstabilisée, décontenancée, comme si l'évidence de cet amour la désarmait d'avance pour défendre les intérêts de l'OTS, c'est-à-dire pour mettre le couple en garde contre la direction qu'il prenait à l'encontre de l'Ordre. Il faut dire que les relations entre Luce et Valérie n'étaient plus ce qu'elles avaient été. Elles avaient pris un autre tour, moins intime, plus distant. Souvent les amitiés pâlissent, quand elles ne s'éclipsent pas tout à fait, devant un grand amour.

Valérie s'était inquiétée pour Luce l'hiver précédent, quand elle avait appris qu'elle et Christian avaient défié les dirigeants de l'OTS à la suite de la destruction du sanctuaire d'Aubignan. Comme la plupart des adeptes de la secte, et toute journaliste qu'elle fût, Valérie avait «avalé» sans protester la version officielle de cette affaire : les «Maîtres de l'invisible» ont frappé «pour nous mettre à l'épreuve», avait décrété Di Mambro. Et tout le monde s'était incliné. Sauf Yves et sa femme qui avaient rompu avec l'OTS, et Christian qui avait rechigné. Ça s'était répandu à l'intérieur de la secte. Jouret s'était empressé de jeter l'anathème sur les «traîtres». Valérie s'était alors retrouvée dans une position fort délicate. Elle était une inconditionnelle de Jouret ; par contre, Luce était depuis toujours sa meilleure amie. Et c'était elle qui avait fait entrer Luce dans l'Ordre, qui avait été sa «marraine» d'initiation, comme Jouret lui-même l'avait désignée, un certain soir de novembre 1991.

— Je ne te cacherai pas, Luce, que j'ai eu des problèmes à Québec quand l'affaire du trafic d'armes est sortie dans les médias. L'OTS était dénoncé partout. On parlait d'infiltration à Hydro-Québec, de pratiques louches, de complots, et d'anciens adeptes passaient à la télévision pour décrier nos rituels et nos cérémonies. C'était une véritable chasse aux sorcières, et j'ai passé à deux doigts de perdre mon poste au journal. J'ai même été confrontée à un conseil de famille. Mon père était furieux. Ma famille est bien connue à Québec. Elle a son rang à tenir dans la bourgeoisie. Alors j'ai plié l'échine. J'ai rompu avec l'Ordre. En fait, j'ai fait semblant. Je garde toujours le contact en cachette.

— Avec Luc Jouret ?

— Oui, même si c'est de plus en plus périlleux. Je pense que vous le savez, toi et Christian, la rivalité entre Fafard et Luc a entraîné une guerre de clans à l'intérieur. Et Di Mambro est écartelé entre les deux.

— Et toi, écartelée entre ta solidarité avec Jouret et ton adhésion à l'Ordre ?

— Oui, tout à fait… J'essaie de me faire petite, toute petite.

Valérie dit aussi qu'au moment où l'OTS avait été stigmatisé dans les médias, les parents de Luce l'avaient appelée pour lui demander des nouvelles et lui faire part de leurs vives inquiétudes. Luce lui apprit qu'elle leur avait téléphoné à quelques reprises dans les derniers mois pour les rassurer. En réalité — ce qu'elle se garda bien de dire à Valérie —, elle leur avait annoncé qu'elle avait l'intention de sortir de la secte avec Christian, qu'ils se préparaient à le faire le plus tôt possible : ce qui avait fort réjoui les Berger.

Dans tout ce que Valérie leur avouait de ce qui allait mal pour l'OTS au Québec, on la sentait désemparée. Tiraillée entre une raison qui parlait de plus en plus fort en elle et sa foi sectaire en un Ordre templier qui enrôlait une élite d'initiés pour sauver la planète. Elle mettait néanmoins le couple en garde contre un affrontement avec les dirigeants de la secte. Elle leur disait de bien réfléchir, de ne pas persister dans une sorte de fronde qui, même tacite, était manifeste pour tous. En tout cas, qu'ils le sachent bien, leur attitude de repli et de défiance était considérée par Jo et Luc comme une trahison. Et cela les mettait dans une situation périlleuse.

Elle y revint à plusieurs reprises durant les cinq jours qu'elle passa à l'Ermitage. Et les deux amies d'enfance s'en parlèrent encore, au cours des longues promenades qu'elles faisaient dans les sentiers autour de la ferme, sans que Luce jamais n'aille jusqu'à révéler que Christian et elle étaient décidés à quitter l'OTS.

En cet automne qui s'avançait déjà vers la fin de l'année, le couple continuait de s'interroger sur la meilleure sortie possible de la secte. En minimisant les dommages, si l'on peut dire. Dommages moraux et matériels, étant donné toutes les ressources qu'ils y avaient engagées, tous les espoirs qu'ils y avaient mis. La grande question était : où se retrouver après ? Comment gagner leur vie, subvenir à leurs besoins ?

Christian devait se remettre dans le circuit de l'architecture, se refaire une réputation : ce qui pouvait prendre des mois. Quant à Luce, elle n'avait misé jusque-là que sur la chanson, et elle s'était fait oublier depuis bientôt trois ans. Comment opérer un retour sur scène ? Était-ce même envisageable, de façon réaliste, à court terme ?

Christian répugnait à devoir se tourner vers sa famille, avec tout ce que cela signifiait pour lui : l'humiliation de devoir admettre qu'il s'était trompé, qu'il avait été dupé, qu'il s'était dupé lui-même. C'était pour lui un recours extrême, en dernier ressort. Mais quelque chose le propulsait maintenant, au-delà de tout orgueil : l'amour qu'il vivait avec Luce, l'amour de cette femme, pour qui, pour quoi il était prêt à faire tous les compromis, concessions et contritions possibles. Il y songea de plus en plus. Il commença à se voir comme l'enfant prodige repenti, revenant vers son père avouer sa faute et lui demander pardon. C'est ainsi que, peu à peu, écartant toute fausse honte, tout orgueil, toute fierté mal placée, Christian se mit à supputer l'aide qu'il pourrait espérer de sa famille. À vrai dire, il envisageait plus une aide morale et professionnelle que financière. Il n'osait escompter quoi que ce soit de son père, qui l'avait pratiquement renié quand il était entré dans l'OTS. Mais sa mère, sans doute… Dans sa joie de le voir revenir, elle pourrait intervenir. Et son frère Hubert à Paris, qui était resté attaché à lui… Ce frère aîné qui avait toujours été son protecteur durant l'enfance. Oui, Hubert, peut-être, pourrait l'aider, le conseiller ; et d'autant mieux qu'il était un excellent avocat, très apprécié et redouté dans les prétoires parisiens. Cela pourrait servir, se disait Christian, quand il faudrait engager bataille avec Di Mambro pour récupérer la plus grande partie des sommes que le patron de l'OTS lui devait en frais d'architecte et autres : c'est-à-dire les années de travail manuel dur et sans relâche, qui n'avaient été payées que par un gîte et un couvert très sommaires.

Plus il y pensait, plus il se disait qu'il devait commencer par joindre son frère aîné à Paris. Il n'avait rien à perdre. En tout cas, il sentait qu'il trouverait, de prime abord, une oreille plus attentive chez Hubert. Puis un événement vint accélérer les choses.

À la fin de novembre, Évelyne, l'épouse et secrétaire de Di Mambro, appela à l'Ermitage.

— Christian, tu sais que Jo est en Australie pour trouver un nouveau centre de survie. Prépare-toi. Il aura besoin de toi là-bas pour l'aménagement. Il m'a dit que ça pourrait être dans une ou deux semaines.

— Et… Luce ? balbutia Christian.

— Jo m'a dit qu'elle pourrait partir avec toi. Je vous fournirai les billets d'avion en temps et lieu.

En Australie ? Christian et Luce en restèrent abasourdis. Christian se doutait bien que Di Mambro allait le rappeler tôt ou tard, malgré ce qu'il lui avait dit le printemps dernier. Pas question évidemment d'aller se remettre à son service et à sa merci en Australie ! Mais il fallait éviter un affrontement trop direct, il fallait jouer fin pour gagner un peu de temps avant de mettre cartes sur table.

Le lendemain matin donc, Christian téléphonait à Évelyne pour lui dire de ne pas se presser pour les billets d'avion, car il pourrait bien ne pas pouvoir aller en Australie. Grand étonnement au bout du fil. Affaire familiale de première importance, laissa-t-il entendre. Père gravement malade, réunion de famille possible dans les prochaines semaines. Il se pourrait même qu'il doive s'éloigner de l'OTS pour quelque temps.

Il venait de préparer le terrain pour la grande sortie. Évelyne restait baba au bout du fil. Elle se contenta de dire que Jo serait «très déçu». Et, peu de temps après, elle partait pour le Canada, où elle serait retenue plusieurs mois pour une affaire de passeports : des passeports que les autorités françaises tardèrent à délivrer à cause des affaires suspectes que menait Di Mambro en Australie et ailleurs. Ce qui allait donner quelque répit à notre couple.

CHAPITRE 58

Le danger se précise

Comme un signe avant-coureur de ce qui allait arriver, l'année 1994 commença par un grand branle-bas au sein de l'OTS, ce qui allait acculer Luce et Christian au pied du mur.

En ce début d'année, en effet, Christian reçut à l'Ermitage une lettre circulaire anonyme, partie de Genève. Elle avait été adressée à une centaine de membres de l'OTS, parmi les plus importants dans la hiérarchie, pour les mettre en garde contre les manipulations financières et les trafics louches de Di Mambro. Cette dénonciation venue de l'intérieur eut l'effet d'une bombe. Elle accrut jusqu'au paroxysme les tensions déjà palpables au sein de l'Ordre templier, où les défections se multipliaient et les couteaux volaient bas depuis que Fafard avait remplacé Jouret comme Grand Maître au Canada.

En plus de mettre Di Mambro et Jouret au comble de l'indignation, la lettre souleva une fureur vengeresse chez les plus fanatiques de l'Ordre, qui étaient prêts à éliminer tous les « traîtres », soit tous ceux-là qui avaient violé le serment sacré d'allégeance du Templier solaire. Luc Jouret passa à l'attaque en expédiant un message lourd de menaces aux fidèles de l'Ordre : « Ceux qui ont enfreint notre Code d'honneur sont considérés comme des traîtres. Ils ont subi et subiront le châtiment qu'ils méritent dans les siècles des siècles. »

En recevant cette missive de Jouret à l'Ermitage, Christian et Luce furent terrifiés. La sortie de l'OTS s'imposait maintenant sans délai.

En ce temps de purge qui s'annonçait dans la secte avec la lettre comminatoire de Jouret, ils comprenaient qu'ils étaient menacés directement. Car le fait qu'ils fassent bande à part depuis un an déjà les signalait à la vindicte des dirigeants. Qui sait d'ailleurs si on ne les accusait pas déjà d'être le couple dénonciateur, même si la lettre circulaire avait été postée de Genève ?

C'est à ce moment que Luce eut l'heureuse surprise de recevoir un appel de quelqu'un qui ne s'était pas manifesté depuis longtemps : la cantatrice Claire Doris. Celle-ci lui apprit qu'elle avait pris ses distances avec l'OTS depuis quelque temps. Elle trouvait que l'Ordre était entraîné dans une dérive dangereuse. Jouret ne parlait plus que de rentrées d'argent et de fin du monde. Di Mambro menait des affaires louches. Ce que la lettre dénonçait était malheureusement vrai. Elle avait été témoin, elle-même, de rencontres de Jo avec des gens patibulaires qui lui avaient donné froid dans le dos. Bref, elle se tenait à l'écart.

Luce, par prudence, ne lui confiait pas où ils étaient rendus, Christian et elle, dans leur cheminement. Mais la cantatrice la prit de court, en lui disant qu'elle s'inquiétait pour eux. Elle avait entendu, à travers les branches, que Jouret se gênait pas pour les vilipender et les décrier à tout bout de champ. Et avec ce qui se passait maintenant, la lettre furieuse qu'il avait envoyée aux membres, la violence qu'elle avait toujours sentie chez le médecin gourou, qui sait à quoi il fallait s'attendre ?

Cet appel arriva le jour même où Christian s'apprêtait à appeler son frère à Paris.

CHAPITRE 59

Christian fait appel à son frère

Hubert de Roques-Sernac, le fils aîné du marquis, s'était initié au droit et à la haute société parisienne au cabinet de son père, avantageusement situé avenue George-V, à Paris, près des Champs-Élysées, dans ce qu'on appelle le « Triangle d'or ». Membre distingué de l'Ordre des avocats de Paris — un tout autre ordre que celui des Templiers solaires, il va sans dire —, il était pressenti pour le bâtonnat, sur les traces de son père. En effet, le marquis Philippe de Roques-Sernac avait été jadis bâtonnier du barreau de Paris, après avoir été président du Conseil de l'Ordre des avocats.

Hubert était revenu à une vie de célibataire après un mariage houleux et sans enfant, qui s'était terminé par un divorce, quelques années auparavant. Maintenant, il s'investissait plus que jamais dans son travail, ne se permettant que quelques distractions, dont la collection d'œuvres d'art et une ou deux amantes d'occasion. Se remettre en mariage semblait pour lui écarté pour longtemps, sinon pour toujours. Après tout, son frère Bernard, avec deux fils déjà, assurait bien la relève de la famille. Avocat lui aussi, spécialisé dans le droit commercial, il travaillait pour Airbus à Toulouse, à titre de directeur du contentieux. Il habitait au château de Roquebois, d'où il ne lui fallait qu'une heure et demie pour se rendre à son bureau de Toulouse.

Hubert revenait du tribunal ce jour-là, après avoir plaidé une cause particulièrement retorse, lorsque sa secrétaire l'informa que son frère avait appelé.

— Mon frère… Bernard ?

— Non, Christian.

Hubert cacha du mieux qu'il put son étonnement devant la secrétaire, mais il était des plus intrigués. Christian, son jeune frère à qui il n'avait pas parlé depuis des lustres, qu'il croyait perdu à jamais, évaporé dans les fumées d'encens d'une secte nouvel âge. Il fallait bien qu'il y en ait un dans la famille qui verse dans les utopies de l'ère du Verseau, et c'était cette âme sensible de Christian! Hubert avait toujours aimé ce jeune frère, dont il s'était souvent fait le protecteur, notamment contre les mauvais tours et les espiègleries de Bernard. Mais que voulait-il donc, aujourd'hui? Qu'est-ce qui pouvait bien l'amener à l'appeler?

— Allo. Christian? C'est bien toi?

— Ah! Hubert, merci d'avoir rappelé vite. Écoute, j'ai besoin de toi pour me sortir de l'OTS.

— Comment?

— Oui, je veux quitter la secte, mais ce n'est pas facile. D'abord, ç'a été difficile moralement, très difficile, mais ma décision est prise. Seulement, voilà, on n'en sort pas aussi aisément qu'on y entre. On me considère déjà comme un traître. Les deux dirigeants Di Mambro et Jouret m'en veulent depuis que j'ai découvert leurs manipulations et leurs combines. Je dirais même qu'ils m'en veulent à mort. Ce n'est pas une figure de style. Ils seraient bien capables d'organiser un accident ou je ne sais quoi pour me mettre hors d'état de nuire. Et d'autant plus que je compte exiger de Di Mambro le paiement de tout ce qu'il me doit, en frais d'architecte et autres, depuis mon entrée dans l'OTS.

— Très heureux d'apprendre que tu veux sortir de cette douteuse organisation. J'ai pensé beaucoup à toi depuis la tragédie de Waco au Texas. Je me disais qu'une calamité pareille pouvait se produire au sein de l'OTS. J'étais inquiet pour toi, et cette inquiétude est partagée dans la famille. Tu peux être sûr que je vais faire tout mon possible pour t'aider. En as-tu parlé à papa?

— Non, justement, je voulais d'abord t'en parler à toi, avoir ton conseil.

— Tu sais qu'il a été très malade dernièrement.

— Ah bon?

— Une crise cardiaque qui a failli l'emporter. Il a été opéré à cœur ouvert en mai dernier. Il s'en remet bien. Ça va beaucoup mieux maintenant.

— J'imagine qu'il n'est pas à Paris en ce moment?

— Non. Il a décidé de prendre sa retraite et de me laisser la charge du cabinet. Il est à Roquebois. Je pense qu'il serait bon que tu lui parles. Ça va lui faire une grande joie de savoir que tu veux quitter la secte. Ça va mettre un peu de baume sur son cœur malade.

— D'accord, je vais l'appeler. Mais peut-être vaudrait-il mieux que tu lui parles d'abord. Au moins pour le préparer, pour amortir le choc.

— Oui, t'as raison. Je vais le faire demain matin.

— Hubert, il faut que tu saches aussi que je ne suis plus seul. Je me suis marié au sein de la secte avec une jeune Québécoise. Ce qui était d'abord une union imposée, comme ça se passe à l'OTS où l'on fait et défait les couples à volonté, est devenu vite une grande histoire d'amour. Bref, Luce est désormais mon âme sœur, et mon destin est lié au sien.

— Très heureux pour toi. Bien sûr, sa défense sera liée à la tienne. Ce sera une seule et même cause dont votre avocat s'occupera, monsieur mon frère.

— Cher Hubert, tu ne peux pas savoir comme ça me touche de te parler !

— Et moi donc, mon petit Christian. Tu m'as manqué durant toutes ces années. Tu me donnes l'occasion de reprendre mon rôle de grand frère protecteur.

— Ah, si tu me voyais, dit Christian, j'ai les larmes aux yeux… et il faut qu'on parle affaires.

— Écoute, je vais te rappeler ce soir vers vingt heures. J'aurai alors toute la liberté et le temps de t'écouter, et on discutera tous deux des moyens à prendre dans les plus brefs délais. D'accord ?

— Oui. Il faut faire vite, car Di Mambro veut nous réquisitionner en Australie.

— Compte sur moi.

Quand Hubert rappela, Christian lui raconta ce qu'il avait vécu à l'Ordre du Temple solaire. Puis il exposa ce qu'il voulait faire, ce qu'il entendait réclamer au patron de l'OTS, non seulement pour lui, mais aussi pour Luce.

— Di Mambro pourrait invoquer que l'OTS nous a logés et nourris, moi depuis cinq ans, Luce depuis deux ans, mais ça ne représente pas grand-chose en comparaison de ce qu'il me doit et des sommes que Luce a investies personnellement.

— C'est-à-dire ?

— Grosso modo, j'estime qu'il me doit au moins un million de francs, et à Luce près de deux cent mille.

— Bon, écoute. Dans un premier temps, fais un calcul le plus précis possible, des chiffres étayés par des lieux et des dates. Il faut arriver à un total justifié pour toi et pour Luce. Ce sera la réclamation de base, sans parler des préjudices et tout... Quand on se sera entendus là-dessus, j'enverrai une lettre d'avocat à Di Mambro, et l'affaire sera lancée.

Le lendemain, Hubert rappela Christian pour lui dire qu'il pouvait appeler à Roquebois, car il avait « bien préparé le terrain » auprès de leur père.

Christian prit son courage à deux mains et téléphona à ses parents. Il se sentait fautif, car il y avait plusieurs années qu'il ne leur avait pas donné signe de vie. Il attendait donc le cœur battant au bout du fil. Au troisième coup, on décrocha. Une voix féminine. Il avait reconnu d'emblée le timbre légèrement flûté de sa mère.

— Allo ?

— Maman...

Il y eut un bref silence au bout du fil. Le temps d'un souffle.

— Comment ? Est-ce que c'est toi, Christian ?

— Oui, maman, c'est bien moi. Comment allez-vous ?

— Mon petit, tu me fais une telle surprise. J'ai le cœur qui bat.

— Moi aussi... Écoutez, maman, j'ai parlé à Hubert hier parce que je veux sortir de l'OTS. Il m'a dit que papa avait été gravement malade. Comment va-t-il ?

— Il va bien. Oui, il s'est très bien remis... mais toi, mais toi, qu'est-ce qui t'arrive ? J'ai bien entendu : tu veux sortir de l'OTS ?

— Oui, c'est pour ça que j'ai appelé Hubert. Et je voudrais en parler à papa... Mais vous, maman, comment allez-vous ?

— Moi... eh bien, tu me connais, à part mes déprimes et mes insomnies, ça va... La maladie de ton père a été une dure période à traverser. Par chance, il a vite repris du poil de la bête. Imagine-toi qu'il est allé à la chasse ce matin, avec Gervais.

Christian sourit en entendant ce nom qui évoquait pour lui toute son enfance dans les bois et les champs de Roquebois. Gervais était le garde-chasse du domaine familial et Christian l'aimait comme un second père.

— Gervais ? Le père Gervais, comment va-t-il ?

— Toujours vert et solide comme un chêne malgré ses soixante-quinze ans. Il va tous nous enterrer.

— Maman, je suis désolé de ne pas vous avoir donné de nouvelles depuis tout ce temps. J'ai hâte de vous revoir tous.

— Mon chéri, tu nous as tant manqué! On s'est fait tellement de souci pour toi, dit-elle dans une sorte de trémolo qui était un sanglot étouffé... C'est bien vrai, tu veux revenir à la vie normale?

— Oui, j'aurai peut-être un peu de fil à retordre. Mais avec l'aide d'Hubert et de papa, je vais y arriver.

— Écoute, ton père est ici à côté de moi. Je te le passe.

— Allo, Christian?

— Papa, je... je voulais...

— Je sais, dit le marquis. Hubert m'a appelé ce matin. Je n'avais encore rien dit à ta mère. J'attendais ton appel. Alors, mon garçon, tu veux revenir au bercail?

La voix grave, légèrement impérieuse, de son père ramenait toujours Christian dans ses petits souliers de gamin, si on peut dire. Il perdait son assurance, ses idées s'embrouillaient, il bredouillait. Un peu plus, il se serait mis à bégayer. En un mot, c'était la castration. Mais maintenant, et pour la première fois, il sentit qu'il était devenu autre. Et, après quelques secondes où l'ancien Christian avait refait surface, le nouveau reprit vite le dessus... et il put enfin parler à son père sereinement, d'homme à homme.

CHAPITRE 60

Fuite et poursuite

Depuis que son frère Hubert lui avait promis de se charger de l'affaire, Christian se sentait plus rassuré. Mais il avait appelé à temps, car les événements se précipitaient.

La pression s'accentuait de plus en plus sur les dirigeants de l'OTS. Di Mambro et Jouret savaient qu'ils étaient dans la mire d'Interpol. En outre, la rébellion grondait au sein de la communauté templière. Les deux gourous devenaient de jour en jour plus paranoïaques, voyant des trahisons partout. Jouret ne cessait de répéter que la vie était devenue «insupportable» sur la planète, que le monde les rejetait.

Di Mambro étant revenu d'Australie à la fin de mars, une réunion spéciale s'était tenue à Salvan rassemblant les fidèles d'entre les fidèles, les purs et durs de la secte. Di Mambro et Jouret les prévinrent tous de se préparer au passage dans un autre monde, et ils ordonnèrent de surveiller de près les traîtres à l'intérieur, les taupes infiltrées dans leurs rangs, les dénonciateurs et les déserteurs.

Luce et Christian se savaient menacés, mais ils ne pouvaient pas savoir à quel point la menace était imminente. Car, peu après la réunion de Salvan, Jouret avait évoqué la dissension tacite de Christian devant José Rahner, l'exécuteur zélé des basses œuvres de la secte.

— Depuis l'effondrement du sanctuaire d'Aubignan, il nous boude. Il reste peinard à l'Ermitage avec sa belle. Il profite d'une propriété de l'Ordre sans rien faire pour nous. Et qui n'est plus avec nous est forcément contre nous.

Rahner renchérit:

— Oui, je sais. Il n'y a pas plus traître. Il y a longtemps qu'on aurait dû l'expulser de l'Ermitage. Si tu veux, j'en fais mon affaire.

Jouret en parla le jour même à Di Mambro, qui commença par s'opposer:

— C'est encore une cape noire, tout de même. Il faut faire gaffe.

— Je ne sais plus comment retenir la colère de José. Il est indigné. Et ça se comprend! Alors, si vraiment tu l'empêches d'agir, il va croire que tu ne veux pas le bien de l'Ordre.

— Écoute-moi bien, Luc. Je ne veux pas qu'il nous mette dans de mauvais draps. On a déjà assez d'emmerdes comme ça!

— Il m'a juré qu'il n'y aurait pas de bavures.

— Laisse-moi d'abord parler à Christian. Je vais lui ordonner de venir en Suisse. Ce sera un premier test.

Peu après, Di Mambro prenait le téléphone pour appeler à l'Ermitage. Il commença d'un ton sarcastique:

— Hé, Christian, tu te la coules douce depuis un an, pas vrai? Un vrai rentier avec sa bourgeoise, peuchère!

Il rigola grassement.

— Je comprends pourquoi tu te défilais pour ne pas aller en Australie. Ouais, tu vis d'amour et d'eau fraîche, mais aussi des produits de ma ferme, quand même... Je sais que tu m'as rien demandé depuis des mois. Et je t'ai rien demandé, non plus. Pas de cotisation. C'est kif-kif, c'est réglo. Ouais, tout ça est bien joli, mais figure-toi que l'Ordre a besoin de toi. Ici, en Suisse. Il y a des travaux d'aménagement à faire à Salvan, et à Cheiry aussi. Des travaux qui pressent. J'ai besoin de toi tout de suite.

— Je regrette, c'est pas possible, dit Christian d'une voix posée.

— Comment, tu oses désobéir? fulmina Di Mambro. Tu enfreins l'une des premières règles de l'Ordre, le sais-tu? Ce sont les Maîtres de Zurich eux-mêmes qui le demandent. Sais-tu bien à quoi tu t'exposes? Leur colère pourrait être terrible.

Comme à son habitude, il passait toujours par les maîtres occultes de Zurich, qui avaient ordonné ceci ou cela. C'était leur volonté et pas la sienne, et il pourrait arriver de grands malheurs si on ne suivait pas les ordres donnés, c'est-à-dire ce qui était décrété par ces maîtres suprêmes qui régnaient sur le monde. Trente-trois êtres supposément «venus de l'astral» qui veillaient sur la planète à partir d'une cité souterraine sous Zurich. Ils composaient la «Fraternité blanche de la Rose-Croix», et Di Mambro se disait leur ambassadeur. Et il se servait des prétendues colères de ces puissantes entités pour terroriser son troupeau d'adeptes, ses ouailles, comme autrefois on parlait des foudres divines.

Il avait souvent fait le coup à Christian. Il lui disait d'aller lui-même se plaindre à Zurich si telle ou telle chose ne faisait pas son affaire ; que lui, Jo, n'était qu'un intermédiaire, et tutti quanti.

Tout était toujours une « mission » voulue par les Maîtres de Zurich. Et il ne fallait pas discuter.

— Si tu ne veux pas obéir, ça signifie que tu t'exclus toi-même de l'Ordre. C'est ça que tu veux ?

— Oui, répondit placidement Christian.

— Alors, décampe de l'Ermitage ! jeta rageusement Di Mambro.

— Un instant, ça ne se passera pas comme ça !

— Comment ? Qu'est-ce que tu dis ?

— Je dis que ça ne se passera pas comme ça. Tu voudrais que je me tire sans qu'il t'en coûte rien ? Non, non, Jo, pas question ! Dois-je te rappeler que tu m'as engagé comme architecte au départ, et que tu ne m'as jamais payé les honoraires professionnels qui étaient convenus ? D'accord, tu ne m'as pas fait payer de cotisations comme les autres membres. Mais en plus de mon travail d'architecte pour la transformation de plusieurs propriétés de l'Ordre, la conception et la réalisation des sanctuaires et tout, je n'ai pas rechigné à te servir d'ouvrier, à accomplir toutes sortes de travaux manuels, allant de la maçonnerie à l'agriculture. Un labeur exténuant, du petit matin jusqu'à la nuit tombée la plupart du temps. Oui, pendant des années, j'ai bossé sans arrêt pour l'aménagement et le réaménagement de plusieurs propriétés de l'OTS en France, en Suisse et au Canada. Alors, tout cela mérite salaire, n'est-ce pas ? Et ce n'est pas l'allocation infime que tu m'allouais ici et là pour ma subsistance qu'on peut appeler un salaire. Des broutilles, de la bouillie pour les chats comme ce qu'on nous sert dans les commanderies de l'Ordre, pendant que Jouret et toi, vous faites bombance dans les meilleurs restaurants et les grands hôtels. Non, fini tout ça ! Je veux quitter l'Ordre, et Luce avec moi. Mais pas avant que nous ayons récupéré nos billes.

— Mais c'est une rébellion, c'est de la provocation ! Je dirais même que c'est impie par rapport aux enseignements que tu as reçus dans notre Ordre templier. C'est une trahison, une félonie, une traîtrise sans nom !

— Appelle-le comme tu veux, ça m'est égal. Tes imprécations de faux pape ne changeront rien à l'affaire.

— Et tu m'insultes en plus? Fous le camp, tu m'entends! Et ne compte pas recevoir un seul centime de ma part, parce que c'est plutôt toi qui es en dette avec l'Ordre du Temple solaire. Pour tout le savoir initiatique que tu as reçu, et les révélations privilégiées des Maîtres de l'invisible. Ingrat, mécréant, renégat, traître! Oui, c'est ce que tu es: un traître. Luc avait raison de le dire et de le répéter… Et moi qui prenais ta défense!

— Ma défense? Mon père va s'en occuper désormais, coupa Christian qui n'avait pas perdu son sang-froid sous les invectives de Di Mambro.

— Comment?

— J'ai dit: mon père va s'occuper de ma défense. Et mon frère aussi.

— Qu'est-ce que tu veux dire?

— Le cabinet d'avocats de mon père à Paris va se charger de la cause.

— Comment? Tu veux me poursuivre?

— Tu as bien compris. Si tu ne me rends pas ce que tu me dois, tu seras traîné en justice.

Di Mambro laissa échapper une sorte de lamentation.

— Mais qu'est-ce que tu veux, au juste? lâcha-t-il presque en sanglotant.

— Écoute, depuis 88, avec mes honoraires d'architecte et tout, j'ai calculé que tu me dois au moins un million…

— Quoi?

— Si, si… j'ai bien compté, c'est ce que tu me dois, et je serais en droit de tout réclamer. Mais, voilà, je ne t'en demande que six cent mille. Par égard pour l'affection que je t'ai portée. Je pense que c'est généreux. Mais ces six cent mille francs, j'y tiens, je veux les ravoir rubis sur l'ongle, tu m'entends? D'ici un mois. Sinon j'enclenche les procédures nécessaires.

— C'est du chantage.

— Non, c'est une réclamation.

— Tu me poignardes en plein cœur, Christian.

— C'est toi qui veux me faire chanter maintenant? La corde sensible. Je connais la chanson depuis longtemps. Ça ne prend plus.

— Tu sais qu'il y en a qui t'en veulent à mort ici…

— Des menaces, maintenant? Je t'avertis : si jamais il m'arrive quelque chose, à moi ou à Luce, mon père te le fera payer cher. Très cher! Tu sais qu'il a le bras long. L'OTS ne s'en relèvera pas.

Christian venait d'enclencher les hostilités, de déclarer la guerre à Di Mambro et à l'OTS.

Le lendemain, vers midi, le téléphone sonna à l'Ermitage.

C'était Didier, alarmé, qui appelait pour prévenir le couple d'un danger imminent. Ils devaient décamper de la ferme sans délai, car il venait d'apprendre, de source sûre — de la bouche même de Di Mambro, précisa-t-il —, que Rahner et Girod étaient en route pour les expulser. Et « sans ménagements », semblait-il. Il ne faisait pas de doute que Di Mambro avait fait couler l'information sciemment — sachant bien que par Didier elle se rendrait vite à bon port — pour empêcher des conséquences fâcheuses ou, du moins, limiter les dégâts.

De toute façon, sachant depuis l'affaire d'Aubignan à quelle violence pouvaient recourir Jouret et ses sbires, Christian n'hésita pas une seconde. Il fallait partir. Il avait déjà prévu déguerpir avec la camionnette de l'OTS, qui pourrait servir d'arme de négociation. Terrorisée, Luce savait qu'il n'y avait pas d'autre choix, et les deux s'empressèrent de plier bagage.

Christian prit la précaution d'apporter le pistolet et les cartouches, qu'il avait trouvés au fond d'un tiroir dans la chambre qu'occupait Di Mambro quand il venait à la ferme. Ainsi que l'épée à ampoules, trouvée dans la même chambre, au fond d'un placard : une pièce à conviction qui pouvait servir.

Il ne fallut au couple qu'une vingtaine de minutes pour rassembler leurs effets, et ils montèrent dare-dare dans la camionnette pour filer en direction de Mazamet.

Christian vit que Luce était crispée, pâle de terreur.

— Ne crains rien, mon amour, nous serons vite hors de leur portée!

Le chemin le plus direct, le plus rapide, était d'aller prendre l'autoroute A7 par la départementale D55 jusqu'à Orange, puis la A9 jusqu'à Béziers et la D612 jusqu'à Albine et Roquebois. Normalement, le trajet aurait pris un peu moins de trois heures, mais ils comprirent rapidement qu'il leur faudrait changer d'itinéraire. Ils venaient, en effet, d'entrer sur l'autoroute lorsqu'ils aperçurent, dans l'autre sens, la voiture conduite par Rahner. C'était aussi une camionnette Toyota, mais rouge (alors que la leur était bleue). Rahner les avait reconnus, car il avait aussitôt abaissé la glace de la portière, sorti le bras et pointé l'index dans leur direction d'un air dur. On devinait la silhouette de Girod à ses côtés. Mais avant qu'il trouve une voie de sortie pour faire demi-tour et se mettre à leurs trousses, les fugitifs pouvaient gagner du temps. Christian se disait qu'ils avaient été prévenus juste à temps, car une demi-heure plus tard, ils auraient été faits comme des rats. Que serait-il arrivé? Une altercation? Une expulsion de force, *manu militari*? Leurs affaires jetées dehors avec eux?... Christian aimait mieux ne pas y penser. De toute façon, malgré sa colère, il tâchait de garder la tête froide pour déjouer les lascars, car il voyait bien que les deux allaient les poursuivre. Sans doute pour reprendre la camionnette.

Christian entreprit aussitôt de quitter l'autoroute. Il faudrait bifurquer par divers chemins pour semer les poursuivants. Et user de ruse et de prudence, car les deux zélotes pouvaient se tenir en embuscade au bord des routes. Et ils avaient dû apprendre de Jouret le vrai nom de Christian et donc soupçonner que celui-ci irait chercher refuge au château familial de Roquebois. Christian en conclut qu'il vaudrait mieux faire un grand détour pour arriver à destination sans encombre.

Donc, au lieu de continuer vers l'autoroute A9, il prit la sortie 21 Orange-Centre et s'engagea dans un chemin vicinal qui sillonnait à travers champs, à proximité d'Orange. De là, il atteignit la route D976. Son plan était de descendre cette départementale quelque temps pour bifurquer ensuite vers le pont du Gard puis vers Uzès et de là, en passant derrière Montpellier, rejoindre Clermont-l'Hérault, puis enfin Albine et Roquebois: un grand détour, mais qui avait l'avantage de brouiller les pistes.

À Uzès, Christian s'arrêta à une cabine téléphonique sur le boulevard des Alliés. Il lui fallait joindre ses parents et les mettre au courant de leur situation: les prévenir que, s'ils voulaient bien les recevoir, ils viendraient se réfugier à Roquebois, où se trouvait le château familial, au pied de la montagne Noire. Il donna aussi un coup de fil à son frère Hubert, à Paris.

À la sortie d'Uzès, surprise!

— Ho! T'as vu? s'écria Christian.

Il fit un geste de la main en pressant le pied sur le frein.

— La Toyota rouge... elle vient de passer. C'est eux!

— T'es sûr?

— Ah oui, je mettrais ma main dans le feu.

Luce eut à peine le temps d'apercevoir la camionnette rouge qui s'éloignait sur la route qu'ils s'apprêtaient à reprendre. Nul doute, c'étaient eux. Ils avaient dû se douter — Rahner probablement, le plus malin des deux, songea Christian — qu'ils sortiraient de l'autoroute et feraient un détour pour atteindre Roquebois. Heureusement, les deux hommes n'avaient pas eu le temps de les voir.

Christian obliqua aussitôt sur une voie de traverse et gara la voiture un moment pour étudier la carte.

— Je pense qu'il vaudrait mieux descendre lentement sur Montpellier et même s'arrêter quelque part pour la nuit. Ce serait la meilleure façon de les déjouer.

— As-tu dit à tes parents que nous arrivions ce soir?

— Non, j'ai prévu le coup. Je leur ai dit que ce ne serait peut-être pas avant demain matin. Car je ne veux pas prendre de risques. Ma mère est très inquiète pour nous. Mon père aussi... Après ce qui est arrivé au Texas l'an passé, tu comprends.

Christian s'avisa qu'il serait plus prudent de repartir en sens inverse de leurs poursuivants pour aller reprendre l'autoroute jusqu'à Montpellier, puis vers Clermont-l'Hérault. Ce qu'il fit aussitôt.

Un peu plus d'une heure plus tard, peu après la sortie de l'autoroute aux abords de Clermont-l'Hérault et comme la nuit était déjà tombée depuis quelque temps, Christian trouva le moment propice pour dénicher un endroit où garer leur camionnette pour la nuit. Ils trouvèrent le lieu opportun à l'entrée de la commune de Jonquières. Ce nom plaisait à Luce, car sa mère adoptive était native de Jonquière au Québec: ce qui lui parut de bon augure dans leur escapade, un clin d'œil du Ciel peut-être.

C'était un terrain vague faisant office de parking. Il n'y avait que quelques voitures garées pour la nuit, selon toute apparence. L'endroit était désert et discret à souhait, au bord d'une route peu passante. De là, ils pourraient repartir le lendemain matin en direction du Languedoc-Roussillon.

Luce et Christian dormirent peu et mal cette nuit-là, dans la camionnette. Des voitures passèrent, ici et là, au cours de la nuit. La moindre lueur, le moindre bruit, les mettait en alarme. Et comme il régnait une nuit d'encre, sans lune, l'inquiétude s'en trouvait amplifiée.

Alors, dès les premières lueurs de l'aube, après avoir vite avalé quelques fruits secs qu'ils avaient apportés, ils reprirent la route. Il était cinq heures trente. Christian calcula qu'ils seraient au château de Roquebois peu après sept heures, si tout allait bien.

Après Clermont-l'Hérault, ils enfilèrent la D908 qui menait jusqu'à Saint-Pons-de-Thomières. De là, ils prendraient la D612 venant de Béziers, la route qu'ils auraient dû suivre normalement et qui les conduirait à proximité d'Albine, où se trouvait le château.

Christian soupçonnait que Rahner et Girod pouvaient les attendre au carrefour des deux routes. Il s'arrêta donc à un kilomètre environ dudit carrefour, près d'un camping. Il laissa Luce dans la camionnette et alla faire un tour de reconnaissance à pied, après avoir glissé le pistolet dans sa poche. Il avait rabattu le capuchon de son imperméable sur sa tête et marchait le plus discrètement possible, à l'écart de la route. Les oiseaux s'égosillaient en ce matin de printemps.

À une cinquantaine de mètres du carrefour, il aperçut la camionnette de leurs poursuivants, garée stratégiquement à l'intersection. Il entrevit la tête de Girod, de profil, et se replia aussitôt derrière des arbustes, d'où il pouvait voir sans être vu. Le matin était avancé, près de sept heures déjà, et c'était la pleine lumière du jour même si le temps était gris. Les deux comparses avaient dû dormir aussi dans leur véhicule : à tour de rôle sans doute, pour surveiller tout ce qui passait sur la route durant la nuit. *Faut-il qu'ils soient fanatisés*, se dit amèrement Christian. Il mesura à nouveau à quel point l'OTS était devenu une secte dangereuse.

Prudemment, il revint sur ses pas, vers la voiture où Luce l'attendait avec une folle inquiétude. Il s'empressa de la rassurer en disant qu'il avait bien aperçu les deux lascars dans leur Toyota garée au carrefour, mais qu'il savait maintenant comment leur échapper pour de bon, car le château ne se trouvait plus qu'à une trentaine de kilomètres. Alors il prit à droite un chemin qui bifurquait vers Saint-Pons, d'où il pouvait ensuite reprendre la route en aval du carrefour et laisser les deux acolytes Gros-Jean comme devant.

En reprenant la route, Christian fila le plus vite qu'il put en direction de Roquebois; de sorte qu'une vingtaine de minutes plus tard, dans un détour, ils virent apparaître tout à coup, à quelques centaines de mètres, les tours et le vaste corps de logis du château.

Luce laissa échapper une exclamation:

— Oooh!

C'était comme une féerie, ce grand château de pierre rougeâtre émergeant des restes de brume matinale qui s'effilochaient au flanc de la montagne Noire.

Christian ralentit sans dire mot, envahi par une émotion qu'il tentait de contenir. Quelques instants plus tard, après avoir longé un grand parc à l'anglaise, ils entraient dans l'allée menant au château.

Il était sept heures quarante-cinq, ce qui était un peu matinal sans doute pour la marquise, sa mère, qui n'était guère lève-tôt, mais Christian aperçut bientôt une silhouette familière qui sortait de la grande porte donnant sur le parc.

— Mon père, dit-il d'une voix étranglée, tâchant de maîtriser l'émotion qui le submergeait.

La haute stature un peu voûtée du marquis se profilait contre la grande porte à deux battants du porche. Il devait les attendre avec anxiété depuis l'aube, songea Christian.

Il n'avait pas revu son père depuis plus de six ans déjà, soit depuis qu'il était entré dans l'OTS. Le marquis se tenait bien droit, l'air digne comme on peut se figurer un aristocrate de haute lignée. Sa tête encore bien fournie avait blanchi durant ces années.

Quand Christian sortit de la voiture, le marquis s'avança vers lui sans dire un mot et le prit dans ses bras. Christian avait les yeux mouillés de larmes.

Tout à coup, le marquis s'écarta et dit en souriant:

— Alors, qu'attends-tu pour me présenter ta femme?

Luce se tenait derrière, un peu intimidée...

Christian fit un pas de côté et la prit par le bras:

— Papa, je suis heureux de vous présenter Luce.

Luce tendit sa main. Le marquis la prit et s'inclina aussitôt pour la baiser.

— Madame, excusez un vieux gentilhomme, qui n'a pas appris d'autres façons d'accueillir une dame.

Et, aussitôt, sans leur donner le temps de répondre:

— Mais venez donc voir votre mère qui se meurt d'anxiété.

Ce « votre » était une élégante touche de gentillesse à l'endroit de Luce qui se trouvait ainsi « adoubée » en quelque sorte dans la famille.

— Elle se fait tellement de mouron depuis hier. Je crois qu'elle n'a pas fermé l'œil de la nuit.

Le marquis leur apprit qu'une voiture avait erré un peu autour du château vers vingt-deux heures.

— Et s'ils reviennent ? s'inquiéta Christian.

— Ils auront affaire à mon garde-chasse, dit le marquis.

Justement, Christian aperçut l'homme qu'il connaissait depuis l'enfance et qui se tenait à l'affût au coin du bâtiment. Le père Gervais fumait dans l'ombre, sa carabine en bandoulière. Ce montagnard rude et solide comme les pins de la montagne Noire s'était illustré dans la Résistance. Il appartenait à une famille paysanne qui avait été au service des Roques-Sernac depuis des générations.

Un autre homme était sorti sur le seuil. Sa ressemblance avec Christian le désignait d'emblée comme son frère Bernard, celui qui résidait au château avec sa femme et ses jeunes enfants. Derrière lui se faufila un jeune lévrier très enjoué, suivi de deux gamins rieurs de sept et neuf ans, Michel et Alban, que leur mère Odette, une jolie brune aux yeux noisette, avait du mal à retenir pour les préparer pour l'école ce jeudi matin. Tout ce monde vint entourer le couple et les embrasser.

Christian avait hâte d'entrer dans le château pour trouver sa mère. La marquise attendait un peu nerveusement, au bout de la grande table de chêne, devant une tasse de café. Elle se leva quand elle aperçut son fils et alla l'embrasser.

C'était une grande femme, encore mince, aux cheveux châtain clair, aux yeux pers, dont le visage fin était resté presque sans rides malgré la soixantaine. Son élégance, sa distinction innée en même temps que sa grande sensibilité transparaissaient dans ses gestes, dans toute son attitude.

Christian la tint serrée dans ses bras un long moment. Il était, des quatre enfants, celui qui était resté le plus proche d'elle. Et il savait d'instinct qu'elle lui pardonnait et lui pardonnerait tout. Il espérait maintenant qu'elle accepterait Luce d'emblée.

En apercevant cette aristocrate distinguée, Luce se sentit tout à coup petite, indigne, venue de nulle part. L'absence d'identité qui pesait sur sa vie vint momentanément lui serrer le cœur.

Après avoir embrassé Christian, la marquise, les yeux humides, se tourna vers elle :

— Luce, que vous êtes jolie ! Permettez que je vous embrasse aussi.

Même s'il avait parlé au téléphone avec ses parents à quelques reprises déjà, avant son arrivée, Christian restait encore étonné par la chaleur de leur accueil. Il allait finir par apprendre que c'était son frère Hubert qui, de Paris, avait aussi bien préparé le terrain. Il avait parlé à ses parents de tout ce que Christian avait vécu ces derniers temps à l'OTS, de sa fermeté et de son courage face aux dirigeants de la secte, de son mariage «forcé» avec une jeune Québécoise qui s'était révélé une grande union amoureuse. Et cette apologie fraternelle, appuyée par la mère qui avait toujours eu un faible pour son «petit dernier», avait fini par amadouer le père et le ramener à de bien meilleurs sentiments envers son benjamin.

Di Mambro ignorait à quel point Rahner et Girod avaient poussé leur traque du couple enfui. Quand il apprit qu'ils s'étaient rendus jusqu'aux abords du château des Roques-Sernac, il faillit faire un infarctus. Et il était d'autant plus fâché qu'il l'apprenait de la bouche du frère de Christian, qui l'appelait, le matin du 7 avril, de son bureau à Paris. Il était averti, en même temps, qu'il allait recevoir une sommation en bonne et due forme du cabinet d'avocats Roques-Sernac. Entre-temps, Hubert lui conseillait de ne pas aggraver l'affaire par des initiatives dangereuses et même «criminelles» comme celles qu'avaient prises Rahner et Girod. Désormais, le couple était sous la protection de la loi. Toute forme d'agression, verbale ou physique, sur Christian ou Luce serait particulièrement malvenue. Qu'on se le tienne pour dit !

Quant à la camionnette que le couple avait empruntée pour se rendre à Roquebois, elle serait remise en temps et lieu, quand les questions pendantes entre les parties en litige seraient réglées, annonça Hubert.

— C'est une séquestration, fit remarquer Di Mambro avec humeur.

— Non, coupa Hubert sèchement. C'est ce qu'on appelle détenir un bien en contrepartie. C'est un bien minime quand même en contrepartie de ce qui est dû, précisa-t-il.

— Vous aurez beau dire, c'est du chantage.

— Disons tout au plus que c'est prendre une garantie, monsieur Di Mambro.

Il faut dire que tout cela arrivait peu de temps après l'assassinat crapuleux de la députée Yann Piat à Hyères, dans le Var, sans doute à cause de spéculations immobilières auxquelles, semblait-il, comme on l'apprit plus tard, Di Mambro n'était pas étranger. Ce qui n'était pas étonnant vu ses accointances avec les milieux interlopes de Marseille et de la Côte d'Azur. Hubert avait aussi découvert cela grâce aux informations qu'il avait pu obtenir du ministère de l'Intérieur.

En effet, grâce aux contacts privilégiés de son père au ministère, Hubert put apprendre non seulement les relations louches que Di Mambro avait entretenues et continuait d'entretenir (sous le boisseau) avec la pègre, mais aussi qu'il avait été mis sous surveillance par Interpol à cause de transferts de fonds suspects en Australie. Il sourit, car il avait là un levier important pour faire cracher le morceau au patron de l'OTS.

CHAPITRE 61

La vie de château

Au pied de la montagne Noire, sous la sombre garde impavide du Roc de Peyremaux, qui dressait à plus de mille mètres son imposante armure rocheuse — et au château, sous la vigilante surveillance du garde-chasse et de son fils —, nos deux «réfugiés» se sentaient plus en sécurité.

Malgré des tractations qui s'annonçaient épineuses avec Di Mambro, ce fut à nouveau un printemps magnifique pour le couple; et encore plus que celui de l'année précédente, car ils avaient tranché le dilemme de la sortie de l'OTS et ils n'avaient plus au-dessus de leurs têtes l'épée de Damoclès de l'expulsion qu'ils n'avaient cessé de ressentir à l'Ermitage. Et Luce eut le temps de découvrir la vie de château, comme une sorte d'Emma Bovary québécoise ouvrant des yeux fascinés sur le «grand monde».

Le château de Roquebois était un bâtiment du XVIIIᵉ siècle, constitué d'un vaste corps de logis sur trois niveaux, encadré aux angles de quatre tours rondes. Chaque niveau était percé de sept larges fenêtres. Le toit pentu en ardoises grises arborait trois grandes cheminées. Par-devant se trouvait un parc à l'anglaise, avec plusieurs arbres centenaires. Et tout autour, un vaste domaine de soixante-dix hectares, dont des terres agricoles louées en majeure partie aux cultivateurs de la région.

Le château était habité par une dizaine de personnes. À part le marquis et sa femme, s'y trouvaient leur fils Bernard avec sa femme et leurs deux garçons (ils avaient leurs appartements à part, au rez-de-chaussée); la mère du marquis, la baronne d'Aubignac (quatre-vingt-huit ans); ainsi que la mère de la marquise, la charmante comtesse d'Aubuisson (quatre-vingts ans) qui adorait Christian et allait aussi englober Luce dans cette affection. D'autres appartements à l'étage étaient prévus pour les séjours occasionnels du fils aîné Hubert et de la fille aînée Isabelle, psychanalyste à Paris, restée célibataire.

De prime abord, Luce se sentit transportée dans un conte de fées. Elle était éblouie par la splendeur des lieux : des pièces spacieuses, des meubles de style, un mélange de cachet ancien et de confort moderne. Au rez-de-chaussée, les salons en enfilade, les cheminées massives et surtout l'impressionnante bibliothèque, remplie de livres anciens en reliure de maroquin. Tous les classiques, comme les *Mémoires* de Saint-Simon et les œuvres de Voltaire en soixante-douze volumes, des ouvrages enluminés, des éditions rares. Bref, l'empreinte impressionnante, prestigieuse, de plusieurs siècles de culture et de civilisation.

Devant le château s'étendaient une terrasse en gravier et un immense parc, fermé par un rideau d'arbres. À la fin du jour, Luce et Christian allèrent s'y promener dans la splendeur du soleil couchant. Ils évoquèrent avec attendrissement leur *affrèrement* du printemps précédent à l'Ermitage. C'était un an auparavant, presque jour pour jour. Ils s'embrassèrent sous le grand saule deux fois centenaire. Et, pour être dans le ton de ce décor majestueux, Christian prit un air aristocrate en remontant le collet de sa veste et en donnant le bras à sa belle. Luce pouffa de rire et entra dans le jeu avec ravissement.

Avant le dîner, Christian joua au ping-pong avec les garçons de Bernard, tandis que Luce causait avec la marquise et sa mère, la comtesse d'Aubuisson, dans un angle du salon.

Toute la famille se retrouva bientôt autour de la grande table de chêne, devant un confit de canard typique du Gers et un vin de Cahors 1963, que le marquis avait tiré tout spécialement de sa cave. Même si Luce et Christian étaient le centre de l'attention, tout le monde eut la politesse de faire comme s'il n'en était rien et se garda bien de faire la moindre allusion à l'Ordre du Temple solaire.

Nos deux réchappés de l'OTS étaient attablés en face de Bernard et Odette. Bernard, l'avocat d'Airbus, avait à peu près la même taille que Christian, mais était plus corpulent. Avec son visage rose poupin et ses yeux moqueurs, c'était un pince-sans-rire qui trouvait toujours le bon mot pour égayer l'atmosphère. Odette, qui s'était fait une spécialité de l'histoire régionale, entreprit d'évoquer quelques faits historiques en rapport avec le château, surtout à l'intention de Luce. Et la conversation finit par dériver sur les revenants et les fantômes.

Les Roques-Sernac évoquaient presque en badinant, comme si c'était tout naturel, les nombreux esprits qui, selon eux, peuplaient les vastes pièces en enfilade du château. Le marquis parla des petits coups frappés sur la cloison la nuit après la mort de son père, des bruits qui s'étaient peu à peu espacés, mais qui n'avaient cessé que plusieurs années plus tard. Puis il apprit à Luce que, parmi les « esprits » qui hantaient gentiment les lieux, il devait y avoir celui qui avait fait bâtir le château, le comte Philippe de Roques, mort à l'époque de la Révolution, quand les jacobins étaient venus l'arrêter en 1792. Il avait été guillotiné à Paris parce qu'il était membre du parlement de Toulouse. Sa fille, son héritière, avait épousé un Sernac, ce qui avait été à l'origine du nom Roques-Sernac.

La comtesse d'Aubuisson, toujours vive d'esprit à quatre-vingts ans sonnés, enchaîna avec des bruits mystérieux qu'on entendait parfois encore, la nuit, dans la petite cuisine et la salle de bains attenant à la chapelle. Un trottinement ou de petits pas sautillants sur le carrelage, suivis de pas marqués ou pointés comme ceux d'une ballerine. Ces bruits duraient plusieurs minutes et revenaient par intermittence.

Elle se tourna vers Luce :

— Je ne sais si vous avez vu une vitrine, là-bas, à l'entrée de la salle à manger ?

— Non, je n'ai pas remarqué, dit Luce.

— Elle renferme deux petits chaussons de ballerine, reprit la comtesse. Ces chaussons ont plus de cent cinquante ans. Ils appartenaient à une petite fille de douze ans, morte de phtisie et qu'on a enterrée dans la crypte de la chapelle. Sa mère, qui était la sœur de l'arrière-arrière-grand-père de Christian, ne s'en est jamais consolée. Elle a peint deux portraits d'elle-même, qu'on peut voir accrochés dans le boudoir près du grand salon. L'un des autoportraits a été peint avant la mort de la petite, l'autre après. Cette deuxième toile est saisissante. Elle montre une femme vieillie avant l'âge, dont le regard ravagé exprime toute la douleur du monde.

Émue, Luce était suspendue à ses lèvres. La vieille comtesse avait fait une petite pause avant d'arriver au clou du récit. Elle tourna à nouveau les yeux vers Luce :

— Vous savez ce qu'on s'est dit, depuis longtemps, au sujet de ces mystérieux petits pas la nuit ? C'est la petite Adeline qui vient danser pour égayer sa mère. Une petite revenante bien sympathique, en somme, qui ne veut faire ni peur ni mal à personne.

Quand même, avec toutes ces histoires d'esprits et de revenants, Luce ne se sentit pas rassurée quand ils montèrent se coucher par le grand escalier du château, sous une succession de portraits d'ancêtres à perruques et mortiers — des visages graves, sévères, qui vous fixaient dans leurs immenses cadres dorés — et quand ils enfilèrent des couloirs obscurs — où l'on sentait encore des yeux vous suivre dans des cadres vermoulus — pour atteindre la grande chambre qui leur avait été attribuée au bout du dernier étage, juste sous les combles.

Christian lui avoua qu'il avait très peur des fantômes — réels ou non — du château quand il était enfant. Mais il avait fini par les apprivoiser, dit-il.

— Au fond, les lieux anciens comme celui-ci sont peuplés d'âmes. Mais ces âmes, ces esprits n'ont rien de terrifiant. Au contraire, s'ils hantent les lieux, c'est qu'ils y sont attachés et qu'ils aiment les gens qui s'y trouvent. Il faut les voir comme des présences bienfaisantes, protectrices. Et aujourd'hui, c'est ce que je ressens dans ces murs où ont vécu — aimé, ri et pleuré — tant de mes ancêtres.

Il songea tout à coup aux « apparitions » montées par Di Mambro dans les sanctuaires de l'OTS et se dit en lui-même que les puissances de l'invisible, quelles qu'elles soient, sont souvent invoquées et instrumentalisées par les manipulateurs de tout acabit pour fasciner et terroriser les gens, surtout les plus vulnérables.

Dans leur chambre trônait le portrait style Empire d'une jeune femme — cheveux auburn, yeux bleu pâle — une contemporaine de madame de Récamier, avec son corsage porté haut. Christian fit les présentations. C'était l'une des filles du premier marquis de Roques-Sernac, le gendre du bâtisseur guillotiné. Elle s'appelait Victoire, nom typique de l'époque napoléonienne. D'ailleurs, elle avait épousé un général de Napoléon, mort à Waterloo peu après leur mariage, et elle s'était retrouvée, à vingt ans à peine, veuve et sans enfant. Elle avait fini ses jours au château.

Christian lui trouva tout à coup une ressemblance avec Luce. Et il se prit à se demander, lui qui connaissait ce portrait depuis l'enfance, s'il n'y avait pas là quelque chose de prémonitoire : un présage qui lui avait été donné depuis longtemps sur la femme qu'il allait rencontrer à l'OTS des années plus tard. Et lui qui croyait aux vies antérieures, il se demanda si Luce n'était pas la réincarnation de Victoire.

Luce y vit aussi quelque chose d'étonnant, de frappant, car elle aimait beaucoup ce portrait. Elle avait ressenti en le voyant une étrange sympathie, une sorte d'affinité. Elle s'était même dit que sa mère biologique devait ressembler à cette femme. Du coup, cela la rassura sur les « esprits » qui peuplaient le château. Et elle s'endormit sereinement et rapidement, car la journée avait été longue et la nuit précédente fort courte.

Par la suite, tous ces personnages d'antan dans leurs grands cadres intimidants commencèrent à sourire à Luce. Elle apprit peu à peu à les connaître, à partir de celui qui trônait majestueusement au sommet de la cage d'escalier, en perruque et costume du XVIIIe siècle : le père du bâtisseur du château, qui avait été président à mortier au parlement de Toulouse sous Louis XV.

Malgré sa taille impressionnante, ce château avait quelque chose de familier et de sympathique, parce qu'il avait gardé son cachet d'origine, malgré les rénovations nécessaires à la vie moderne : électricité, salles d'eau, télévision, etc. Les meubles et les cadres des diverses époques s'y étaient accumulés depuis près de trois siècles, comme les livres dans la bibliothèque, où les vieux in-octavo du XVIe siècle côtoyaient des livres de poche des années soixante.

Luce allait se rappeler longtemps les atmosphères de ce printemps 1994, au château. Les notes qui s'égrenaient lentement, dans la nuit au clocher d'Albine. Les deux pipistrelles entrées un soir dans leur chambre. Le clair de lune diaphane au-dessus du parc. Le paon qui venait déployer sa queue superbe au bord du parc et qui se promenait autour du château avec son cri habituel « Léon... Léon », et Bernard qui s'en moquait : « Eh bien ! qu'il vienne ce Léon et qu'on en finisse ! »

CHAPITRE 62

Des tractations épineuses

Sous la pression de plus en plus menaçante d'Hubert, Di Mambro avait fini par accepter de payer en versements échelonnés. Au début de mai, il expédia au cabinet Roques-Sernac à Paris deux chèques qui représentaient environ la moitié des sommes exigées pour Christian et pour Luce.

Curieusement, c'était le surlendemain d'un fait divers qui avait remué la Provence et la Côte d'Azur : deux hommes, deux frères, avaient été retrouvés morts, asphyxiés au monoxyde de carbone, dans leur garage. À Tourtour, dans le Var. On décrivait les frères Saincené comme des « gangsters barbouzes » protégés par des politiciens de la région. On avait vite lié l'affaire à l'assassinat de la députée Yann Piat, quelques mois auparavant. Et derrière tout ça, encore, des magouilles politico-immobilières. Mais, le plus étrange, c'est que deux capes templières et des brochures de l'OTS avaient été retrouvées à leur domicile.

Tiens, tiens... se dit Hubert, qui avait déjà découvert que Jouret et Di Mambro étaient mêlés à des spéculations immobilières dans le Var. *Voilà un autre élément qui s'ajoute au dossier.*

Il en parla à son père. En toute confidence, car il ne voulait pas alarmer davantage Christian et Luce.

Comme Hubert ne relâchait pas la pression sur lui, le patron de l'OTS proposa un marché à la mi-juin : la restitution de la camionnette à la gare de Mazamet contre remise en main propre de chèques représentant le solde des sommes exigées. Il n'était pas question, bien sûr, que Christian y aille lui-même, et d'autant moins que ce serait encore Rahner et Girod sans doute qui seraient chargés d'apporter les chèques et de ramener la camionnette. On pensa à envoyer le père Gervais et son fils.

Mais, flairant la supercherie, Hubert exigea que les chèques soient d'abord encaissés avant la restitution de la camionnette.

Jo Di Mambro accepta la proposition, dit qu'il reviendrait sous peu leur donner la date de la transaction. Puis les jours passèrent...

Hubert tenta à quelques reprises de le joindre au téléphone. Sans succès. En fin de compte, une femme répondit pour dire que monsieur Di Mambro avait été admis d'urgence dans une clinique de Genève et qu'elle ne savait pas quand il serait rétabli. Cette femme servait de secrétaire à Jo, à la place d'Évelyne, toujours retenue au Québec pour des passeports que le consulat de France à Montréal tardait à renouveler.

Malade ou non, il était manifeste que Di Mambro cherchait encore à se défiler, à gagner du temps. Hubert et Christian y virent aussi la confirmation que le patron de l'OTS leur avait proposé un marché de dupes pour la remise de la Toyota. Les chèques auraient sans doute été sans provision.

Ils en eurent la confirmation le mois suivant, quand Di Mambro — qui se disait atteint de cancer et proche de la fin — déclara qu'il préférait ne plus faire de chèques... Désormais, il paierait cash, en argent liquide. Il proposait que Christian vienne lui-même en Suisse chercher le solde de ce qu'il réclamait.

Hubert, évidemment, trouva le piège grossier. En Suisse, soit. Mais il posa des conditions strictes pour la rencontre. Pas question que ce soit dans une maison de l'OTS. Ça devait avoir lieu dans un endroit choisi par eux, la partie demanderesse. Ensuite, Christian et Luce y seraient représentés, ou à tout le moins accompagnés, par un intermédiaire, qui pourrait être Hubert lui-même ou l'un de ses associés à Paris. On était déjà au milieu de l'été 1994.

CHAPITRE 63

Le grand transit

À la fin de l'été, comme les tractations s'éternisaient avec Di Mambro, Hubert et Christian comprirent qu'ils n'obtiendraient plus rien de lui s'ils ne se rendaient pas en Suisse pour collecter eux-mêmes l'argent qui restait à payer. La voie des tribunaux prendrait trop de temps. Ils prirent donc rendez-vous avec Di Mambro dans un hôtel de Genève. À la dernière minute, Hubert dut se faire remplacer par un associé qu'il avait mis vite au courant de l'affaire. Il n'était pas question de laisser Christian et Luce — qui, bien sûr, l'accompagnait — seuls en tête à tête avec Jo Di Mambro. Car celui-ci devait venir en personne leur verser le solde de ce qu'il leur devait. Mais il se désista à la dernière minute. Encore son cœur qui faisait des siennes. Hubert était furieux. Il menaça Di Mambro d'envoyer les huissiers. Celui-ci promit de faire remettre la somme par sa secrétaire.

Un autre rendez-vous fut donc pris à Genève. La secrétaire se présenta avec l'argent qu'elle remit à l'associé d'Hubert, et s'empressa de tourner les talons. On compta les billets, la plupart en petites coupures, pour s'apercevoir qu'on était encore loin du compte.

Di Mambro se confondit en excuses, il avait mal compté — ou plutôt, sa secrétaire avait mal compté —, c'était une erreur qu'il allait s'empresser de réparer.

Puis il tira bientôt un autre lapin de son chapeau. De fait, une tentative de dernier ressort pour amadouer Christian. Une sorte de coup de poker fou pour le « récupérer » en disant que l'OTS avait été aboli ; qu'un nouveau mouvement appelé Alliance Rose-Croix reprenait le flambeau des Templiers sous une nouvelle direction. Le chef d'orchestre Bujard en était désigné le Grand Maître. Tout cela avait été prévu lors d'une « réunion extraordinaire » à Avignon le 9 juillet, puis entériné lors d'une seconde réunion à Avignon le 24 septembre. Tout était effacé, disait Jo, on recommençait à neuf et ils pouvaient tous deux réintégrer la nouvelle organisation, en conservant leur cape, leur degré hiérarchique.

Au bout du fil, Di Mambro parlait d'une voix affaiblie que Christian ne lui connaissait pas. Sûrement, il n'avait pas menti, il était malade. Jo se mit à parler de réconciliation. Il évoqua une grande fête qui devait avoir lieu à Salvan, le 4 octobre. Pour célébrer la renaissance de l'organisation templière, désormais baptisée Alliance Rose-Croix. Il serait très heureux de le revoir à cette occasion. Lui et Luce étaient les bienvenus.

Christian l'écoutait, à la fois ahuri et amusé. Comment Jo pouvait-il oser croire une seule seconde qu'il mordrait à ce gros hameçon ?

— Une fois que les ardoises seront effacées, et elles le seront bientôt, je te le promets, on pourra recommencer à zéro, disait Di Mambro.

— Comment ?

— C'est une autre organisation qui prend le relais. Avec d'autres dirigeants, fit-il remarquer.

— Tu veux dire que toi et Jouret, vous ne dirigerez plus la nouvelle Alliance ?

— Oui, peut-être ne serons-nous plus là, évoqua-t-il mystérieusement. Comme dirigeants, ajouta-t-il.

Quelques jours après, le 2 octobre, Luce fit un cauchemar qui la bouleversa : la ferme de Cheiry était en flammes, et elle courait avec Christian pour échapper à l'incendie.

Elle ne pouvait pas savoir que la tragédie s'était déjà enclenchée à l'OTS. Les premiers actes. Le 29 septembre, José Rahner avait pris l'avion pour Montréal : en première classe d'un vol Swissair. Le lendemain, selon les instructions données par Di Mambro — « Prépare-toi à ta mission, blinde-toi, frappe sans merci, sois sans peur et sans reproche… » —, ce chevalier de la mort s'était rendu à Morin-Heights, dans les Laurentides, pour assassiner froidement le couple Dubois et leur enfant de trois mois avant de disposer un système de mise à feu à distance dans la maison, et il avait repris l'avion le soir même pour revenir en Suisse. Le 2 octobre, lui, Jouret et probablement Girod se trouvaient à Cheiry où plusieurs membres de l'OTS avaient été conviés pour y être assassinés par balles. À cinq heures du matin, le 3 octobre, Jouret appela Di Mambro pour lui dire que les «traîtres» étaient liquidés. Rahner fit de même peu après. Il avait disposé des systèmes de mise à feu comme à Morin-Heights. Et il retournait à Salvan pour installer des systèmes semblables. Des mises à feu qu'on pouvait déclencher à distance avec un téléphone portable.

Le lendemain, 4 octobre, alors que notre couple attendait toujours Di Mambro ou son envoyée à Genève — Jo remettait sans cesse le rendez-vous, pour raisons de santé ou autres —, Luce reçut un coup de téléphone étrange de Valérie. Elle parlait de façon un peu confuse, presque en bredouillant au début. Elle disait qu'elle avait peur; que le climat était devenu lourd et angoissant à l'OTS; qu'elle sentait des menaces diffuses dans l'air. Il y avait des attitudes inquiétantes, des comportements bizarres au sein de la secte depuis qu'elle avait été renommée Alliance Rose-Croix et qu'elle était passée en principe sous la direction du chef d'orchestre Bujard, et cela semblait s'accroître de jour en jour. C'est pour cela qu'elle avait pris une chambre d'hôtel à Martigny plutôt que d'aller loger dans un des chalets de Salvan. Quelqu'un l'avait prévenue qu'il y régnait une atmosphère sinistre : Di Mambro était invisible, et Jouret avait un air lugubre.

Valérie était venue pour une réunion prévue à Salvan le lendemain soir. Elle devait y être, car Jouret et Di Mambro tenaient absolument à sa présence. C'était une réunion de la plus haute importance de l'élite de l'Ordre, et elle ne pouvait se défiler. Les Grands Maîtres savaient qu'elle était déjà en Suisse et ils avaient promis de lui rembourser ses frais de voyage. Mais aucun des adeptes à qui elle avait pu parler ne semblait se faire une joie d'y aller; elle ne s'en réjouissait pas non plus. De fait, elle avait envie de prendre le large. Elle irait bien les voir à Genève, mais elle n'avait pas de voiture, et elle veillait à ne pas trop dépenser pour avoir les moyens de rentrer au Québec le plus tôt possible. Elle s'était rendue en train à Martigny, où elle avait dormi dans un petit hôtel, et elle se préparait à se rendre en taxi à Salvan plus tard dans la journée.

— Écoute, Valérie, on peut aller te chercher à Martigny, si tu veux.

— Merci, Luce. En tout cas, juste vous voir me ferait du bien.

C'était une sorte d'appel de détresse, qui avait inquiété Luce au plus haut point. Il fallait faire quelque chose pour Valérie. Christian le voulait bien, mais que pouvaient-ils faire ? Comment pouvaient-ils empêcher Valérie d'assister à cette réunion ?

— Que dirais-tu pour la convaincre de ne pas y aller ? demanda Christian.

— Il pourrait se passer quelque chose de terrible comme à Waco.

— Oui, mais comment la convaincre ? Jusqu'ici, elle a toujours suivi aveuglément Jouret.

Et il était hors de question qu'ils se rendent au repaire de Di Mambro à Salvan, ou même aux environs. N'importe qui dans la secte pouvait les apercevoir. C'était se mettre dans la gueule du loup.

Luce se rongeait les sangs d'inquiétude :

— Je sens le pire, dit-elle. Je ne sais pas, mais j'ai un très mauvais pressentiment.

Puis elle lança d'un ton déchirant, les larmes aux yeux :

— Tu penses qu'il n'y a rien à faire, vraiment ?

Christian la prit dans ses bras. Il avait l'air grave de quelqu'un qui se débat avec des pensées sombres. Puis il s'écarta d'un pas en arrière. Gardant les mains sur les épaules de Luce et la regardant droit dans les yeux, il dit :

— Écoute, mon amour, il y a peut-être quelque chose à faire... Ce serait fou sans doute, mais ça peut se faire.

Alors il lui parla d'un tunnel souterrain que Jo lui avait fait aménager à Salvan : un passage secret qu'il était l'un des rares à connaître, sinon le seul, à part Di Mambro. Il se disait qu'il pourrait peut-être aller à la convocation et s'arranger pour faire sortir Valérie avec lui par ce tunnel, qui était bien dissimulé derrière une cloison des toilettes. La cloison était amovible. Elle s'ouvrait par une commande cachée — et un peu compliquée, dont il fallait bien connaître le mécanisme — et se refermait par une autre commande à l'entrée du tunnel : un souterrain étroit et sans éclairage, qui courait sur une cinquantaine de mètres et débouchait derrière un garage.

Christian lui dit qu'il y avait deux moyens de mener l'affaire à bien : soit qu'il donne tous les renseignements et instructions nécessaires à Valérie, pour qu'elle puisse s'évader du chalet de

Salvan ou beaucoup plus périlleux, qu'il se rende lui-même sur place pour faire sortir Valérie par le tunnel. Dans ce cas, il faudrait qu'il aille seul à Salvan. Ce serait trop risqué que Luce l'accompagne, en plus de compliquer dangereusement le projet d'évasion.

— Tu as raison. Mais si Valérie arrive à sortir seule par ce tunnel, comment pourra-t-elle quitter Salvan ? Elle n'a pas de voiture.

— Je pourrais l'attendre à proximité, répondit Christian. Avec une voiture de location. Et je me tiendrais à l'écart, à une bonne distance du chalet, pour ne pas être repéré.

— C'est un grand risque, quand même. Il faudrait que tu sois extrêmement prudent, mon chéri, et que tu expliques bien les choses à Valérie, et qu'elle soit d'accord.

— Oui, bien sûr... Pour le reste, nous ne pouvons pas choisir pour elle, dit-il avec tristesse.

Il était presque dix-sept heures déjà. Luce s'empressa de téléphoner à l'hôtel de Martigny. On lui dit que Valérie était sortie, mais qu'elle n'avait pas libéré sa chambre.

Elle réessaya une demi-heure plus tard. Valérie n'était toujours pas rentrée. Le couple se dit qu'elle était sûrement partie pour Salvan.

Christian avait pris sa décision :

— Il faut que j'aille à Salvan.

— T'es sûr ?

C'est elle tout à coup qui hésitait.

— Oui, je dois tenter le coup. J'ai peur pour elle, moi aussi.

— Tu vas aller dans le tunnel ?

— Oui, pas le choix. Au moins, je n'aurai pas construit ce truc pour rien.

— Mais, si tu te fais prendre... Ah, mon Dieu, je ne me le pardonnerais jamais ! Mon amour, je ne veux pas que tu ailles risquer ta vie. Même pour sauver ma meilleure amie.

— Écoute, j'ai bien réfléchi. Par le tunnel, j'arriverai peut-être à entendre ce qui se passe dans le chalet de Di Mambro. Je pourrai savoir si Valérie s'y trouve et ce qui se trame. Je ne ferai pas d'imprudences, je te promets. Je n'entrerai pas dans le chalet.

— Ah, j'ai peur.

— Ne crains pas. Je prends toutes les précautions nécessaires... et tout l'outillage qu'il faut.

Il avait déjà sorti une lampe de poche, un couteau à cran d'arrêt et le revolver dont il ne s'était pas départi depuis leur fuite de l'Ermitage, en priant le Ciel qu'il n'ait jamais à l'utiliser.

Il fallait compter au moins une heure et demie pour se rendre à Martigny, puis une dizaine de minutes pour atteindre Salvan. D'abord, aller louer la voiture. Par chance, il y avait un service de location tout près de leur hôtel.

Il arriva donc à Martigny dans le temps prévu. Par acquit de conscience, il alla voir si Valérie ne se trouvait pas, par hasard, à l'hôtel d'où elle les avait appelés au milieu de l'après-midi. Elle n'y était pas.

Il se dirigea alors vers Salvan, mais avant d'arriver aux chalets de l'OTS, il gara sa petite Fiat bleu sombre dans un terre-plein en retrait, au bord de la route. Puis, en s'assurant qu'il avait pris tout ce qu'il fallait — la lampe de poche, le couteau et le revolver —, il entreprit de parcourir à pied les quelques centaines de mètres qui restaient, en marchant le plus possible à l'écart de la route, dans les buissons, pour ne pas être vu. La nuit tombée le favorisait.

En vue des chalets, il vit une voiture arriver, deux personnes en sortir pour se diriger vers le chalet de Di Mambro, mais la distance et l'obscurité l'empêchaient de les reconnaître. Comment savoir si Valérie était là ? S'approcher des fenêtres ou même des chalets serait beaucoup trop dangereux. Non, le seul moyen était d'entrer dans le tunnel souterrain, comme il l'avait prévu.

Il prit un petit sentier qui contournait les trois chalets derrière des arbustes pour arriver à l'arrière du garage. L'entrée du tunnel s'y trouvait cachée sous un panneau de contreplaqué recouvert d'un matériau léger imitant une plaque de béton. Il n'eut guère de peine à écarter le panneau et à se glisser dans le tunnel. Lampe de poche au poing, il avança plié en deux dans le souterrain, sentant avec appréhension une vague odeur de pétrole qui se précisait à mesure qu'il approchait de la cloison au bout : la cloison amovible qui donnait sur une salle de toilettes du chalet de Di Mambro.

Les bruits qu'il commençait à percevoir se firent plus distincts quand il arriva au bout du tunnel. Il appliqua l'oreille sur la cloison qui était assez mince pour qu'il entende non seulement les pas et la chasse d'eau dans les toilettes, mais aussi les bruits et les éclats de voix dans la salle à manger, un peu plus loin. Il pourrait entendre mieux s'il ouvrait ou entrouvrait la cloison, mais il ne pouvait pas prendre ce risque. Il tendit l'oreille en veillant à ne pas faire le moindre bruit. Il distinguait des voix : celles de Jouret, de Di Mambro, de Girod et d'autres moins distinctes. Des voix de femme aussi. Il en reconnut certaines, crut en deviner d'autres, peut-être celle de Valérie, il n'en était pas sûr. La voix de Jouret s'élevait à nouveau. Christian en percevait des bribes :

« ... nous allons vivre... naissance à un monde sublime... voyager dans toutes les galaxies pour l'éternité... les mystères sont sans fin... la joie est océanique, vous ne pourrez que chanter... »

Il s'ensuivit des cris de joie, des rires d'enfants, des hourras, puis le groupe entonna à l'unisson la fameuse chanson à boire «Chevaliers de la table ronde... allons voir si le vin est bon».

Étonnant, ils trinquent, se dit-il. Tout le temps de la chanson, Christian s'efforçait de discerner la voix de Valérie. Un instant, il crut la percevoir. Puis des voix d'hommes se rapprochèrent. C'étaient Jouret et Rahner. Ils venaient d'entrer dans les toilettes, et Christian pouvait les entendre nettement.

Il pensa tout à coup à sa torche électrique qu'il avait laissée allumée, et il s'empressa de l'éteindre, en veillant à ne pas faire de bruit.

— Tout est en place ? demanda Jouret.

— Oui, tout.

— Partout ?

— Oui, tout va se déclencher pile, dit Rahner. J'ai tout prévu.

— Et les chalets ? Bien verrouillés ?

— Ils le seront dans moins d'une heure.

— Es-tu prêt à partir ?

— Oui, je suis prêt.

Il était environ vingt-deux heures trente. Christian sentit une peur folle l'envahir. Il n'eut plus qu'une idée : sortir de là, fuir le plus vite, le plus loin possible.

En sortant du tunnel, il entendit un claquement du côté des chalets. Puis un autre. Il pensa à des coups de feu. Il se replia vite derrière le garage. Une autre détonation plus faible retentit, mais cette fois il avait reconnu un coup de marteau. Il resta tapi un moment, tâchant de voir ce qui se passait. Des ombres bougeaient autour des chalets : deux hommes assez costauds, qu'il vit bientôt courir vers une grosse camionnette noire. Il constata que les volets des trois chalets étaient fermés, on ne voyait plus la lumière à l'intérieur. La camionnette avait démarré et, assez étrangement, se dirigeait vers la route tous phares éteints. Tout cela était fort suspect, pour le moins.

La pensée lui vint un instant de retourner dans le tunnel pour entendre ce qui se passait dans le chalet de Di Mambro, mais la frousse le prit, la peur d'être découvert par Rahner, par exemple.

Il se passait des choses très insolites à Salvan, mais il ne pouvait pas prendre le risque de s'y attarder. Il reprit le sentier dans les arbustes qu'il avait pris pour contourner les chalets, et courut pour arriver à sa voiture.

Tout à coup, après avoir mis le contact et allumé les phares, il aperçut la grosse camionnette noire — un 4x4 Cherokee — qui descendait la route. Le chauffeur au visage rude de truand lui jeta un regard lourd de menaces. Bon Dieu, qui étaient ces hommes ? Christian se dépêcha de partir en sens inverse. Il vit dans le rétro-viseur que le Cherokee faisait demi-tour. Ils allaient se mettre à ses trousses. Que faire ? Ils avaient un net avantage mécanique sur lui, qui n'avait qu'une petite Fiat. Mais justement, peut-être la petitesse de la voiture allait-elle lui servir. Il avait aussi l'avan-tage de bien connaître la région, tous les chemins vicinaux de cette commune, sauf qu'il lui fallait faire vite. La route faisait une longue courbe qui pouvait le dissimuler un moment, il allait passer devant les chalets aux volets fermés... et, tout à coup, mais oui, pourquoi ne pas y retourner ? Et le tunnel, s'il le fallait, ce serait sans doute la meilleure façon de se planquer. Vite, il éteignit les phares avant que les truands ne l'aperçoivent, coupa le moteur et laissa la voiture descendre lentement sur le parking des chalets.

Il devait être près de vingt-trois heures et un étrange silence régnait dans les chalets aux volets clos. Il entendit alors le moteur du Cherokee et le vit passer à toute vitesse. Ouf, il avait eu chaud ! Il regarda encore les chalets d'où aucun bruit n'émergeait, et une terreur sourde monta en lui : il devait décamper, il n'avait pas une minute à perdre pour reprendre la direction vers Martigny, puis l'autoroute pour Genève.

Il remonta sur la route et fila aussi vite qu'il put, craignant sans cesse d'apercevoir le Cherokee noir. Il s'interrogeait sur ces types louches, qui avaient cloué quelque chose aux chalets de Salvan, probablement les volets, se disait-il. Mais pourquoi ? Et qui étaient-ils ? D'où venaient-ils ? Il arriva sans encombre à l'autoroute et s'y engagea. Il respirait mieux maintenant, mais il pressentait le pire pour les Templiers de Salvan. Il pensait aux accointances qu'on attribuait à Di Mambro avec la pègre et la barbouzerie de Marseille et de la Côte d'Azur, et il se disait qu'il venait sans doute d'en avoir la confirmation. Qu'allait-il arriver? Un second Waco? Il luttait pour ne pas être envahi par cette pensée sinistre. Il ne faudrait surtout pas alarmer Luce, qui devait l'attendre avec une angoisse mortelle.

Oui, Luce, il fallait à tout prix qu'il l'appelle. Même s'il avait une peur bleue d'être rejoint par les barbouzes ou leurs complices — qui sait, ils auraient pu donner le signalement de sa voiture —, il s'arrêta à une cabine téléphonique le long de l'autoroute. Luce fut immensément soulagée de l'entendre. Elle se faisait un sang d'encre à l'hôtel. Il lui dit qu'il n'avait pas pu savoir avec certitude si Valérie se trouvait à Salvan, mais qu'il ne servait à rien de s'inquiéter : il lui raconterait tout à Genève dans l'heure qui suivrait.

Il était près d'une heure du matin quand il arriva à leur chambre d'hôtel. Luce se jeta dans ses bras en pleurant. Toute la soirée, elle s'était rongé les sangs, craignant le pire, hantée par des pressentiments terribles. Au moins, il était revenu sain et sauf.

Voyant dans quel état d'inquiétude elle était, Christian ne lui raconta qu'une partie de ce qu'il avait vécu, en disant qu'il avait cru reconnaître la voix de Valérie, mais qu'il n'en était pas sûr.

Il jugea qu'il valait mieux ne pas lui parler des propos échangés par Jouret et Rahner et des individus louches qui avaient cloué les volets des chalets et l'avaient pris en chasse.

Luce sentait que Christian ne lui disait pas tout. Elle était loin d'être rassurée. Ses fines antennes vibraient comme ces oscilloscopes qui captent les secousses préliminaires des grands tremblements de terre. Elle n'arrivait pas à s'endormir et quand elle y parvenait un moment elle était en proie à des images cauchemardesques. À un moment donné, elle se redressa dans le lit en jetant un cri, Christian se réveilla aussitôt, alarmé.

— Qu'est-ce qu'il y a?
— Je viens de la voir.
— Qui?
— Valérie.
— Quoi?
— Oui, Valérie, Valérie...

Elle éclata en sanglots.

— Chérie, chérie, dis-moi...

— C'est... c'est affreux. Affreux. Elle était entourée de flammes et, et... elle me regardait. Avec une telle souffrance dans le regard. C'était intolérable... Ah, mon Dieu, je suis sûre qu'il lui est arrivé quelque chose. Quelque chose d'horrible. J'ai peur, j'ai très peur, Christian.

Elle tremblait comme une feuille. Christian la serra contre lui.

— Chérie, mon amour, calme-toi. C'est un mauvais rêve, c'est une projection d'anxiété.

— Non, c'est plus que ça ! Je connais trop ce genre de rêves. Il y a un sentiment très fort de réalité. Une impression vive de communication immédiate, télépathique... je ne sais pas. Ah ! j'ai peur, Christian, j'ai peur qu'il soit arrivé le pire à Valérie !

Christian la serra fort dans ses bras, sans rien dire. Lui aussi, il craignait le pire.

— Il est juste une heure du matin, reprit Christian, il faut tâcher de se rendormir.

— Je ne sais pas si je vais y arriver, dit Luce.

Christian se leva et alla déboucher la bouteille de vin qu'il avait pris la précaution d'apporter. Il remplit deux verres et retourna vers Luce.

— Tiens, mon amour, ça va nous détendre, lui dit-il en lui tendant un verre.

Pour échapper aux pensées funestes qui avaient envahi son esprit, Luce but presque d'un trait.

Ils finirent tous deux par se rendormir. Pour quelques heures. Car Luce n'arrivait pas à sombrer dans un sommeil profond. Ses appréhensions étaient trop fortes. Quand elle vit, à travers les fentes du store, pointer les premières lueurs du jour, elle décida de se lever. Avec précaution, pour ne pas réveiller Christian, elle écarta les couvertures et sortit du lit. Elle était hantée par l'image de Valérie qu'elle avait vue en rêve. Elle était sûre qu'il lui était arrivé quelque chose de terrible. Comment savoir ? Elle jeta un coup d'œil au cadran du radio réveille-matin : cinq heures quarante-huit. Y avait-il des nouvelles à cette heure ? Et comment ouvrir la radio sans réveiller Christian ? Celui-ci devait sentir son agitation, car il commença à bouger la tête sur l'oreiller, puis il ouvrit les yeux.

— Luce, tu es debout ?

— Ah ! Christian, je t'ai réveillé ?

— Non... je ne pense pas. Quelle heure est-il ?

— Presque six heures.

— As-tu dormi, mon amour ?

— Oui, un peu, mais je suis morte d'inquiétude. J'avais hâte d'ouvrir la radio pour avoir des nouvelles, mais je ne voulais pas te réveiller.

— Vas-y, ouvre.

Luce pressa le bouton de l'appareil. Un air de musique, puis, après quelques secondes, la voix d'un speaker : « Restez en ondes. Dans quelques instants, le bulletin de nouvelles de Radio romande et les dernières informations sur les incendies de Salvan et de Cheiry. »

Luce sentit son cœur s'accélérer :

— Mon Dieu, qu'est-ce qui est arrivé ?

Christian se leva aussitôt. Envahi lui aussi par les pires appréhensions. La demi-minute de musique qui suivit leur parut interminable.

Radio suisse romande. Dernières informations. De nombreux morts ont déjà été retrouvés dans trois incendies presque simultanés qui ont frappé des propriétés de l'Ordre du Temple solaire en Suisse et au Canada. Le dernier bilan s'élève à vingt-trois morts dans la ferme de Cheiry, canton de Fribourg, où un violent incendie s'est déclaré vers vingt-trois heures cinquante-cinq hier soir. À Salvan, dans le Valais, il y aurait aussi plusieurs victimes dans les deux chalets ravagés par les flammes, mais on n'en connaît pas encore le nombre. Par ailleurs, à Morin-Heights, au Québec, l'incendie d'une maison appartenant à l'OTS a fait deux victimes. À Cheiry et à Salvan, en plus des pompiers, de nombreux enquêteurs et journalistes sont déjà sur les lieux. Plus de détails vous seront communiqués au fur et à mesure des développements.

Les deux étaient comme frappés par la foudre. Luce avait éclaté en pleurs, et Christian s'était précipité vers les toilettes pour vomir.

Ils allaient apprendre, dans les heures et les jours suivants, tout ce qui était arrivé ce soir-là, tout ce à quoi ils avaient échappé. Pour Salvan, ils surent qu'à trois heures du matin, la police et les pompiers avaient été avertis que les chalets étaient en flamme ;

et qu'en se rendant sur place, ils avaient constaté que les volets des deux premiers chalets étaient cloués de l'extérieur et les portes fermées à clé. Vingt-cinq cadavres carbonisés y avaient été découverts.

Par ailleurs, vingt-trois personnes avaient été trouvées mortes dans la ferme incendiée de Cheiry, dans le canton de Fribourg, et cinq autres à Morin-Heights, au Québec, ce qui faisait en tout cinquante-trois victimes.

CHAPITRE 64

La menace des barbouzes

Après avoir téléphoné à leurs parents respectifs pour les rassurer, Christian et Luce n'avaient pas tardé à retourner au château de Roquebois dans la journée du 5 octobre, au moment où l'hécatombe de l'OTS en Suisse et au Québec faisait les manchettes de tous les médias sur la planète.

Le marquis et la marquise les accueillirent avec le plus grand soulagement. Sachant le couple en litige avec Di Mambro, ils avaient craint qu'on leur eût tendu un piège en Suisse. L'appel de Christian au début de la matinée avait momentanément apaisé leurs craintes. Mais ayant perçu dans sa voix à quel point il était bouleversé, presque paniqué, ils ne se sentaient pas pleinement rassurés tant que le couple était en Suisse. C'est donc avec la plus grande anxiété qu'ils avaient attendu leur retour.

Christian et Luce étaient revenus à Roquebois profondément traumatisés. Et honteux aussi. Submergés par la honte d'avoir fait partie de ce groupe meurtrier et, surtout, d'avoir cru et obéi à des êtres démentiels et criminels comme Jouret et Di Mambro.

Luce était anéantie par la disparition de son amie Valérie. Elle était déjà sûre de sa mort, même avant la confirmation officielle qui eut lieu deux jours plus tard.

Christian et elle étaient de plus en plus choqués, à mesure qu'ils apprenaient les détails atroces des carnages en Suisse et au Québec : l'épieu planté dans le cœur du bébé à Morin-Heights, les sacs-poubelles enveloppant la tête des adeptes tués par balles à Cheiry, les enfants et les adolescents assassinés.

Ils étaient saturés d'horreur, écœurés au plus haut point. En même temps, une sorte d'épouvante les saisissait. On avait confirmé la mort de Di Mambro à Salvan, mais pas celle de Jouret ni de Rahner. Christian se demanda même si les deux ne s'étaient pas échappés, si ce n'étaient pas eux qui avaient tout fait sauter avant de s'enfuir. Il se rappelait la conversation laconique qu'il avait surprise entre les deux hommes quand il était tapi au bout du tunnel, l'oreille collée sur la cloison qui donnait dans la salle de toilettes. « Es-tu prêt à partir ? » avait demandé Jouret : cette phrase revenait en boucle dans sa tête pour l'assaillir. Il pensait aussi aux deux malabars qu'il avait entendu clouer les volets des chalets ; leurs complices de l'extérieur probablement. Ces hommes l'avaient vu dans la Fiat à Salvan, le soir du drame, peu de temps avant les explosions. Et si jamais ils retrouvaient sa trace ?

Quand il apprit la mort de Jouret ainsi que celle de Rahner, qu'on avait fini par identifier parmi les cadavres carbonisés extirpés des décombres de Salvan, il respira mieux, mais il restait inquiet et tourmenté.

En plus d'une peur diffuse qui lui restait collée aux trousses, Christian se débattit longtemps avec un sentiment poignant de culpabilité. Il pensait à tout ce qu'il avait construit et aménagé à Salvan et à Cheiry — tout ce que Di Mambro lui avait demandé d'aménager, tout ce qui avait servi au drame — et il se disait qu'il y avait beaucoup contribué : tout son talent d'architecte qu'il avait mis au service du mal, au service du diable. Et il l'avait même fait avec enthousiasme ; l'enthousiasme aveugle des naïfs et des inconscients. Il avait contribué à une exaltation collective et à une manipulation des esprits qui avaient abouti à cette hécatombe, cette tuerie monstrueuse commandée par des mégalomanes finis. Il avait fermé les yeux — approuvé tacitement, au fond — un système de croyances et de rites fantasques qui ne servaient en fin de compte qu'à exalter la mégalomanie, qu'à satisfaire l'appétit de pouvoir et d'argent de personnages cyniques et cruels.

Luce, de son côté, restait obsédée par la mort de Valérie, dont on avait retrouvé le corps carbonisé à Salvan. Elle la revoyait souvent en rêve, dans des cauchemars où se succédaient et s'emmêlaient les visages défaits, sanglants ou brûlés, de son frère Michel et de son amie. Il lui revenait des souvenirs d'enfance, d'adolescence ; tout ce qu'elle avait partagé avec Valérie. Elle crut, à certains moments, recevoir des signes, des messages de l'au-delà, ou sentir des présences, des souffles, des grouillements dans l'ombre, comme si son amie était toujours là et voulait lui faire signe.

Pour Luce et Christian, à ce moment-là, l'amour fut la seule planche de salut. Que seraient-ils devenus s'ils ne s'étaient pas rencontrés? Auraient-ils pu surmonter sans être blessés à mort le traumatisme profond de ces carnages, auxquels, somme toute, ils n'avaient échappé que de peu? La force de chacun était en l'autre, dans le dépassement de soi dans l'autre. Ainsi étaient-ils devenus cet être augmenté qu'est un véritable couple.

Entre-temps, les journaux laissaient entendre que des nostalgiques de l'OTS voulaient reprendre le flambeau des Templiers solaires. Plusieurs étaient déçus de ne pas avoir fait partie du «transit» organisé par Jouret et Di Mambro. Effrayé par tout cela, Christian chercha à joindre Didier pour en savoir davantage, mais le numéro qu'il composa n'était plus en service. Luce songea alors à la cantatrice Claire Doris. Il y avait longtemps qu'elle ne lui avait pas parlé, mais elle avait gardé son numéro de téléphone à Monaco. Et peut-être, par celle-ci, pourraient-ils savoir où joindre Didier.

Claire Doris répondit au premier appel. Elle ne cacha pas sa joie d'entendre Luce. Elle s'était beaucoup inquiétée pour elle, ne sachant pas où elle se trouvait. Et il y avait beaucoup de bruits et de rumeurs qui avaient circulé sur Christian et elle. On disait d'eux qu'ils étaient à couteaux tirés avec Di Mambro et Jouret, qu'il s'étaient enfuis quelque part dans le Gers. Heureusement, peu de gens dans la secte connaissaient le vrai nom de Christian, elle l'ignorait elle-même: donc on ne pouvait savoir que le couple s'était réfugié au château de Roquebois.

— Où étiez-vous au moment de l'hécatombe? demanda-t-elle.

— Pas très loin, dit Luce. À Genève.

— À Genève?

— Oui. Nous étions là pour une dernière transaction avec Di Mambro.

— Ah, mon Dieu, a-t-il cherché à vous attirer à Salvan?

— Oui, mais sans grande insistance.

— Vous savez ce qui est arrivé à Didier?

— Non, justement Christian voulait le joindre pour avoir de ses nouvelles, mais son numéro n'est plus en service.

— Ah oui, pour de bonnes raisons. Lui, il a failli donner dans le piège. Il s'est rendu à Salvan le 4 octobre, et il a trouvé à Di Mambro et Jouret un air de fin du monde. En entrant dans un chalet, il a été assailli par une forte odeur de pétrole. Une peur folle s'est emparée de lui et il a décampé. C'est lui-même qui me l'a raconté. Il en tremblait encore. Depuis, il se planque. Je n'ai pas le droit de vous dire où il est. Il a reçu des menaces. Il s'est mis sous la protection de la police.

— Des menaces ? De quoi ? De qui ?

— Il y en a plusieurs qui n'acceptent pas la dissolution de l'Ordre et qui veulent le reconstituer. J'en connais, j'ai même été approchée. D'autres sont déçus de ne pas avoir été du transit vers Sirius. D'autres encore, les plus fanatiques, veulent retracer et châtier les traîtres au mouvement templier. Et plus dangereux encore, il y a d'autres acteurs par-dessous, qui opèrent dans l'ombre, j'en suis convaincue. C'est une affaire sordide... et qui est loin d'être finie, croyez-moi.

— Comment ? Que voulez-vous dire ?

— Di Mambro avait des fréquentations suspectes, dans le monde interlope. J'en ai été témoin.

— Mon Dieu, vous me faites peur.

— Écoutez, j'espère que vous êtes en lieu sûr et que personne n'a vos coordonnées. En tout cas, ce n'est sûrement pas moi qui vais les donner !

— Je sais, j'ai pleine confiance en vous, Claire. D'ailleurs, je suis désolée de ne pas vous avoir donné de nouvelles plus tôt. C'est que nous en avons vécu de toutes sortes, des vertes et des pas mûres depuis le début de l'année.

Luce entreprit de lui raconter leur fuite épique de l'Ermitage, et tout ce qui s'était ensuivi depuis.

La cantatrice lui raconta à son tour ce qu'elle avait vécu avant et après les carnages. De fait, elle s'était passablement éloignée de l'OTS depuis plus d'un an, car les propos apocalyptiques de plus en plus virulents de Jouret la terrorisaient, mais elle avait gardé des antennes dans la secte ou ce qui en restait.

Les deux femmes se promirent de rester en contact étroit et d'échanger tout ce qu'elles apprendraient sur les lendemains de l'OTS. Luce ne lui donna pas le numéro du château — de fait, c'était le numéro général, car le marquis avait son numéro personnel, et Bernard aussi.

Elle avait promis à Claire de la rappeler. Ce qu'elle fit le surlendemain.

La cantatrice lui apprit alors — ce qu'elle n'avait pas osé dire dans un premier temps — que Bujard, le chef d'orchestre, lui avait téléphoné après les massacres en Suisse pour l'exhorter à ne pas parler de l'OTS.

— Je me suis demandé, confia-t-elle à Luce, s'il avait peur de quelque vengeance de la part de survivants ou bien s'il n'était pas le nouveau maître de la secte.

Elle prévint à nouveau Luce, de faire bien attention; qu'elle et Christian devaient se terrer, et surtout ne plus entrer en communication avec personne de la secte, car il y avait encore bien des adeptes frustrés et fanatisés qui voulaient organiser des «transits».

— Je pensais depuis longtemps qu'il devait y avoir quelque chose au-dessus de Di Mambro. Maintenant, j'en suis convaincue. Vous savez, j'ai été témoin, au moins deux fois, de rencontres de Jo avec des personnages louches. Un jour, à Monaco, nous avons dîné, lui et moi, avec le dirigeant d'un ordre templier dont les propos m'ont terrifiée. Il disait: «Ceux qui ne suivent pas, on les supprime!» Et, une autre fois, à Rome, il m'a présenté à deux prétendus Maîtres de Zurich, qui avaient des gueules de mafieux.

Les confidences de la cantatrice, que Luce s'empressa de rapporter à Christian, n'étaient pas de nature à les rassurer. Bien au contraire. Christian n'avait pas encore parlé à Luce des deux personnages louches qu'il avait vus à Salvan. Et il voulait continuer de taire la chose pour ne pas l'effrayer davantage. Mais ce que lui avait laissé entendre Claire sur les relations interlopes de Di Mambro venait confirmer les dessous mafieux que l'intervention insolite des deux malabars lui avait fait soupçonner.

Et, quelque temps après, l'inquiétude du couple tourna en alarme quand Christian reçut un appel anonyme de menaces. À Roquebois. Une voix dure de barbouze, de tueur, qui disait, en termes laconiques, qu'on savait où il se planquait et qu'il n'échapperait pas au «châtiment» promis aux traîtres. On allait lui «faire la peau».

C'était moins d'un mois après les carnages, à la fin d'octobre. La police, avertie, découvrit que l'appel provenait d'une cabine téléphonique à Nice. Le coup de fil avait été donné en soirée. Il s'avérait impossible de retrouver l'individu qui l'avait donné, c'est-à-dire de trouver des témoins qui auraient pu le voir précisément.

Christian se demanda comment ce malfrat avait pu le joindre au château de Roquebois. Il fallait d'abord qu'il sache qu'il se trouvait là, et alors, qui lui avait fourni le numéro? Il en parla à Hubert et à son père à qui il avait déjà confié ce qu'il avait vu et entendu à Salvan, le soir du drame. Ils passèrent en revue les appels que Christian avait pu faire du château dans les derniers temps. Il n'avait téléphoné à personne depuis les carnages, sauf l'appel de Luce à Claire Doris. Alors? Comme il était difficile de concevoir que la cantatrice puisse être de mèche avec les milieux interlopes ou les fanatiques de la secte, surtout après les confidences qu'elle avait faites à Luce, se pourrait-il que sa ligne ait été tapée? Ou qu'elle soit espionnée d'une manière ou d'une autre? C'est Hubert qui en émit l'hypothèse.

— Et si c'est le cas, dit-il, ça peut remonter loin. Ça implique des réseaux de barbouzes ayant des complicités policières et politiques.

Il évoqua les affaires crapuleuses dans le Var au début de l'année: l'assassinat de la députée Yann Piat, et la mort suspecte des frères Saincené, impliqués dans diverses magouilles et qui avaient des liens avec l'OTS. De fait, Hubert avait trouvé des indices qui pointaient vers un réseau de proxénètes et de marchands d'armes notoires à Marseille. Lié à la pègre locale et à la mafia corse.

Outré, le marquis décida de s'en mêler et d'aller au plus haut. Il connaissait fort bien le ministre de l'Intérieur, avec qui il était à tu et à toi depuis l'université. Il l'avait connu sur les bancs de la faculté de droit à la fin de la guerre. Il était aussi au courant de ses nombreuses «affaires», ses divers réseaux d'intrigue et d'influence politico-financière, dont certains remontaient à l'époque du SAC (le Service d'action civique, sorte de police parallèle mise sur pied pour protéger le général de Gaulle, mais qui avait dérivé par la suite dans une barbouzerie plus ou moins mafieuse). Ce ministre était, en outre, l'un des membres les plus influents du gouvernement de cohabitation de Balladur, dans les derniers mois de la présidence de Mitterrand.

Quand il eut le ministre au bout du fil, il n'y alla pas par quatre chemins:

— Charles, la vie de mon fils est menacée... mon fils Christian, le plus jeune, qui a eu le malheur d'entrer dans l'OTS, mais en était sorti depuis six mois.

— Que veux-tu que je fasse dans cette histoire de secte fumeuse?

— Ne me prends pas pour une poire. Je sais que tout cela procède de réseaux qui ont des rapports avec l'État profond, comme on dit aux États-Unis. Tu es sûrement capable de mettre de l'ordre dans tout cela. Sinon tu serais un ministre bien mal informé. Il s'agit de mon fils, je te le rappelle.

— Mon cher Philippe, tu vas un peu vite en liant cette folie sectaire à l'État.

— Bon, d'accord. Alors, laisse-moi te dire une chose: si jamais il arrive malheur à Christian, si jamais on touche à un seul cheveu de sa tête — à lui ou à sa conjointe québécoise —, je t'en tiendrai personnellement responsable, tu m'entends?

Le marquis avait presque crié en terminant sa phrase.

— Du calme, du calme, Philippe!

— Tu sais que j'en sais long, insinua le marquis.

— Non, mais quoi, tu veux me faire chanter maintenant? coupa le ministre avec humeur.

— Je veux sauver mon fils, c'est tout. Et tu n'ignores pas que mes deux autres fils sont avocats, dont Hubert qui a pris la relève de mon cabinet à Paris. Et tous deux savent ce que je sais. Alors, même si je disparaissais...

— Ces insinuations sont odieuses, fulmina le ministre.

— Ne jamais présumer de rien. La devise de ma famille est *Par-devers et par-devant.*

Il y eut un silence au bout du fil.

Sentant qu'il était allé trop loin, le marquis changea de ton:

— Excuse-moi, Charles, c'est le père indigné et alarmé qui a parlé et qui n'a pu retenir sa colère. Maintenant, au nom de notre vieille amitié, je t'en prie, fais quelque chose.

— Bon, bon, je vais y voir... En attendant, que les gamins ne mettent pas le nez dehors, si tu vois ce que je veux dire! Je t'appelle demain.

Le ministre rappela sans faute le lendemain:

— Écoute, Philippe, tout ira bien pour ton fils et sa femme. Mais, je te préviens: je ne peux garantir leur sécurité que s'ils restent tranquilles là où ils sont. Qu'ils se fassent oublier. J'imagine qu'ils ne resteront pas toujours chez toi?

— Justement, il y a une vieille forteresse en ruine qui appartient à ma famille dans le Lévezou. Christian a l'intention d'aller la restaurer et de s'y installer.

— Le Lévezou? Oui, ce serait une bonne planque. Ils seront protégés là-bas, tant qu'ils y resteront. Tu as ma parole! Bien sûr, jamais aucun contact avec des journalistes ou des enquêteurs. Ni, aussi, inutile de le dire, aucune participation, quelle qu'elle soit, à des procès ou autres procédures intentés contre l'OTS. Cette histoire a des ramifications internationales qui me dépassent... Autre chose: il vaudrait mieux que la jeune Québécoise change de nom. On peut accélérer les procédures pour lui attribuer la nationalité française, surtout si elle est l'épouse de Christian. À ces conditions, il n'y aura aucun danger pour eux. Personne n'ira les embêter dans les hauteurs du Lévezou. Ma police y veillera. Et je ferai le nécessaire pour que ça se transmette, en cas de changement de ministère.

— Merci, Charles, dit le marquis. Je n'en attendais pas moins d'un ami!

CHAPITRE 65

Sur les hauteurs du Lévezou

La forteresse de Rocadour dont le marquis avait parlé était située dans les hauts plateaux du Lévezou, au nord d'Albi, à moins de deux heures de voiture de Roquebois. C'était un château fort albigeois du XIIe siècle, dont il ne restait que quelques murs debout. Perchée sur une motte abrupte, surplombant le village de Montjaux, la vieille forteresse, à quelque mille mètres d'altitude, dominait la région comme un reste d'armure géante oubliée par le temps.

Christian s'y était déjà rendu avec Luce à la fin de l'été. Après avoir bien examiné ce qui restait de la forteresse, il avait conçu le projet de la restaurer, même s'il s'agissait d'une entreprise de longue haleine, surtout avec les modestes moyens dont il disposait. Il s'y serait sans doute déjà attelé s'il n'avait dû se rendre en Suisse pour les dernières tractations avec Di Mambro.

Il faut dire que ces vestiges de citadelle albigeoise avaient pour Christian un attrait qui allait bien au-delà du simple besoin d'un lieu à habiter. Au fond de lui, il avait le pressentiment obscur d'une vie antérieure qui l'avait marqué tragiquement. Il avait toujours été frappé, remué, par l'histoire des Cathares — les Albigeois, comme on les appelait à l'époque, parce que le mouvement avait pris naissance à Albi. Et quand il avait visité les anciennes citadelles cathares, et particulièrement Montségur, il avait eu de vives impressions de déjà-vu. Souvent, par la suite, il avait fait des rêves troublants où il se voyait entouré de flammes, avec des plaintes et des cris horribles autour de lui. Comme s'il était mort sur les bûchers que l'Inquisition réservait aux Albigeois, considérés comme des hérétiques parce qu'ils prêchaient le retour au christianisme primitif. D'ailleurs, cette année 1994 marquait les sept cent cinquante ans de la reddition de la forteresse de

Montségur et la mort de deux cent vingt hommes et femmes brûlés vifs le 16 mars 1244.

Christian envisageait d'aménager un premier corps de bâtiment — dans la partie la moins abîmée des murailles — pour en faire un logis habitable dès que possible. Mais le projet prit une autre tournure après les menaces reçues et l'intervention du marquis auprès du ministre de l'Intérieur.

Le marquis décida qu'il fallait tout mettre en œuvre pour aider son fils à se gîter le plus tôt possible. Il fallait engager de la main-d'œuvre et louer l'équipement nécessaire pour aménager un premier corps de bâtiment. Il était prêt à avancer l'argent qu'il faudrait. C'est ainsi que l'entreprise fut amorcée avant la fin d'octobre. Christian, qui campait sur place avec Luce, avait déjà dressé les plans ; et, grâce à l'aide pécuniaire de son père, il avait pu engager une dizaine d'ouvriers, de maçons et de terrassiers de la région, de sorte que les travaux allèrent bon train. Grâce à un travail sans relâche, avec des équipes qui se relayaient de l'aurore à la nuit tombante, ils réussirent à construire un logis habitable pour l'hiver.

Par ailleurs, avec quelques poules et des chèvres, et des légumes cultivés en serre avant le retour de la belle saison, le couple pouvait se nourrir assez bien, sans avoir besoin d'aller souvent s'approvisionner en ville. Bref, vivre en quasi-autarcie comme à l'Ermitage.

Le labeur intense et l'isolement permirent au couple de sortir de leur désarroi et de mieux décanter leur douleur.

Christian s'était muni d'un téléphone portable — qui commençait à devenir plus accessible et plus commode à l'époque. Par mesure de prudence, le téléphone avait été enregistré au nom de son frère Bernard.

Luce et Christian se marièrent en bonne et due forme, à la fin de cet automne-là, pour légitimer leur union : ce qui permit à Luce d'obtenir la naturalisation française et donc de changer de nom, en adoptant le patronyme de son mari ; et son premier prénom de baptême, Marie, devint, selon l'usage français, son prénom usuel au lieu de Luce. Elle s'appelait donc maintenant Marie de Roques-Sernac. Officiellement, car dans l'intimité, pour ses proches, elle était toujours Luce.

Le mariage fut célébré le 15 décembre, à quelques kilomètres de la forteresse, dans l'église romane de Roquetaillade où se trouvaient les tombes des ancêtres médiévaux. Toute la famille du marquis y était, y compris Hubert, venu spécialement de Paris pour l'occasion. Par chance, le temps était doux et ensoleillé, et le mistral souffla à peine, juste le temps de soulever le voile de mariée de Luce dans une photo où elle apparaît nimbée de blanc et d'or au bras de Christian, contre l'arrière-plan majestueux des contreforts ocre des Causses.

Luce avait été acceptée d'emblée dans la famille, car tout le monde l'aimait. Elle avait vraiment trouvé une nouvelle famille adoptive. La vieille comtesse d'Aubuisson, entre autres, grand-mère maternelle de Christian, s'était beaucoup attachée à elle. Très vieille France, allant tous les ans à la messe commémorative de la mort de Louis XVI, la comtesse adorait raconter des potins et anecdotes du passé ainsi que des histoires de famille, comme celle de la petite revenante en chaussons de ballerine. Luce écoutait ses histoires avec ravissement, d'abord parce que la comtesse avait beaucoup d'esprit et mettait un zeste d'humour dans tout ce qu'elle racontait, mais aussi parce qu'elle était heureuse d'avoir retrouvé une autre madame Chambort, en plus aristocratique.

Grâce aux nombreux contacts et au prestige de son père dans la région, Christian put bientôt retourner à sa profession d'architecte. Au printemps 1995, il obtint un premier contrat à Albi, puis un autre à Castres : ce qui n'était jamais plus qu'à une heure de voiture de Rocadour.

Entre-temps, Luce restait en communication avec la cantatrice Claire Doris, qui continuait de leur donner des nouvelles inquiétantes sur ce qui se fomentait parmi les nostalgiques de la secte. Plusieurs anciens membres qui étaient encore en contact avec elle lui disaient avoir reçu des invitations à des réunions plus ou moins clandestines en Suisse. Certains continuaient de recevoir des menaces plus ou moins voilées par téléphone ou par lettres anonymes.

Sur les hauteurs du Lévezou, Luce et Christian étaient parvenus à s'aménager un logis confortable dans une encoignure de la vieille forteresse. Et ils ne se sentaient plus traqués.

À la fin de 1995, ils étaient donc partis joyeusement fêter Noël avec la famille, au château de Roquebois. Au moment de l'apéro, juste avant que la famille se mît à table pour déguster un plantureux repas de fête, Hubert avait levé son verre de whisky en direction de Christian et Luce :

— À la santé des nouveaux châtelains de Rocadour !

— Chut, lança le marquis à quelques pas de lui… Écoutez !

Il avait la tête tournée vers le téléviseur resté allumé dans un coin du grand salon. Une nouvelle spéciale venait d'être signalée, interrompant l'émission en cours :

Nouveau drame de l'Ordre du Temple solaire en France : seize corps découverts carbonisés.

Plus de huit jours après leur disparition, seize membres de la secte de l'Ordre du Temple solaire ont été retrouvés carbonisés samedi, dans le massif du Vercors, en Isère. Les corps étaient disposés en étoile, a indiqué le procureur de la République de Grenoble, dans une mise en scène macabre faisant songer au carnage de cinquante-trois adeptes de la secte, en octobre 1994.

Des images horribles défilèrent à l'écran… Il y avait des enfants parmi les victimes, qui portaient toutes « des traces de balles », précisait-on.

Christian se sentit mal. Il n'eut plus le cœur à la fête, Luce non plus. La peur remontait en lui, la terreur ressentie face à ces hommes louches qu'il avait vus « en opération » à Salvan dans la nuit du 4 octobre.

Et, quelque temps après, quand on souleva l'hypothèse que les victimes du Vercors avaient été brûlées au lance-flammes, parce qu'un simple feu de bois n'aurait pu les carboniser à ce point, il se dit que l'intervention extérieure ne faisait plus de doute ; qu'il y avait quelqu'un, une organisation puissante possédant des moyens militaires, qui avait intérêt à faire disparaître les adeptes de l'OTS. Et cela ne pouvait se faire qu'avec des complicités au plus haut niveau de l'État.

Alors, il valait mieux faire gaffe, continuer de jouer profil bas et ne pas trop s'éloigner de Rocadour.

Claire Doris, qui restait en communication avec le couple, leur avait dit, à plusieurs reprises déjà, que des fidèles de l'OTS continuaient de se réunir clandestinement. C'était assez connu pour être devenu un secret de Polichinelle, selon elle. Les plus fanatisés attendaient « des signes de Di Mambro de l'au-delà ». C'est ce que lui avait dit Thierry Hughenin, qui venait de publier des confessions bouleversantes sur son expérience dans l'OTS. Il avait reçu des menaces et devait se cacher, mais il était resté en contact avec elle et lui en apprenait beaucoup sur ce qui se tramait. Il avait même prévenu la police que de nouveaux drames se préparaient, mais celle-ci ne semblait pas prendre la chose au sérieux ou, en tout cas, ne faisait rien pour l'empêcher. Comme venait de le prouver l'horrible tuerie du Vercors.

Le 22 mars 1997, quand cinq autres nostalgiques de l'OTS se donnèrent la mort à Saint-Casimir, au Québec, Luce se trouva confirmée dans l'idée qu'il valait mieux rester à distance de son pays natal, où il restait encore des fanatiques de la secte : des gens déçus de ne pas avoir fait partie du grand « transit » de 1994 et qui voulaient en entraîner d'autres dans la mort, comme le prouvait le dernier message des suicidés québécois disant qu'un « comité d'accueil » attendait Thierry Hughenin et ses pareils. Il s'agissait, en outre, de deux couples que Christian et Luce avaient connus à la « ferme de survie » de Sainte-Anne-de-la-Pérade.

Inutile de dire que quand les procès de l'OTS eurent lieu en Suisse et en France, Christian et Luce se gardèrent bien d'aller y témoigner, même si l'avocat des victimes avait tenté de les joindre. Le couple suivait en cela la consigne donnée par le ministre de l'Intérieur, mais aussi leur propre intuition.

Quand ils finirent par retrouver un peu de paix sur les hauteurs du Lévezou, Christian et Luce reprirent et poursuivirent de plus belle leur quête de beauté et d'harmonie dans leurs arts respectifs. Lui, dans l'architecture — et la sculpture aussi, à laquelle il s'adonnait de temps à autre —; elle, dans la musique et la chanson.

Au début du XXIe siècle, ils transformèrent en maison d'hôte une partie des vastes bâtiments qu'ils avaient aménagés dans les murs relevés de la vieille forteresse. Car le tourisme vert était très en vogue dans la région, autour des lacs du Lévezou, où se croisaient les amateurs de sports de plein air.

Comme jamais dans sa vie sans doute, Christian pouvait donner libre cours à son inspiration artistique, créer beauté et harmonie dans l'espace, faire chanter les matériaux avec la lumière, inscrire une musique des formes sur la partition infinie de l'espace. Et cela pouvait se lire comme une cantate ou un poème. Il pensait à Victor Hugo, qui avait comparé l'architecture à une écriture :

« Elle fut d'abord alphabet. On plantait une pierre debout, et c'était une lettre... Plus tard on fit des mots : on superposa la pierre à la pierre, on accoupla ces syllabes de granit. »

Ainsi, il avait recréé Rocadour comme s'il retranscrivait une chanson de geste médiévale en langue moderne. Relevant et retapant les vieux murs d'enceinte avec une maçonnerie et des enduits nouveaux qui leur donnaient une sorte d'envol dans la lumière du Midi ; redressant deux tours d'angle en façade, dont l'une coiffée d'une tour de guet regardait loin à l'horizon, aux quatre points cardinaux ; refaisant les créneaux, comme on retouche la rime d'un sonnet ; redessinant un chemin de ronde (en partie couvert), qui donnait à l'est et à l'ouest pour admirer le soleil levant ou couchant ; transformant les vieilles meurtrières en puits de lumière, pour laisser les rayons du soleil entrer en flèches, à diverses heures du jour, dans le grand corps de logis.

Luce, de son côté, tentait de relancer sa carrière dans la chanson, avec un nouveau nom d'artiste. Elle avait pris un style mi-gitan, mi-flamenco, qui lui collait bien à la peau, avec sa guitare et les pas de danse qui accompagnaient ses chansons. Et elle avait entrepris d'offrir des récitals dans les cafés-concerts de la région, où sa réputation commençait à se répandre.

Les nuages s'écartant peu à peu au-dessus de leurs têtes, le couple connaissait un bonheur d'être qui éclatait dans leurs rires et leurs ébats amoureux. Ils aimaient laisser monter le désir long-temps avant de le consommer — comme on laisse maturer un grand vin pour qu'il prenne toute son ampleur —, dans une sorte de tantra qui leur était propre et qui passait par une contemplation commune, partagée, de la beauté. Ainsi, les beaux jours, avant la tombée de la nuit, ils s'adonnaient enlacés à de longues contemplations du paysage grandiose qui s'étalait sous leurs yeux, sur les hauteurs imprenables de Rocadour : les flancs majestueux — en vert et ocre — des plateaux karstiques typiques des Grands Causses ; les lacs immenses qui se perdaient dans la brume, sous les sapins ; l'ardoise et la lauze sombre des villages au creux des vallées ; et l'or des genêts répandu à profusion dans les landes.

Par temps clair, en haut de la tour du guet, ils pouvaient apercevoir le mont Ventoux au loin, à l'est, à l'ombre duquel leur amour avait éclos en ce beau jour d'avril 1993, quand ils s'étaient « affrérés » comme lord Mortimer et la reine Isabelle.

Et maintenant, dans leur château médiéval restauré, ils étaient retournés aux lieux et temps de cet ancien amour courtois. Ils pouvaient être la réincarnation de ces deux personnages historiques, jouant leur amour en reprise dans un spectacle son et lumière qu'ils montaient à volonté, en circuit fermé, pour eux seuls. Pour leur unique roman d'amour. Et *lord* Christian guettait avidement les éclats de soleil qui venaient illuminer le visage de sa reine à ses côtés, sculptant les traits de la jeune femme dans un marbre instantané de lumière ; allumant des reflets de moire dans l'acajou sombre de sa chevelure comme si elle s'embrasait : ineffable moment de beauté contre l'arrière-plan d'un fabuleux soleil couchant. Ces éclats, ces apothéoses de lumière venaient tout exalter et s'esquivaient l'instant d'après, comme le kaléidoscope changeant des jours qui soulignait l'éphémère, la fragile et tragique merveille de l'amour humain.

— Je sais bien que ce n'est plus de notre époque, disait Christian, mais qu'importe, nous pouvons créer ou recréer le temps que nous voulons, n'est-ce pas ? Nous pouvons être des vies antérieures revécues, en mieux. Nous pouvons faire de notre vie le mythe que nous souhaitons. Toute vie peut être mythique.

Cependant, au-delà des histoires de l'OTS, une sourde inquiétude rongeait Christian, une inquiétude qu'il tâchait de refouler et qui le tourmentait de plus en plus. Depuis leur mariage en bonne et due forme, Luce et lui s'étaient dit qu'ils aimeraient bien avoir un enfant et Luce ne prenait pas de moyens anticonceptionnels, mais rien n'arrivait.

La question devenait incontournable. Un soir, ils s'en parlèrent ouvertement. Est-ce que l'un ou l'autre était stérile, ou les deux ? Il fallait qu'ils le sachent. Il fallait qu'ils aillent consulter.

En fin de compte, les examens révélèrent que c'était Christian qui était stérile. Et dire que Di Mambro faisait croire aux adeptes de l'OTS que des femmes pouvaient être mises enceintes par la seule force de l'esprit ou par des rayons cosmiques, songeait Christian, profondément dépité.

Luce pensait à ses parents. Elle aurait tellement aimé leur annoncer qu'elle était enceinte, qu'elle attendait un bébé. En 2005, alors qu'elle atteignait déjà l'âge limite de la procréation, elle pensait encore à l'impossible enfant. Le médecin leur proposa une fécondation artificielle, mais Luce se refusa catégoriquement à porter l'enfant d'un autre, issu du sperme d'un autre, quelqu'un qui aurait comme elle un père inconnu.

Après avoir longtemps hésité, en avoir discuté en long et en large, le couple décida d'adopter un enfant. Ils amorcèrent les procédures au printemps de 2007.

– 2007 –

La fille retrouvée

CHAPITRE 66

Deux enquêteurs à Paris

Paris, mai 2007

Il y avait beaucoup d'ambiance, ce soir-là, au club Andalucía dans le 20ᵉ arrondissement, près de la Porte de Montreuil, où les aficionados du flamenco se retrouvaient tous les samedis pour retrouver l'atmosphère vibrante du pays andalou. Des femmes en longues jupes chamarrées à volants et falbalas tournoyaient sur la scène dans un rythme enlevant, tandis que des hommes élancés, en pantalon collant et petite veste andalouse, taille cintrée dans une large ceinture noire, tournaient autour d'elles, en ponctuant le rythme par des claquements de mains et martèlements de talons caractéristiques de la danse espagnole.

Arnaud et Viviane étaient assis dans les premières rangées en avant. Un homme enfoncé dans la pénombre d'un coin de la salle, derrière la scène, les observait, les épiait. On aurait dit qu'il cherchait à deviner ce que le couple se soufflait parfois à l'oreille. C'était le gérant de la boîte. Un homme de taille moyenne, visage poupin, cheveux châtain clair ondulés, dans la cinquantaine. Il était intrigué par ces étrangers qui cherchaient à le voir, qui voulaient lui parler, selon ce que son assistant lui avait dit à son arrivée, juste au début du spectacle. On lui avait précisé que c'étaient des gens venus du Québec, de Montréal, et donné leurs noms, qui ne lui disaient rien. Peut-être des gens du showbiz? En tout cas, ils avaient des têtes plutôt sympathiques, des têtes d'artistes.

Arnaud et Viviane étaient venus dans cette boîte, ce soir-là, pour une raison bien précise. Arrivés à Paris, quelques jours plus tôt, après avoir laissé Werner et Alice à Munich, ils s'étaient mis en tête de retrouver Luce, là où elle pouvait se trouver en France.

Ayant pris la précaution d'apporter son ordinateur portable, Arnaud s'était vite branché sur Internet pour passer au crible tout ce qui avait été dit et écrit autour et à la suite du deuxième procès de Bujard, qui venait d'avoir lieu à Grenoble, en décembre 2006. Le verdict de non-lieu et la relaxe finale. Mais surtout la déception des familles des victimes de l'OTS, qui s'étaient battues pour que la justice se penchât sur l'hypothèse du meurtre (intervention de l'extérieur) plutôt que du suicide collectif. Des preuves scientifiques avaient été apportées pour prouver que les victimes du Vercors avaient été brûlées au lance-flammes, mais l'appareil judiciaire avait fait la sourde oreille, n'avait pas voulu considérer l'hypothèse sérieusement, car cela serait devenu une affaire d'État, qui aurait ébranlé l'establishment politique. Pour Arnaud, le procès de Grenoble avait été un écran de fumée : cela sautait aux yeux.

Tout à coup, en tombant sur le témoignage de la cantatrice Claire Doris, une idée lui était venue à l'esprit :

— Elle a dû connaître Luce, dit-il, et elle ne se cache pas. Peut-être par elle pourrait-on savoir où se trouve ta fille ?

— Oui, c'est une bonne idée, dit Viviane. Encore faut-il trouver où la joindre, et qu'elle accepte de nous parler.

Après d'autres recherches sur le Web, Arnaud avait découvert que la chanteuse habitait à Paris depuis quelque temps, et qu'elle se produisait même, de temps à autre, dans une boîte du 20e arrondissement, entre deux spectacles de flamenco.

— Bingo ! s'était écrié Arnaud. Si on s'offrait une soirée au cabaret, ma milady ?

Après le spectacle, au milieu de la foule qui se dispersait, le patron de la boîte s'était avancé vers eux et leur avait tendu la main d'un air affable :

— Jean-Marc Blond, madame, monsieur... Alors, il paraît que vous êtes venus du Québec pour nous voir ? Que puis-je faire pour vous, « gens du pays » ?

Il avait un léger accent du Sud-Ouest, et une faconde typiquement gasconne. Son allusion à la chanson de Gilles Vigneault fit rire notre couple. Les présentations faites, Arnaud demanda :

— Vous êtes bien le patron de la boîte, monsieur Blond ?

— Si on peut dire. J'ai des associés.

— Nous aimerions voir Claire Doris.

— Ah, c'est bien dommage pour vous, elle ne chante pas ce soir.

— Nous sommes venus pour des affaires personnelles, précisa Viviane.

— Ah bon, j'imagine qu'elle vous connaît?

— Non, mais nous avons des connaissances en commun, insinua Arnaud habilement, et...

Il n'acheva pas sa phrase, car quelqu'un venait de lancer :

— Jean-Marc !

Blond s'était retourné : c'était Claire Doris.

CHAPITRE 67

Rencontre avec la cantatrice

Claire Doris était une femme d'environ soixante ans, donc de l'âge de Viviane et d'Arnaud. Petite de taille, blonde et rondelette. Très expressive, spontanée, elle avait cette vivacité d'expression, cette extraversion sans arrière-pensée qui la rendaient sympathique au premier contact.

Claire Doris était un nom de scène, car elle s'appelait en réalité Claire Duvivier. Elle avait reçu une formation de soprano lyrique et joué dans divers opéras en Suisse, où elle était née de parents français, puis dans divers pays européens. C'est d'ailleurs ce qui l'avait mise en relation avec le violoniste et chef d'orchestre Bujard, entre autres. Et celui-ci, à son tour, l'avait introduite dans la Golden Way, la fondation mise sur pied par Di Mambro à la fin des années 1970, qui s'était transformée, peu après, en Ordre du Temple solaire. Claire avait longtemps résidé à Genève puis à Monaco.

Lors de la rencontre avec Viviane et Arnaud au cabaret flamenco, elle portait autour des épaules un châle aux couleurs chatoyantes : le même, sans doute, qu'elle portait lors du procès de Grenoble, comme Arnaud l'avait noté.

— Nous aurions tant aimé vous entendre chanter, commença Viviane. Mais nous avons aussi des choses importantes à vous dire.

Claire la regardait, à la fois intriguée et méfiante.

— Vous savez, poursuivit Viviane, j'ai perdu une proche parente dans l'OTS.

— Ah oui ?

— Enfin, je sais qu'elle a échappé aux carnages et qu'elle vit quelque part en France. Mais nous, sa famille, nous aimerions bien la retrouver.

— Ah bon, vous ne savez pas où elle se trouve ?

— Elle donne des nouvelles à ses parents à peu près chaque année, par téléphone. Mais, dès le départ, elle les a prévenus qu'elle ne pouvait leur dire où elle se trouvait. Pour des raisons de sécurité. Elle a reçu des menaces après les hécatombes de 1994, et elle a eu peur pour sa vie. Et il semble qu'elle ait encore peur.

— Pourquoi vous adressez-vous à moi ?

— Parce que nous pensons que vous devez l'avoir connue.

— Pourquoi ? Vous savez, il y avait beaucoup de gens dans l'OTS.

— C'était une artiste, une chanteuse comme vous.

Claire Doris les regarda tout à coup d'un air qui semblait plus intéressé.

— Et elle s'appelle ? demanda-t-elle.

— Luce Berger.

Claire hocha la tête sans dire mot.

— Vous avez dit que vous êtes une proche parente ? demanda-t-elle vivement.

— La connaissez-vous ? rétorqua Viviane.

— Oui. Mais qu'est-ce qui me prouve que vous êtes sa parente ?

Arnaud sortit son portable, y pianota un instant et le brandit :

— Voici les noms et coordonnées des parents de Luce. Voulez-vous que je les appelle ?

— Un instant. Je veux bien vous croire. Mais ce que je ne comprends pas, c'est que vous cherchiez à retrouver Luce alors qu'elle ne veut pas, elle-même, être retrouvée. C'est contre sa volonté, en somme. Et, alors, en admettant que je sache où elle se trouve, je n'aurais aucune raison de vous le dire. Ce serait la trahir. Et comment vous recevrait-elle, d'ailleurs, malgré votre « parenté » ?

Le ton légèrement ironique avec lequel elle avait souligné le mot « parenté » l'avait mis comme entre guillemets.

Viviane fit la grimace :

— Vous avez raison, madame Doris. Il faut que je vous raconte toute l'histoire.

Elle tourna la tête. Il y avait beaucoup de gens qui circulaient autour d'eux.

— Pourrait-on trouver un endroit plus tranquille ?

— Oui, peut-être... hésita Claire un moment. Il y a un petit bureau à l'arrière. Venez, nous y serons plus à l'aise pour parler.

Une fois la porte de l'officine refermée derrière eux, Viviane entreprit de raconter tout ce qui les avait amenés en Europe à la recherche de Luce. Ses retrouvailles « miraculeuses » avec sa mère biologique, qui l'avaient amenée à vouloir retrouver la fille illégitime qu'elle avait dû elle-même donner en adoption à sa naissance. Puis, après avoir découvert que sa fille s'appelait Luce Berger, apprendre qu'elle avait fait partie d'une secte apocalyptique dont elle avait échappé aux carnages, mais qu'elle se cachait depuis quelque part en France et ne donnait pas souvent signe de vie : il y avait de quoi être dans tous ses états.

Elle finit en pleurs. Claire l'avait écoutée avec la plus grande empathie, les larmes aux yeux.

— Si vous saviez comme je vous comprends, dit-elle d'un ton qui en disait long.

Des peines semblables, des malheurs maternels jonchaient sa vie, mais peu le savaient et elle ne voulait pas en parler.

— Écoutez, Luce est mon amie... et je veux bien vous aider.

CHAPITRE 68

Luce en balance

C'est à peu près à cette époque que Luce, dans la forteresse restaurée du Lévezou, fit un rêve qui la troubla. Des gens la recherchaient. Des hommes, des femmes, dont elle distinguait mal les traits. Ils parlaient, gesticulaient. Elle était là, près d'eux, mais ils ne la voyaient pas. Il y avait comme une grande vitre, un mur transparent, qui la séparait d'eux. Puis une belle femme, d'un âge indistinct, se tourna vers elle et la regarda intensément avec des yeux remplis de larmes qui coulaient sur ses joues.

Elle se réveilla troublée, bouleversée par cette image. Elle en parla à Christian : aurait-elle vu sa mère, sa vraie mère ? Ou n'était-ce que la projection d'un désir longtemps refoulé ? Et cela lui fit penser qu'il y avait déjà trop longtemps qu'elle n'avait pas appelé ses parents à Québec, et qu'il fallait le faire sans plus tarder.

Cette fois, elle ne prit pas la précaution d'aller appeler dans une cabine téléphonique. Elle prit donc son portable personnel. Madame Berger répondit au deuxième coup.

— Ah, Luce ! s'exclama-t-elle.

Solange Berger ne tarda pas à apprendre à Luce que sa mère biologique s'était manifestée et qu'elle était venue les voir à Québec, avec son conjoint. Elle lui en fit un portrait élogieux, à tous égards. Et, elle lui révéla qu'elle était en France pour la retrouver. Si possible, car elle ne ferait rien, y compris la rencontrer, sans son consentement, bien sûr.

Luce écoutait, le cœur battant. Elle n'émettait plus que des oh ! et des ah ! assourdis. Elle ne savait que dire, elle était sous le choc. Son rêve de la nuit lui revenait en tête. Il y avait en elle l'émergence d'une joie qui était contrecarrée, empêchée de sourdre pleinement, par une force adverse qui prenait la forme d'une angoisse diffuse. Elle sentait très fort qu'un événement qui allait tout changer était en train de se produire, qu'il était déjà là, étincelant au soleil comme un paquebot magnifique, mais que, par-devant, une autre chose brillait, irradiait comme un diamant noir, une sorte d'iceberg sous lequel se cachait quelque chose dont on ignorait tout. C'étaient des perceptions qui traversaient sa tête comme des éclairs, en une fraction de seconde. Des perceptions presque subliminales, comme les ondes souterraines qui annoncent, parfois longtemps à l'avance, l'arrivée d'un tremblement de terre dont on ne connaît pas encore l'ampleur.

À la fin, madame Berger lui donna le numéro de téléphone qu'Arnaud lui avait laissé, pour les joindre, lui et Viviane, en Europe.

— J'ai besoin d'y penser, dit Luce.

Elle était sortie de cet entretien abasourdie, à tout le moins. Ce qui la frappait le plus — et l'inquiétait aussi —, c'était la coïncidence de son rêve. Quelque chose d'important, de décisif, s'était mis en branle.

Peu après, alors qu'elle n'était pas encore remise du choc, son téléphone sonna. Elle pensait que c'était Christian, parti pour un rendez-vous d'affaires à Albi.

— Claire, s'écria-t-elle.

Claire Doris commença à lui parler de sa rencontre avec Arnaud et Viviane.

— Je sais, l'interrompit presque aussitôt Luce, c'est ma mère biologique. Je viens de parler à mes parents à Québec. Ils m'ont donné son numéro de téléphone.

— Luce, c'est… c'est extraordinaire! Que vas-tu faire?

— Je… je ne sais pas, balbutia-t-elle.

Elle finit par dire à Claire qu'elle était trop sous le coup de l'émotion et qu'elle allait la rappeler dans les vingt-quatre heures.

Luce resta quelque temps bouleversée, désemparée. Partagée entre le désir de connaître enfin ses origines biologiques et la peur de rencontrer une étrangère dont elle ne savait rien et qui, peut-être, prétendait à tort être sa mère. En tout cas, cette mère sortie tout à coup de la boîte à surprise du temps comme par un ressort à boudin du destin venait bousculer toute sa vie.

Elle en parla longuement avec Christian, dès qu'il fut de retour en fin d'après-midi.

CHAPITRE 69

Rendez-vous à Albi

À Paris, dans le studio loué près des Champs-Élysées, Viviane se rongeait les sangs autant que Luce. Depuis leur rencontre avec Claire Doris, elle savait qu'ils étaient tout près du but, qu'elle allait bientôt savoir où se trouvait sa fille et si celle-ci acceptait de la voir.

Elle était tourmentée par toutes sortes de pensées et de désirs contradictoires. Lui parler, la voir, ou non? Quels seraient leurs premiers échanges? Et si jamais Luce ne voulait pas la rencontrer? Et puis, il y avait cette question déchirante : comment lui révéler les circonstances de sa naissance? Le fait qu'elle ne connaissait pas le père, que sa fille était la conséquence d'un viol, donc issue d'un acte odieux, criminel?

Viviane avait peine à s'endormir et, quand elle y arrivait, elle était envahie par des cauchemars qui reflétaient ses inquiétudes. Il y en eut un surtout qui l'angoissa plus que les autres. Elle marchait avec Arnaud entre des tombes, dans un grand cimetière qui s'étendait sans fin à l'horizon, sous un ciel crépusculaire. Il y avait des gens qui se tournaient vers eux à mesure qu'ils avançaient. Elle reconnut ses parents adoptifs, des personnages de son enfance à Thetford Mines, puis Carl avec sa montre qu'il lui montra fixée à l'heure de sa mort, et soudain Werner et Alice qui la regardaient étrangement. Elle se réveilla sur cette image inquiétante.

Arnaud était hanté par les mêmes inquiétudes, mais à son habitude il les camouflait sous des mots rassurants et tentait de dédramatiser la situation par l'humour.

Enfin, au milieu de l'après-midi, alors qu'ils déambulaient sur les Champs-Élysées, Claire Doris appela.

— Est-ce que je peux parler à Viviane?

— Oui, un instant.

Arnaud entra dans un grand portique pour s'écarter de la foule bruyante sur l'avenue, et il tendit le portable à Viviane.

— Madame Saint-Amant, Luce est prête à vous rencontrer. Elle préfère vous rencontrer en personne plutôt que de vous parler au téléphone. Pourriez-vous vous rendre dans le Sud-Ouest?

— Aller dans le Sud-Ouest?

Viviane avait répété la question à l'intention d'Arnaud, qui fit un signe de tête affirmatif.

— Oui, bien sûr. Quand et où?

C'est après avoir soupesé longuement le pour et le contre avec Christian et après avoir trouvé sur Internet tout ce qu'on disait de bon sur Viviane que Luce s'était décidé à voir sa mère biologique.

— Ma mère est poète, dit Luce. Je pense que nous sommes faites pour nous entendre.

Mais pour le premier contact, elle préférait une rencontre en personne plutôt qu'un entretien au téléphone. Car, pour elle, les gestes, les attitudes, les expressions, les regards parlaient souvent mieux que la parole.

C'est ainsi qu'elle avait proposé le rendez-vous à Toulouse — ce qui était plus commode à partir de Paris —, dans un restaurant où elle réserverait une place à l'écart pour les deux couples.

Viviane et Arnaud décidèrent de s'y rendre par avion, ce qui n'était pas beaucoup plus cher que le train, mais qui était surtout plus rapide : une heure au lieu de six.

À treize heures, l'heure convenue, ils étaient attablés, depuis une dizaine de minutes déjà, dans une salle à l'écart du restaurant La Gourmandine, derrière la place Victor-Hugo, en train de siroter un apéritif. Viviane était nerveuse. Arnaud tentait de la dérider, en faisant des remarques plaisantes sur les touristes qui passaient dans la rue, en cette journée à éclipses, entre soleil et pluie. Le temps s'écoulait : treize heures..., treize heures quinze..., treize heures trente...

Et ils attendaient, ils attendaient...

CHAPITRE 70

Fin de l'histoire

Viviane et Arnaud attendirent en vain. Le rendez-vous de Toulouse ne tourna pas comme on le prévoyait.

En descendant des hauteurs du Lévezou pour aller les rencontrer, Luce et Christian se heurtèrent au destin.

Christian s'en allait prendre la bretelle pour sortir de l'autoroute, mais ladite bretelle était congestionnée. Il dut freiner brutalement en amorçant un contournement vers la gauche. Une voiture qui arrivait derrière les frappa violemment, faisant dévier l'avant de leur voiture sur l'autoroute. Un poids-lourd qui arrivait à pleine vitesse les happa par le flanc à la hauteur de la portière du conducteur. En un éclair, tout éclata : le métal fragile enfoncé, les sacs gonflables ouverts, fracas d'enfer. Christian broyé, emporté haut, loin... Le temps se démultiplia, grand ralenti... Luce, le temps d'un cri, sombra dans le noir.

Christian fut tué sur le coup... et Luce, très gravement blessée, finit par en réchapper. Physiquement. Car elle ne se souvenait plus de rien : ni de l'accident, ni de son identité, ni de sa vie passée... Comme si d'esprit elle était restée avec Christian. Ou comme si toute son existence n'avait été qu'un songe dont elle ne se souvenait plus au réveil.

Et, à quelques semaines d'intervalle, Alice et Werner disparurent dans un avion dont on avait mystérieusement perdu la trace au-dessus de l'Atlantique, dans la mer des Sargasses — ou serait-ce le Triangle des Bermudes ?

Une histoire incroyable. Et seuls restèrent Viviane et Arnaud pour la raconter. Un certain temps. Jusqu'à ce que, perdant quelques repères, ils finirent par se demander : « Avons-nous rêvé ? » — Puis : « Est-ce nous qui rêvons ou est-ce quelqu'un ou quelque chose qui nous rêve ? »

À l'orée des années 2010, on pouvait les voir encore cheminer aux abords et au cœur des sentiers forestiers du mont Royal. Elle, avec son port de tête souverain et son sourire engageant. Lui, la tête un peu dans les nuages, cherchant un jeu de mots entre deux bribes de souvenirs échangés. Ils écrivirent, publièrent leur histoire.

Puis, on ne les vit plus. On dit qu'ils avaient quitté la ville, et même le pays ; qu'ils étaient allés s'établir en Italie ou dans le sud de la France.

En 2015, quelqu'un prétendit les avoir entrevus à Menton, un soir de printemps, montant la rue vers le cimetière du Vieux-Château. Ils étaient accompagnés d'une belle femme d'âge moyen, à qui Viviane tenait le bras et qui lui ressemblait, dit-on. Mais ce n'est pas sûr. Nous les avons aussi perdus de vue. De sorte que nous ne pouvons rien garantir.

Ce livre a été achevé d'imprimer en mai 2017
sur les presses de l'imprimerie Marquis